AF166137

Jan BEREK

Edith, ma bien-aimée !

Éditions BoD

DU MÊME AUTEUR

Aux Éditions BoD

– Témoins du temps jadis, roman.

– Enkosi Africa - Merci l'Afrique (Images et paroles).

Sommaire

I

L'OURAGAN

— Mon capitaine…

Le capitaine Erwin Stuart détourna son regard de la carte. L'officier de pont se tenait tout droit, à deux pas.

— Mon capitaine, je vous apporte le dernier bulletin météo. Ils annoncent une tempête. Ils disent que ça peut être très violent.

— Une tempête ?!

— Oui monsieur, ce soir.

Le capitaine Stuart scruta l'horizon. Pas un seul nuage dans le ciel et juste une brise légère.

— Allons voir ça, lieutenant.

Ils descendirent le petit escalier et entrèrent dans la salle des transmissions. Le lieutenant Andrew White indiqua le listing en haut d'une pile de documents.

— Eh oui… dit le capitaine. Classique surprise. White, annoncez moi tout de suite un briefing. Que tous les officiers soient là dans vingt minutes.

En attendant, le navire océanographique CAPTAIN GRANT poursuivait sa route à travers la mer des Caraïbes avec pour mission l'étude du changement climatique, des courants côtiers et de la faune marine. C'était un bâtiment américain, de construction récente ; il possédait des instruments de navigation " dernier cri ". Rien ne pouvait lui arriver. Aucune tempête lui porter préjudice.

Quand une heure plus tard le lieutenant White quittait la réunion le vent soufflait plus fort déjà, des vagues couvertes d'écume se brisaient contre la coque.

— Bonjour lieutenant.

Il se retourna. C'était Edith Jankovich, la jeune médecin de bord.

— Bonjour docteur. Comment allez-vous ?

— Merci, ça va. C'était quoi cette annonce par les haut-parleurs ?

— C'était pour organiser un briefing, dit le lieutenant White.

— J'ai compris. Mais de quoi parliez-vous ?

— Vous êtes bien curieuse, dit-il. Mais enfin, ce n'est pas vraiment un secret. Nous parlions de la pluie et du beau temps.

— Allons, Andrew. Soyez chic avec moi. Elle lui adressa un radieux sourire, le plus beau de son répertoire.

— C'est vrai. Nous parlions du temps. Une tempête approche. Et dans un cas comme celui-là, et bien, on aborde les problèmes de la sécurité, on reçoit des instructions. Pour être prêt, vous comprenez ?

— C'est grave ? s'inquiéta-elle.

— Oh, non ! répondit Andrew. De la routine tout simplement.

— Me voilà rassurée, dit la jeune femme en lui adressant un autre beau sourire.

Edith Jankovich avait trente ans à peine et c'était sa première expérience en tant que médecin de bord. Elle ne connaissait rien à la mer mais accepta ce poste parce que la vie sur un bateau excitait son imagination. Elle voulait aussi passer quelque temps dans les tropiques : des vacances en quelque sorte. Mais les journées s'écoulaient, se ressemblant de près, entre pansements, distribution de comprimés, et ce spécialiste des crabes qui l'agrafait pour lui parler de ses collections, à l'infini... Cette journée s'avéra aussi ennuyeuse que les autres, un brin de causette avec le jeune officier était donc le bienvenu. Quant au lieutenant White, il aimerait poursuivre cette conversation, mais il ne savait pas quoi dire, et de toute façon des tâches urgentes l'attendaient. Pourtant, il ne partit pas tout de suite. Il regardait la jeune femme qui lui racontait sa journée.

Elle était d'assez petite taille, avait une silhouette svelte et juvénile et ne faisait pas son âge. Elle avait des cheveux blonds et courts, un petit nez pointu et des grands yeux en amande. Elle souriait souvent, en soulevant sa lèvre supérieure. C'était amusant et ça lui plaisait. Quand elle parlait, elle accompagnait ses phrases de petits mouvements brusques de ses mains. Edith n'était certes pas une beauté courante, mais elle avait un charme insaisissable, ce que pensait tout au moins le lieutenant White à chaque fois qu'il la voyait. C'était bien elle, la plus séduisante parmi les femmes à bord.

La sirène retentit et il sursauta.

— Je m'excuse, mais il faut que je parte maintenant.

— A bientôt, lieutenant, dit-elle en souriant.

Le jeune officier s'éloigna d'un pas décidé et Edith regarda les vagues. Elles ont grossi depuis, et le pont commença à swinguer sous ses pieds. Mains sur la barrière, elle respirait le grand air qui avait un goût salé ; il était bien frais après cette journée chaude de la fin du mois de février. Elle vit deux gros nuages à l'horizon qui semblaient s'approcher. Quelques mouettes dansaient dans le ciel. D'où venaient-elles ? Il n'y avait aucune terre en vue mais Edith savait que la mer d'ici était jonchée d'îles. Deux marins couraient à bâbord ; le bruit de leurs pas se dissipa vite. Quelqu'un déplaçait un objet lourd. Puis, seul le sifflement du vent dans les cordes persista.

« Ici c'est votre capitaine qui parle. La voix du haut-parleur retentit soudainement. Tous les personnels à l'exception de l'équipage sont priés de se mettre à l'abri. Veuillez quitter le pont. Je répète, veuillez quitter le pont. »

Edith descendit dans sa cabine, et profitant du temps libre elle commença à ranger ses affaires éparpillées un peu partout. C'était sa façon à elle d'affronter la tempête. Elle plaça ses sous-vêtements sur l'étagère et ramassa le livre qui trainait par terre. Elle ouvrit sa trousse médicale – tout était bien à sa place – et la referma. Puis, elle sortit une clé et ouvrit le tiroir du bureau. Seulement deux objets s'y trouvaient : un jeu d'échecs magnétique en miniature et son pistolet. Oui, son pistolet ! Un jouet, dirait-on, un petit objet argenté avec une crosse en nacre. C'était un cadeau de son ex qui partit un jour sans laisser de trace. Depuis, Edith emportait ce pistolet avec elle partout où elle allait. Maintenant elle rangea soigneusement le jeu d'échecs et l'arme dans son sac à dos. Puis, elle regarda par le hublot. De grosses vagues dansaient devant ses yeux, et même ici, dans cette cabine, elle pouvait entendre les hurlements du vent. Soudain, elle se sentit très seule et décida de rejoindre les autres.

Dans ce long et sombre couloir elle avançait à peine, se cognant contre les murs, trébuchant à plusieurs reprises. Elle entra enfin dans le petit salon où se trouvait une dizaine de personnes, scientifiques pour la plupart. Le spécialiste des crabes était bien là ainsi que le couple de météorologues et l'équipe des fonds marins, tous mal à l'aise, parlant peu. L'inquiétude se faisait sentir. Les secousses du bateau s'amplifiaient, une table se détacha et glissa d'un bout du salon à l'autre.

La nuit tombait vite, comme toujours sous ces latitudes. Bientôt le noir complet derrière les vitres augmenta le sentiment d'impuissance. Edith proposa des comprimés contre le mal de mer, quelques-uns en acceptèrent. Le problème du repas du soir ne se posait évidemment plus. Il n'était pas question d'avaler quoi que ce soit.

— Ça souffle de plus en plus fort, dit quelqu'un.

— La tempête est loin d'être finie, affirma le spécialiste des crabes. Tout est encore devant nous.

Il y eut un moment de silence.

— Pensez-vous que ça peut être vraiment dangereux pour nous ici, s'inquiéta l'assistante de l'équipe des fonds marins. Sa voix tremblait.

— Cela ce pourrait, répondit le Professeur Buchwald.

Cette réponse laconique de son supérieur troubla encore un peu plus l'assistante.

— On va couler ! paniqua-t-elle.

— Ne vous en faites pas mademoiselle, la consola le spécialiste des crabes. Rien de mal ne peut nous arriver. Juste un petit trouble de l'estomac, dans le pire des cas.

— Je ne serais pas si affirmatif, dit l'ingénieur Gavasso. Avec cet affreux ouragan, notre bateau pourrait perdre le contrôle et alors...

— Alors, il pourrait heurter un rocher et sombrer. Et nous avec, ajouta malicieusement la dame météorologue.

— Mais non ! Mais non ! Nous, on restera sains et saufs. Son mari s'opposa vigoureusement. Juste échoués sur une île déserte. Imaginez-vous ! Vivre une vie à la Robinson Crusoé...

— Ou plutôt la vie de ses successeurs, remarqua sa femme. Il y en a eu tant.

— Mais aujourd'hui il n'y plus d'îles désertes dans ces mers, à ce que je sache. L'intervention du spécialiste des crabes déplaça la conversation vers le sérieux.

— Oui, et non, rétorqua l'ingénieur Gavasso. Il y a des petites îles rocheuses, des îlots et autres bouts de terre qui restent inhabités.

— Inhabitables, vous voulez dire ? Sans eau ni électricité ?

— C'est ça. Mais de temps en temps des bateaux doivent y accoster. Des gens comme nous, des pêcheurs...

— Ou bien des pirates, ajouta la femme du météorologue.

— Ah ! fini les îles désertes, fini les Robinsons de tout poil, conclut son mari. Mais remarquez, ça ne fait rien. Ce sera alors une île habitée, avec un beau centre de vacances où on pourra passer quelques journées agréables. Qu'en dites-vous ?

Sous l'effet d'énormes vagues, le bateau montait et descendait comme un ascenseur fou, il tournait et il vibrait. Plus personne n'avait envie de discuter, les gens partaient les uns après les autres. Edith Jankovich quitta la salle en dernier. Dans le couloir elle heurta le lieutenant White qui passait à toute vitesse. Il s'arrêta.

— Rebonjour, dit-il. Que faites-vous ici ?

— Lieutenant, que-ce qui se passe ?

— Terrible tempête ! Je ne me souviens pas d'en avoir connue une comme ça.

— Le bateau va couler ?

— Mais non ! Rassurez-vous. On maîtrise la situation.

— Et si…

— Ne vous en faites pas, je vous le dis. Et maintenant allez-vous coucher.

Et voyant qu'elle ne partait pas, il ajouta avec un léger sourire :

— Et même si… En cas de naufrage, vous savez, on est assigné au même radeau de survie. Comme ça, j'aurai l'occasion de vous sauver. En vrai chevalier. Et il partit.

Le début de la nuit fut terrible. Edith allongée sur sa couchette essayait de fermer les yeux mais elle n'y arrivait pas. Tout bougeait. Elle se levait souvent pour se recoucher aussitôt. Et s'il y avait vraiment un naufrage ? Elle rejeta cette pensée, mais se leva et ajouta encore quelques affaires personnelles dans son sac. Elle gardait ses habits du jour, un pantalon léger en lin qu'elle avait acheté exprès pour ce voyage, et un tee-shirt tout simple. Elle n'avait pas envie de se changer, elle trouvait que c'était plus pratique comme ça. Plus tard, il lui arriva de s'assoupir mais cela ne dura pas. Elle revint à la réalité, brutalement, sans savoir où elle se trouvait.

A ce moment imprécis de la nuit il eut une secousse très

forte, un choc violent. Le bateau semblait se soulever. Et retomber. Il eut aussi un bruit inhabituel, une sorte de frottement ou grincement... Et puis, tout redevint normal. Edith, sens aiguisés, attendait la suite. Mais rien ne se passait. Elle se tourna, visage face à la porte, et ferma les yeux.

Dans le couloir quelqu'un courait. On frappa et la porte s'ouvrit brusquement.

— Réveillez-vous ! cria le lieutenant White. Vite ! Il faut partir !

— Partir ? Mais où ?

— Nous avons heurté un rocher et le bateau prend l'eau. On ne pourra pas colmater. Il faut qu'on évacue. Vite !

La voix du capitaine se fit entendre dans les haut-parleurs :

« À tout le monde ! À tout le monde ! Bateau en détresse. Toutes les personnes doivent se rendre au plus vite auprès de leurs radeaux de survie. Ne paniquez pas. Tout le monde a une place assurée. »

— Allons ! dit Andrew.

— Une seconde, je prends mes affaires.

— Pas besoin. Laissez ça ! Il y a tout ce qu'il faut dans le radeau.

— Juste ma trousse médicale et mon sac. J'y tiens.

— Vite ! répéta le lieutenant White. Le temps presse.

Dans le couloir et dans l'escalier on courait, on se bousculait. Ils étaient en train de vivre un événement réel, pas une simulation orchestrée ni un film à suspense.

Dehors, le temps était épouvantable. Le vent hurlait. Violent, il pliait des mâts et des antennes, arrachait des bouts de tôle qui volaient par si, par là. Il était vraiment difficile de se tenir debout. Andrew tenait Edith par la main, la tirait. Sac sur le dos, sa trousse dans l'autre main, elle se laissait faire ; elle le suivait, courant à petits pas, essayant de garder l'équilibre. Des fontaines d'eau arrosaient leurs vêtements et leurs visages, le tee-shirt d'Edith collait à sa peau. Dans le noir, des vagues énormes et des vallées profondes ondulaient, des montagnes d'eau les encerclaient, prenaient le bateau en tenailles. C'était un paysage de la fin du monde.

— Nous y voilà, cria Andrew.

Ils étaient déjà nombreux devant les radeaux. Le sous-officier responsable de la sécurité courait dans tous les sens. Criant fort, il tentait d'organiser les gens en petits groupes pour qu'ils soient prêts à quitter le navire.

— Ah ! vous êtes là, Professeur Buchwald. Très bien. On va descendre dans notre radeau dans un instant. Soyez prêts tous les deux.

Le lieutenant White était sur ses gardes. Les groupes furent constitués de manière à assurer la présence d'au moins un membre d'équipage.

— On va nous repêcher vite, j'espère. Le Professeur essoufflé articulait difficilement les mots. Vous avez averti les secours, n'est-ce pas ?

— Eh ! non. Nous avons perdu tout contact dans cette maudite tempête. Ça fait maintenant cinq heures. Impossible aussi de savoir où nous nous trouvons exactement.

— Malheur à nous tous !

— N'ayez aucune crainte. Dès que la tempête se calmera, je sortirai le GPS et le téléphone satellitaire. On va nous repérer très vite.

Le bateau se pencha légèrement du côté de la poupe et la panique saisit les passagers.

— Ne vous affolez surtout pas, cria le lieutenant. Mettez vos gilets et on descend. Edith, attachez-vous à cette corde et tenez bien l'échelle.

Leur radeau pneumatique se trouvait en bas, suspendu au-dessus des flots. D'énormes vagues le touchaient presque. Fixant sa trousse sur son bras, Edith se mit à descendre.

L'échelle secouée par de fortes rafales de vent se balançait et se tordait dangereusement mais Edith ne s'arrêtait pas. Vite dans le radeau, elle trouva le point de fixation et libera la corde. Puis, péniblement, elle rangea ses affaires dans le compartiment étanche où se trouvait déjà le matériel de secours.

— C'est à vous Professeur, ordonna le lieutenant White.

Le Professeur Buchwald prit l'échelle. Il descendait maladroitement, en hésitant à chaque pas. Il s'arrêta au milieu et regarda vers le bas.

— Allez-y Professeur ! Ne vous arrêtez pas !

Le Professeur continua péniblement sa descente. Mais bientôt, il se trouvait lui aussi dans le radeau. Il s'y blottit dans un coin. Maintenant, c'était au tour du lieutenant White qui s'y lança avec une adresse d'un marin confirmé. Il arrivait presque, quand une énorme bourrasque tapa l'échelle, la projetant contre la coque.

— Ah ! mon Dieu ! s'écria-t-il.

Il descendit avec grande gêne, se fixa et détacha la corde. Edith, tout près de lui, vit son visage crispé. Sa jambe semblait tordue.

— Avez-vous mal ?

— Oui.

— Je peux voir ça ?

— Pas maintenant. Il faut qu'on parte tout de suite !

Après des essais répétés, gémissant de douleur, le lieutenant ouvrit l'anneau de fixation. Le radeau sauta sur une vague, puis se précipita dans une vallée profonde.

— Retenez votre souffle dès qu'une vague arrive ! cria-t-il.

CAPTAIN GRANT disparut dans la nuit. Ils se trouvaient maintenant seuls au milieu de la tourmente. Des énormes masses d'eau s'abattaient sur le radeau, le fouettaient de toutes parts, et sur leurs effets il se soulevait et il descendait, tournait sur son axe et se pliait. Et pourtant, il ne chavirait pas.

« On va s'en sortir, pensa Edith. Et cette pensée optimiste la revigora. »

— Montrez-moi votre jambe, Andrew.

— Ah, ne touchez pas !

— Ça fait si mal ?

— Oui.

— Je crains que l'os soit fracturé. Mais je ne peux rien faire pour l'instant. Il faut que la tempête se calme.

Mais la tempête ne se calmait pas. Le radeau pneumatique zigzaguait sur la mer déchainée, à la merci des vagues. L'eau salée s'infiltrait dans les yeux et les narines. Il leur était difficile de respirer.

— Il faut qu'on essaie de dresser la tente. Ah, cette maudite jambe ! Je ne peux pas la bouger ! Professeur, la manivelle se trouve là, sur votre gauche. Pourriez-vous l'actionner ?

Le Professeur Buchwald glissa prudemment ; en restant assis il déplaçait son corps en s'appuyant sur ses mains. Il avançait petit à petit, soudain il s'arrêta. La corde qui l'attachait au radeau limitait le périmètre de son action. Il lui manquait à peine un-demi mètre.

— Allez-y Professeur, essayez encore.

Celui-ci le regarda. Il voulut répondre mais ne le fit pas. D'un mouvement brusque il détacha sa corde.

— Non, Professeur ! Non, c'est dangereux ! cria le lieutenant.

Le scientifique ne l'écouta pas. Il fit un bond en avant...

À ce moment, une vague arriva. Elle était comme tant d'autres, ni plus grande ni moins. Elle les arrosa d'un jet d'eau et partit. Edith ouvrit les yeux : ils étaient deux sur le radeau. Professeur Buchwald ne s'y trouvait plus.

— À moi ! À moi ! un cri bouleversant leur parvint du gouffre noir. Il se confondit avec le hurlement du vent.

On ne le voyait pas. Pourtant, il était près d'eux ! Mais où ?! Edith se leva, avança de deux pas.

— Non Edith ! Non ! Asseyez-vous ! Laissez-moi faire.

Il se glissa jusqu'au bord, se souleva sur ses mains.

— Professeur ! Professeur ! Où êtes-vous ?! hurla-t-il.

Il criait encore. Mais personne ne répondit. Le beuglement sauvage du vent occupait seul la place. Un bruit puissant qui dominait tout.

Edith, recroquevillée dans son coin, tête posée sur les genoux, ne bougeait pas ; elle subissait juste les mouvements de leur fragile embarcation.

Quelque temps passa. La tempête ne faiblissait pas et la nuit continuait. Une lueur blafarde apparut pourtant dans le ciel, mais ce n'était pas la lueur de l'aube. Ils virent une étrange lumière en forme d'arc-en-ciel mais ce n'en était pas un. Les couleurs froides – bleu et violet – la dominaient, éclairant les alentours d'une manière macabre. Puis la lumière disparut et le noir revint. Encore quelques éclairs traversèrent le ciel.

La fatigue s'installait pour de bon et Edith s'assoupit un instant. Il lui semblait pour un moment de voguer sur des eaux paisibles, se balancer doucement, quand soudain une montagne d'eau s'abattit sur le radeau. L'eau pénétra dans sa bouche, remplissait ses poumons. Elle toussa avec violence et cracha. Elle revint de son étourdissement sur-le-champ.

— Andrew, êtes-vous là ?

— Bien sûr Edith. Je suis là.

— Et vous, Professeur ?

— Mais Edith, il n'est plus avec nous.

— Ah, oui. C'est vrai… Comment va votre jambe ?

— Elle me fait mal. Mais ne vous en faites pas. Bientôt le jour va se lever et alors on verra plus clair.

— Oui, je verrai votre jambe tout à l'heure.

La mer semblait se calmer un peu. Ou bien, ce n'était

qu'une illusion ? Edith se força à penser aux choses agréables :
à son récent voyage en Europe peut-être ? : « Ah ! Venise, la
romantique ! » Elle se vit avec son ex dans une gondole, en
amoureux, le jeune gondolier chantant une barcarolle... Non !
Non ! Oublier l'ex, penser à autre chose. A ce film de Woody
Allen par exemple, qu'elle avait vu juste avant d'embarquer.
Quel était son titre déjà ? Ah, oui : " To Rome with love "
Drôle de film, qui...

— Regardez Edith ! Regardez !

Dans la lumière de l'aube, elle vit une forme foncée sur le
fond du ciel pâlissant. Cette forme était large et assez haute,
comme pourrait l'être un rivage boisé ou une côte escarpée.
Elle comprit que c'était la terre.

— Ah, Andrew ! Nous sommes sauvés !

Les paroles lui manquaient.

— Pas tout à fait. Pas encore. Edith.., là-bas sur votre
gauche il y a deux pagaies accrochées. Détachez-les. Oui, bien.
Prenez l'une et donnez-moi l'autre.

Ils se mirent à ramer. Au début ça allait mal – le radeau
bougeait frénétiquement – mais ils réussirent enfin à
coordonner leurs mouvements. Désormais, ils ne s'arrêtaient
plus ; ils ramaient de toutes leurs forces. Certes, le radeau
n'arrêtait pas de danser sur les vagues, de tourner. Mais il
avançait dans la bonne direction : le rivage s'approchait d'eux.

Ah ! la terre ferme ! Le rêve de tous les naufragés. Elle était
maintenant à leur portée. Edith croyait déjà leur but atteint
quand une vague, plus haute que les autres, arriva. Elle
propulsa le radeau sur un rocher à fleur d'eau. Une secousse se
fit sentir. Le radeau s'immobilisa un instant, puis se libéra. Un
deuxième choc, plus violent encore. Coincé de travers entre des
roches le radeau s'y accrochait, bougeant à peine.

Andrew se pencha pour voir.

— Nous venons d'échouer sur le récif. Et notre radeau

semble sérieusement endommagé, annonça-t-il.

Il regarda encore : deux compartiments sur trois étaient percés. Mais la terre était maintenant là, toute proche. Dans la lumière grandissante ils pouvaient distinguer nettement la ligne des arbres et la plage sablonneuse.

— Il faut essayer d'y aller, à pied ou à la nage, dit Andrew. Normalement, ça serait à moi de le faire, mais là... Il montra sa jambe.

— J'y vais !

— Vous ferez bien attention à vous, promettez-le moi. Même ici, il y encore de méchantes vagues.

— Soyez tranquille. Je trouverai l'endroit où passer, et après on ira tous les deux.

Elle sortit ses affaires du compartiment étanche.

— Je pense qu'il serait plus simple de laisser tout ça.

— Possible. Mais je n'ai pas envie de faire aller-retour plusieurs fois.

— Vous reviendrez au moins une fois, pour moi, n'est-ce pas ?

— On verra bien, Edith sourit.

Elle descendit, glissant du rocher. L'eau n'était pas profonde, elle ne dépassait pas sa taille. Elle avançait avec prudence, portant son sac sur le dos et la trousse sur le bras. Le gilet de sauvetage la gênait mais elle n'osait pas s'en débarrasser. Porter des baskets n'était pas facile non plus. Mais heureusement qu'elle les chaussait. Il y avait de nombreux cailloux au fond. Encore un groupe de rochers qu'elle contourna. Une soudaine vague la renversa mais elle se releva sans peine. L'eau devenait de moins en moins profonde, elle ne lui montait que jusqu'aux genoux. Enfin ! Edith sortit de l'eau et marcha sur le sable qui s'enfonçait sous ses pieds, une sensation presque oubliée et très agréable. Comme il était bon de toucher le sol. Elle regarda autour : il n'y avait personne.

Elle avança de quelques pas jusqu'à la ligne des palmiers, posa sa trousse et son sac. Mais elle n'y resta pas longtemps, juste un moment pour reprendre son souffle. Elle ne s'assit même pas, fit vite demi-tour. Il fallait aider Andrew à rejoindre la plage.

Le retour fut rapide dans une mer plus calme, et elle savait aussi maintenant où poser ses pieds. Le soleil ne se montra pas encore dans le ciel, seule une lueur brillait à l'horizon. Mais le jour allait s'installer vite. Elle aperçut le radeau, suspendu entre les roches, immuable.

— Andrew ! J'arrive !

Silence. Elle essaya d'avancer plus vite.

— Andrew ! Je suis là ! Réveillez-vous !

Mais Andrew ne répondait pas. Elle s'approcha encore et vit un corps dans l'eau. Il flottait sur le ventre, mains étendues, se balançant sur les vagues.

— Andrew ! Un son rauque, à peine audible, sortit de sa bouche.

Elle se précipita à grands pas, écartant la mer avec ses mains. Elle retourna le corps. Oui, c'était bien lui ! Il avait une profonde blessure à la tête, le sang coulait sur son visage. Ses yeux étaient grands ouverts. C'était affreux ! Ses yeux n'exprimaient rien. Ni douleur, ni effroi. Ils la fixaient avec indifférence. Ses lèvres étaient serrées, comme s'il dédaignait ouvrir la bouche. Soudain, Edith éprouva une douleur dans sa poitrine. Elle sentit ses genoux faiblir. Mais elle ne s'évanouit pas. Elle se ressaisit, rassembla toutes ses forces pour tirer le corps sur le radeau. Elle ne lui tâta même pas le pouls, à quoi bon. Cœur palpitant, elle lui ferma seulement les yeux. Ce n'est que bien plus tard, qu'elle imagina la scène : Andrew se soulevant pour la voir progresser vers le rivage, et tombant à l'eau. Sa tête a dû alors cogner un rocher. C'était la seule explication qui lui vint.

Petit à petit elle retrouvait ses esprits.

« Que dois-je faire maintenant ? se demanda-t-elle. Il faut absolument que je sorte les affaires de secours, que je les transporte sur la plage. Après je reviendrai emmener le corps. »

Le sac en caoutchouc se trouvait toujours dans le compartiment étanche. Elle le sortit de là, difficilement, car il pesait très lourd. Elle le précipita dans l'eau, espérant qu'il allait flotter. C'était bien le cas. Elle le tira, le poussa, à tour de rôle. Le sac s'opposait à ses efforts, obstinément comme un animal. Elle luttait avec acharnement. Enfin elle le sortit de l'eau. Encore quelques pas, et elle tirait la bête sur le sable. Elle s'arrêta à l'endroit où se trouvaient déjà ses affaires. Épuisée, elle s'écroula et s'endormit aussitôt.

Quand elle se réveilla, le soleil se trouvait déjà haut dans le ciel. Elle ressentait une agréable chaleur. Son pantalon et son tee-shirt étaient secs. Elle se leva, difficilement. Il y avait cette mer et cette plage…

« Où suis-je ? se demanda-t-elle. »

Les images lui revinrent : la tempête, le naufrage, leur périple en radeau, et Andrew… Elle revit ses yeux immobiles. Maintenant elle était toute seule, elle avait très soif et elle avait faim. Elle se souvint que dans le sac de secours se trouvait de l'eau et de la nourriture. Elle sortit la gourde et la vida d'un seul trait. Puis, elle prit quelques biscuits et les dévora.

« Il faut que j'arrive à joindre les gens, pensa-t-elle. Les secours sont certainement sur pied depuis longtemps. Il suffit que je leurs indique ma position et ils viendront me chercher. Ils s'occuperont de tout. »

Du sac elle sortit le GPS et le mit en marche. Le voyant s'alluma mais elle n'arrivait pas à le faire fonctionner. Elle tapa le code encore une fois. De nouveau, il ne se passa rien. Elle éteignit l'appareil, puis le ralluma. Encore un essai : sans résultat.

« Étonnant, se dit Edith. S'il avait pris l'eau, il ne s'allumerait pas. »

Elle essaya encore une fois mais l'écran restait noir. Elle sortit le téléphone satellitaire et l'alluma. Le numéro d'urgence était marqué sur le dos de l'appareil. Edith le composa mais le téléphone ne répondait pas.

« Lui aussi ?! s'étonna-elle. Décidemment je ne comprends pas. »

Elle fit un autre numéro, celui de son service de l'hôpital ; mais le téléphone ne répondait toujours pas.

« On verra plus tard, se dit-elle. Maintenant, il faut que je fasse un tour. Peut-être qu'il y a un hôtel tout près, ou un centre de vacances ? Dans un endroit aussi paradisiaque il devrait y en avoir un, ou même plusieurs. En route ! Une petite promenade me fera du bien. »

Elle sortit du grand sac une autre gourde, pleine, un couteau et cent dollars en billets de vingt. Elle cacha ensuite ses bagages dans un arbuste au feuillage touffu. Puis elle partit. Elle suivait la côte qui formait ici une baie. La mer était belle et calme. Il y avait partout cette couleur bleu d'azur d'une eau peu profonde. Des groupes de rochers la parsemaient, des galets jonchaient la plage. Une forêt tropicale dense s'étendait le long du rivage, aucune clairière n'était en vue. Sur les palmiers avoisinants des oiseaux colorés, sorte de perroquets sans doute, poussaient des cris aigus.

« Oh ! comme ça me plait, se dit Edith. C'est rassurant qu'il y ait des endroits si sauvages. Je n'aurais jamais imaginé qu'une nature comme celle-ci existait encore. »

La ligne du littoral tourna, et de là, elle zigzagua à perte de vue. La plage se rétrécit. Elle marchait maintenant sur un chemin caillouteux qui montait et descendait, de petites criques lui barraient parfois le passage. Mais elle avançait malgré tout, sautant d'une pierre à l'autre. Le soleil était brûlant. Sortie de nouveau sur le sable fin, elle essayait de suivre l'ombre des palmiers. Elle s'arrêta pour boire une gorgée d'eau. Il n'en restait plus beaucoup dans la gourde.

La côte tourna de nouveau mais devant elle le paysage ne changeait guère. Toujours ce bord de mer idyllique et cette forêt impénétrable. Il n'y avait pas la moindre trace d'une présence humaine, ici non plus. Elle avait chaud, l'eau allait lui manquer d'un instant à l'autre. Elle décida de faire demi-tour.

« Que faire ? se demanda Edith. Elle pensa au radeau : il y avait une tente là-bas et il serait bon de la récupérer. Elle pensa aussi à Andrew. Ce pauvre Andrew ! Il n'y avait qu'elle pour l'enterrer. »

Elle puisa encore une fois dans la réserve d'eau du sac, ouvrit une boîte de maïs et la vida. Puis, elle s'accorda un court repos.

Une demi-heure plus tard, elle se dirigeait vers le radeau. Elle ne le voyait pas du rivage car il était caché derrière ce fichu amas de rochers. Aller là-bas, maintenant, en plein jour et par beau temps, c'était vraiment facile. Un enfant y parviendrait. Elle progressait vite dans l'eau peu profonde. Il lui restait juste à contourner le petit îlot puis tourner légèrement sur la gauche et... Le radeau n'y était plus ! Edith, stupéfaite, s'arrêta. Puis elle continua la marche et arriva vite à l'endroit où elle l'avait laissé ce matin, coincé entre deux roches. C'était incroyable ! Elle ne s'attendait vraiment pas à ça ! Il ne restait aucune trace ! Pas le moindre débris ! La mer avait emporté le radeau et le corps d'Andrew avec...

Il n'y avait plus rien à faire à cet endroit sinistre et elle fit demi-tour. Mais avant de partir, elle grimpa sur un rocher et regarda autour : partout ce bleu d'azur et rien de plus ! Elle revint sur le rivage.

Ainsi, sa première journée de solitude se terminait. Le soleil touchait déjà la ligne des arbres. L'air devenait de plus en plus humide, son tee-shirt lui collait à la peau. Edith n'avait aucune expérience des tropiques. Pendant ses études, elle passa un week-end de trois jours en République Dominicaine, c'était tout. De plus, elle n'avait aucune idée de l'endroit où elle se trouvait ; une seconde tentative pour faire marcher le GPS et le téléphone n'aboutit à rien. Dans l'immédiat, la seule chose qui lui restait à faire était de s'accommoder de la situation. Surtout, elle devait se préparer à passer la nuit ici.

« Mais où et comment ? se demanda-elle. Sur cette plage ? »

La forêt si proche lui faisait vraiment peur. Elle imaginait le pire ! Un jaguar prêt à lui sauter à la gorge. Un python énorme s'enroulant autour de sa taille…

« Ne cédons pas à la panique, se dit-elle. J'ai une arme après tout. »

Edith tira du grand sac la couverture de survie, l'avant-dernière gourde d'eau, une boîte de conserves (mouton et haricots verts), une lampe de poche, et de son sac personnel elle tira son pistolet à la crosse nacrée. Elle le soupesa dans ses mains, lentement, puis l'arma et le désarma. Elle s'approcha le plus possible de la mer.

« J'installerais mon camp ici, sur le sable sec, au sommet de cette petite dune, décida-t-elle. »

Elle creusa d'abord une cavité peu profonde qu'elle entoura de quelques galets, sortit la couverture de survie de son sachet plastique. Elle regarda avec satisfaction sa nouvelle demeure.

« Je vais être bien ici, se dit-elle. Je vais pouvoir dormir tranquillement. »

Il y avait aussi autre chose : après la nuit passée dans le radeau et cette journée au soleil, elle se sentait sale et le supportait très mal.

« A quoi bon peut servir la mer sinon à la baignade, se dit-elle avec un brin d'humour grinçant. »

D'un seul coup, elle se débarrassa de ses habits, et sauta nue dans l'eau. Elle s'y aspergea, et ruisselante, fit un plongeon ; puis, elle pataugea à grand pas. Couchée sur le dos, elle fit quelques mouvements et se releva. L'eau coulait sur sa peau avec douceur. C'était très agréable, si apaisant. Une sensation de bien-être l'envahit. Sur le moment, elle oublia tous ses soucis. On pourrait dire : « une jeune femme en vacances, comme celles qu'on trouve si souvent sur les couvertures des magazines illustrés ».

Mais entre-temps le ciel s'assombrit, c'était le moment de sortir. Elle prit le temps de se sécher, remit son pantalon et son tee-shirt. Elle ouvrit la boîte de conserves et la mangea, vida la gourde. Demain, il lui faudra trouver de l'eau potable. Ab-so-lu-ment !

Elle se coucha. Enveloppée dans la couverture de survie – comme protection contre les bestioles et l'humidité du soir – elle tentait de s'endormir. Mais les images de la journée se bousculaient dans sa tête. Enfin, elle pensa au bain du soir qui était si agréable. Elle se promit de se baigner à nouveau demain matin. Cette pensée la réconforta mais son effet fut de courte durée.

La nuit était bien là et des voix étranges lui arrivaient de la forêt. Insectes ? Oiseaux de nuit ? D'autres animaux ? Dangereux peut-être ! Essayant de percer l'obscurité, guettant le moindre mouvement, elle se tenait sur ses gardes. Elle eut peur. Très peur ! Seule sur cette plage, elle se sentit abandonnée de tout le monde. Pourrait-elle se défendre vraiment avec ce petit pistolet dérisoire ?

Elle s'assoupit mais se réveilla aussitôt. La chaleur devenait insupportable. Elle rejeta la couverture, se mit par-dessus. Elle tentait de s'endormir en fermant les yeux. Mais elle n'y arrivait pas. Elle s'asseyait puis se couchait de nouveau. Elle restait longtemps encore éveillée, malgré des efforts répétés.

Finalement, la fatigue l'abattit. Des scènes oppressantes l'envahirent.

Elle se vit seule dans la jungle, ne sachant où aller. Elle essayait pourtant d'avancer : comme il était pénible de se frayer un chemin à travers cette végétation dense. Pire encore : tout au long de son parcours, elle ressentait une menaçante présence. Derrière les arbustes épineux, des yeux brillants la guettaient, se fixaient sur elle. Voulant fuir, elle avança plus vite, courut presque. Les épines ensanglantaient ses mains et son visage. Soudain, elle sortit dans une clairière et tout de suite s'enfonça dans le marécage.

« Au secours ! Andrew, au secours ! »

Mais Andrew ne répondait pas. Allongé sur le dos, immobile, regard figé sur la haute couronne des arbres, il semblait ne pas avoir entendu ses cris alarmants.

Réveillée, elle sursauta de peur, se souleva sur ses mains. Remise de sa torpeur, elle scrutait longtemps la tache sombre de la forêt. Rien ne bougeait. Edith respira soulagée. Mais il y avait toujours ces mêmes bruits étranges qui se mélangeaient maintenant avec les clapotis des vagues. Couchée sur le dos, elle regardait les étoiles. Combien de temps ? Elle s'assoupit de nouveau et fit un autre songe :

Elle était attachée à un poteau au milieu d'une assez grande place, qui se trouvait au centre d'un village. Sa tête était couverte d'un ornement de feuilles et de fleurs, elle portait une jupe courte en fouillis de lianes mais son torse était nu. Qui l'avait emmené et que faisait-elle ici ? De modestes cabanes d'indigènes l'entouraient de toutes parts, mais auprès d'elle il n'y avait personne. Il n'y avait aucun être humain sur cette place, seul un couple d'oiseaux de proie traçait des cercles, de plus en plus serrés, au-dessus de sa tête.

« À l'aide ! cria-t-elle. Libérez-moi ! »

Mais personne ne répondait. Ses mains étaient liées et ses

pieds aussi, elle ne pouvait donc rien faire. Les oiseaux descendirent encore, toujours silencieux, et leurs grands becs aiguisés se penchèrent sur elle.

« Au secours ! À moi ! »

Un homme sortit d'une cabane et avança dans sa direction sans se presser. Grand, peau foncée, visage strié des peintures rouges et noires, il portait un couteau dans sa main droite et un bâton sculpté dans sa main gauche. Avec le bâton, il fit signe aux oiseaux, qui s'envolèrent. Il se trouvait maintenant tout près d'elle. Il s'arrêta, laissa tomber son insigne de chef. Il caressa sa joue et sa gorge, doucement, longuement ; elle sentit sa main trembler et entendit sa respiration courte. L'homme regarda son couteau ...

Un cri d'oiseau nocturne. Edith, trempée de sueur, palpa ses mains, puis son visage. Non ! Elle était libre et elle était seule. La lune se montra et éclaira la plage.

Les heures passaient lentement. Elle s'endormait et se réveillait, tournait d'un côté et puis de l'autre. Elle alluma la lampe de poche et dirigea le faisceau lumineux sur le petit pistolet argenté. Il brillait d'une lumière bleuâtre. Enfin, elle trouva le sommeil pour de bon. Quand elle se réveilla, il faisait déjà jour mais le soleil n'était pas encore dans le ciel. L'air froid de la mer la fit frissonner et elle se leva. Elle avait mal partout. Elle ne se souvenait pas d'avoir jamais passé une nuit aussi exécrable. La lampe de poche ne fonctionnait plus. Elle se força à manger deux biscuits et but une gorgée d'eau. Elle essaya de nouveau de faire fonctionner le GPS et le téléphone, mais les deux appareils restaient muets, ce qu'elle n'arrivait pas à comprendre.

« Et maintenant, que dois-je faire ? se demanda-t-elle. Chercher du secours, évidemment. Il faut que j'explore l'autre partie du rivage. Il y a bien quelqu'un, quelque part ! se dit-elle. On me dira au moins où je suis. »

La journée s'annonçait de nouveau chaude, elle décida donc de partir sur le champ. Portant dans son sac la dernière portion d'eau, quelques biscuits, du jambon en conserve, des jumelles ainsi que son pistolet minuscule, elle suivait la côte. Comme hier, ici aussi la forêt descendait jusqu'à la mer, mais par endroits elle était moins épaisse et plus sèche. Ça et là, de petites clairières brillaient à travers les arbres. La végétation occupait cependant le gros de l'espace. Des cactus, arbustes à feuilles et aux épines, arbres de toutes sortes et surtout de nombreux cocotiers se présentaient aux yeux d'Edith, qui s'étonnait d'une telle richesse. Des chants et cris d'oiseaux remplissaient les airs. Il y avait des perroquets en nombre et des oiseaux noirs aux becs bossus. Une autre espèce attira aussi son attention. Ceux-là, possédaient de très longs becs, on pourrait dire des " becs-volants " avec des corps minuscules attachés derrière. Tout ce petit monde s'agitait autour d'un amas d'arbres nains, qui étaient couverts de grappes de petits fruits rouges.

« Cela ressemble au sorbier, se dit Edith, et ils en raffolent, on dirait. Je vais les goûter moi aussi. »

Elle aima le goût acidulé et sucré à la fois, mais mangea une poigné seulement. Elle se promit d'en ramasser plus au retour.

La côte tournait vers l'ouest et le paysage changeait. Ici, il y avait encore cette forêt touffue mais le relief devenait plus vallonné. Une colline pointait au-dessus des autres, son sommet rocailleux était couvert d'une végétation basse et clairsemée.

« Si je pouvais monter jusqu'en haut pour voir, pensa-elle. Ça fait au moins deux cents mètres, peut-être trois cents, et de là, il doit y avoir une large vue. »

En suivant toujours la lisière de la forêt, elle regardait attentivement devant ses pieds. Il n'y avait pas de chemin,

28

aucun sentier nettement tracé. Elle décida d'emprunter une piste insignifiante qui semblait se poursuivre à travers la forêt dans la bonne direction. Pas après pas, prudemment, elle s'enfonça dans la pénombre. Mais sa progression fut lente. La piste était bordée de ronces et de lianes qu'elle écartait avec un bâton. Ses jambes se couvrirent d'égratignures. Serrant le pistolet dans l'autre main, elle fixait le chemin devant elle et regardait aussi sur les côtés, guettant chaque mouvement, le plus faible qu'il soit.

« Ce chemin, ce sont les animaux qui l'ont fait, pensa-t-elle. Mais quels animaux ? Ah ! ça commence à monter maintenant. Tant mieux. »

La pente devenait abrupte. Mais Edith grimpait obstinément, s'accrochant aux arbustes. Couverte de sueur elle s'arrêta un moment, puis reprit sa montée.

Le sol s'aplatit et la petite clairière du sommet apparut devant elle. Ça y est ! Respirant profondément elle fit le tour de l'horizon : sous ses pas, dans toutes les directions, s'étendait la terre, et au-delà, la mer. Elle regarda avec plus d'attention. Mais oui ! Cette mer la cernait de toutes parts.

« Je suis sur une île ! Il n'y a pas le moindre doute, se dit Edith. »

Elle ressentit une vive émotion, sans savoir vraiment pourquoi. Était-ce une excitation romanesque ou une crainte ? Ou les deux à la fois ?

« Quel scoop ! se dit Edith. Et quand je pense que le soir de la tempête on plaisantait là-dessus ! Mais île ou pas île, il me faut quelqu'un. Il y a bien au moins un village de pêcheurs, ou quelque chose dans ce genre ? »

Mais d'où elle se trouvait, on ne voyait aucune trace de la présence humaine. Elle inspecta l'île à la jumelle. La forêt tropicale dominait dans la partie est, ailleurs la végétation était plutôt basse, composée d'arbustes, d'agaves et de cactus. Des clairières parsemées de rares arbres dominaient par endroit. L'île avait globalement un climat sec, ça sautait aux yeux. Aucun ruisseau n'était en vue, et cela l'inquiétait. Il lui restait encore un fond de gourde, c'était tout. Et après ?! Qu'allait-elle faire ? Elle écarta pour le moment cette question embarrassante et continuait d'admirer la vue. La forme du littoral changeait sans cesse, aux lignes droites se succédaient d'agréables baies sablonnées. Quelques bouts de récif corallien se montraient de côté et d'autre. À deux, trois kilomètres d'elle, la côte devenait escarpée, et cet amas de roches s'incrustait dans les terres.

« En somme j'avais raison. Cette île est un endroit rêvé pour une villégiature, se dit-elle. Je n'aurais pu imaginer qu'au XXIᵉ siècle il reste encore des coins aussi vierges sur notre pauvre planète. C'est étrange, surtout quand on songe que les villes du Venezuela et les grandes îles antillaises doivent être assez proches. »

Et en effet, du côté nord, derrière le bleu foncé dans la brume lointaine, il y avait une terre qui semblait être une île elle aussi, et du côté sud, une autre terre occupait une grande partie de l'horizon.

« Le continent sud-américain peut-être, pensa Edith. À combien de kilomètres d'ici? Elle savait qu'on sous-estime souvent les distances en mer. Dans ce cas, plus que vingt kilomètres sans doute. »

Elle décida de descendre. Il n'était pas tard, et elle pouvait encore poursuivre.

« J'essaierai de rester à l'ombre le plus souvent possible. J'irai voir du côté de ce massif rocheux. Je dois trouver un ruisseau ou une source. Au plus vite ! »

Une heure plus tard elle approchait l'endroit. Elle y pénétra par un sentier caillouteux. Un rongeur, sorte de petit lièvre, croisa son chemin et s'enfuit à toutes jambes. Edith se trouvait maintenant à une vingtaine de mètres au-dessus de la mer.

D'ici aussi, la vue était belle, et s'étendait loin sur le rivage. Elle continua avec prudence, pendant un quart d'heure environ, et vit une grotte. Elle descendit et l'approcha. L'ouverture de la grotte se trouvait à environ quatre mètres du sol, et Edith grimpa sur une paroi rocheuse tapissée d'une mousse glissante. À l'intérieur, l'ombre jouait avec la lumière, et il lui fallut un moment pour mieux voir. La caverne était vaste et semblait inoccupée, justes quelques araignées tissèrent leurs toiles dans les coins. Elle se composait d'une grande pièce voutée, et d'une autre, plus petite et plus basse.

« C'est parfait, se dit Edith à voix haute. C'est ce qu'il me faut exactement : un salon-séjour et une chambre. J'emménage tout de suite. »

Elle vit de l'humidité sur le sol et cela l'intéressa vivement.

« Très bien, se dit-elle. Il peut y avoir de l'eau dans les parages. Sortons. »

À l'extérieur le soleil l'éblouit. Mais sans tarder, elle continuait son ascension jusqu'au pic rocheux qui dominait la zone. De là, il y avait une vue excellente sur les alentours. Son regard tourna et s'immobilisa.

« Ah ! je le savais, cria-t-elle joyeusement. »

Un ruisseau se trouvait sous ses pieds. Descendre et l'approcher fut l'affaire d'un instant. Le ruisseau n'était ni large ni profond, mais l'eau d'une clarté parfaite ; elle coulait doucement sur des cailloux aplatis. Edith s'agenouilla, toucha l'eau de sa main, la caressa, aspergea d'eau fraiche son cou et son visage. Puis, elle but une gorgée, encore une et encore… Ah ! Cette eau avait un goût exquis, rien à voir avec le goût de renfermé de ces quelques gouttes qui lui restaient dans la gourde. Elle s'en débarrassa au plus vite et remplit la gourde d'eau fraîche.

« Ça doit me suffire jusqu'à demain. Demain j'y reviendrai. »

Le retour fut rapide. Elle cueillit quelques grappes de fruits rouges, ramassa près de son campement deux noix de coco. Arrivée au bord de la mer, elle les frappa avec une pierre, mais n'arriva pas à les ouvrir. Fatiguée, elle y renonça.

Le soir, elle s'endormit vite et eut une nuit sans rêves. La fraicheur de l'aube la réveilla. Elle se leva, fit quelques pas. Elle avait faim. Des fruits rouges, il n'en restait plus ; ils y avaient toujours ces noix de coco, mais le courage lui manqua.

« Il va falloir que je retire d'abord la peau verte, se dit-elle. »

Une idée lui vint : les coquillages qu'elle avait vus au bord de l'eau, partiellement enfouis dans le sable. Elle retourna à l'endroit, en ramassa une quinzaine.

« Ils sont bon à manger, j'espère. De toute façon, je prends le risque. Mais comment les avaler ? Crus ? Non ! Je peux faire du feu ! Je ne suis pas comme ce pauvre Robinson Crusoé. J'ai un briquet, moi. »

Aussitôt dit, aussitôt fait. Elle ramassa quelques branches mortes, alluma un petit feu, y plaça trois pierres plates. Le feu sautillait d'une flamme vive, projetant mille étincelles, son bruit sec lui rappela la cheminée de son enfance. Quand le feu s'éteignit, elle plaça les mollusques sur les galets brûlants et tout de suite une agréable odeur excita ses narines. Quelques minutes plus tard elle dégustait son premier plat cuisiné.

Dans les journées qui suivirent, elle déménagea. Le transport des affaires s'avéra fastidieux. Elle le fit en deux fois, traîna le grand sac de secours avec peine. Puis, elle aménagea la caverne. Un couchage fut confectionné avec des feuilles de palmier. Quelques morceaux de bois, quelques branches et des lianes, lui servirent à fabriquer une table et un tabouret très rudimentaires. Elle rassembla laborieusement des pierres, petites et grandes, pour protéger l'entrée durant la nuit. Une telle protection était dérisoire, elle le savait, mais ça la rassurait quand même. Elle visita les alentours. La forêt reculait par endroit pour donner place à la savane. Différentes espèces d'oiseaux survolaient une colonie de grands cactus, qui étaient couverts de belles fleurs roses et portaient des fruits : des petites pommes vertes. Les oiseaux en raffolaient. Edith croqua dans une pomme et la trouva à son goût. Elle en ramassa plusieurs pour les manger plus tard. Elle suivit le bord de la mer à la recherche de crustacés et trouva les mêmes que la dernière fois ; d'autres ressemblaient aux huîtres, d'autres encore aux palourdes. Elle vit aussi des oursins et des petits crabes.

« Parfait ! Il y a l'abondance ici, se dit-elle. Je vais pouvoir changer de met chaque jour. »

Un couple de lézards courut sous ses pieds : « Les lézards, c'est bon pour les chats. Moi, je ne mangerai jamais ça. »

Près de sa demeure, elle rencontra le même rongeur qu'auparavant : « On dirait un lapin ; d'où il vient celui-là ? »

Mais le lapin eut la vie sauve. Edith renonça à utiliser son pistolet, préférant garder les balles pour une autre occasion.

Après plusieurs tentatives maladroites, elle apprit à ouvrir les noix de coco à l'aide de deux pierres, dont une aiguisée comme un couteau, l'autre lui servant de marteau. Laissant de côté l'eau de coco, elle grignotait la pulpe. Elle envisageait sérieusement d'aller à la pêche. Il y avait une multitude de poissons dans les eaux peu profondes du lagon, mais elle ne savait pas comment s'y prendre. Finalement, elle fabriqua une lance, en taillant une tige rigide et lourde avec son canif. Les premiers essais échouèrent, mais elle décida de poursuivre. Elle souffrait quotidiennement de maux d'estomac.

« C'est normal, se consolait-elle. Mais je vais m'y habituer. Cette île peut me nourrir ! C'est la seule chose qui compte. »

Les journées se suivaient, chaudes et ensoleillées. Edith se levait tôt et commençait la matinée par une longue baignade.

Puis, elle marchait le long de la plage en regardant la mer qui restait vide. Aucun bateau ne se montrait et Edith s'en étonnait.

« Comment se fait-il que les secours n'arrivent toujours pas ? On ne nous cherche donc plus ? Admettons … mais il y a bien des gens dans les parages; comment ça se fait que personne ne vient sur cette île ? Ils viendront enfin, j'en suis sûre ! Dès que je vois un navire, j'allume un grand feu en une minute. »

Le mois de mars avançait et sa vie s'organisait. Chaque jour, elle s'approvisionnait en eau et nourriture : mollusques, fruits, noix de coco.., une fois elle réussit même à transpercer un poisson avec sa lance. Le goût du poisson grillé lui resta longtemps dans la bouche. A part ce succès isolé, elle ratait ses coups mais continuait à s'exercer avec obstination. Elle parcourait la région. Lors d'une de ces excursions, Edith fit une rencontre dangereuse. Elle était en train de grimper un escarpement rocheux, quand soudain un grand serpent lui barra la route. Frappée de panique elle descendit à toute vitesse, tombant sans arrêt, s'écorchant les genoux et les bras. Heureusement, le serpent ne la poursuivit pas. Une fois dans sa grotte, elle pensa à son pistolet qu'elle avait oublié sur le moment. Elle se promit de faire plus attention désormais.

Dans son calepin, elle notait les jours. Ayant commencé à le faire avec du retard, elle ne savait plus la date exacte mais cela lui importait peu. Elle avait ainsi l'impression de maitriser le temps, lequel, de toute façon, passait à grande vitesse. La solitude commençait à lui peser. Elle se parlait parfois toute seule mais cela ne suffisait pas. C'était le début du mois d'avril quand elle commença à rédiger un journal.

II

LIEUTNANT SAMUEL VANBRUGH, POUR VOUS SERVIR

Extrait du journal de EJ :

Ça fait plus d'un mois maintenant que je me trouve ici. Quelle histoire incroyable ! Je n'aurais jamais pu imaginer cela. Seule sur cette île, et pas moyen de contacter qui que ce soit. L'endroit est charmant pourtant. J'aurais aimé y passer quelques jours de vacances en bonne compagnie. Mais pas toute seule et pas si longtemps ! Je commence à m'ennuyer sérieusement. Je ne sais pas ce qui se passe ailleurs, comme si le monde avait cessé d'exister d'un seul coup (un poste de télé serait le bienvenu). Et je manque de confort, ça c'est vraiment pénible ! Quand on y pense, un lit en feuilles de palmier ! Chaque matin je me réveille avec des courbatures. De plus, mes vêtements s'usent vite. Le tee-shirt a perdu sa forme. Le pantalon s'est déchiré à deux endroits ; il va falloir que je le rafistole. Mais bon.., essayons de vivre avec la nature. C'est ça, je vais me transformer en une fille des îles, comme celles qu'on voit danser à l'écran. Il faut que je me confectionne une jupe avec des lianes très souples. J'en ai vues des comme ça, près du ruisseau.

Toujours aucun bateau en vue. Je ne comprends pas !

Depuis la rencontre avec le python, je me méfie. D'autant plus que j'avais vu d'autres serpents sur cette île. Certains doivent être venimeux. J'écarte les ronces avec mon bâton et je regarde bien le chemin devant moi et je regarde aussi sur les côtés. Finalement, cet endroit n'est pas si paradisiaque que ça. Que peut-il y avoir encore dans cette forêt sauvage ? La nuit, j'entends des bruits étranges. Une fois, c'était comme si une bête grattait avec ses griffes les pierres qui protègent l'entrée de ma grotte. Cela durait longtemps, mais j'ai manqué de courage pour aller voir. Le matin, j'ai cru apercevoir des traces de pas au sol ! Ou bien, ce n'est que mon imagination fertile ? Dans le doute, j'ai renforcé encore la barrière.

Cette nuit, j'ai fait un rêve étrange. Un voilier approcha ma côte et accosta juste devant ma demeure. Des hommes costumés en sont sortis. Ils vinrent vers moi, me regardèrent. Ils m'entourèrent en cercle. Et là... je me suis réveillée. Décidemment, mes nerfs me jouent des tours.

Le soleil allait bientôt se coucher et Edith alluma le feu. Elle le faisait tous les soirs, pour faire griller un crabe ou un poisson qu'elle avait réussi à transpercer de sa lance. Elle le faisait parfois juste pour contempler les flammes. Cela l'apaisait. Ses pensées voguaient paresseuses, allaient vers le passé. Elle se rappelait sa vie tranquille à Boston, ses amis, ses loisirs et sa clinique. L'image de son ex apparut une fois; furtive, elle s'éloigna aussitôt. Elle pensait souvent au CAPTAIN GRANT naufragé et à la tempête. Maudite tempête ! À ce moment, le souvenir douloureux d'Andrew revenait inévitablement.

« Pauvre Andrew, pensait-elle. Il était si gentil. S'il pouvait être là maintenant, avec moi. À deux, on se débrouillerait mieux.., et je serais en sécurité avec lui. Quelle malchance ! »

Puis la nuit tomba et le feu s'éteignit. Elle rentra dans sa grotte et se coucha sous la couverture de survie, qui était à moitié déchirée, mais qui la protégeait contre le froid quand même. Cette fraîcheur relative de la nuit contrastait avec les chaleurs du jour qui s'accrurent encore. Car en ce début du mois de mai le temps changeait. L'air devenait plus humide et les nuages se formaient en fin de journée. De plus en plus souvent, ça se terminait par un orage, suivi d'une averse violente et brève. L'eau descendait alors avec fracas le long de la paroi rocheuse, et de sa grotte Edith admirait le spectacle.

Les feuilles des palmiers se pliaient sous l'effet de cette pluie intense, des vapeurs d'eau y émanaient. Ce jour-là, il eut de nouveau un orage et l'idée lui vint :

« Tiens, cette pluie pourrait me servir de douche, se dit-elle. Faire ma toilette dans le ruisseau, deux fois par jour, ça m'embête. Ça sera plus pratique de la faire sous la pluie, et plus agréable aussi. »

Les coups de tonnerre s'éloignaient et Edith sortit de la grotte. C'était comme si elle rentrait vraiment sous sa douche chez elle, dans son petit appartement de Boston, et en même temps c'était différent, très différent. L'eau coulait de partout. Elle enveloppait ses bras, ses seins et ses hanches, elle massait ses jambes, ses cheveux lui collaient au front. Elle fit quelques pas, éclaboussant des flaques d'eau, soulevant ses bras, exposant son visage à la pluie. C'était vraiment très agréable. Elle y prenait du plaisir, un plaisir charnel d'abord, mais pas seulement. C'était si inhabituel de sortir toute nue, sans être vue de personne. Ce n'était pas une plage naturiste, là, où des citadins et citadines blasés font semblant de contester les usages. Ici, elle était toute seule, se trouvait en pleine nature. Non ! elle ÉTAIT la nature… et adorait son corps. Maintenant, la pluie allait cesser d'un instant à l'autre. Elle se savonna vite et fut rincée aussitôt. Encore quelques mouvements de gymnastique et elle rentra. C'était terminé pour aujourd'hui, elle allait reprendre demain.

Sa peau sécha vite. Elle grignota quelques morceaux de noix de coco, sortit son jeu d'échecs et disposa les figures sur l'échiquier. Elle n'était plus seule à présent : il y avait un partenaire en face. Ils examinaient ensemble les ouvertures hypermodernes. Pas à pas, ils suivaient les méandres de *la Défense du Fianchetto de la Dame*, ouverture compliquée qui offrait une multitude de possibilités. Edith découvrit les échecs récemment et adorait ce jeu. Mais aujourd'hui, elle se lassa vite. Elle rangea la boîte et sortit son petit joujou de pistolet.

« Je n'ai même pas essayé de m'en servir. Je vais le tester demain et j'espère qu'il fonctionne bien. J'aurais pu l'utiliser contre ce serpent, pensa-t-elle. »

Mais à part ça, elle ne voyait pas à quoi ce pistolet pourrait bien lui être utile. Chasser les quelques animaux insignifiants qu'il lui arrivait de croiser ? De plus, elle possédait juste six cartouches de huit balles, quarante-huit balles en tout, pas grand-chose. Elle chargea le pistolet et le déchargea. Elle appuya plusieurs fois sur la détente. Tout semblait marcher et Edith remit le pistolet dans le sac. Elle sortit le petit miroir, regarda son visage : elle avait des cernes bleuâtres sous les yeux.

« Je suis fatiguée. Je dors mal et je ne me nourris pas comme il faut. Il n'y a rien à faire. »

Elle sortit quand même sa trousse de maquillage mais après courte réflexion la remit dans son sac. Tous ces rituels de beauté, ça sera pour une autre fois. Mais elle se regarda encore dans la glace. Ses cheveux ont énormément poussé. Elle décida de s'en occuper tout de suite. Il faisait sombre dans sa caverne et elle sortit. La lumière était en train de baisser, mais Edith, obstinée, coupa vite ses cheveux, en se servant de ciseaux à ongles, les seuls qu'elle avait.

« Je ne suis pas très présentable, se dit-elle pleine d'amertume. Mais heureusement, il n'y a personne pour m'admirer ici »

L'état de ses vêtements la préoccupait. Ils s'usaient vite et elle n'avait pas de rechange. Pas d'aiguille non plus. Le pantalon déchiré, elle l'ajusta en le coupant, tout simplement, à mi-jambe. La semelle d'une des baskets commençait à relâcher. Elle la fixa tant bien que mal avec un bout de ficelle. Le tee-shirt tenait encore mais le coton commençait à s'effilocher par endroit. Heureusement qu'il faisait si chaud ici.

Sauf la nuit, quelquefois. Elle pensait sérieusement à se confectionner des habits – une jupe, une chemisette et même une veste – avec des lianes souples. Elle se promit de le faire d'ici peu.

Quelques semaines passèrent. Edith notait les jours et scrutait la mer qui restait désespéramment vide. C'était pour elle un vrai mystère. Restait-elle seule au monde, du fait d'une diablerie étrange ? Son esprit scientifique n'acceptait pas cette idée farfelue.

« Nous sommes bien sept milliards d'humains sur terre, pensa-t-elle. Peut-être huit, depuis qu'on en parle. »

Un jour, elle tomba malade. Le matin déjà, elle se sentait mal. Elle se coucha et dormit deux heures. Plus tard, dans l'après-midi, elle fut prise de frissons et de courbatures. Elle s'ausculta les bronches et le cœur mais n'entendit rien de spécial. Sa température de 103,1°F (39,5°C°) l'inquiéta. Qu'avait-elle attrapé dans cette nature vierge ? Une saloperie quelconque : une bactérie, ou pire, un parasite. Le paludisme peut-être ? Elle n'avait jamais vu de moustiques sur l'île. Moustique ou pas, par mégarde elle n'avait emmené aucun remède antipaludique dans sa trousse. Edith ne tenait plus sur ses jambes, elle prit de l'aspirine et se coucha.

La nuit, elle dormit peu. Couverte de sueurs, elle se retournait sur son couchage. C'était inconfortable à l'extrême : elle avait mal partout. Des nausées l'envahirent. Elle s'assit péniblement, se leva. Sa tête tournait fort. De sa trousse, elle sortit encore un comprimé d'aspirine et l'avala. Elle trébucha dans le noir mais ne tomba pas. Elle se recoucha. Comme elle se sentait seule. Ah ! s'il pouvait y avoir quelqu'un ici auprès d'elle.

Le lendemain, ça allait mieux. Elle n'avait plus de fièvre mais se sentait faible, et décida de rester couchée un peu. Quand elle se réveilla de nouveau, la lumière du jour l'éblouit.

Il devait être tard, décidément. Elle se leva difficilement, prit une gorgée d'eau et approcha l'ouverture de sa forteresse.

Edith n'en croyait pas ses yeux ! Dans la baie il y avait un bateau ! C'était un grand voilier et il était amarré à trois cent mètres à peine du rivage. De nombreux canons sortaient de son flanc. Elle voulait courir d'abord, puis crier, mais elle ne le fit pas. Elle se ressaisit.

« Non !, se dit-elle. Voyons d'abord ce qui se passe. J'aurai tout mon temps pour me manifester. »

Le bateau se trouvait à un kilomètre.., un kilomètre et demi de la caverne, et elle prit les jumelles pour mieux voir.

« Tiens, un voilier ancien, se dit-elle. Une belle maquette d'un navire du temps de la guerre d'Indépendance, je crois. Ça doit être un bateau-école, tout simplement. »

Une barque se détacha du navire et se dirigea vers la plage. Edith y orienta ses jumelles et vit qu'il y avait quatre hommes à bord. Elle regarda avec plus d'attention. Tous ces hommes portaient des costumes d'époque.

« Des habits du XVIIIᵉ, je crois, ça va bien avec leur bateau. »

Deux de ces hommes ramaient…

« C'est bizarre, ils n'ont même pas de moteur. »

Le troisième tenait le gouvernail et le quatrième… Le quatrième assis au milieu ne bougeait pas. Edith le regarda encore et vit qu'il avait les mains attachées derrière son dos.

« Mais oui ! C'est une équipe de cinéastes qui tourne un film sur les pirates, ou quelque chose dans ce genre, se dit-elle. Des pirates ? Mais où est donc le pavillon noir à tête de mort ? »

Elle tourna ses jumelles. Non, le pavillon n'était pas noir, rien de tel.

« On dirait le pavillon britannique, pensa Edith. Mais pas tout à fait. Il a quelque chose de spécial cet Union Jack, mais quoi ? Ça y est, j'y suis. C'est bien l'ancien drapeau à ce que je sache. Mais oui, tout concorde à merveille. »

Elle observa de nouveau la barque qui se trouvait près du rivage. L'homme assis se retourna et un des rameurs le menaça avec son aviron.

« Tout ceci est bien étrange, se dit Edith. Où est leur matériel, leur caméra, et tutti quanti ? »

Elle décida d'attendre avant de quitter sa cachette. Mâchant un bout de noix de coco, elle suivait du regard la barque qui était maintenant sur le point d'accoster. Vite, elle glissa sur le sable et s'immobilisa. Les rameurs prirent l'homme par les bras, derrière eux, le troisième matelot traînait une grande malle noire. Sur la plage, on détacha les mains du " prisonnier ". Était-ce un vrai prisonnier ? Edith ne comprenait rien de rien !

« Que font ces gens ? Et d'abord, qui sont-ils au juste ? »

Elle avait une grande envie de descendre et de leur demander, mais se retint finalement, jugeant qu'il serait préférable de ne pas bouger pour le moment. Elle continua à observer de loin, tout simplement. Un des hommes coupa les liens du captif. Il lui parla. Ils parlèrent tous les deux quelque temps, mais de là où elle se trouvait il lui était impossible de les entendre. Puis, le matelot retourna à la barque. Il en sortit un long fusil, une épée et une hache, posa le tout sur le sable.

La scène arrivait à sa fin. Les trois marins retournèrent dans leur embarcation et l'homme resta seul sur le rivage. Il les suivait du regard. Bientôt, la barque rejoignit le voilier qui ne tarda pas à lever l'ancre. Profitant du bon vent, il quittait la baie et prenait la direction de la grande terre.

Désorientée, Edith baissa les jumelles. Quant à l'homme, il se tenait à la même place, entre son coffre ancien et son fusil d'un autre temps. Elle décida de l'approcher discrètement en suivant la ligne des arbres. Était-elle apte à le faire ? Oui, certainement. Avec tout ce qui était en train de se passer, elle ne se sentait plus vraiment malade. Un peu faible, voilà tout. Elle se regarda dans le miroir : son visage pâle l'attrista.

« Ça passera vite. Quand on se sent comme ci, comme ça, rien de tel qu'une promenade matinale pour vous remettre en selle, se dit-t-elle à voix haute. »

Un deuxième coup d'œil dans le miroir, rapide cette-fois-ci : arranger ses cheveux, c'était vite fait. Edith regarda sa tenue débraillée. Tenter de refaire les plis du pantalon, qu'elle idée saugrenue. Elle descendit enfin, se glissant avec adresse le long de sa paroi rocheuse. Elle avança courbée le long de la ligne des arbres, s'arrêtant souvent et regardant par les jumelles. Son homme se trouvait toujours au même endroit. Elle le vit tirer ses affaires à l'ombre des arbustes, enlever sa veste et son gilet, et les poser par-dessus. Puis, il fit quelques pas et s'arrêta au bord de l'eau. Il scrutait la mer, désormais vide, et les environs. Il semblait hésitant, ne sachant quoi faire. Quelques minutes passèrent ainsi, avant qu'il ne se décide. Il marchait maintenant le long du rivage en s'éloignant d'elle, mais cela ne dura pas. Soudain, il s'arrêta, puis, revint sur ses pas. Il ramassa son long fusil, tira l'épée du fourreau, juste à moitié, et la remit à sa place. Le fusil dans une main, son chapeau dans l'autre, il reprit sa route.

Edith le suivit, essayant de faire le moins de bruit possible et de garder une distance convenable. Elle se sentait toute excitée : enfin il se passait quelque chose. Mais ce " quelque chose " comportait des dangers. Qu'est-ce qu'elle en savait de l'homme, après tout ? La scène qu'elle venait d'observer la laissait perplexe. S'agissait-il d'un vrai prisonnier abandonné sur cette île déserte, comme cela se faisait autrefois ? D'un prisonnier, que l'on trouve sur les pages d'un roman d'aventure pour la jeunesse ?

« Certes non ! Pas à notre époque, se dit-elle. Un peu de

courage, ma chère. Le danger est seulement dans ta tête. La vérité est qu'il y là, tout près devant toi, un être humain. Le premier après tout ce temps. Un prisonnier. Un criminel donc... mais voyons ! Cela ne pouvait être qu'une mise en scène, une mascarade de carnaval. Une plaisanterie entre amis, un pari extravagant. Peut-on rester deux semaines tout seul sur une île comme celle-ci ? Oui, un pari. Ou bien autre chose encore. »

Elle brûlait d'envie de le savoir, mais d'un autre côté elle craignait l'homme, bien évidemment. Par manque d'assurance, elle le suivait à bonne distance, d'assez près toutefois pour ne pas le perdre de vue. Quand il s'arrêta soudain, elle s'arrêta aussi. Il essuya son front avec le chapeau et s'appuya contre une paroi rocheuse. Il demeurait ainsi tourné dans sa direction, et Edith pouvait le dévisager tranquillement à travers les feuilles de son buisson-cachette.

Elle constata qu'il était jeune, très jeune même.

« Une vingtaine d'années, se dit-elle. Décidemment, je n'y aurais pas pensé. Dans tous les cas – criminel ou farceur – je m'attendrais à quelqu'un de plus âgé. »

Il était grand, large d'épaules, et avait un beau visage : front haut, nez droit, bouche pleine. Ses cheveux étaient de couleur auburn à reflets d'or ; ils étaient longs, tirés en arrière en une queue de cheval nouée sur la nuque. Mais elle n'eut pas le temps de les admirer, car l'homme les couvrit à ce moment-là de son chapeau à trois cornes. Il portait une chemise blanche sans col aux manches longues, bouffantes, un pantalon qui lui serrait la cuisse et qui s'arrêtait juste au-dessous du genou. Il sembla aussi à Edith qu'il portait des bas, mais alors de couleur chair ; difficile d'en être sûre à cette distance. Elle remarqua aussi son épée qui lui descendait jusqu'au genou, et qui ajoutait je ne sais quelle touche d'élégance martiale à son air très juvénile. Des souliers plats et noirs à boucle, finissaient la tenue. Puis, elle se souvint de sa longue veste et du gilet laissés sur la plage. Le tout l'impressionna.

« Quel déguisement superbe, pensa-t-elle. Rien de comparable avec notre " look " négligé de tous les jours. Mais je me demande à quoi bon un tel accoutrement sur cette plage déserte ? »

L'inconnu reprit sa marche et Edith sa filature. Courbée, elle se faufilait en silence par un sentier, à peine perceptible, à l'orée du bois. Avec la prudence du serpent elle glissait, profitant de la forme du terrain pour ne pas se faire repérer. Lui de son côté, marchait d'un pas vigoureux en s'arrêtant parfois. Avec un air défiant, il observait les alentours. Il se tournait aussi, et à ces moments-là, Edith s'aplatissait en retenant son souffle. Puis, la marche continuait et tout cela, pour dire vrai, commençait à être un peu monotone, quand soudain il disparut de sa vue derrière un virage. Elle s'arrêta un instant, puis reprit sa marche. En approchant du virage, elle ralentit, fit quelques pas sur la pointe des pieds. Elle regarda. De l'autre côté, il n'y avait personne !

« Quel est ce prodige ? Où est-il, bon sang !? pensa Edith avec angoisse. Il ne s'est pas volatilisé, tout de même. »

Les traces de ses pas sur le sable étaient bien visibles et elle les suivit. Soudain, ces traces tournèrent et s'égarèrent à la lisière du bois. Edith ne savait plus quoi faire. Continuer à le poursuivre ? Mais comment ? Elle s'assit sur le sable pour réfléchir. Elle avait aussi besoin d'un moment de repos. Quelques minutes passèrent ainsi. Edith, épuisée, ferma les yeux. C'est alors qu'elle entendit un bruit, un bruit de pas ! Elle se retourna brusquement et le vit ! Il était là, devant elle. Il la regardait sans dire un mot.

« Mais bien sûr, il a dû me voir et il est revenu sur ses pas, Edith eut cette pensée furtive. »

Il semblait stupéfait, ne sachant quoi faire, tandis qu'elle reprenait lentement ses esprits. C'est à gorge serrée, cœur battant, qu'Edith prononça ces mots : Qui êtes-vous ?

— Ah ! vous parlez anglais, s'écria l'homme.

Il posa son fusil, en l'appuyant contre une roche. Puis, il la salua. Le geste fut hésitant, mais non dépourvu d'élégance : il s'inclina légèrement en se découvrant.

— Je suis le sous-lieutenant Samuel Vanbrugh, votre serviteur.

— Sous-lieutenant, un vrai sous-lieutenant ?

— Oui.., sur la frégate *Good Fortune*. Ou plutôt, j'ai été sous-lieutenant, mais je ne le suis plus.

— Comment ça ? demanda Edith l'air méfiant.

— On m'a défait de mes fonctions.

— Attendez, attendez ! Vous jouez à quoi là ?

— Je ne joue à rien. C'est comme ça, hélas. On m'a défait de mes fonctions pour mutinerie. Je suis un mutin. C'est ce qu'ils prétendent tout au moins.

— Racontez-moi.

— Je le ferai, plus tard. Mais d'abord, qui êtes-vous, vous-même ?

— Je suis le docteur Edith Jankovich, rescapée sur cette île et...

— Comment ça ? Docteur ?! Pardonnez ma grossièreté, madame, mais je ne comprends pas. Et d'où venez-vous, s'il vous plait ? Vous parlez comme les gens de nos colonies dans le nord, pas tout à fait, mais...

— Colonies ?! Quelles colonies ?!

— Nos colonies d'Amérique, voyons.

C'est un fou, pensa Edith. Ce qu'il dit là, n'a aucun sens. Mais ce voilier, ce costume et le pari. Bien étrange tout ça. Décidemment, il faut que j'y aille doucement.

— Vous êtes Anglais monsieur ?

— Absolument. J'ai l'honneur d'être sujet de sa Majesté

George III, roi du Royaume-Uni de Grande Bretagne et d'Irlande. Tout comme vous, madame, puisque vous vivez dans nos colonies.

— Mais je suis citoyenne des États-Unis, moi ! dit Edith.

— Quels États-Unis ? son étonnement semblait si sincère.

« Non, il n'est pas fou. C'est un bon acteur, pensa Edith. Il joue un rôle. À la perfection. Mais quel rôle joue-il ? Qu'est ce qui se mijote ici ? »

— Allons, monsieur l'officier. Racontez-moi votre véritable histoire, voulez-vous ?

— Je vous ai dit la vérité. Je suis un mutin, enfin on m'a pris pour tel. Je veux bien vous parler un peu de moi, mais ensuite ça sera votre tour.

— Pourquoi pas, dit Edith d'un ton réservé.

— Très bien. Je viens du Kent. Ma famille appartient à la vieille noblesse de ce pays. Mes aïeux y étaient déjà barons au temps du feu roi Henri VIII. Nous avons des terres là-bas. Mais moi, j'ai voulu être indépendant. Je me suis dit : tiens, je vais faire carrière militaire dans la *Royal Navy*. Il y a eu des marins dans ma famille… j'ai décidé moi aussi de suivre des études à l'École de la Marine. Ça fait seulement deux ans que je navigue, ajouta-t-il. Et maintenant, à vous.

— Que voulez-vous savoir au juste ?

— Qui êtes-vous ? D'où venez-vous ? Mais avant tout, dites-moi, comment ça se fait que… que vous êtes si modestement parée ? Pardonnez cette question impudente madame, mais vous êtes de race blanche, et d'une bonne souche, j'en suis sûr, et votre habillement est si modeste et… si inhabituel. Comment se fait-il ? Et, que faites-vous toute seule ici ?

— Ça fait beaucoup de questions à la fois, Edith sourit. Je ne sais pas par où commencer.

— Madame, vous pouvez me faire confiance, dit le jeune

homme très sérieusement.

— Eh bien, c'est tout simple. Je suis une naufragée. Notre bateau a coulé lors d'une tempête et je me trouve seule, rescapée sur cette île. Je n'ai pas eu le temps d'emmener mes affaires et me voici ainsi... Elle joint un large geste et un sourire à ses paroles.

— Ce navire, comment s'appelait-il ?

— *Captain Grant*.

— Jamais entendu parler. C'était un navire de commerce ou de guerre ?

— Ni l'un, ni l'autre. C'était un bateau de recherche scientifique.

— Un bateau de quoi ?

— De recherche océanographique. Il étudiait les mers : les rivages, les eaux, la nature.

— Ah bon ! Je ne savais pas que ça existait. Et qu'est-ce que vous faisiez là-bas ? Vous accompagniez votre époux ?

— Non. Je ne suis pas mariée.

— Votre père alors ?

— Non plus. Je voyageais seule. Comme je vous l'avais déjà dit, je suis docteur. Docteur en médecine. Je travaillais comme médecin de bord.

— Mais madame..?! Il se tut.

« Quelle histoire, pensa le lieutenant Vanbrugh. On me débarque sur une île soit disant déserte, et qui je trouve : une jeune folle. Ce qui lui arrive explique bien sa folie. Son bateau fait naufrage, c'est l'évidence même. Elle se sauve, les autres périssent. Elle perd son mari ou son père, atterrit ici et reste seule sur cette île, depuis longtemps peut être. »

Il continuait à l'observer, le plus discrètement possible. Elle rougit et croisa les mains sur sa poitrine.

« La pauvre créature, elle est si amaigrie, et ses habits sont si ... légers, pitoyables, pensa-t-il. Pourtant, il y a quelque chose en elle qui me touche, quelque chose, un je ne sais quoi… Et c'est une personne de qualité, je crois. Ses mœurs sont policées ; elle parle bizarrement, mais elle a de l'éducation, ça se voit. Mais en même temps, elle me raconte n'importe quoi, se dit-il, avec une brusquerie soudaine. Que des balivernes ! Elle fabule, prodigieusement. »

— Ça fait longtemps que vous êtes ici, madame ?

— Ça fait trois mois, et même plus.

— Si longtemps que ça ? Vous connaissez déjà bien l'endroit ? Y-a-t-il quelque chose à manger ici ?

— Je mange des noix de coco, je ramasse des fruits, il y a aussi des crabes.

— Que ça ? Et le gibier, on en trouve ici ?

— J'ai vu des petits animaux, sorte de lapins, des lézards, et il y a des serpents aussi.

— Et de l'eau douce ? Vous la trouvez où ?

— Il y a un ruisseau pas loin d'ici.

— Parfait, parfait ! le jeune officier exprima vivement sa satisfaction. Il y donc tout pour ne pas mourir de faim. Et où logez-vous, madame ? si je puis le dire ainsi.

— Un peu plus loin, là-bas. Edith fit un geste imprécis de sa main.

— Parfait. Parfait. Je vais essayer de chasser quelque chose, dit-il avec vigueur. Vous pouvez faire du feu ? Sinon, j'ai ce qu'il faut.

— Quoi donc ?

— J'ai un briquet à silex dans mon coffre.

— Pas besoin, dit-elle.

— À tout à l'heure alors. Et il s'enfonça dans les bois.

« C'est très bien. Qu'il s'en aille. Comme ça, je peux retourner tranquillement à ma tanière, pensa-t-elle. »

Elle commença par courir mais s'essouffla vite. Elle marcha le long de la mer, s'arrêtant un instant à la vue des affaires du jeune marin. La tentation d'y fourrer son nez était forte, mais Edith résista et reprit tout de suite sa route. Au retour dans sa grotte, elle rassembla les quelques objets dont elle allait avoir besoin : un couteau et une fourchette, sa gourde et le briquet ; elle prit aussi quelques grappes de petits fruits rouges, et une noix de coco déjà ouverte. Elle rangea le tout dans un sac en plastique. Avant de sortir, elle mit une touche du mascara, et tenta, tant bien que mal, de se coiffer un peu.

« Tout ceci ne sert à rien. Dans l'état où je me trouve, je ne peux plus me looker, se dit-elle en se glissant le long de sa paroi rocheuse. »

Deux heures s'écoulèrent et un petit feu attendait le lieutenant Vanbrugh à son retour, à l'endroit même où il avait laissé ses affaires. Il s'approcha, la salua gracieusement et lui raconta brièvement ses aventures. Il avait parcouru les bois et les clairières, découvert une cascade, suivi le ruisseau jusqu'à sa source. Mais il n'apportait rien ; il revenait bredouille. Un seul modeste lapin traversa son chemin mais il le rata.

— Des crabes, se réjouit-t-il. Va pour les crabes. Quant à moi, je n'ai rien à vous offrir. Quelques biscuits de marin, tout au plus.

Il remarqua les fruits et la noix de coco.

— Vous êtes bien installée ici, à ce que je vois.

— Servez-vous, dit-elle.

Le sac en plastique vide traînait par terre. Le jeune homme l'approcha, le ramassa. Il le regarda, attentivement, le tourna dans tous les sens, le compressa et le déplia. Un froissement léger se produisit.

— Ah ?! Qu'est-ce cette chose ?

— Comment ça ?

— Jamais vu un tissu pareil, dit le jeune officier.

— Mais c'est un simple sac en plastique, comme tant d'autres.

— Pla… quoi ?!

— Du plastique, du polyéthylène, voyons.

— Je ne vois pas de quoi vous parlez, madame.

— Et moi, je pense que vous jouez un jeu. Et que vous vous amusez bien. Son courage la surprit elle-même.

Il ne répondit pas. Tout en décortiquant la patte de son crabe, il la regardait discrètement. Décidemment, il se passait des choses étranges ici. Et cette femme était stupéfiante. Il n'en avait jamais vue de pareille. Une sorcière..? Une nymphe piteuse plutôt. En vérité, une folle ! Le lieutenant Vanbrugh était encore très jeune et il connaissait mal les gens. Il manquait surtout d'expérience auprès des femmes. À vrai dire, il n'en avait guère, à part quelques brèves rencontres avec une dame au corps charnu, dans une maison close. Maintenant il ne savait pas quoi penser, et quoi dire. Prudent, il décida de se taire, pour le moment tout au moins.

De gros nuages apparurent à l'horizon, et ils approchaient vite.

— Allons-nous en, dit Edith.

— Où ça ?

— Vers un abri, où vous allez pouvoir passer la nuit.

Elle l'aida à porter ses affaires. Il y avait juste quelques centaines de mètres à faire mais Edith se fatiguait vite. Ils s'arrêtèrent plusieurs fois avant d'atteindre l'endroit.

— Vous voyez la cavité du rocher ? J'ai pensé à ça, moi.

— Ça me convient parfaitement, dit le jeune homme.

— Ce n'est pas du grand luxe mais vous y seriez au sec au moins.

— Je vous remercie madame pour le soin que vous prenez de moi. Il s'inclina galamment. Et où logez-vous, s'il vous plait ?

— Pas très loin d'ici, dans une sorte de caverne, répondit-elle vaguement.

Elle l'aida encore à apporter quelques branches, feuilles et mousses pour aménager un peu sa nouvelle demeure. Elle lui laissa sa gourde demi-pleine et le quitta. Les premières grandes gouttes de pluie tombaient quand elle arriva chez elle. Puis, un grand orage éclata.

Extrait du journal de EJ :

Ça fait dix jours que j'ai de la compagnie et cela a complètement changé ma vie. Le lieutenant Samuel Vanbrugh (en supposant que ça soit son véritable nom) est quelqu'un de très aimable, courtois en toutes circonstances. Je suis même étonnée qu'un jeune homme puisse être aussi bien élevé de nos jours. Nous passons des heures ensemble. Il est fort et agile, les tâches quotidiennes ne représentent plus de problème désormais. Il m'a aidé à mieux arranger ma caverne. Avec quelques clous, une scie et un marteau – sortis de sa grande caisse – il m'a fabriqué une nouvelle table bien solide. En trois jours, il s'est construit une assez spacieuse cabane, tout près de chez moi. Le lieutenant est très serviable, et aussi j'ai l'impression qu'il fait tout pour m'être agréable : voici déjà une semaine qu'il m'avait proposé, avec beaucoup de délicatesse, une belle chemise blanche qu'il n'avait jamais utilisé auparavant. Elle est trop large pour moi mais je la porte. Ça me fait une sorte de tunique.

Le lieutenant est un bon chasseur, il me semble. Il se sert de son long fusil (un mousquet paraît-il) avec adresse. Il a déjà abattu deux lapins, et il a fallu que je leurs enlève la peau. Pas le choix. Son fusil, il le charge par le canon, il le fait avec un grand sérieux, et je trouve ça très drôle. Il déchire d'abord la cartouche avec ses dents, verse la poudre dans le canon et la tasse avec une baguette. Puis, il introduit l'enveloppe et la balle, et le tout est de nouveau tassé avec la baguette.

51

L'opération prend énormément de temps, mais quand on n'est pas pressé... Samuel (tiens, je l'appelle maintenant par son prénom) à l'air de bien s'amuser, en tout cas. Il cajole son arme, il s'en occupe comme s'il le faisait depuis toujours. Je ne lui ai pas montré mon petit joujou de pistolet. Cela m'aurait gênée. Pensez-vous, une amazone.

Il nous arrive de causer au coin du feu. Hier soir, il m'a parlé encore du démêlé qu'il avait eu avec sa hiérarchie. Rien de bien méchant, un simple différend au sujet de la conduite du bateau dans une zone côtière. Mais il s'obstinait, et manifestement, son capitaine n'avait pas apprécié. Il m'a raconté cet incident avec une telle ardeur. Quelle performance d'acteur ! On aurait envie de le croire. Mais je me dis, ce n'est pas possible. Je n'ai quand même pas changé d'époque. Tout compte fait, je pense qu'il doit tenir un pari : faire semblant de vivre dans un autre siècle. Et il s'imagine peut-être qu'on m'a choisie en arbitre, moi, pour juger ses actions. Nous nous méfions donc l'un de l'autre, et je ressens chez lui une constante réserve.

Puis, nous avons eu une autre conversation qui m'a donnée à réfléchir. J'ai voulu enfin savoir la date exacte, et je lui ai posé la question.

« Nous sommes le huit mai, répondit-il. »

« Tiens, le soixante-dixième anniversaire de la fin de la 2ᵉᵐᵉ guerre mondiale, dis-je ».

Il semblait stupéfait. Il voulait savoir de quelle guerre je parlais. Son étonnement semblait si vrai. Quel acteur ! S'il continue comme ça, il va certainement gagner son pari. Je lui ai répondu, nonchalamment, en quelques mots : « la guerre 1939-45, comme il le savait bien » Il m'a regardé sans dire un mot. Il hésitait. Je lui ai alors demandé : selon lui, quelle année étions-nous ? Je pensais rentrer ainsi dans son jeu. Il m'a regardé, confus. Un moment est passé. En évitant mon regard, il m'a donné enfin sa réponse : on était le huit mai 1767. Il m'observait attentivement en prononçant ces mots. Pendant un instant je ne savais pas quoi dire, puis, j'ai décidé de jouer pleinement son jeu. Faire semblant de vivre avec lui dans son dix-huitième siècle.

« Oui, oui.., bien sûr. Le huit mai 1767, dis-je. »

J'ai plongé immédiatement dans le bain de l'histoire. L'air innocent, je lui ai demandé s'il avait participé à la guerre de Sept Ans. « La guerre contre les Français et les Indiens ? Non. Il était trop jeune pour ça, il était encore chez lui, dans le Kent. Il avait pris la mer seulement un an après. » C'était exact. Je me suis souvenue à ce moment, qu'il m'en avait déjà fait part : il naviguait depuis deux ans à peine. Le diablotin qui est en moi, s'est réveillé à ce moment-là, et m'a incité à le taquiner un peu : « Il aura bientôt la possibilité de faire ses preuves, lui dis-je. Dans quelques années, si tout va bien, il va pouvoir se battre contre les colons américains dans leur guerre d'indépendance. Quelle guerre ?! demanda-t-il. La guerre d'indépendance des États-Unis d'Amérique. » Il m'a regardé comme si j'étais une folle. Il n'a rien répondu. Et puis, nous avons continué à dîner au coin du feu comme si de rien n'était. Du poisson grillé (délicieux) et aussi quelques crabes. Qu'elle soit bénie cette mer généreuse.

Une pluie et encore une autre. Ces derniers jours, des averses tropicales balayaient l'île ; elles étaient fréquentes mais ne duraient pas. Le soleil revenait pour s'imposer avec force. Les vapeurs d'eau se montraient à la lisière de la forêt, léchaient les sommets des arbres. Puis le brouillard descendait et submergeait la forêt toute entière. Un spectacle éphémère, car peu après l'air devenait transparent et frais, et le soleil aplatissait les ombres. Edith et Samuel se retrouvaient dehors, quelque part entre la cabane et la grotte, se souriaient et se parlaient. Puis, sans se presser, ils reprenaient le travail interrompu par la pluie : construction d'un abri pour les réserves de nourriture, cueillette de mollusques, tissage d'une échelle en lianes souples, pour monter plus aisément la paroi rocheuse de la caverne. Mais parfois ils ne faisaient rien. Ils se promenaient simplement le long de la plage et regardaient la mer. Ils prenaient alors tout leur temps, ce temps qui leur fut offert sans qu'ils l'aient demandé. Pour Edith c'était une expérience nouvelle. Elle l'éloignait de l'agitation des rues encombrées et bruyantes de sa grande ville, et de l'emploi du temps serré de médecin de bord. Tout au début, son monde tumultueux d'autrefois lui manquait. Elle se sentait souvent déboussolée. Mais depuis peu, elle commençait à apprécier ce calme.

Ce jour-là, une brise tiède soufflait du large et de petites vagues clapotaient sur les cailloux. Un bruit doux et monotone qui se confondait avec le grincement du sable sous leurs pieds. Le lieutenant Vanbrugh regardait discrètement sa compagne. La regarder ainsi lui procurait du plaisir, c'était nouveau... il venait juste de s'en rendre compte. Certes, elle était plutôt maigrichonne, mais sa petite silhouette fragile l'attendrissait. Ses grands yeux en amande le troublaient. Soudain, il la trouva presque jolie, mais cette impression fut de courte durée.

« Elle n'est pas seulement très maigre et porte des habits que le dernier vagabond aurait refusé, mais elle est aussi terriblement échevelée, se dit-il. Ses cheveux ont un joli teint blond doré, mais ils sont affreusement courts. Jamais vu de cheveux aussi courts chez une femme. »

Il songea tout de suite qu'elle avait dû subir une maladie, mais il n'osa pas le lui demander. Et cette pensée l'attendrit à nouveau.

Elle se mit à lui raconter les péripéties de ses premiers jours sur l'île, en souriant quelquefois. Elle le faisait d'une manière qui lui était propre, en soulevant légèrement sa lèvre supérieure et en montrant ses petites dents. Il trouvait ça plein de charme et finit par attendre chaque nouveau sourire avec impatience.

« C'en est trop, tout de même ! pensa-t-il. Cette femme est en train de m'ensorceler ! Mais moi, je ne me laisserai pas faire. »

Il regarda la mer qui était légèrement ondulée, étincelante. Puis, son regard bougea. Il voguait, libre, dans toutes les directions, toucha une terre et rebondit pour aller enfin se heurter contre l'horizon infranchissable. Edith parlait toujours mais le jeune homme ne l'écoutait plus. En marchant à côté d'elle – à pas lents, en somnambule – il poursuivait son voyage. Il naviguait heureux, comme l'étaient avant lui les marins de tous les temps. Soudain, son regard s'immobilisa. Loin au large, il discerna une forme qui lui était familière. C'était un navire : il n'y avait pas de doute.

— Un bateau, là-bas !

— Où ça ?! elle coupa sa phrase, comme au couteau.

— Là, sur la gauche, près de l'horizon.

— Mon Dieu, il s'approche de nous !

— Pas sûr. Il est loin et on ne connait pas encore sa route.

— Mais il faut qu'on les avertisse ! Absolument ! Il faut qu'on fasse un feu !

— Ils sont trop loin, attendons un peu, dit le jeune marin.

— Rentrons vite ! Il nous faut du bois ! Beaucoup de bois !

— D'accord, rentrons.

Ils reprirent le chemin du retour. Edith pressait le pas mais son compagnon s'arrêtait tout le temps. Il observait le navire. Elle se tourna et regarda aussi.

— Mais ce n'est pas possible ! Encore un voilier ! cria-t-elle.

— À coup sûr. C'est un trois-mâts, je crois. Un galion peut-être.

— Vite ! Vite ! Courons !

— Voyons, Edith. Calmez-vous. Il est vraiment trop loin. Et...

— Mais il faut qu'on soit prêt quand il s'approchera ! Parce qu'il s'approche, n'est-ce pas ?

— Eh bien, je ne voudrais pas vous décevoir, mais à mon avis il suit la route est-nord-est, et il commence à s'éloigner maintenant.

Il ne se trompait pas. Le bateau toucha la ligne d'horizon et la suivit quelque temps. Pendant un moment, ils pouvaient encore voir ses mâts brillants qui s'enfoncèrent lentement dans la mer.

Edith était sur le point de s'effondrer. Elle retenait difficilement ses larmes. Mais voulant cacher son désarroi, elle fit un grand effort et se ressaisit.

— Tant pis, dit-elle. Et avec une légèreté sonnant faux : ça sera pour une autre fois.

— Exactement. Il ne faut pas se faire trop de soucis. Un autre bateau viendra, et celui-là, on ne le loupera pas.

— C'est ça. On ne le loupera pas !

« Évidemment ! se dit-elle. Pourquoi n'y ai-je pas pensé avant. Il prend les choses à la légère, lui, car de toute façon on viendra le chercher bientôt. Son pari ne peut pas durer. Mais alors, je m'embarquerai avec lui. »

— Et on viendra vous chercher quand ? demanda Edith avec un malicieux sourire. Vous devriez le savoir, je suppose.

— Je ne sais vraiment pas. Ma punition risque d'être longue. Quelques mois, quelques années peut-être...

Il semblait hésitant. Puis il ajouta :

— De toute façon, je trouve que nous ne sommes pas si mal, ici.

« Ah ! le fieffé coquin, pensa Edith. Lui, il s'amuse bien avec ce pari fou. Mais moi... Cette robinsonnade a déjà trop duré. Seulement, il n'y a rien à faire. En attendant, je tâcherai

56

de m'amuser, moi aussi. »

La journée allait bientôt se terminer. Leurs ombres dansaient gracieusement sur le sable mouillé. Elles se frôlaient, s'entrecroisaient même, pour se relâcher aussitôt.

— Bientôt le soleil va se coucher, remarqua Samuel. Et si on faisait un petit feu ?

— Ouiii ! Un petit feu intime. Elle sourit.

Surpris, il la regarda attentivement.

— Entre nous, c'est toujours un petit feu intime.

Edith éclata de rire. La maladresse de cette plaisanterie la désarma.

« Il sait être adorable, le jeune homme, se dit-elle. Et on a vraiment l'impression qu'il ne le cherche pas. Sa fraîcheur me touche. »

Elle le fixa sans gêne :

« J'aime ses regards, si timides. »

Elle était sa seule compagne sur cette l'île et Samuel l'observait tout le temps, c'était tout naturel, mais la façon dont il la regardait, restait pour elle une énigme. Ce n'était pas comme ça que les hommes la scrutaient. Elle n'arrivait pas à comprendre et cela l'intriguait.

— Il nous faut un abri pour maintenir le feu, dit-il.

— Construisons-le demain, de bonne heure, proposa Edith.

— D'accord. On se met au travail dès demain matin.

Le feu était éteint après la pluie de ce matin, mais Samuel en avait l'habitude, et Edith le laissait faire. À chaque fois, elle y trouvait un malin plaisir à l'observer : comme il s'affairait à frapper patiemment son bout de métal contre le silex à bord tranchant, pour faire jaillir la gerbe d'étincelles qui se dissipait aussitôt dans l'air. Il s'efforçait de faire sortir une petite flamme, en soufflant doucement sur de l'amadou mis en poudre. Cela prenait beaucoup de temps, et à ces instants-là, Edith pensait avec candeur à son briquet à gaz, enfoui au fond du sac.

« Mon briquet, qu'il dorme tranquille, ici on n'a pas besoin de lui. Maintenant, nous voilà tous les deux enfants du siècle des Lumières. »

Finalement, Samuel y arrivait et son exploit le mettait à l'aise. Avec un zèle accru, il ajoutait du bois, s'empressait à découper le lapin chassé la veille. Il lui racontait avec entrain une de ces histoires de voyage que les marins savent conter si bien, et qui nous emportent au loin. Il lui arrivait parfois d'évoquer son Kent natal, il lui parlait de sa vie d'adolescent, de sa famille. Mais aujourd'hui, c'était différent : il restait silencieux. Assis près du feu, il l'observait du coin de l'œil.

« Qu'est-ce qu'il le rend comme ça ? se demandait Edith. À quoi pense-t-il ? »

Samuel pensait à leur après-midi sur la plage, revivait les quelques scènes.

« Ce voilier était comme tant d'autres, se dit-il. Pourtant, elle semblait si étonnée à sa vue, et puis, cette agitation extrême ! Je ne l'avais encore jamais vue dans cet état, et j'aurais du mal à l'imaginer auparavant. »

Il ajouta une branche, remua le feu, puis reprit sa place.

« Pourquoi veut elle partir absolument, et tout de suite ? Vers quoi court elle ? Vers qui ? Elle a perdu son mari dans le naufrage, c'est évident. Qui s'occupera d'elle maintenant ? A-t-elle une famille là-bas ? Mais alors quelle famille ? Pas d'enfant à ce que je sache. Elle m'en aurait déjà parlé. Il est possible qu'elle y ait des frères et des sœurs, mais chacun doit avoir sa vie. Est-elle riche ? J'ai du mal à le croire. »

Toutes ces pensées s'embrouillaient dans sa tête à ne pas en finir. De plus, le comportement d'Edith était si étrange, suspect même. Décidemment, il n'arrivait pas à la comprendre. Tout lui semblait décousu. À cette occasion il se rappela ses affirmations récentes, comme quoi elle avait été médecin sur un bateau, un navire de recherche océano…océanogr... Quelle histoire ? Une femme médecin ?! Pensez-vous ! Et ces États-Unis d'Amérique ? Drôle de fantasme ! Certes, il y a eu récemment quelques heurts dans les colonies, quelques voix se sont même soulevées en faveur d'une autonomie plus large, mais de là à croire qu'ils puissent y avoir " une union des états d'Amérique "…

« Ce n'est qu'un délire, se dit une fois de plus le lieutenant Vanbrugh. Elle est vraiment dérangée cette femme. Ça ne se voit pas toujours mais ça se voit quand même, se dit-il avec une soudaine fermeté. »

Il y avait aussi autre chose. Ici, sur cette île, elle n'était plus seule désormais. Il y avait lui, mais cela ne comptait visiblement pas pour elle. Peu m'importe, se consola le jeune homme, je ne suis pas orgueilleux au point de m'en offusquer. Mais, tout de même, elle pourrait au moins se dire : " tiens, je ne suis plus abandonnée ici, il y quelqu'un avec moi, qui pourrait s'occuper de moi, me protéger si nécessaire ". Mais de telles pensées, elle n'en avait assurément pas.

Un vent frais et humide soufflait maintenant du côté de la mer et malgré le feu, cette brise du soir se faisait de plus en plus sentir.

— Edith, vous devez avoir froid. C'était bien la première fois qu'il l'appelait par son prénom.

— Non, non, Samuel. Tout va bien. Je suis bien comme ça.

— Parce que, vous savez, je peux vite chercher de quoi vous couvrir, ma veste ou bien mon gilet.

— Non, non ! Je vous en remercie, vous êtes très gentil mais ce n'est vraiment pas la peine.

— Comme vous voulez. Mais sachez que ça sera toujours un plaisir pour moi de vous servir.

Le ton était sérieux, le visage aussi, et Edith retint difficilement le sourire.

« Quel drôle de personnage, pensa-t-elle. On se croirait dans une pièce de théâtre. Si je pouvais trouver quelque chose, quelque chose pour le faire sortir de son rôle. Mais quoi ? »

La nuit avançait et le feu allait s'éteindre d'un instant à l'autre. Samuel se leva pour ajouter une dernière bûche mais Edith s'opposa.

— Non, Samuel. Nous devons nous coucher. Il se fait tard.

Elle lui sourit, fit un signe amical de sa main, puis se dirigea vers sa caverne. Mais elle s'arrêta encore un instant pour le regarder s'éloigner. Il marchait lentement, semblant hésiter à chaque pas. Edith l'observait avec plaisir, fixant sa grande silhouette et ses épaules larges, quand soudain il se retourna et la salua avec grâce.

III

QUEL SIÈCLE SOMMES-NOUS ?

Les jours passaient et la saison humide se poursuivait. Les orages et les pluies de l'après-midi marquaient le temps. Mais ces intempéries passagères ne les empêchaient pas de bien organiser leur vie de tous les jours. Ça se passait même mieux qu'avant, depuis qu'ils se partageaient les tâches. Suivant une loi immuable, il se chargea spontanément de la chasse, elle se chargea de la cueillette, il s'occupait des travaux lourds, elle s'occupait des travaux légers. Edith trouva enfin du temps pour s'occuper un peu de sa garde-robe. Comme elle se l'était promis, elle confectionna une jupe en lianes souples, et aussi un chapeau à larges bords. Enfoncé sur sa tête, ce chapeau cachait presque entièrement son visage.

« Il n'est pas aussi chic que le tricorne de Samuel, je le sais, mais il protègera ma peau sensible, se consola-t-elle. Pour le prochain naufrage, il faut que je pense à mettre de la crème solaire IP50 dans mon sac. »

Elle compléta cet accoutrement de fille des îles par une paire de sandales en bois que Samuel, enthousiaste, lui fabriqua en quatre jours. Ainsi parée, elle se sentit plus à l'aise. Quant à son jeune compagnon, il avait l'air de s'accoutumer vite à tous ces nouveaux habits, mais elle ne savait pas ce qu'il en pensait réellement. Car depuis l'histoire du navire Samuel semblait encore plus discret qu'auparavant. On dirait, un escargot se faufilant à la première occasion dans sa coquille. Il n'empêche, qu'elle continuait à se plaire en sa présence. Il était toujours gentil avec elle et prêtait une grande attention à ses désirs. Elle avait même l'impression parfois qu'il essayait de lui faire la cour mais alors, il ne savait pas comment s'y prendre et ses maladresses juvéniles l'amusaient. Non, non, il ne la draguait pas ! C'était sa manière de lui parler – toujours avec douceur et en la regardant de biais – qui lui procurait cette impression.

« Et si c'était vrai, eh bien, cela ne me déplairait pas forcément, se dit Edith avec une soudaine franchise. Mais ce n'est pas vrai. D'abord je suis trop vieille pour lui, et puis je ne suis pas assez attrayante à ses yeux. »

Parfois, elle aimait rester seule. Assise au bord du ruisseau, pendant un moment elle ne pensait à rien. L'eau claire et étincelante coulait lentement, des minuscules poissons se poursuivaient avec fougue, des libellules tournaient obstinément. Edith se levait pour mouiller ses pieds, faire quelques pas dans l'eau. Elle s'aspergeait le visage et le cou. Mais elle ne se baignait pas comment avant, dès que l'envie lui prenait. Elle attendait qu'il ne soit pas près du lieu, occupé avec le feu ou bien parti quelque part, ce qui arrivait souvent. De toute façon, ce n'était qu'un tout petit inconvénient, rien de plus. Par contre, le manque de savon la gênait terriblement. Samuel venait de lui en procurer un petit morceau, mais elle le trouva trop brut, et c'était le dernier sorti de sa malle.

« Comment faire ? se demanda-t-elle. Il nous faudrait de la soude, la graisse devrait être plus facile à trouver. C'est étonnant que les Robinsons de toute sorte ne parlent jamais de ça. Mais, en fait, comment fabriquait-on du savon aux temps anciens ? »

Pour l'instant, elle repoussa loin d'elle ces problèmes d'hygiène, pour se plonger à nouveau dans son songe des tropiques, dans une douce oisiveté. C'est comme ça, et pas autrement, qu'elle pouvait tirer le meilleur parti de son île "paradisiaque". Les oiseaux rouges-jaunes-bleus chantaient à gorge déployée, des parfums aromatiques émanaient d'énormes fleurs roses, le soleil filtrait à travers les arbustes, ses rayons délicats caressaient sa peau.

— Edith, êtes-vous là ?

— Je suis là.

-Je ne vous dérange pas, j'espère ?

— Pas du tout. Asseyez-vous près de moi.

— Je pensais faire un tour dans la forêt demain matin. Voulez-vous venir avec moi ?

— Pour aller où ?

— Je ne sais pas exactement. Vers le nord. Nous ne sommes jamais allés par là.

— D'accord. Demain. Mais regardez-moi cet énorme crapaud, sous la grande pierre ! Croyez-vous qu'il puisse être venimeux ? Edith frissonna.

— Je ne sais pas, répondit-il. C'est possible. On doit être prudent, quand on rentre dans l'eau ici.

— J'aime me baigner dans ce ruisseau.

— Je comprends bien. Mais soyez prudente quand même.

Le lendemain matin ils ne partaient toujours pas. Edith traînait par-ci et par-là, va savoir pourquoi, Samuel l'attendait avec patience. Le soleil se trouvait déjà haut, quand ils s'enfoncèrent enfin dans les bois. Il marchait en tête, suivant une piste à peine visible, un long coutelas dans la main droite, mousquet sur le dos. Elle marchait avec prudence, le suivant à deux pas, et s'arrêtant juste derrière lui quand il défrichait la piste. Ils entendaient des bruits habituels de la forêt, rien d'inquiétant mais Edith pensa soudainement qu'elle ne les aimait pas vraiment. Le sentier tourna, traversa une petite clairière.

— Nous avons changé de direction, dit Samuel. Nous revenons sur nos pas.

— On voit un bout de plage là-bas. Tournons-nous en rond ?

— J'en ai bien peur. Mais continuons, on verra bien.

Soudain, il s'arrêta net et fit un bond en arrière.

— Un serpent ! Un serpent m'a mordu !

— Où ça ?!

— Ici, au mollet. Ah ! il est encore là. Samuel pointa du doigt le serpent qui s'éloignait vite, zigzaguant à travers les feuilles mortes.

Il n'était pas long, d'un mètre à peine, et plus mince qu'un bras ; Il avait un joli dessin jaune-gris sur le dos et sa tête était en forme de losange.

— Montrez-moi votre plaie !

La morsure n'était pas très profonde mais on pouvait bien distinguer les traces des dents. Quelques gouttes de sang collaient à la peau.

— Il faut qu'on soigne ça tout de suite, dit Edith.

— Mais que faire ?! Je sais ! J'ai vais me couper la peau et sucer le sang.

— Surtout pas ! Ne faites pas ça !

— Et pourquoi ? Pourquoi ?! Le ton était brusque, son agitation montait.

— Je suis médecin, je vous l'ai déjà dit.

— Médecin ? Encore ça !

— Samuel, ne discutez pas. Obéissez ! Donnez-moi votre couteau !

Il la regardait, stupéfait, mais ne répondait pas.

— Donnez-moi votre couteau, je vous dis !

Elle enleva vite sa chemise, coupa une manche, la fractionna en deux et rassembla les morceaux. Elle enroula ce bandage provisoire sur sa jambe et le serra fort.

— Maintenant, nous n'avons plus le choix. Il n'est pas bon que tu marches, mais on doit rentrer. J'ai ce qu'il faut pour te soigner. Elle le tutoyait sans se rendre compte.

Ils s'orientèrent droit vers la plage. Edith avançait avec peine, essayant de débroussailler la voie devant eux. Derrière elle, Samuel, s'appuyant sur son fusil, boitait sérieusement.

— Arrêtons-nous, demanda-t-il.

— Comment vous sentez-vous ?

— J'ai envie de vomir.

— Ça peut être nerveux, vous savez. Donnez-moi votre poignet. C'est ça, le pouls est un peu lent, mais bon. Avançons Samuel, ne trainons pas.

— Il était venimeux ?

— Je n'en sais rien, mais vaut mieux qu'on s'en occupe.

Pas à pas, difficilement, ils s'approchaient de la mer, qu'on pouvait maintenant bien voir à travers les branches. Encore un peu et ils étaient enfin sur la plage, marchant sur le sable mou. Samuel chancela et trébucha mais il ne tomba pas. Edith s'approcha de lui. En le soutenant par son bras, elle l'aidait à avancer tant bien que mal. Il trébucha à nouveau.

— Voulez-vous qu'on s'arrête ?

— Non ! Non ! Je peux marcher.

La caverne était déjà en vue. Quelques minutes plus tard, ils se trouvaient devant l'échelle.

— Allez-y, essayez de grimper. Je vous suivrai.

L'ascension fut pénible. L'échelle se balançait, se courbait par moment. Il s'accrochait de ses mains faibles, trainant sa jambe gauche comme si c'était un bout de bois encombrant. Edith l'encourageait avec des mots apaisants, le poussait doucement. Heureusement, la montée fut brève. Encore un dernier pas difficile à travers l'ouverture, et c'était fait. Samuel s'écroula sur le couchage d'Edith, sans un mot. Il était très pâle et couvert de sueur, ses yeux brillants fixés sur elle.

— Une seconde Samuel. Je me lave les mains et j'arrive.

Elle commença par lui désinfecter la plaie. Elle ouvrit un sachet et enfila des gants stériles en latex. Elle ouvrit un pansement imbibé de la chlorhexidine et à l'aide d'une pincette le posa délicatement sur sa peau. Elle nettoya la plaie et appliqua une compresse stérile de gaze.

Yeux grands-ouverts, il suivait ses gestes.

— Mais, que faites-vous ?!

— Je désinfecte votre plaie.

— Attendez ! Attendez !

— Ne bougez pas Samuel !

Une pensée l'effleura : « et s'il commençait à perdre connaissance ? » Mais non ! Il continuait de suivre ses gestes avec une grande attention. L'air ahuri, il la laissait faire.

— Maintenant, je vais vous faire une injection. Heureusement que j'avais emporté ce sérum antivenimeux. Il est polyvalent et ça sera efficace, j'en suis sûre.

— Quoi ?! Vous allez faire quoi ?

— Une injection. Par voie intraveineuse. Vous êtes un grand garçon. Vous n'allez pas me faire une crise de nerfs ! Mais avant, je veux vous ausculter. Enlevez-moi ça.

Il déboutonna sa chemise, se déshabilla maladroitement.

« Il a un beau torse le jeunot, se dit Edith. Un beau torse qui tremble. »

Ce n'était pas la première fois pourtant qu'elle le voyait à demi-nu. Ils avaient déjà pris des bains de mer ensemble mais alors elle n'y avait pas songé.

— Asseyez-vous. Respirez. Non, pas comme ça. Par la bouche. Ne respirez plus.

— Mais pourquoi ?

— Ne dites rien. Tournez-vous. Oui, comme ça... Je ne trouve rien d'inquiétant. Ni dans le cœur, ni dans les poumons. Allons-y maintenant.

Elle sortit la boîte qui contenait l'ensemble du dispositif : une seringue à usage unique, un petit récipient hermétique et une ampoule. Le récipient contenait le sérum lyophilisé, et l'ampoule - le solvant. Edith cassa l'ampoule, préleva le solvant. Tout en ayant l'œil sur son patient qui donnait des signes d'une inquiétude de plus en plus grande, elle agita le tout, puis, imbiba de désinfectant un bout de gaze.

66

— Donnez-moi votre bras. Ah, en voilà une belle veine !

— Non ! Non ! Que faites-vous ?! Il se souleva brusquement, la repoussa fort.

— Samuel, soyez raisonnable. Ce n'est qu'une piqûre.

— Pas ça ! Je ne veux pas !

— Samuel !

— Que faites-vous ?! Qui êtes-vous ?! Vous êtes une sorcière !

Ne sachant quoi faire, elle s'éloigna d'un pas. Quelques pensées chaotiques la traversèrent :

« Qu'est-ce qu'il lui arrive ? Pourquoi une telle violence ? Et ce refus obstiné de mes soins ? Le venin peut-être ? Mais là au moins, il ne joue pas. »

Elle se ressaisit. Ce n'était pas le moment. Il fallait agir vite !

— Samuel, écoutez-moi. Je veux votre bien. Je veux vous aider et je vous aiderai. Mais, faites-moi confiance. Laissez-vous faire.

— Non ! Non ! Il fit quelques gestes saccadés, sa respiration devenait courte.

— Écoutez ! Ce que je fais est nécessaire. Ne perdons pas notre temps. Et vous verrez, dans quelques jours vous serez comme neuf !

— Je ne vous connais pas ! Allez-vous-en ! Je ne veux plus vous voir !

— Ça suffit comme ça ! Edith changea de ton. Votre bras !

Stupéfait, il obéit. Yeux fermés, il se laissa faire. Quant à Edith, le comique de la situation ne l'affecta pas. Imperturbable, elle rentra de nouveau dans son rôle. Elle tâta la veine, désinfecta la peau… et enfonça l'aiguille.

— Ah ..! Samuel gémit. J'ai mal. Ça m'a fait mal.

« Il se plaint comme un gamin, pensa Edith. »

Ensuite, elle lui mit un pansement.

— Vous allez boire un peu d'eau maintenant.

— Je ne veux pas !

— Comment ça : " je ne veux pas " ?

— Mais, qu'est-ce que c'est ? Il regarda le comprimé avec méfiance.

— C'est du valium. Vous allez mieux dormir avec ça.

— Edith… – il l'appela de nouveau par son prénom – j'ai la tête qui tourne.

— Ne vous en faites pas, mon petit. Ça va aller. Essayez de dormir.

Il lui tourna le dos, collant son nez contre la paroi rocheuse, et Edith s'assit à table.

« Quelle histoire ! Tout s'est passé en catastrophe, si vite. Mon petit Samuel ! Il ne faut pas qu'il me claque entre les mains. Le souvenir d'Andrew revint. Il était si aimable, lui aussi, et ils s'entendaient si bien. Pauvre Andrew. Je n'aurais pas dû le laisser seul si longtemps, c'était de ma faute. Et maintenant ce garçon. Il faut tout faire pour le sauver, se dit-elle avec un soudain regain d'énergie. Mais, faire quoi au juste ? Le surveiller en espérant que le sérum fasse son effet.

" Sérum polyvalent ", cela ne signifie pas forcément qu'il agit dans tous les cas. Il y a tellement d'espèces de serpents dans cette partie du monde ! »

Il se dressait de temps en temps, en sursauts, sa respiration irrégulière l'inquiétait. Dans un état de demi-sommeil étrange, il prononça quelques mots qu'Edith ne comprit pas. Puis, il se calma. Peu de temps après Edith s'assoupit à son tour. Quand elle reprit ses esprits, Samuel était couché sur le côté et la fixait d'un air grave.

— Comment vous sentez-vous ?

— Ma jambe me fait mal et j'ai soif.

— Montrez-moi votre jambe.

Son mollet était sacrément enflammé. Edith toucha

légèrement la peau.

— Quelle sensation ça vous fait ?

— Ça me fait mal, mais aussi quand vous ne touchez pas.

— Avez-vous froid ?

— Oui, un peu.

Edith sortit le thermomètre et l'appliqua sur son front ; il la regarda faire, avec toujours le même air ahuri, ou bien ce n'était qu'une impression trompeuse. Il avait de la fièvre, 102°F (39°C), mais craignant une hémorragie interne, elle renonça à lui administrer de l'aspirine. Elle lui apporta juste un peu d'eau qu'il but avec empressement, pour en demander encore. Edith le couvrit avec un bout déchiré de la couverture de survie, dorée et luisante, que Samuel caressa avec ses doigts. Puis, il se détourna d'elle, collant de nouveau son nez contre la paroi rocheuse. Il était plus calme maintenant, le sédatif exerçait visiblement son effet. Elle entendit un léger ronflement ce qui la rassura.

« La nuit sera bientôt là, se dit Edith. Il faut que je me prépare. »

Elle décida d'apporter quelque objets utiles de la malle de Samuel, un vêtement ou deux, une bougie peut-être. Il fallait faire vite, avant qu'il ne la réclame. Elle glissa le long de l'échelle et tomba sur le fusil et le coutelas de Samuel, qu'ils avaient laissé en bas dans la tourmente, et qu'elle avait oublié complétement. Elle les porta en haut et les rangea dans un coin de la grotte.

« Heureusement, nous manquons de clients pour ce genre d'objets sur l'île. Pas d'hommes, pas de singes, se dit-elle avec un brin d'humour retrouvé. »

Ce n'était pas la première fois qu'elle rentrait dans cette cabane, que Samuel avait construite quelques jours seulement après son arrivée sur l'île. Edith l'avait visitée naguère et le félicita pour ce travail. La cabane était spacieuse et bien isolée de la pluie. Deux petites ouvertures, bien camouflées, faisaient office de fenêtres. Une table, deux chaises, branches, feuillage et couverture en guise de lit, et la malle en guise d'armoire, constituaient l'ensemble du mobilier. Elle ouvrit la malle et inspecta son contenu avec curiosité, mais aussi avec adresse pour ne pas créer de désordre. Elle y trouva la veste de Samuel et son gilet, une chemise blanche et des sous-vêtements de rechange, une édition ancienne et joliment illustrée de la Bible, quelques objets personnels, tels que des ustensiles d'hygiène, outils et instruments de la mer, il y avait aussi une plume d'oiseau taillée en pointe, un encrier et un petit carnet. Elle résista un moment à la tentation d'y jeter un coup d'œil mais finalement s'avoua vaincue. Elle ouvrit le carnet et feuilleta ses pages en élégant papier velouté, y trouva quelques annotations d'un officier de marine scrupuleux, quelques remarques et commentaires à propos des tâches quotidiennes à bord d'un navire ancien, et rien de plus. Déçue, elle le mit de côté.

« Tout ce qui se trouve dans cette malle est bien d'époque, se dit-elle. Il n'y a pas le moindre doute là-dessus. La plume surtout et la bible m'impressionnent. »

Edith était dans l'embarras, car les choses sont devenues plus étranges que jamais. Depuis qu'il s'était fait mordre par ce serpent son comportement changea. D'où venaient ses peurs insensées et ses soudaines stupéfactions ? Ces gestes agités ne pouvaient être que sincères et elle ne le comprenait pas. Dans cette nouvelle situation, la " théorie du pari " s'écroulait. Mais quelle était la vérité ?

« Décidément ! Ça ne tourne pas rond. Quelque chose ne va pas ici, mais quoi ? Il va falloir qu'on en parle dès qu'il commencera à se rétablir. »

Elle prit l'ensemble des vêtements et fit demi-tour. Dix minutes plus tard, elle rentrait dans sa grotte où tout semblait bien aller. Samuel ne bougeait pas. Couché sur le côté, il dormait ; sa respiration tranquille la rassura. Après avoir déposé les affaires, elle décida de retourner dans la cabane, pour récupérer le lit, cette fois-ci. Ce n'était pas facile : contenir le feuillage et les branches dans la mince couverture, traîner ce fardeau sur le sable. Elle s'arrêtait à plusieurs reprises mais enfin elle se trouvait là, devant la grotte. Elle décida de laisser son chargement au pied de l'échelle et de monter d'abord seule, pour s'assurer que tout allait bien, comme avant. Mais encore avant de franchir l'ouverture elle entendit des bruits.

Elle se précipita. Tordu sur le couchage, jambes en oblique, hors du lit, il gémissait. Elle vit ses yeux exorbités ; ses mains s'agitaient, ses poings étaient crispés.

Samuel ! Samuel ! Je suis là ! M'entendez-vous ?!

Il n'y avait aucune réaction de sa part, comme si elle n'existait pas. Elle s'assit à côté de lui et essaya de le calmer avec quelques mots doux. Elle posa sa main sur sa poitrine, puis, caressa son visage, ses joues et son front. Soudain, Samuel l'attrapa par la main. La prise était si forte qu'elle n'arrivait plus à la retirer. Vite elle renonça et resta ainsi, sans bouger, sans dire un mot. Quelques longues minutes passèrent, pendant lesquelles il semblait se calmer un peu. Doucement, elle libéra enfin sa main. Elle lui tâta le pouls, qu'elle trouva irrégulier et faible. Cela l'inquiéta, mais ne pouvant rien faire d'autre, elle décida d'attendre. Petit à petit la crise avait l'air de s'éloigner. Elle essuya son front couvert de sueur avec son mouchoir, à quoi il ne réagit pas.

Le soleil était couché depuis longtemps et l'ombre envahit la caverne. Désormais, ils étaient obligés de rester dans le noir, sauf si la lune voulait bien montrer son visage. Edith s'efforça de monter le couchage de Samuel et l'étendit au sol à côté du sien. Sur la table, elle déposa tout dont elle pourrait avoir besoin : sa gourde pleine d'eau, le stéthoscope, la trousse de premiers secours, et elle se coucha. Il était temps. Ils devaient bientôt se retrouver dans le noir complet. L'émotion et la fatigue eurent le dessus d'Edith, elle s'endormit immédiatement.

Quand elle se réveilla, la lueur du clair de lune remplissait la grotte. Dans cette lumière blanchâtre et vacillante, elle distinguait bien les contours de leurs " lits ", la table et les murs avoisinants. Elle se leva, en essayant de faire le moins de bruit possible, se pencha sur Samuel, constata qu'il dormait. Sa respiration était courte mais régulière. Elle but une gorgée d'eau et se recoucha. Cette fois-ci elle eut du mal à retrouver le sommeil. Des pensées plus ou moins vagues la traversaient, ne lui laissant pas le moindre instant de répit.

Elle pensa à sa famille, à son père et à sa sœur :

« Ils ont déjà fait leur deuil, je suppose. »

Puis elle se rappela son appartement douillet.

« Que devient-il après tout ce temps ? D'autres personnes l'habitent. Je n'y retournerai plus jamais, de toute façon.

Cette triste pensée l'accabla. Mais tout de suite le souvenir du jeune voisin l'a réconforta.

« Il me souriait à chaque fois qu'on se croisait. Et il trouvait toujours un prétexte pour m'aborder. »

Ce qui l'emmena, va savoir pourquoi, à se rappeler d'Andrew, encore lui … dont le souvenir avait du mal à s'effacer.

« Ce pauvre Andrew. S'il était maintenant ici avec nous ? Lui et Samuel, deux marins, mais ô combien différents ! S'entendraient-ils ? »

Ce qui l'emmena tout naturellement à Samuel, qui dormait là, à côté d'elle, silencieux comme si de rien n'était.

« Demain matin, je vais regarder sa plaie et l'ausculter. Quel dommage qu'on ne puisse pas analyser son sang. Et si son état de santé s'améliore, eh bien, il me parlera de lui. Il faut qu'il m'explique beaucoup de choses. »

Elle ferma les yeux mais le sommeil n'arrivait pas. Les minutes passèrent. Maintenant elle n'entendait plus sa respiration. Voulant voir de près, elle se souleva sur ses mains et vit qu'il ne dormait pas. Il la regardait, ses yeux brillaient dans la faible lueur de la nuit.

— Vous ne dormez pas ? demanda-t-il. Sa voix était faible.

— Ne pensez pas à moi, Samuel. Comment ça va ?

— Je ne sais pas. J'ai soif.

Elle se leva, lui apporta la gourde. Elle toucha son front.

— Vous avez un peu de fièvre. Mais juste un peu.

— Je voudrais guérir. Pensez-vous que je guérirai ?

— Mais oui ! Demain ça ira mieux. Et maintenant dormez.

Il prit sa main et la serra fort. Le temps passait et elle n'osait pas bouger. Enfin, on pouvait entendre sa respiration régulière. Elle se leva doucement, rangea la gourde et s'approcha de l'ouverture. La lune généreuse éclairait les environs, projetait milles reflets sur une mer tranquille. Cette nuit illuminée semblait si paisible qu'Edith s'assit à la sortie et resta ainsi longtemps, jusqu'à ce que, submergée par la fatigue, elle décida de se coucher. Une fois allongée sur le couchage de Samuel, elle s'endormit aussitôt.

Un mince rayon de soleil la réveilla. Il devait être déjà tard mais Samuel dormait encore. Edith se leva sans faire de bruit, fit un brin de toilette. Elle éplucha deux " pommes ", et coupa en petit morceaux la dernière noix de coco qui lui restait, posa le tout sur deux grandes feuilles en guise d'assiettes. Puis, elle se tourna vers lui.

— Samuel, réveillez-vous.

— Qu'est-ce que c'est ? Où suis-je ?

— Vous êtes avec moi, dans la grotte.

— Pourquoi ?!

— C'est à cause du serpent, et…

— Ah oui ! il m'a mordu, et ça me fait mal.

— Faites voir votre jambe.

Il regarda Edith comme s'il la voyait pour la première fois, puis recula d'un bond sur son lit de fortune.

— Mais qui êtes-vous ?! Bon dieu, qui êtes-vous ?!

Edith s'immobilisa. Frappée de stupeur, elle n'arrivait pas à prononcer un mot.

— Répondez ! Qui êtes-vous ?!

Elle prit une gorgée d'eau. Lentement, elle reprenait ses esprits.

— Mais, je vous l'avais dit, vous ne vous souvenez pas ?

— Je n'avais pas compris votre histoire !

— D'accord ! Je suis le docteur Edith Jankovich de Boston, autrefois médecin à bord du CAPTAIN GRANT qui a fait naufrage. Me voilà rescapée sur cette île, où je me trouve en compagnie d'un jeune lieutenant qui s'est fait mordre par un serpent, et que je soigne comme je peux.

— Docteur.., docteur ! Mais il n'y a pas de femmes docteurs, à ce que je sache.

— Mais si, je vous assure.

Elle le regarda avec insistance, réfléchit un instant.

— Avant, je pensais que vous me faisiez une blague, mais je ne le pense plus, dit-elle.

Il continua comme s'il n'avait pas entendu.

— Tous ces instruments bizarres, la seringue, et cette piqûre que vous m'avait faite, tout droit dans ma veine ! Il y avait quoi là-dedans ?

Il était plus calme maintenant et il y avait même un brin de timidité dans sa voix.

— Du sérum. Des anticorps pour neutraliser le venin du serpent.

Il eut un moment de silence. Samuel ouvrit la bouche et la ferma. Il hésitait.

— Voulez-vous manger quelque chose ? demanda-t-elle.

Il ne répondit pas. Des scènes se déroulaient dans sa tête. Il se rappela certains de ses faits et gestes, son comportement étrange. Il se rappela aussi de ce qu'il pensait d'elle à ces moments.

— Mais vous n'avez rien mangé depuis hier matin. Edith insistait.

— Je n'ai pas faim. Dites, ce sac en pla…

— … en plastique.

— C'est ça, en plastique, et aussi cette couverture dorée… ça vient d'ailleurs, n'est-ce pas ?

— Qu'est-ce que vous entendez par là ? l'interrogea Edith. Elle restait sur ses gardes.

— D'ailleurs. D'un autre monde, d'un au-delà mais d'un au-delà présent. Ou bien… d'un autre temps ! Oui, d'un autre temps.

— Il faut qu'on parle de tout ça !

— C'est ce que je pense moi aussi, s'empressa-t-il.

— De mon côté, il n'y pas de mystères.

— Du mien non plus.

— Pour moi, nous sommes aujourd'hui le 2 juin 2015.

— Ah..! s'écria-t-il. Nous y voilà !

Il eut un moment de silence. Regard remplit de crainte et d'une sorte de respect, il la dévisageait comme s'il voulait la sonder à fond, lui soutirer ses pensées les plus secrètes.

— Quand on m'a emmené ici, sur cette île, nous étions bien le 30 avril 1767, je vous jure. Mais attendez ! Auriez-vous quelque chose d'autre à me montrer ? Quelque chose de curieux, comme ce sac en plastique.

— C'est une idée, dit-elle vivement.

Elle fouilla dans son sac et se tourna vers lui.

— Tenez par exemple ça, et aussi ça.

— Qu'est-ce que c'est ? demanda-t-il l'air stupéfait.

— Ça sert à écrire. Ça s'appelle un *stylo-bille*. Essayez vous-même, elle lui glissa une feuille du papier blanc.

— Et cette chose-là ?

— C'est un briquet à gaz.

— Un briquet ?! Pour allumer du feu ?!

— Oui.

— Mais moi alors…

— Vous voyez Samuel, il suffit d'appuyer là et…

Une petite flamme apparu et Samuel se souleva brusquement sur son couchage.

— Ah ! quelle merveille. Montrez le moi !

Il saisit le briquet et prudemment déclencha la flamme. Il l'éteignit et alluma de nouveau.

— Vous pouvez aussi régler la flamme, si vous voulez.

Il oublia sa morsure et la terre toute entière. Il réglait, allumait et éteignait, encore et encore.

« Un vrai gosse, pensa Edith. C'est ça, un grand garçon et rien d'autre. »

Tout à coup, il s'arrêta, lui rendit le briquet, lentement, comme s'il ne voulait pas s'en séparer, fit une grimace du bout des lèvres.

— Mais alors, mais alors pourquoi j'avais passé des heures, moi, à allumer du feu ? Pourquoi ne m'avoir rien dit ?

— Oh, vous allumez le feu avec tant d'adresse !

— Oui, peut-être. Mais maintenant je me sens ridicule, complètement ridicule. Il baissa tristement la tête.

— Vous savez Samuel, rien n'est perdu. Vous pouvez utiliser mon briquet quand vous voulez.

Pour se faire pardonner, elle lui montra aussi ses jumelles. Il regarda à travers, fut surpris de leur clarté de vue et de leur étonnante légèreté.

— Je les ai déjà aperçues de loin, une fois, quand vous regardiez la mer, dit-il.

Mais elle ne lui montra pas son petit joujou de pistolet. Elle n'en voyait pas l'utilité. Une méfiance de sa part ? Pas nécessairement. Le mousquet imposant de Samuel devait veiller sur eux en toutes circonstances.

— N'êtes-vous pas déjà fatigué Samuel ?

— Non ! Pas du tout. Je veux qu'on parle. Vous venez d'un autre temps donc ? Vous venez du futur ?

— D'un autre temps, pour vous. Mais c'est toujours le présent pour moi.

Il ne réagit pas. Comme s'il n'avait pas saisi la nuance. Il continuait sans la regarder en face.

— Je n'aurais jamais cru que ça soit possible. Son visage s'éclaircit. Je sais, ce n'est qu'un conte de mon enfance, et cette fois-ci, c'est moi le personnage principal.

— Un des deux personnages, vous voulez dire. Edith sourit du coin des lèvres.

— Maintenant, je comprends mieux.

— Et en particulier ?

— Et bien, tout ce qui nous arrive.

— Mais quoi par exemple ?

— Par exemple..?

Il s'arrêta, comme s'il hésitait un instant. Un rouge à peine perceptible colora ses joues.

— Par exemple, quand ce serpent m'a mordu et que vous avez enlevé votre chemise, souvenez-vous, pour découper la manche…

— Oui, et alors ?

— Eh bien, j'ai pu voir cette chose étrange que vous portez, qui vous cache le sein.

— Ah, le soutien-gorge ! Edith éclata de rire.

— Oui. Le soutien-gorge répéta Samuel. Je n'avais jamais vu ça, dit-il avec une franchise désarmante.

— Eh dites donc, vous en avez vu des choses ! plaisanta-elle.

— Hum ! je ne sais pas. Pas spécialement. Il rougit encore.

— Vous êtes un gentil garçon. Et maintenant, montrez-moi votre jambe.

Le mollet était gonflé. Une tache brune jaunâtre s'étalait sur la peau, ce qui l'inquiéta. N'ayant aucune expérience de morsures de serpent, elle ne savait vraiment pas quoi penser. Elle toucha légèrement son genou, descendit jusqu'à la cheville.

— Quel effet ça vous fait ?

— Ça me chatouille.

— Bien, bien. Enlevez votre chemise et asseyez-vous.

Elle ausculta ses poumons et son cœur, qui battait assez vite.

« On verra plus tard, se dit-elle. Ce n'est que l'émotion, peut-être. »

— Allongez-vous maintenant.

— Ce n'est pas fini ?

— Non. Pas encore.

Elle palpa son ventre avec soin. Elle remarqua que ça le fit encore plus rougir, et cela l'amusa.

« Décidemment, il rougit facilement, le jouvenceau. »

— Bon. Je vous laisse tranquille maintenant. Mais il va falloir rester au lit quelque temps.

— Combien de temps ?

— On verra.

— Ici ? Près de vous ?

— Bien sûr Samuel. Je ne vous abandonne pas. Je m'occuperai de vous.

— Je vais guérir, n'est-ce pas ? J'ai eu de la chance de tomber sur vous.

— Vous avez eu de la chance de rencontrer le futur, dit Edith avec humour. Et maintenant il va falloir manger ce bout de noix de coco, cette pomme et aussi boire un peu.

— Je ne veux pas ! Je n'ai pas faim.

— Samuel ! Obéissez. Sinon je me fâche.

Il prit un petit morceau de noix de coco, le mit dans la bouche, le mâcha, puis but une gorgée d'eau.

— Dites-moi, Edith. Je peux toujours vous appeler par votre prénom, Edith, n'est-ce pas ?

— Bien sûr.

— Dites-moi, en ce XXIᵉ siècle qui est le vôtre, comment les gens s'habillent-ils ?

— En occident, vous voulez dire ?

— C'est ça.

— Cela dépend.

— Cela dépend de quoi ? De leur milieu social, je suppose?

— Même pas.

— De quoi alors ?

— Des circonstances. Mariage, enterrement, visite chez la reine, là c'est spécial. Mais les habits de tous les jours sont presque toujours les mêmes, partout, de Los Angeles à Stockholm, de Vancouver à Naples.

— C'est ce que vous portez ?

— Enfin, quand il fait chaud.

— Et quand il ne fait pas chaud ?

— Même quand il ne fait pas chaud, on reste cool. Vous comprenez ?

— Non, pas trop.

— Décontractés. Sans faire des chichis.

— Chichis ?

— C'est ça. Cool. Les hommes portent des barbes de quatre jours – il y a des rasoirs électriques modulables, spécialement pour ça – ces barbes de quatre jours, ça les rend plus virils. Les femmes ont des cheveux longs qui pendouillent, et des leggings.

— Des leggings ?

— Oui, des pantalons ou caleçons moulants, qui leur serrent les fesses.

— Mais vous, Edith, vos cheveux sont courts, et des leggings, vous n'en portez pas.

— C'est vrai. Remarquez, je suis peut-être un homme. Un homme déguisé en femme.

— Oh ! je ne vous crois pas, dit-il le plus sérieusement du monde.

— Vous avez peut-être raison, après tout. Edith sourit.

Il réfléchit un instant :

— Je dois vous paraître ridicule dans mes bas de soie.

— Mais pas du tout Samuel ! Rassurez-vous. J'aime bien vos bas et aussi votre chemise et votre chapeau. Mais je ne vous complimente plus. Je ne voudrais pas que votre température monte.

Il se sentait mieux, au point qu'elle décida de sortir. La journée avançait et les petites tâches quotidiennes l'attendaient : chercher des fruits et des crevettes et même, si la mer s'avérait bienveillante, attraper un beau poisson. Ils avaient besoin d'eau fraîche. Et aussi, Samuel lui réclama sa bible, ses objets de toilette et quelques sous-vêtements. Tout ceci devrait prendre pas mal de temps, plusieurs allers-retours seraient indispensables. Mais Edith, malgré une nuit perturbée, se sentait de force ce matin, qui était frais et lumineux à ravir.

Un baliste royal : quelle chance ! Elle réussit à l'embrocher avec sa lance et elle en était fière.

« Samuel sera enchanté, se dit-elle. Je vais faire du feu dans l'après-midi. Mais je lui montre le poisson dès que j'arrive ! »

Au tournant, elle vit une scène qui la sidéra : Samuel se trouvait en bas devant la grotte ; il essayait de monter l'échelle. Jambe raide, il s'accrochait de toutes ses forces, sa tête se balançait en avant et en arrière. Il tenait à peine, risquant de tomber à tout moment. Elle accourut, monta de deux pas, le soutint par la taille. Elle assura sa montée et l'aida à rejoindre son lit.

— Samuel ! Qu'avait-vous fait ?!

— J'avais besoin de sortir.

— Je ne veux pas que vous sortiez !

— Mais je ne peux pas rester comme ça.

— Il ne faut pas bouger ; vous allez vous faire du mal. Votre jambe va souffrir.

— C'est bien que vous soyez là, Edith. Quand vous êtes là c'est différent, et en plus nous avons beaucoup de choses à nous dire.

— Tout à fait. Regardez, j'apporte du poisson. Je vais le cuire et nous allons nous régaler ce soir.

Le soir, Samuel eut une poussée de fièvre et elle décida de lui donner de l'aspirine. La nuit fut perturbée de nouveau. Elle se réveilla plusieurs fois pour lui donner à boire et le consoler avec des mots doux. C'est seulement à la première lueur du jour qu'il s'endormit profondément, pour se réveiller plusieurs heures plus tard, en bien meilleure forme. Edith l'examina. Depuis hier, l'œdème s'amenuisait et sa température devenait normale. La crise semblait s'éloigner pour de bon.

— Encore quelques jours, et vous allez être comme neuf, dit-elle.

— C'est à vous que je le dois, répondit Samuel. À vous, et à votre médecine. Vous êtes.., vous êtes absolument prodigieuse.

Extrait du journal de EJ :

Samuel est guéri. Bien qu'encore un peu faible, il est sur pied pour de bon. Durant les trois jours qu'il avait passé au lit, sa barbe poussa net, mais une fois debout, il prit immédiatement soin de la raser. Il utilise un rasoir à rabot et de l'huile d'amande douce. Ce rasoir à bras sculpté, en argent, qu'il avait acquis lors de son séjour à Londres, est un petit bijou. Samuel en est fier, non seulement pour sa belle apparence, mais aussi parce que c'est un instrument rare, car tout récent apparemment. Il s'en sert quotidiennement. Il apprit à se raser tout seul en mer, car il n'y avait pas de barbier sur leur bateau. Se raser en mer, surtout quand elle est agitée, ne doit pas être une tâche facile ! Je suis pleine d'estime pour son perpétuel souci de propreté : une fois bien installé sur ses jambes, il descendit vers le ruisseau pour prendre un bain.

Ce qui s'est passé avec Samuel ne me laisse pas tranquille. Son comportement récent et notre discussion m'ont troublé. Depuis, j'ai pas mal réfléchi, et il se pourrait que je sois en train de vivre quelque chose de stupéfiant. Une histoire à dormir debout. Il s'agirait, ni plus ni moins, d'un voyage dans le temps.

Un voyage dans le temps. Je dois dire, que cela heurte profondément ma raison ; mon " esprit cartésien " se révolte. Je sais bien que la littérature de science-fiction en est pleine, et que la théorie de la relativité d'Einstein (que je ne comprends pas, pour dire vrai) n'exclut pas la possibilité. Mais je me dis : la littérature est une chose et la vie en est une autre. Qui a déjà vraiment vécu une aventure pareille ? Personne ! Serais-je alors la première ? Changer d'époque ! Vivre dans un autre temps, un autre que celui qui nous a été destiné. Un fantasme ! Ce qui se passe ici semble pourtant bien réel. C'est ça, je ne peux pas à la longue négliger, et pire encore, nier les faits.

Il y en a eu un certain nombre. Samuel, quand le serpent l'a mordu, se trouvait en danger de mort. Et pourtant, dans ces conditions dramatiques, il est resté comme avant : l'homme du

82

passé lointain. L'injection intraveineuse l'a abasourdi, lui a fait très peur, puis il s'est enthousiasmé pour mon briquet à gaz ! Et aussi, je me rappelle de ce qui s'était passé encore avant, dans cette barque, quand l'homme d'escorte menaça Samuel avec son aviron. L'aurait-il fait, si ce n'était qu'un jeu ? Enfin, le comportement de Samuel, ses manières, sa façon de parler évoquent un autre temps. Le temps des gentilshommes.

Pourquoi m'est-il si difficile d'admettre que, lui et moi, appartenons à des époques différentes ? La réponse est simple : une rencontre de ce type n'a jamais eu lieu auparavant. Mais enfin, qu'est-ce que j'en sais, après tout ? Supposons que ça soit possible, et que ça arrive justement là, sur cette île. Se pose alors une question tout à fait fascinante : est-ce lui qui a migré dans mon XXIe siècle, ou bien est-ce moi qui suis allée lui rendre visite dans son siècle des Lumières ? Quoi qu'il en soit, il vient de sa belle époque, d'un monde de gens élégants, et je dois lui paraître bien misérable dans mes vêtements délabrés.

La jupe en lianes et le chapeau que j'avais si laborieusement confectionné, n'ont pas duré. Je crois que je n'en ferai pas d'autres.

Une journée s'écoula, puis une autre. En retournant dans sa cabane, Samuel emmena ses objets personnels mais laissa à Edith sa couverture. Au début elle s'opposait avec force mais il insista. Les nuits étaient fraîches dans la grotte, et il ne voulait pas qu'elle prenne froid. C'était pour la première fois qu'elle le vit si résolu et autoritaire, et cela la surprit.

« Je le prenais pour un timide garçon, se dit-elle. Et là… »

Les dernières nuits sombres et humides passées dans la grotte soulevèrent le problème d'éclairage. Mais le manque d'une graisse quelconque apparut comme un sérieux obstacle ; on se résolut d'y réfléchir de nouveau dans les plus brefs délais. Dans l'immédiat, il fallait penser à s'approvisionner car les vivres commençaient à manquer. Plusieurs courtes expéditions devraient y remédier facilement. Mais il ne pouvait plus être question désormais de s'aventurer dans les bois sans prendre quelques précautions élémentaires. D'abord, ne pas partir tout seul, ça allait de soi. Le fusil de Samuel et la trousse médicale d'Edith devaient faire partie de l'équipement, ainsi que de gros bâtons pour dégager le chemin.

— A quel danger peut-on encore s'attendre ? demanda Samuel.

— Je ne saurais pas le dire, répondit-elle.

S'approvisionner, c'était vite fait. Une histoire de deux jours à peine. Fatigués et contents à la fois, ils se trouvaient assis auprès d'un grand feu joyeux, crachant des étincelles jusqu'en haut des arbres, feu que Samuel alluma sans peine et avec une satisfaction non dissimulée, en se servant du " briquet-miracle ". Le jour était encore là, et le poisson attendait son tour quand ils commencèrent à parler.

— Edith. Vous avez vu ? Les petits fruits rouges il n'en reste presque plus.

— C'est vrai. Essayons de trouver ces arbres dans un autre endroit.

— Oh ! on les trouvera. On les trouvera. Edith, qu'en pensez-vous, sommes-nous réellement au XXIe siècle ?

Edith ne répondit pas. Elle le dévisageait sans vergogne, un léger sourire au coin des lèvres.

— Moi, je pense que oui, et que je viens de changer d'époque, dit Samuel.

— Qu'est-ce qui vous fait croire ça ? demanda-t-elle.

— Eh bien, écoutez. On me débarque sur cette île, réputée déserte, et qui je trouve ? Une jeune femme charmante mais très étrange et mystérieuse aussi. Une femme médecin, qui me sauve la vie !

— Il y aurait une autre possibilité. Voyez-vous…

— Attendez ! Écoutez-moi, s'il vous plaît. Cette femme possède des objets et des instruments que personne n'a jamais vu, et elle me prodigue des soins incroyables.

— Continuez Samuel. Je vous écoute avec attention.

— Conclusion, en arrivant sur cette île, j'ai changé de monde. Vous connaissez " Les Voyages de Gulliver ". Chez nous, à la maison, tout le monde a dévoré ce livre. Donc, Gulliver arrive lors de ces voyages chez les Lilliputiens, puis chez les Géants, et moi j'arrive sur cette Île d'un Autre Temps, où je rencontre …vous.

En disant ceci, Samuel semblait sérieux. Impossible de savoir, s'il plaisantait ou pas.

— Écoutez, tout ce que vous dites est peut-être bien vrai. Mais j'ai une autre explication à vous proposer, que je crois assez véridique.

— Ah, oui ? Dites ! Ça m'intéresse beaucoup. Mais attendez, s'il vous plaît. Je m'occupe du poisson, et je suis à vous tout de suite.

Une brise légère leur arriva de la mer. Quelques nuages moutonnés flottaient au loin, se déplaçant avec une lenteur apathique. Une odeur agréable de poisson grillé se fit sentir.

— Je suis tout ouïe, dit Samuel.

— Alors voilà. Il semblerait que nous venions d'époques différentes, vous de votre XVIIIe siècle et moi du début de XXIe. Pouvons-nous l'admettre ? Du moins provisoirement ?

— Je pense que oui.

— Il va de soi que nous gardons nos mondes bien à nous, vous le vôtre et moi le mien. Et je pense que nous essayons de comprendre ce qui nous arrive ici, chacun à sa façon. À travers nos vécus très différents.

— Je ne suis pas sûr de bien vous comprendre, s'inquiéta Samuel.

— Il nous sera difficile de comprendre. C'est vrai pour moi autant que pour vous.

— Moi, j'essaierai ! dit Samuel avec force.

— On essaiera tous le deux. Je propose qu'au lieu de rentrer dans des spéculations hasardeuses on examine d'abord les faits.

— Vous pensez à quoi concrètement ?

— Premièrement, je n'ai pu établir aucun contact avec l'extérieur. Pourtant, j'ai essayé de nombreuses fois.

— Comment ça ?!

— Évidemment, là il faut que je vous explique. J'ai un appareil qui s'appelle le téléphone. C'est un téléphone satellitaire qui me permet de communiquer avec n'importe qui, n'importe où. On peut se parler comme on veut. Supposez, vous êtes à Londres, moi à Boston, et avec nos téléphones on se parle et on s'entend comme si on était dans des pièces voisines.

— Ah ! Mais c'est de la magie pure !

— Non ! C'est tout simplement électrique, électromagnétique, c'est satellitaire. Je vous expliquerai une autre fois.

— Vous avez ce… ce téléphone ici avec vous.

— Oui, dit Edith.

— Montrez le moi, s'il vous plaît !

— Très bien. Mais je crois que le poisson est déjà cuit. Mangeons-le d'abord.

Aller dans la grotte, prendre le téléphone et le GPS, ce n'était pas une longue affaire. Au retour, dans le crépuscule du soir, la tâche lumineuse du feu éclairait bien les environs, et dans cette lumière elle pouvait voir Samuel. Pensif, il marchait lentement autour du feu.

— Ah, vous êtes là. Vous l'avez ?

— Le voici.

Il prit le téléphone entre ses mains, le tourna dans tous les sens, scrutant le moindre détail. Il appuya timidement sur un bouton, puis un autre, caressa l'écran en cristaux liquides, longuement, avec ses doigts.

— Comment fait-on pour écouter et pour parler ?

— C'est ici qu'on parle et c'est là qu'on écoute. Mais d'abord, il faut le mettre en marche.

Edith appuya le bouton *on*. Sans effet. Le téléphone restait sombre et muet.

— La batterie doit être maintenant complétement déchargée, dit-elle. Après tous ces essais, toutes ces tentatives pour le faire fonctionner, cela ne m'étonne pas.

— La batterie ?

— Oui, c'est une source d'énergie interne. Je vous expliquerai plus tard. Il n'y plus rien à espérer de ce téléphone. De toute façon, il n'a jamais voulu marcher depuis que je suis sur cette île. Même avec une batterie neuve.

— Pourquoi ?

— Et bien, c'est ça la question. Je pense que…

Elle s'arrêta de parler pour essayer encore une fois, mais le téléphone ne fonctionnait toujours pas. Elle remarqua la déception dans ses yeux.

— Commençons par le commencement. Vous voyez Samuel, pour qu'un téléphone satellitaire puisse fonctionner, il faut d'abord qu'il ait un satellite. Un satellite de télécommunication, pour transmettre le signal.

— Un satellite ?

— C'est ça. La lune est notre satellite naturel. Mais moi, je parle des satellites artificiels qui tournent autour de notre terre. Ils ont été construits par l'homme et envoyés dans l'espace, les premiers, au milieu du XXe siècle. Récemment, il y en a eu déjà six mille, je crois. Mon téléphone peut communiquer avec 70 satellites qui sillonnent le ciel en permanence. Ils gravitent partout, à une distance moyenne d'environ 800 kilomètres. Ainsi, il y a toujours un satellite au-dessus de nos têtes qui permet de transmettre la voix. Comprenez-vous ?

Samuel ne répondit pas. Suspendu à ses lèvres, il écoutait comme ensorcelé, sans prononcer un mot.

— Grâce à ces satellites on peut transmettre non seulement la voix, mais toute sorte de signaux. Regardez, j'ai apporté là un autre appareil qui communique avec les satellites. Ça s'appelle le GPS.

— Le GPS ?

— Oui. Le *Global Positioning System*. C'est un système de géolocalisation. Il vous indique votre longitude et latitude avec une très grande précision. J'ai essayé de le faire marcher – pour savoir où notre île se trouve exactement, vous comprenez – mais comme pour le téléphone, je n'ai rien obtenu. Aucun signal.

— Ces signaux qui traversent le ciel, c'est quoi au juste ?

— Ce sont des ondes électromagnétiques.

— Des ondes..? Quelles ondes ?

— Électromagnétiques. Je vous expliquerai, dit Edith.

— Ce GPS, comme ça serait bien d'en avoir un sur le bateau.

— Bien sûr. Tous les bateaux en ont un.

La nuit tombait vite. Samuel ajouta deux branches sèches et s'assit de nouveau.

— Dites-moi, Edith, et ces satellites, pour les envoyer dans le ciel, on tire du canon n'est-ce pas ? Si moi par exemple je tirais une balle vers le ciel ?

— Eh, non ! Un boulet ou une balle de fusil sont bien trop lents pour atteindre l'orbite. Essayez. Vous verrez, votre balle retombera sur terre.

— Bizarre, dit Samuel d'un ton pensif.

— Un jour, je vous expliquerai.

La nuit était maintenant totale. L'univers tout entier se transforma en ce seul foyer lumineux. Samuel s'approcha d'Edith et s'assit tout à côté. Ils pourraient se toucher sans peine.

— Vous savez, toutes ces choses extraordinaires que vous me montrez, et d'autres dont vous me parlez, me troublent, je l'avoue. Mais d'un autre côté, je suis très content, non, je veux dire, je suis très heureux d'être avec vous en ce XXIe siècle.

— Samuel, je ne suis pas sûre que nous soyons vraiment au XXIe.

— Comment ça ? Vous pensez que… Vous pensez que nous sommes toujours au XVIIIe alors ?

— Toujours, c'est pour vous. Et pour moi, et bien, c'est moi qui aurais voyagé dans le temps. Venue chez vous, pour vous rendre visite.

— Vous croyez ?!

— Je ne sais pas vraiment. Mais c'est possible. Si c'était vrai, ça expliquerait pourquoi mes deux appareils ne fonctionnent pas, n'est-ce pas.

— Et vous pensez que ça suffit ?

— Peut-être pas, mais il y a aussi d'autres choses.

— Quoi par exemple ?

— Les deux navires qui m'a été donné de voir, depuis que je me trouve là, c'était des voiliers.

— Edith, je me sens perdu. Je suis bête, aidez-moi !

— Mais vous ne pourriez pas savoir. À mon époque, on emploie d'autres moyens de propulsion que le vent. La vapeur, le fuel, l'énergie atomique. Les voiliers, on les rencontre toujours, mais surtout des petits. Des yachts, voyez-vous. On les utilise comme bateaux de plaisance.

— Ça pourrait être un hasard.

— Ça pourrait. Le deuxième bateau, pas le vôtre. Et l'absence totale d'avions dans le ciel ? J'en ai vu aucun depuis que je suis sur cette île.

— Avions ?

— Vous allez avoir des choses à apprendre avec moi, Samuel. Elle accompagna ces mots d'un beau sourire. Avions : objets volants, sortes d'immenses oiseaux en métal qui se déplacent dans le ciel à grande vitesse, et qui transportent les gens et les marchandises, partout sur la planète.

Samuel avait l'air de plus en plus abasourdi. Mais il fit l'effort suprême et demanda encore :

— Est-ce tout ?

— Pas vraiment. Cette nature si vierge qu'on a ici, ce manque total d'habitations, de la présence humaine, sur une île de cette taille ? J'ai du mal à imaginer qu'on puisse trouver tout cela au XXIe siècle.

— Je trouve que c'est dommage, Samuel fit triste mine. J'aimerais tant voir toutes ses merveilles : ces avions et ces satellites.

— Attendez. Je vous avais dit, mais je n'en suis pas sûre. On n'a pas de preuves, justes des indices.

— Alors, on ne sait pas vraiment ?

— On ne sait pas. Et de toute façon…

Un bruit étrange leur parvint de la forêt, et instinctivement, elle se rapprocha tout près de lui. Ils scrutèrent la lisière de la forêt, sans arriver à percer le noir profond de cette nuit sans lune. Puis, ils écoutaient encore assez longtemps, mais le bruit ne se reproduit pas.

— Comme je le disais, impossible de le savoir vraiment. Et de toute façon, cela n'a pas d'importance.

— Comment ça ?!

— Nous sommes seuls sur cette île, n'est-ce pas, alors XVIIIe ou XXIe ? À l'extérieur, c'est autre chose. Il y a bien une année au calendrier, partagée par des millions de personnes. Il y une époque. Mais ici, il n'y en a pas. Ou plutôt, chacun de nous porte la sienne.

Le silence suivit ses mots qui sonnèrent comme un accord final de cette étrange conversation nocturne. Une sensation de grande fatigue submergea Edith. Elle eut du mal à se lever, et tenait à peine sur ses jambes. Samuel jeta quelques poignées de sable sur les braises rouges, puis, lui proposa son bras. Il l'a conduisit lentement jusqu'à sa grotte. Edith le remercia et lui souhaita une bonne nuit. Juste avant de monter l'échelle, elle se retourna et toucha doucement sa main.

La baignade du matin était pour Edith le premier moment agréable de la journée. L'eau fraîche du ruisseau coulait avec une lenteur rassurante, effleurait ses genoux, par endroit lui montait jusqu'aux cuisses. À travers cette eau cristalline on voyait des algues jaunes, rouges et vertes, des cailloux de toutes formes et des petits poissons étincelants. Edith s'aspergeait le visage, les bras et le ventre, puis s'immergeait totalement. Quelle agréable sensation c'était, de se faire caresser ainsi par ce courant délicat. Elle y prenait du plaisir et ressentait un grand apaisement. Les pensées sombres, l'inquiétude des jours et les peurs de la nuit s'éloignaient d'elle, comme si elles allaient la quitter pour toujours. Puis, elle frottait sa peau avec quelques algues douces, s'immergeait de nouveau. Elle sortait et s'allongeait sur le sable, laissant sécher sa peau au soleil doux du matin, le temps passait, mais elle n'avait toujours pas envie de se lever pour commencer vraiment sa journée…

— Edith ! Où êtes-vous ?

— Je suis là. Attendez un peu que je m'habille.

Chaque robinson, de tous temps et lieux, sait à quel point il est douloureux de n'avoir personne à qui parler. Quiconque s'aventure sur son île sera donc le bienvenu. L'homme Blanc, Jaune, Noir, Chèvre ou Figurine en Bois, et même Ballon Rond de Basket-Ball – sans âme, mais peint en un visage amical –

chacun d'eux trouvera une place dans son cœur. Un besoin pressant s'impose à lui : d'exprimer avec force ses impressions furtives, profondes, remarques intelligentes, idées géniales et stupides, de se confier ou de se plaindre, tout cela par portion ou en bloc, selon ses états d'âme. Un tel insulaire solitaire est tout le contraire d'un homme, qui oppressé par le bruit incessant de la foule, cherche la divine solitude. Celui qui fuit l'excitation des jours, les programmes de télévision du soir portant la Vision Unifiée du Monde, les SMS à profusion, la laideur des images et des sons.

Edith échappait sur son île à ces deux extrêmes, elle semblait atteindre le juste milieu et trouver le calme nécessaire. Mais oui, avec Samuel à ses côtés, elle n'était assurément pas à plaindre. Il s'avéra être un auditeur attentif, un interlocuteur respectueux et un compagnon charmant. Avec lui, Edith pouvait se sentir comblée, et pourtant, elle ressentait parfois une sorte de malaise, une vague inquiétude. Pourquoi ? Qu'est-ce qui n'allait pas ? Elle ne le savait pas.

Mais ce matin, tout allait pour le mieux. Ils marchaient le long de la plage, lentement, en silence. Une brise légère portait des odeurs délicates de la mer. De minces vaguelettes touchaient ses pieds nus, les pieds de Samuel s'enfonçaient dans le sable chaud. Elle l'observait discrètement – son beau visage juvénile, ses cheveux auburn aux reflets d'or – tandis que lui, scrutait la mer. Le faisait-il par habitude ?

— Arrêtons-nous ici, proposa Edith.

Elle s'assit, en s'appuyant le dos contre une petite dune, plia ses jambes, posa les mains sur ses genoux. Samuel s'assit en face d'elle. Il la regarda droit dans les yeux, avec témérité et un brin de coquetterie, dirait-on. Elle soutint son regard. Il rougit comme une jeune fille, puis se leva d'un mouvement brusque et fit quelques pas. Il se baissa, ramassa un caillou plat et le lança avec adresse, juste au-dessus des vagues. Le caillou rebondit plusieurs fois avant de s'enfoncer dans la mer. Samuel revint d'un pas lent et s'assit auprès d'elle.

— Vous êtes encore plus charmante aujourd'hui qu'hier, dit-il d'un ton sérieux.

— Allons Samuel ! Vous voulez me faire plaisir, mais je sais que je ne suis pas présentable !

— Je ne suis pas de cet avis. Je…

Un long silence s'ensuivit. Il se leva de nouveau, se dirigea vers la lisière du bois et disparut dans les arbustes. Quelques minutes plus tard il revint, une jolie fleur rose à la main.

— C'est pour vous, dit-il.

— Merci. C'est très gentil, sourit-elle. Je l'accepte comme signe d'amitié entre nous. Car nous sommes devenus amis, n'est-ce pas ?

Il sourit et la salua gracieusement, puis, s'assit de nouveau.

— Oui. Nous sommes devenus deux amis inséparables.

— Inséparables, par la force des choses, dit Edith.

— Ce n'est pas ce que j'ai voulu dire. Je veux dire que… que vous pouvez compter sur moi.

— Merci. Et c'est réciproque. Vous pouvez compter sur moi, Samuel. Vous le savez bien.

Avec un bâton, il fit quelques dessins sur le sable, des ronds, des ellipses, une silhouette humaine. Il dessina ensuite un grand voilier, qui possédait plusieurs mats et de nombreuses pièces d'artillerie.

— Qu'est-ce que c'est ? demanda Edith.

— C'est *Good Fortune*. Ma frégate.

— Elle est très belle.

— C'est vrai. Et comment sont les bateaux, là d'où vous venez ? demanda Samuel. Ses yeux brillaient.

— Il y en a de toutes sortes, pour les passagers et les marchandises. Et des navires de guerre aussi.

— Ceux pour les passagers, comment sont-ils ?

— Il en a de toutes tailles. Les plus grands paquebots du XXe siècle dépassaient trois cent cinquante mètres de longueur.

— Le mètre ? Le mètre ? Ça y est, j'y suis ! On en parle en France.

— Exact. Le mètre deviendra une mesure officielle de longueur après la Révolution française.

— C'est combien un mètre ?

— Trois pieds, un peu plus.

— Attendez ! Trois cent cinquante mètres ça nous donnerait mille pieds au moins ?! Mais c'est énorme !

— Oui, c'est grand un paquebot. Le dernier Queen Mary peut transporter quelque trois mille passagers à la fois. Et il va d'Amérique en Europe en une semaine.

— Mais c'est extraordinaire ! J'imagine la voilure, elle doit être énorme.

— Non, Samuel. Ces bateaux ne marchent pas à voile.

— Comment alors ?!

— Queen Mary 2 possède quatre énormes moteurs diesels. Ce sont eux qui le propulsent.

Le vent se leva. Un tourbillon de sable dansa autour d'eux, mais Samuel ne le remarqua même pas. Rempli d'admiration, il ne la quittait plus des yeux.

— Edith, je me sens complétement perdu. Je dois vous paraître ridicule, mais mettez-vous à ma place.

— Ne vous en faîtes pas. Je répondrai à toutes vos questions. Avec grand plaisir, croyez-moi.

— Merci. Ces moteurs diesels, c'est quoi au juste ?

— Je vous ferai une petite leçon, si vous le voulez bien. Les premiers moteurs sont à vapeur. Ça commence déjà au XVIIIe, on fait des études là-dessus. En avez-vous entendu parler ?

— Hélas, non.

— Les moteurs à vapeur, on les utilise massivement au XIXe. Ils servent pour des tas de machines, la locomotive à vapeur, et aussi les bateaux. Pour la locomotive, et le train, je vous en parlerai plus tard. Le XXe siècle, quant à lui, a inventé d'autres types de moteurs : à pétrole, électrique et atomique.

— À pétrole ?

— Oui. Le pétrole a pris une énorme importance au XXe siècle, comme source d'énergie et aussi pour fabriquer des tas de produits. Le diesel est une fraction de pétrole. Il est utilisé comme carburant. Les bateaux ont souvent des moteurs qui fonctionnent au diesel.

— Et les deux autres moteurs ?

— Électriques et atomiques. Je vous expliquerai plus tard.

— Dites-moi Edith, et les bateaux militaires alors ? Comment sont-ils ?

— Il y a de toutes sortes. Vous voyez Samuel, au XXe siècle, nous avons eu deux terribles guerres. Deux guerres mondiales. Tout le monde s'est battu avec tout le monde. L'industrie d'armement s'est beaucoup développée à cause de ça.

— Donc, ces bateaux militaires ? Un exemple, s'il vous plaît.

— Je vous en donnerai deux. Parmi ces très nombreux types de navires de guerre, il y en a un qui s'appelle le *porte-avion*. C'est un énorme bateau, tout plat, qui embarque des avions. Ces avions décollent de ses pistes pour partir au combat. Les États-Unis possèdent onze porte-avions, dit Edith avec une certaine fierté dans la voix ; tandis que d'autres pays importants en ont un ou deux.

— Oui, les avions, vous m'en aviez parlé. Et ses avions de combats, qu'est-ce qu'ils font au juste ?

— Et bien, ils lâchent des bombes, tirent des missiles, mitraillent, d'autres encore transportent des troupes…

— Ah ! dit Samuel.

— Pour finir avec les *porte-avions*, je vous dirais seulement qu'ils possèdent souvent des moteurs à propulsion nucléaire. Ce sont des réacteurs atomiques qui utilisent la matière fissile, l'uranium ou…

— Propulsion nucléaire ?

— Je vous expliquerai un jour, promit-elle. L'intérêt de ces moteurs est qu'ils peuvent fonctionner très longtemps, sans être ravitaillés en combustible. Des mois, des années même. Ça donne une énorme autonomie au bateau.

— C'est stupéfiant ! Je voudrais voir ces navires un jour.

— Il y a d'autres bateaux qui utilisent souvent des moteurs à propulsion nucléaire. Ce sont les *sous-marins*.

— Les sous-marins ?! s'étonna Samuel. Ça voudrait dire que… qu'ils naviguent sous l'eau ?

— C'est exactement ça.

— Je savais qu'on pouvait descendre sous l'eau, quelqu'un a fabriqué un engin pour ça. Mais naviguer !

— Les *sous-marins nucléaires* peuvent faire le tour de la terre avec une seule charge d'uranium, et rester sous l'eau très, très longtemps.

Samuel se frotta le front et les yeux. Il se leva pour faire quelques pas et s'assit à nouveau.

— Je voudrais tout savoir ! dit-il. Sur votre époque et sur vous aussi. Il paraissait confus de nouveau. Dites-moi, s'il vous plaît…

— On en reparlera, je vous le promets. Je serai votre maître et vous mon élève. Cela vous va-t-il ?

— Oui, ça me va, dit Samuel le plus sérieusement au monde.

— Mais pour dire vrai, je ne suis pas sûre que vous puissiez voir un jour toutes ces merveilles-là.

— Et pourquoi donc ? s'inquiéta-il.

— Car nous ne sommes peut-être pas au XXIe siècle mais au XVIIIe.

— Oui, vous m'en avez déjà parlé. Je sais. J'ose espérer que non.

— On en reparlera. Plus tard. Son ton autoritaire la surprit elle-même. Et maintenant mon cher Samuel, au travail ! Il faut que vous apportiez du bois. Il faut aussi qu'on aille faire un tour dans la forêt pour cueillir quelques fruits. Prenez votre fusil. Avec un peu de chance, on tombera sur un lapin ou une autre bestiole. Je mangerais bien un bout de viande ce soir.

Samuel se leva. Il la suivit, marchant un petit pas derrière elle. On dirait un jeune garçon obéissant. Sur le chemin de la grotte ils s'arrêtèrent, juste un moment, pour regarder la mer. Comme d'habitude, elle restait déserte.

IV

EDITH, MA BIEN-AIMÉE !

Le temps s'écoulait vite, entre les tâches quotidiennes et les loisirs toujours les mêmes : promenades le long de la plage, bains de mer et de soleil. L'exploration de l'île se poursuivait. Ils visitèrent des endroits les plus reculés, surtout dans la partie ouest où la forêt vierge dominait. Elle était dense mais sans ronces touffues, sans arbres renversés ; on pouvait y accéder et avancer facilement. Ici, comme ailleurs, nulle trace de présence humaine. Des petits animaux, rongeurs, lézards, croisaient parfois leur chemin ; il leur arrivait de rencontrer un serpent qui s'enfuyait aussitôt. Un jour Samuel réussit à abattre un cochon sauvage. Cet animal, plus petit que le sanglier des régions au climat tempéré, avait une chair ferme mais savoureuse.

Le problème d'éclairage de la grotte et de la cabane se posait cruellement. Durant des nuits sans lune, Edith restait seule dans le noir complet, et elle avait peur. Souvent elle n'arrivait pas à fermer l'œil. Allongée pendant des heures, elle essayait de capter le moindre bruit. Enfin, elle s'endormait, pour se réveiller remplie d'angoisses, deux heures plus tard. Trouver une source de lumière devenait urgent, mais comment pouvaient-ils faire sur cette île déserte ? Ils étaient prêts à renoncer, quand soudain la chance leur sourit. Samuel remarqua, au loin sur le rivage, une forme étrange. C'était un grand dauphin échoué sur le sable. Il était mort depuis des heures. Il portait une blessure profonde sur le dos, mais la grande partie du corps restait intacte, et Samuel se mit à le dépecer. Il en tira une dizaine de livres d'une graisse blanchâtre, qui selon lui, devrait bien convenir pour une lampe à huile. Edith trouva une pierre creuse avec un trou dans sa partie haute ; il fallait maintenant fabriquer une mèche. Ils essayèrent plusieurs fibres végétales, mais en vain. Quelques jours s'écoulèrent avant que Samuel eut une idée simple. Il coupa un petit bout de sa corde de marin, la détressa pour former une poignée de fibres fines, qu'il tressa de nouveau.

Edith éprouva un vrai soulagement quand enfin la petite flamme scintilla dans l'obscurité de sa grotte, telle une étoile dans le ciel. Elle était bien mince cette flamme : sur la paroi rocheuse la plus proche, seules quelques ombres pâles menaient une danse frénétique, changeant d'allure et de rythme. Edith n'aurait jamais pu songer auparavant à s'éclairer de cette façon-là, mais maintenant... La lampe à huile qui, par ailleurs, dégageait une fumée noirâtre et âcre, ne cessait de grandir à ses yeux. Elle prenait la forme magique d'un prince vaillant, descendu sur terre pour combattre les ténèbres. Samuel, quant à lui, ressentit une grande satisfaction : c'était bien grâce à son ingéniosité qu'elle fut heureuse pendant un moment.

Deux jours plus tard, Edith demanda à Samuel s'il pouvait lui couper les cheveux. Cette requête était si inhabituelle qu'il ne savait d'abord pas quoi lui répondre. Puis, timidement, il lui dit qu'il ne l'avait jamais fait auparavant, et qu'il le ferait très mal sans doute. Mais elle insista et il consentit finalement. De toute façon, depuis qu'elle lui avait fait comprendre qui elle était et d'où elle venait, il était prêt à faire beaucoup pour elle, aussi surprenant que ça puisse paraître. Lui-même ne le comprenait pas.

Installée confortablement sur une pierre plate, cou dégagé, menton légèrement soulevé, Edith se laissait faire. Sans rien dire, sans lui donner le moindre conseil, elle attendait qu'il se débrouille seul, qu'il fasse son possible. Elle n'éprouvait aucune crainte, de la simple curiosité et rien d'autre.

« Après tout, ce n'est pas une énorme affaire, se dit-elle.

Dans le pire des cas, je serais encore un peu plus ridicule que maintenant, un peu plus " petite souris ", mais je doute que ça soit vraiment possible. »

Samuel effleura de sa main gauche les beaux cheveux blonds de sa compagne. Puis il glissa sa main, doucement, de haut en bas, comme s'il voulait les aplatir, les arranger un peu, avant de passer à l'action qu'il redoutait tant.

« Heureusement que ces ciseaux sont si minuscules, je vais pouvoir faire par petits bouts et puis corriger les défauts sans que ça se voit. »

Ses cheveux dépassaient d'un côté et de l'autre, il les ajusta petit à petit, puis s'arrêta. Il inspecta le résultat avec attention et le trouva plutôt satisfaisant. Il continua. Il enleva une épaisseur par le haut, et encore une deuxième, pour rendre sa coupe la plus uniforme possible. Ensuite, il lui coupa la franche, avec soin, sans pouvoir éviter pour autant quelques irrégularités. En effet, en regardant de près on pouvait apercevoir un fin escalier, bien régulier heureusement. Samuel le trouva charmant.

« Comme si c'était voulu, se dit-il. Finalement, j'ai bien réussi. J'aime sa nouvelle coiffure. C'est simple et c'est gracieux. De toute façon, Edith est si différente de ces dames qu'il m'était arrivé de côtoyer jusque-là. Avec ses cheveux de paille plus courts encore, elle a l'air un peu désemparée mais très charmant, tout compte fait. »

— Voulez-vous voir ? demanda-t-il avec inquiétude.
— Oui. Bien sûr.
— Allons au ruisseau, proposa-il.
— Pas besoin, répondit-elle. J'ai un petit miroir dans mon sac.

« Évidemment, une femme restera toujours une femme cheveux courts ou pas, se dit Samuel. Ce constat le rassura. »

Elle examina avec sérieux sa nouvelle coiffure et la

trouvant à son goût, lui adressa quelques mots gentils qu'elle accompagna d'un très charmant sourire. Samuel, intimidé, ne savait quoi dire. Il frissonna en se rappelant la douceur de ses cheveux. Il se promit de lui proposer ses services de coiffeur dès que possible. Il pensa qu'il devait être vraiment aveugle de ne pas s'être rendu compte dès leur première rencontre, à quel point Edith pouvait être attrayante. Maintenant il le voyait bien, et surtout à des moments comme celui-ci, quand elle lui souriait et l'entourait d'attentions aimables. Il essayait alors de se défendre contre ce sentiment envahissant, de retrouver son calme.

« Qu'est-ce qu'il m'arrive ? se disait-il. Qu'est-ce que je lui trouve, enfin ! Elle est si maigre, trop maigre et aussi trop vielle pour moi. Et dans ces hardes elle ne ressemble même pas à une femme. »

Mais son esprit critique n'arrivait pas à faire entendre sa voix. Il se révoltait, criait gare, et Samuel succombait d'autant plus au charme étrange d'Edith, un charme sans pareil. Il lui arrivait de penser alors que le fait qu'elle venait d'un autre monde en était pour quelque chose; mais rapidement il rejetait cette idée extravagante. Enfin, ne sachant plus où il était, il s'efforçait de penser à sa future chasse ou bien au projet qu'il caressait depuis un temps, de construire une barque qui pourrait les emmener au loin. Dans la journée, ça allait. Mais l'ombre d'Edith revenait le soir, quand, allongé sur son lit de fortune dans sa triste cabane, il revivait longuement les scènes de la journée. Edith prenait alors une bonne place, et ne le quittait plus, même pas dans ses rêves. Il faut dire cependant, qu'au réveil il ne se souvenait plus de rien. Il ne put jamais savoir qu'est-ce qu'elle y faisait.

— Allons au ruisseau, dit-elle.

— Edith, je viens de vous le proposer et…

— Je voudrais me laver les cheveux, voyez-vous.

— Vous préféreriez peut-être que je m'en aille ?

— Non, non ! Ne partez pas. Ça me ferait plaisir que vous restiez.

Elle entra dans le ruisseau jusqu'aux genoux. Elle se baissa et s'aspergea la tête d'eau fraîche, recommença, encore et encore, fit jaillir des milliers de gouttelettes dont certaines atteignirent Samuel, qui l'observait de la berge. Sa chemisette mouillée colla aussitôt à sa peau, et il pouvait voir nettement, encore une fois, cette chose bizarre qui couvrait ses seins. Edith se frotta les cheveux, plusieurs fois avec les deux mains, puis les essuya tant bien que mal.

« Nous n'avons plus de savon, pensa-il. Quel dommage. Je suis sûr que ça lui ferait un grand plaisir si un jour je pouvais lui en offrir un. »

Et en effet, depuis quelque temps, il essayait de fabriquer du savon en cachette. Pour cela, il utilisait de la graisse du dauphin et des cendres de diverses plantes. Mais pour l'instant, cela ne marchait pas fort.

Edith sortit de l'eau et s'allongea sur la berge. Il s'assit à côté d'elle, jambes pliées, mains sur ses genoux.

— Edith, je voudrais vous poser une question.

— Je vous écoute.

— Je pense souvent à ce que vous m'aviez dit l'autre fois.

— Oui..?

— Vous savez, au sujet de l'époque à laquelle nous sommes.

— La vôtre ou la mienne. C'est bien ça ?

— C'est ça. Vous m'avez dit alors qu'à votre avis nous étions au XVIIIe siècle plutôt qu'au XXIe.

— Tout semble l'indiquer, dit-elle. Vous vous souvenez, il y a eu plusieurs choses.

— Oui, je me souviens bien. Mais j'aimerai tant qu'on soit au XXIe malgré tout ! Je voudrais voir toutes ces merveilles.

Ces bateaux, ces avions et tout le reste.

« Quel gamin, se dit-elle. S'il ne grandit pas tout de suite, je lui ordonnerai de faire la sieste tous les jours.

— Samuel, écoutez : je n'en suis pas sûre. Il se pourrait que j'aie tort et que vos vœux soient bientôt exaucés après tout.

Il la regarda avec une sorte de reconnaissance dans les yeux, et lui adressa un timide sourire.

« Il est charmant, se dit Edith. Et je dirais même plus, il est séduisant dans ces habits d'un autre temps. Mais ce n'est qu'un garçon après tout, et moi je suis une femme. Il faut qu'il me respecte ! Enfin, je sais qu'il me respecte et j'ai même l'impression qu'il m'admire quelquefois. J'aime la façon dont il me regarde. »

— Alors, tout n'est pas perdu ? J'ai encore une chance ? Il la suppliait de ses yeux.

— Samuel, cela ne dépend pas de moi. Les faits sont en faveur du XVIIIe, toutefois il semble y avoir un problème.

— Qu'est-ce que c'est ?

— J'avais lu ça quelque part. Voyez-vous, le voyage dans le passé se heurte à certains obstacles, de sérieux obstacles. Au point qu'il pourrait être impossible à réaliser. Et dans ce cas, on n'aurait plus le choix. Je ne partirais pas vers le passé, c'est vous qui viendriez vers moi, dans mon monde futuriste.

— Edith, expliquez-moi, s'il vous plait !

— Et si je le faisais, qu'est-ce que j'aurais en échange ?

— Eh bien, je vous obéirai en tout pendant une semaine, dit Samuel l'air innocent.

— Je ne demande pas tant, sourit-elle. Une journée suffit.

— Racontez-moi donc !

— Écoutez. Pour dire simplement et clairement, le voyage dans le passé s'opposerait au principe de causalité en rompant le lien entre ce qui fut et ce qui sera.

— Comment ?!

103

— Voilà. Imaginer qu'un voyageur dans le passé rencontre son grand-père, enfant à cette époque, et qu'il le tue. Dans ce cas…

— Ça y est, j'ai compris ! Dans ce cas, plus aucun descendant, donc plus de voyageur lui-même. Et pourtant le voyageur est bien là.

— C'est exactement ça. C'est un paradoxe. Mais en fait, tout ceci est encore bien plus compliqué. Au XXe siècle pas mal d'auteurs, philosophes et autres scientifiques, se sont creusé la cervelle. On ne va pas maintenant rentrer là-dedans.

— Mais vous pouvez continuer Edith. C'est passionnant !

— Oui, on pourrait passer des jours et des jours à spéculer, dit-elle l'air un peu dédaigneux. Autant résumer tout de suite : un événement ne peut pas avoir d'effet sur sa propre cause.

— Mais encore ?

— Encore ? En voyageant dans le passé on violerait le principe métapsychologique du libre arbitre.

— Expliquez-moi !

— Pas de libre arbitre pour le voyageur, car dans ce passé une autre personne a déjà agi en connaissance de cause pour le temps T-1 et la position X. Vous comprenez ?

— Oui, je crois, affirma Samuel l'air pensif et sérieux à la fois.

— Mais certains auteurs, et non des moindres, Wells par exemple, interdisent à leurs voyageurs de changer le passé.

— Je m'avoue un peu perdu, dit-il.

— Moi aussi, assurez-vous. Un sourire mélancolique effleura ses lèvres.

— Alors, peut-on dire finalement si nous sommes au XVIIIe ou au XXIe siècle ?

— Je ne sais vraiment pas quoi en penser. Les faits nous font pencher pour le XVIIIe siècle, la logique semble s'opposer quelque peu.

— C'est vraiment très étrange, dit Samuel. On resterait donc comme avant, dans le brouillard.

— C'est ça. On reste en suspens. Personnellement, j'aurais une petite préférence pour le XVIIIe. En fait, notre logique n'est qu'une logique humaine, après tout.

— Qu'est-ce que vous entendez par-là ?

— C'est que le problème a l'air de nous dépasser. L'homme raisonne, Dieu rit.

— Donc, en attendant une nouvelle théorie, vous seriez plutôt du côté des faits ?

— C'est bien dit.

— Dommage, conclut Samuel.

— La seule chose que nous pouvons faire est d'attendre, conclut Edith. Et en attendant, essayons de passer le temps qui nous est donné ici de manière la plus agréable possible.

Le soleil commençait à leur brûler la peau et ils décidèrent de s'abriter à l'orée du bois. Edith apporta son jeu d'échec et la couverture. Ce n'était pas la première fois qu'ils allaient jouer. Edith adorait ça. À l'époque, avant d'entreprendre son périple marin, elle fréquentait un club d'échecs à Boston. Elle y allait deux fois par semaine et faisait des progrès rapides. Samuel, quant à lui, apprit les règles du jeu avec son père, dans leur domaine du Kent, et y jouait quelquefois, durant les journées pluvieuses d'automne. Il pouvait au moins prétendre savoir déplacer les pièces mais Edith constata vite, que même là, il y avait quelques failles. L'histoire de la prise au passant, par exemple ; mais était-elle déjà en vigueur au XVIIIe siècle ?

« Le jeu a changé beaucoup depuis le temps de Samuel, pensa-t-elle. Depuis notre présent à nous deux, devrais-je dire. Car en ce moment même, quelque part en France, André Danican Philidor explique au monde comme il est important de savoir manœuvrer les pions. Puis, le jeu se perfectionnera énormément au XIXème, quand Paul Morphy sacrifiera la dame pour obtenir une attaque forte. Et au XXe si éloigné, arriveront toutes ces ouvertures et ces défenses, tous ces coups théoriques, une vraie jungle à franchir. Tiens, on va sauter les siècles : je vais lui apprendre au moins l'ouverture écossaise. »

Certes, il ne pouvait pas savoir jouer comme elle, mais elle allait le lui apprendre, en perturbant ainsi le cours des événements, dans le temps. Le temps ! Le seul trésor de cette île. Pas d'or ici ni de diamants, mais le temps. Le temps de George Washington et de Mohandas Gandhi à la fois. Le temps du labeur et de l'oisiveté, surtout de l'oisiveté, de la fainéantise bénie des dieux. Cette île la protège, en lui permettant de jouer avec le temps qu'elle peut maintenant modeler comme on modèle de la pâte, comme ci ou comme ça, et puis on recommence et on continue. Finis les horaires contraignants d'avions et les six heures interminables de la traversée de l'Amérique. Finis la télévision et le téléphone, les verbiages creux. En échange, elle reçoit le temps, un temps extensible à volonté, pour une pensée bien douteuse au-dessus de l'échiquier. Il en résultera le transfert du cavalier de f3 en e5.

Tandis qu'elle réfléchissait, Samuel détacha les yeux de l'échiquier et la regarda discrètement. En ce moment, Edith lui semblait loin de tout. Absorbée par ses problèmes de stratégie et de tactique, elle ne le voyait pas.

« Et si je l'embrassais, là, tout de suite ? Quel effet ça lui ferait ? Il se ressaisit sur-le-champ. D'où me vient cette idée aberrante ?! se demanda-t-il. »

Une idée aberrante ? Les yeux d'Edith brillaient et ses joues se coloraient d'un rouge délicat. À des moments comme celui-ci, il se rendait compte à quel point elle lui plaisait. Il la trouvait mystérieuse et séduisante à ravir. Mais quelques instants plus tard, curieusement, elle ne l'attirait plus.

« Une véritable énigme, se disait-il. Serais-je instable à ce point ? Ou bien, c'est elle qui change sans cesse. Ces gens du futur sont peut-être tous comme ça. Vivre parmi eux, ça ne serait pas très facile. »

Le jeu avançait et devait bientôt les conduire vers une fin inéluctable : déjà le roi de Samuel, acculé au bord de l'échiquier s'apprêtait à rendre l'âme, quand soudain une pluie diluvienne s'abattit sur eux. En toute hâte elle ramassa les pièces et sauta sur ses pieds.

— Vite, vite ! Allons-nous abriter dans la grotte ! cria-elle.

Il se précipita et la suivit, trois pas derrière elle. Edith courait vite, aussi vite qu'elle pouvait par un temps si exécrable, transperçant le mur d'eau qui semblait lui barrer la route. Elle trébucha à plusieurs reprises, ses pieds glissaient sur la roche mouillée. Soudain elle tomba. D'un bond, il fut sur elle et lui tendit la main. Elle se leva avec beaucoup de peine, essaya de faire quelques pas.

— Pouvez-vous marcher ?

— J'essaie. Ah ! ça me fait mal.

— Où ça exactement ?

— Ici. C'est la cheville je crois.

— Donnez-moi votre bras. Oui, comme ça. Appuyez-vous bien.

Maintenant ils avançaient lentement et s'arrêtaient souvent. Edith serrait les dents.

— Voulez-vous que je vous porte ?

— Non ! Non ! Ça ira. De toute façon, pas obligé de nous presser maintenant, n'est-ce pas ?

— Exact. Vous êtes complétement trempée et moi aussi.

— Je ne pourrais même pas vous proposer une tasse de thé, dit Edith.

— Oh, ça ne fait rien. Votre charmante compagnie me fait oublier tous les désagréments que nous pouvons subir sur cette île, dit Samuel. Son ton sérieux la charma.

« Quel curieux jeune homme, pensa-t-elle. Sa courtoisie est

107

si naturelle, comme s'il était né avec. Non, ce n'est pas ça ! C'est l'époque… Ça me plairait de vivre au XVIIIe siècle ! »

Ils arrivèrent devant l'échelle, qu'Edith essaya de monter. Mais au premier pas, elle ressentit une vive douleur et Samuel lui proposa de la porter sur son dos.

— Mais non, voyons ! Aidez-moi un peu, c'est tout.

Pas à pas, ils avançaient, lui derrière elle, tantôt lui procurant un appui pour sa jambe, tantôt la soutenant légèrement par la taille.

« Elle est toute mince et son corps est si délicat, pensa-t-il. Elle semble si fragile. Une frêle créature, et pourtant elle court vite et elle nage bien, elle est si vive !, s'enthousiasmait-t-il. Et avec tout cela, elle est intelligente et cultivée. Je n'ai jamais rencontré une femme comme elle. »

Oui, bien sûr. Le jeune lieutenant Samuel Vanbrugh connaissait que très peu de femmes. De plus, Edith appartenait à un monde très différent du sien, un monde qu'il n'aurait pu imaginer, même dans un rêve le plus fou.

— Il faut se coucher maintenant.

— Oui, Samuel. Je vais me reposer. Je pense que ce n'est qu'une petite entorse tout à fait bégnine.

— En êtes-vous sûre ?

— J'ai pu quand même marcher avec votre aide. Vous avez bien vu. Je mettrais un bandage élastique. De toute façon, il y a que ça à faire.

— Je vous chercherai tout ce qu'il vous faut. Et aussi…

— Qu'y-a-t-il ?

— Eh bien, je pourrais rester avec vous. Pour la nuit, je veux dire.

— Oh ! ce n'est pas indispensable.

— En êtes-vous sûre ? demanda Samuel.

— Absolument, dit Edith d'un ton ferme. Ne vous inquiétez pas pour moi.

— Très bien. Il faut me dire de quoi avez-vous besoin.

— Ne vous en faites pas, je vous le dis. Elle lui sourit. J'ai tout ce qu'il me faut pour l'instant.

— Alors, je reviendrai demain matin, d'accord ?

— D'accord.

Samuel partit. Edith enroula le bandage autour de sa cheville. Elle se coucha sur le dos et essaya de se détendre. La lumière rougeâtre du soir pénétrait par l'ouverture, éclairant une partie de la grotte d'une manière étrange. Une ombre inconnue bougeait sur la roche rugueuse juste au-dessus d'elle. Elle s'approchait lentement, et allait la toucher d'un instant à l'autre, mais le soleil disparut derrière l'horizon et l'ombre disparut avec lui. Le temps s'accéléra. La pénombre remplissait vite la grotte, la nuit s'installait avec une rapidité étonnante. Edith alluma sa lampe à huile. C'était un éclairage dérisoire, une lumière éphémère qui renforçait encore la sensation du noir profond autour d'elle. Elle se sentit très seule, et cette solitude devint vite insupportable. Elle se forçait de se rappeler le visage de Samuel, sa silhouette et ses gestes, et y arrivait sans peine. Maintenant, elle revivait les moments de la journée passés en sa compagnie, c'était rassurant et très agréable. Elle le voyait marchant à côté d'elle, tournant sa tête vers elle. Il lui souriait et ce sourire plein de gentillesse l'apaisait.

« J'aime sa compagnie, songeait-elle. Il est toujours si courtois, si attentionné envers moi. Il fait tout pour me plaire. Et ça marche ! Il me plait, je l'avoue. De toute façon, il est beau garçon ; rien à dire. J'aime ses longs cheveux dorés et ses grands yeux verts. Il a du chic dans sa chemise blanche à manches bouffantes, sans col, qui fait dégager son cou et un petit bout de sa poitrine. Et sa peau est si joliment bronzée, j'aime ce teint cuivre mât tirant sur l'ambre jaune. Il faut quand même que je lui applique de la crème hydratante sur sa nuque. Oh, là, là ! Son pantalon est déchiré sur le bord, il va falloir que je m'occupe de ça. Mais qu'est-ce qu'il fait là ? Il vient de s'asseoir sur le bord de cette barque. Samuel, faites attention, vous allez tomber à l'eau ! Bon, et même si…Mais non, c'est ne pas une barque, c'est notre radeau de survie. Samuel, que faites-vous ?! Il rame ! Il s'en va ! Andrew, que faites-vous ?! Il s'éloigne, je ne le vois presque plus. Andrew ! Revenez ! Ne partez pas ! Ne me laissez pas toute seule ! »

Elle sursauta sur son couchage. Elle ouvrit les yeux. Quelque part, très loin d'elle, une lumière vague oscillait dans le noir. Que c'était-il passé ? Elle mit du temps pour revenir à elle, se rappeler sa journée et le début de la nuit. Cette nuit continuait maintenant, elle restait seule et il n'y avait rien à faire. Vraiment rien à faire. Il n'était tout de même pas question qu'elle descende l'échelle et rejoigne Samuel dans sa cabane. Avec cette cheville ? N'importe comment, ça ne serait pas du tout convenable. Pas à son époque, en tout cas. Il la prendrait pour une garce. La seule chose qui lui restait à faire c'était de compter les moutons. Un remède infaillible. Un, deux trois, quatre, cinq. Un, deux trois, quatre, cinq. Un, deux, trois … Un, deux…

La lumière du jour pénétra dans la grotte et Edith se réveilla. Elle s'étira sur sa couchette et se leva. Ça allait mieux aujourd'hui, elle arrivait à marcher doucement en s'appuyant sur un bâton. Elle s'assit et massa sa cheville, la tira prudemment. Une semaine tout au plus et elle sera de nouveau d'attaque. Elle avait faim mais préférait rester à attendre Samuel. Il n'arrivait pas et elle commença à s'inquiéter.

« Il m'a oublié, se dit-elle. Non, ce n'est pas possible. Je pense qu'il est en train de chercher de quoi manger pour nous deux. Il viendra. »

Elle ne se trompait pas. Une heure s'était écoulée avant qu'elle attendit enfin ses pas en bas de l'échelle.

— Je suis là. Je monte, annonça-t-il.

— Venez, Samuel. Je vous attends.

— Comment va votre cheville ?

— Un peu mieux, merci.

— Je suis très content. Regardez, je vous apporte une noix de coco et ces fruits rouges. Il les posa devant elle.

— Et qu'avez-vous dans l'autre main ?

— Où ça ?

— Eh bien, derrière votre dos.

— « Me voilà ! Je suis un lapin, et je viens ici spécialement pour vous. » Le rongeur se montra en agitant les oreilles.

— Mais quand ? Comment l'avez-vous eu ?!

— Je suis parti à l'aube. Et je ne cache pas que j'ai parcouru du chemin. Dites au moins que vous êtes contente de moi !

— Mais Samuel, vous êtes adorable ! Elle l'embrassa sur une joue, puis sur l'autre.

— Oh ! Je crois que je vais aller chercher un autre lapin. Plus gros que celui-là. Il sourit du coin des lèvres.

— Restez ici ! Restez avec moi.

— Je vais aller le cuisiner, dit-il. Je le prépare et je reviens tout de suite. Je vous empreinte votre briquet, d'accord ?

— Je veux aller avec vous.

— En êtes-vous capable ?

— Oui. Je descendrai l'échelle avec votre aide.

Quelques minutes plus tard ils étaient en bas.

— Allez-y Samuel. Faites le feu. Moi, je vais au ruisseau, faire mes ablutions.

— Très bien. Si besoin, appelez-moi.

— Aucune crainte à avoir. Je vous rejoins en un clin d'œil.

Elle mit du temps, en marchant lentement pour ne pas heurter sa cheville. En approchant du feu elle ressentit une odeur agréable. Samuel tournait une broche très rustique en bois, sur laquelle le lapin finissait de cuire. Edith s'assit et le regarda faire. Puis elle scruta la mer qui restait vide.

Le lapin fut prêt. Agrémenté de quelques feuilles du laurier, il s'avéra excellent. Quelques fruits rouges et de l'eau bien fraîche s'ajoutèrent à ce repas, qu'Edith considéra comme un des meilleurs depuis son arrivée sur l'île. Rassasiée, elle s'installa plus confortablement, en allongeant ses jambes et en s'appuyant sur ses coudes.

— Dites-moi Samuel, qu'est-ce qu'il vous manque le plus sur cette île ?

— Je ne sais trop. Une bouteille de rhum, peut-être. Il sourit encore. Et à vous ?

— La musique. J'écoute souvent de la musique. Avant, j'avais mon téléphone portable et mon mp3, mais maintenant tout ça est à mettre aux oubliettes.

— Comment ?! Vous pouviez écouter de la musique sans qu'il y ait un orchestre, comme ça, juste avec ces petites choses ?

— Plus maintenant, hélas ! La batterie est déchargée et rien ne fonctionne. Aimez-vous la musique, Samuel ?

— Oui, beaucoup. Mais je n'ai pas pu l'écouter souvent. Chez moi, on ne joue pas.

— Et alors où ? Et quel genre de musique ?

— À Ramsgate et à Londres, durant mes études. Je me souviens surtout des Beggar's opéra et aussi de concerts italiens.

— Avez-vous entendu parler de Haendel. Avez-vous écouté sa musique ?

— Ce nom me dit quelque chose. Il hésitait.

— C'était un compatriote à vous, d'origine allemande. Il a composé le Messie et le Water Music parmi d'autres. J'adore ses œuvres.

— Je ne les connais pas, dit Samuel avec une franchise touchante. Je regrette.

— Votre XVIIIe siècle est un des plus grands en musique.

— Oh ! Je ne savais pas.

— Comment vous auriez-pu savoir ? Il n'est pas terminé pour vous ! Edith s'interrompit un instant. Devrais-je dire, il n'est pas terminé pour nous ?

— Pourriez-vous m'en parler ?

— C'est un sujet très vaste. Le nom de Johann Sebastian Bach vous dit-il quelque chose ?

— Non. Samuel baissa tristement la tête.

— Un immense compositeur, dit Edith. Il est mort il n'y a pas longtemps, je crois.

— Qui d'autre ?

— Wolfgang Amadeus Mozart. Sauf erreur de ma part, il est adolescent en ce moment. Il fait une longue tournée pour présenter sa musique devant les cours d'Europe et les dignitaires de l'Eglise. Tout le monde s'étonne, on le prend pour un singe savant. Et il compose son premier opéra.

— Je voudrais écouter cet opéra.

— Laissons-le travailler pour l'instant, dit Edith. Il vient seulement de commencer. Il va créer une œuvre immense. Si tout va bien, vous allez pouvoir écouter son Don Giovanni, sa Flûte Enchantée ou bien son Requiem, un jour…

— Oui, laissons-le travailler. Samuel acquiesça d'un signe de tête.

— Et ce n'est pas tout. Un autre grand compositeur naîtra sous peu.

— Qui ça ?

— Ludwig van Beethoven. Votre siècle est un grand siècle Samuel, conclut-elle. Pas seulement en musique d'ailleurs. Le siècle de la Raison. Le siècle des Lumières.

-Mais le vôtre aussi est un grand siècle, d'après ce que vous m'avez dit.

— C'est vrai. Plus exactement le XXe, car le XXIe vient seulement de commencer. Le XXe siècle, oui, c'est exact, un des plus grands ! Et un des plus terribles aussi.

— Terribles ? Racontez-moi ! demanda-t-il avec une flamme dans l'œil.

— Je vous en parlerai un jour. Et maintenant, si on jouait aux échecs ? Qu'en dites-vous ?

— D'accord. Jouons aux échecs. J'irai les chercher chez vous.

— Mais Samuel…

— C'est tout naturel. Je reviens tout de suite.

Deux semaines passèrent dans la calme des jours et dans l'inquiétude des nuits, dans la monotonie de tâches quotidiennes, auxquelles Edith prenait une part grandissante au fur et à mesure que ses douleurs s'atténuaient. Souvent, ils s'asseyaient au bord de la mer et ils parlaient. Samuel était fasciné par cette modernité qu'Edith représentait à ses yeux. Il lui posait des questions de toutes sortes : sur les sciences et les techniques, sur les joies de la vie quotidienne qui dans son esprit devait dépasser tous les bonheurs du royaume des cieux, et aussi sur les événements historiques. Cependant, plonger dans ce gouffre du futur, profond de 250 ans, s'annonçait difficile. Cela demanderait énormément de temps, et Edith promettait de l'introduire, petit à petit. Des sujets passionnants ne manquaient pas. Avide de réponses, suspendu à ses lèvres, Samuel écoutait en silence.

« On dirait, un garçonnet sage à qui on raconte une fable fantastique, pensa-t-elle. »

Parfois il l'interrompait, demandant des précisions, cherchant avec obstination à apprendre tous les détails, tous les faits, car les choses n'étaient pas toujours claires dans son esprit. Elle s'appliquait alors à lui répondre comme elle le pouvait, et y trouvait du plaisir.

Un matin, Samuel la réveilla, en l'appelant d'en bas de sa

grotte.

— Qu'y-a-t-il, Samuel ?

— Oh ! Vous dormiez encore ! Je suis sincèrement navré de vous réveiller.

— Ça ne fait rien. Je ne dormais plus.

— Je vous apporte quelque chose. Mais je peux venir plus tard, si vous préférez.

— Mais non ! Restez ! Je descends dans cinq minutes.

Un brin de toilette, une chemise toute fraîche, un coup de peigne, et elle était prête. Samuel, devant l'échelle, se tenait tout droit. Il y avait une sorte de rigidité dans sa posture, tout à fait inhabituelle et il semblait peu sûr de lui. Elle lui dit bonjour et lui adressa un gracieux sourire.

— Vous avez quelque chose pour moi ? Qu'est-ce que c'est ?

Il lui tendit une petite boîte en bois exotique, joliment sculptée, avec des figurines d'hommes, d'éléphants et de girafes.

— C'est pour moi ? Je peux l'ouvrir ?

— C'est pour vous, dit-il solennellement.

En haut de la boîte se trouvait une fleur. C'était une magnifique orchidée blanche, avec de minuscules motifs bruns et jaunes, qu'elle n'avait jamais aperçue sur l'île. Au-dessous, il y avait trois petits paquets enveloppés dans du papier bloc-notes. Edith en ouvrit un : c'était du savon !

— Mais c'est formidable ! Comment avez-vous fait ?!

— C'était très simple. Le tout était de trouver la bonne algue. Je l'ai brulée, j'ai mélangé les cendres avec de la graisse du dauphin, et j'ai chauffé le tout.

— Ah ! Mon cher Samuel ! Je vous adore ! Et elle l'embrassa sur la bouche.

Samuel, surprit, recula d'un pas, colla les mains contre son corps. Il ne savait pas quoi dire, où mettre ses yeux. Pourtant, il y avait de quoi être fier. C'était un véritable exploit de sa part, même si ce savon très artisanal laissait à désirer. D'une mollesse gênante, et d'une odeur suspecte, il ne ressemblait en rien aux savons parfumés qu'elle achetait à Boston dans une élégante galerie marchande.

— Merci ! Merci beaucoup pour la fleur, elle est magnifique ! Je vous laisse maintenant. Je vais aller prendre un bain et laver aussi mes vêtements. Comme vous voyez, j'en profite tout de suite. On se retrouve après, d'accord ? Et elle partit.

Samuel s'orienta vers la mer. Sur la plage, il enleva ses chaussures, fit quelques pas sur le sable fin. Puis il se coucha et regarda le ciel. Il n'y avait presque pas de vent et les quelques nuages moutonnés se déplaçaient doucement. Ils voguaient un après l'autre, sans se toucher ; il y avait beaucoup de place dans le ciel. Samuel s'assit. De modestes vaguelettes caressaient ses pieds. Elles étaient douces et chaudes, et il décida de prendre un bain. Il enleva sa chemise et son pantalon et courut vite, soulevant des jets d'eau, affolant quelques oiseaux de mer qui décolèrent en urgence. Puis il nagea longtemps le long de la plage, en prenant soin de ne pas trop s'éloigner par crainte des requins. Il en avait aperçu un la semaine dernière, pas très loin du rivage. Enfin, il sortit de l'eau et sécha, assis sur le sable.

Il se leva, fit quelques pas. Il se tourna vers l'endroit où Edith devrait se trouver en ce moment même, au bord du ruisseau, sur sa berge préférée. Il pensa à elle, en éprouvant un sentiment de mélancolie et de tristesse, ce qu'il n'arrivait pas à expliquer. Il décida d'aller la voir tout de suite. Marchant rapidement, il approcha l'endroit en cinq minutes. Le ruisseau se trouvait à portée de main, derrière la petite dune.

— Edith, êtes-vous là ?

— Oui, je suis là.

— J'arrive ! annonça-t-il.

Il fit encore quelques pas. Edith se trouvait au milieu du ruisseau. Elle tenait quelque chose entre ses mains, c'était… ce soutien-gorge ! Elle le frottait avec du savon et le plongeait dans l'eau. Elle était nue jusqu'à la ceinture ! Samuel ferma les yeux et les ouvrit aussitôt. Non ! Ce n'était pas un mirage ! Edith portait juste une petite culotte. Elle se tourna vers lui et il vit ses seins qui étaient de petite taille mais bien proportionnés, et qu'il trouva ravissants. Le ventre d'Edith était légèrement arrondi, sa peau semblait ferme et douce. Ses bras étaient svelte et délicats, conférant encore plus de charme à sa silhouette. Le regard de Samuel glissa sur ses hanches… Il rougit jusqu'à la pointe des cheveux et détourna les yeux.

— Je m'excuse. Je ne savais pas, balbutia-t-il.

— Vous n'avez pas à vous excuser, dit-elle. C'est moi qui suis trop distraite. Attendez-moi, Samuel. Je serai prête dans une minute.

Elle rinça le linge qu'elle venait juste de laver, méthodiquement, puis sortit sur la berge. Elle enfila sa chemisette blanche, le cadeau de Samuel, qui était maintenant complétement mouillée – de sorte qu'on pouvait voir à travers – et elle s'avança vers lui.

— Vous pouvez vous retourner maintenant.

Elle lui souriait, en soulevant sa lèvre supérieure, c'était drôle et touchant à la fois. Samuel marchait à côté d'elle, la regardait discrètement. Juste un coup d'œil de temps en temps. Edith semblait ne rien voir. Impassible, elle l'interrogea :

— Dites-moi Samuel, avez-vous une amie ?

— Que voulez-vous dire ?

— Une amie. Une fiancée, si vous préférez.

— Non. Pas vraiment.

— Je suis une fouineuse, dit-elle. Je me mêle de ce qui ne me regarde pas.

— Oh ! Non ! J'aime quand vous vous mêlez de mes affaires, dit-il.

Elle sourit de nouveau et le dévisagea avec impertinence. Samuel, détourna ses yeux. Intimidé, ne sachant quoi dire, il s'arrêta. Debout, en équilibre sur une jambe, il enleva sa chaussure et la secoua fort pour faire partir un caillou invisible, puis la remit à sa place et se redressa. Il fit quelques pas rapides, se dirigeant vers la mer, sauta une vaguelette. Il se retourna et revint vers elle.

— Qu'est-ce qui vous arrive ? demanda-elle avec un brin d'ironie dans la voix.

— Oh, rien. J'ai juste besoin de bouger.

Ils arrivèrent à la cabane de Samuel. Ni l'un ni l'autre n'avait envie de se séparer, ils s'assirent devant l'entrée, en profitant de l'ombre et de la brise légère.

— Dites-moi, Samuel. J'ai une question. Ça fait un moment que je voudrais vous le demander. Vous lisez la bible, et vous le faites même souvent. Êtes-vous très croyant ?

— Très croyant ? Je ne sais pas. Nous sommes anglicans, ma famille et moi. Chez nous, on va aux offices tous les dimanches. Ici, pas d'offices. Mais j'ai ma bible, et je me recueille chaque soir. Et vous ?

— Moi ? Eh bien, je suis une athée, dit Edith avec hésitation. Au moins, c'est ce que je crois.

— J'en ai entendu parler, dit Samuel. Des athées, on les trouve chez nous, pas beaucoup remarquez ; je sais qu'il y en a surtout en France. Mais personnellement, ça me dépasse. Si Dieu n'existait pas, qui aurait créé le Monde ? Qui aurait créé les hommes ?

— Darwin explique que l'homme descend du singe, dit Edith, sourire malicieux aux lèvres.

— Quoi ?! Mais c'est une ineptie ! Et un blasphème en plus ! Qui est ce Darwin ? D'où il sort, celui-là ?

— Je vous en parlerai un jour. Mais dites-moi, Samuel.., votre frégate, cette bonne *Good Fortune*, est un bateau de guerre, n'est-ce pas ?

— Oui.

— Que-ce que vous faisiez ici, au Caraïbes ?

— En principe, je ne devrais pas vous le dire. Mais enfin… Nous patrouillions dans ces eaux. Nous surveillions les Espagnols, voyez-vous.

— Surveillions ? s'étonna-t-elle.

— C'est ça. Ici ils sont chez eux, en principe. Mais nous les surveillons quand même.

— Et c'est tout ?

— Eh bien, pas toujours, pour dire vrai. Il y a eu parfois des escarmouches, et même plus que ça.

— Et vous, personnellement, avez-vous déjà combattu les espagnols ?

— Je ne devrais pas vous le dire, vraiment. Promettez-moi de garder le secret.

— Je le promets, dit Edith le plus sérieusement du monde.

— Alors, c'est oui !

— Racontez-moi.

— Eh bien, la dernière fois c'était il y a cinq mois, je crois. Ce sont eux qui nous ont attaqués. Nous avons répondu à coup de canon. Leur bateau a été endommagé, très sérieusement.

— Et après ?

— Nous laissions partir les espagnols, mais nous gardions les esclaves noirs. Les cales en étaient pleines. Et il y avait aussi de l'or à bord, de beaux vêtements, des fusils. Nous avons récupéré tout ça.

— Mais c'est du piratage ! Vous êtes des pirates !

— Pas le moins du monde ! dit Samuel piqué au vif. C'est la guerre. Un soldat se bat contre ses ennemis, voilà tout.

— Bon. Je veux bien. Edith adopta un ton conciliant. Ne

119

vous fâchez pas. Après tout, qu'est-ce qu'une femme comme moi peut-elle comprendre à la guerre ?

Le soleil se trouvait maintenant à son zénith et l'air ne bougeait plus. La chaleur devenait insupportable, malgré le bout d'ombre devant la cabane. Samuel demanda la permission d'enlever sa chemise, Edith n'avait rien contre. Sur le coup, elle pensa faire de même, mais après une courte hésitation, elle y renonça.

« Ils étaient libertins au XVIIIe siècle, se rappela-t-elle. Je le sais bien. N'empêche qu'aucune femme ne sortirait en tenue "topless" sur la plage ! »

Se mettre dans la peau d'une dame du siècle des lumières, tout en gardant son tee-shirt et son pantalon délabré : cette idée extravagante la fascina. Femme moderne comme elle, sans illusions et sans faiblesses, y parviendrait à merveille.

« Je pourrais les surpasser ces mignonnes, se dit-elle, et je le ferai. Je les battrai toutes comme elles sont, belles et moins belles, nobles et moins nobles, corsetées à outrance, enrobées dans leurs étoffes ridicules. Ce sera moi la femme parfaite, sensuelle et fragile, raffinée et impudente à la fois. J'ai Samuel avec moi, il est si jeune et sincère. Il me guidera d'abord, me suivra ensuite. Il me faut juste l'approcher davantage. »

Cette pensée, aussi embrouillée qu'elle fut, la réjouit. Au-delà de simples vacances dans les tropiques, son séjour sur cette île s'annonçait initiatique.

Ils avaient soif et Samuel alla chercher de l'eau fraîche. Puis, ils se baignèrent dans la mer. Samuel nageait le long du rivage, en prenant soin de ne pas trop s'éloigner par crainte des requins. Pendant ce temps-là, Edith couchée sur le dos dans l'eau peu profonde, bercée par de minuscules vagues, songeait à l'avenir ; l'avenir immédiat bien évidemment. Mais elle ne resta pas longtemps dans l'eau. Elle sortit sur le sable. Sa chemisette blanche, était maintenant imbibée d'eau salée. En absence d'une douche pour les baigneurs, la chemisette devrait se couvrir, d'un instant à l'autre, d'inévitables taches de sel. Mais Edith se consola immédiatement. Elle irait la rincer dans le ruisseau, au crépuscule.

Soudain, elle entendit un cri. Samuel s'agitait dans les vagues essayant de nager au plus vite, les mouvements de ses mains étaient brusques et chaotiques, ses pieds battaient la surface de la mer en soulevant des fontaines d'eau. Derrière lui, à une distance d'une centaine de mètres, Edith remarqua un triangle noir. C'était l'aileron du requin qui s'approchait à vue d'œil.

— Vite, Samuel ! Vite !

D'un seul coup, elle perdit tout son sang-froid, oublia ses plans et ses calculs de tout à l'heure. Dominée par la peur, figée, elle fixait la scène. Le requin s'approchait, tel une torpille, il allait atteindre sa proie d'un moment à l'autre. Mais heureusement, Samuel retrouvait déjà pied et il se propulsait avec force, en soulevant de ses deux mains des jets d'eau puissants pour éloigner la bête. Il était tout près du rivage, l'eau lui montait jusqu'à la ceinture, jusqu'aux hanches, jusqu'aux genoux. Ça y est, il sortait indemne. Il était hors de danger. Edith courut vers lui et le prit dans ses bras.

— Oh ! Mon Samuel. Mon cher Samuel ! Comme je suis heureuse ! Tu n'as rien n'est-ce pas ?

— J'avais peur ! J'avais vraiment peur, Edith !

— C'est fini, mon petit. Tout va bien. Le monstre est parti, on ne le voit plus.

Et en effet, il n'y avait plus rien, la mer était de nouveau déserte ; les vaguelettes caressaient la côte sablonneuse. Samuel reprenait son calme. Mine tranquille, il s'étira, fit quelques mouvements de gymnastique.

— Il était grand ce requin, dit-il avec nonchalance. Je me demande comment j'aurais pu me défendre.

— Je suis très, très contente que vous soyez sur cette île avec moi ! dit Edith en toute simplicité.

Ils retrouvèrent l'ombre bienfaisante. Samuel apporta quelques fruits rouges, et pendant qu'elle les mangeait, il ouvrit une noix de coco et la découpa en tous petits morceaux. Une demi-heure plus tard, rassasiés, ils décidèrent de se reposer. Samuel s'installa confortablement, en s'appuyant contre un arbre, Edith s'allongea sur les grandes feuilles palmées, qu'il dispersa pour elle devant la cabane. Ils échangèrent quelques propos vagues. Il lui raconta une de ces innombrables histoires que les hommes de la mer se partagent pour faire passer le temps. Puis, Edith s'assoupit dans la chaleur de cet après-midi finissant. Quand elle ouvrit les yeux, il était là, assis en face.

— Avez-vous fait de beaux rêves ?

— Vous avez raison, Samuel. J'ai dû faire un songe.

— Racontez-moi, voulez-vous.

— Je ne me souviens plus très bien. Je sais que vous y étiez...

— Moi ?!

— Oui, vous. Nous y étions tous les deux.

— C'était un rêve agréable ?

— Je crois, dit Edith. Mais je ne suis pas sûre. Je peux au moins vous affirmer que le requin n'y était pas. Elle sourit.

— Moi, je ne veux plus le voir, même pas dans un rêve ! Il serra comiquement les lèvres.

— En tout cas, aujourd'hui je ne me baignerai pas, dit-elle. Mais demain, qui sait ?

— Demain vous m'avez promis d'aller avec moi au sommet, d'où on voit les terres. Vous vous souvenez ?

— Très bien. On ira tôt le matin. Samuel, vous devez m'apprendre à tirer. Votre fusil me fascine.

— Je vous montrerai comment on le charge, et comment on vise. Mais sachez que les mousquets à silex ne sont pas faits pour les dames. En tirant, vous risqueriez de vous faire mal, très mal. Et il accompagna ces mots d'une très virile grimace.

Extrait du journal de EJ :

Notre excursion sur le " Mont d'Espérance ", comme je l'avais nommé, n'a de nouveau rien donné. Cette mer constamment vide me porte sur les nerfs. Pourquoi personne ne passe par ici ?! Je suis sûre qu'en restant plus longtemps en haut, j'aurais pu apercevoir un bateau. C'est ça ! Je vais me construire une hutte sur le Mont d'Espérance et me faire ermite. Une ermite-femme : quel scoop ça serait ! À montrer absolument dans un programme de téléréalité. Mais pourrais-je rester longtemps toute seule dans cette hutte ? Pas sûr.

Nous passons presque tout le temps ensemble et j'ai l'impression que Samuel s'est beaucoup attaché à moi. On peut se demander d'ailleurs si le terme " attaché " est celui qui convient ici. Peu importe. Nous nous plaisons, lui et moi, il y a entre nous un air de complicité. Est-ce dû à l'isolement que nous subissons sur cette île ? Je ne saurais le dire. En tout cas, nous parlons beaucoup. Ou plutôt, c'est moi qui parle, lui, il écoute, comme un petit garçon à qui on raconte une fable fantastique, plus instructive qu'une histoire vraie, où les machines intelligentes remplacent les dragons et les sorcières. Il me pose des questions, de nombreuses questions, auxquelles je réponds autant que je peux. Car je ne peux pas toujours. Hier par exemple, il m'avait demandé si les États-Unis seraient entrés en guerre, sans que les Japonais ne les provoquent à Pearl Harbor. Et avant-hier, il m'avait demandé si, à mon avis, il va y avoir une nouvelle guerre mondiale au XXIe siècle. Qu'est-ce que j'en sais moi ! Revenons au passé plutôt.

Le passé. Pour lui c'est de l'avenir qu'il s'agit. D'un " avenir certain ", et non d'un présage douteux. Connaître le futur, savoir ce qui vous attend, avec certitude. Quelle chance inouïe ! Quelle horreur aussi !

L'histoire l'intéresse, c'est sûr, surtout celle de son pays et aussi du mien. La grande puissance (disons, future) des États-Unis issus d'une colonie britannique, ne cesse de l'étonner. Il se montra particulièrement fier, en apprenant le glorieux passé (avenir) de la Grande Bretagne lors de deux cents ans qui allaient suivre (pour lui). Il se trouvait vraiment aux anges.

Mais je laisse de côté la grandeur des États-Unis et de l'Angleterre, et je reviens à notre quotidien. Nous jouons souvent aux échecs et Samuel progresse vite. Il ne peut pas encore me battre mais il a réussi une fois à me mettre en difficulté. À ce moment, il croyait déjà qu'il allait gagner. Ces joues sont devenues tous rouges, il était très excité mais la déception est vite arrivée. Et il avait du mal à la dissimuler. Un vrai gamin !

Il fait de plus en plus chaud, on cherche à s'abriter à l'ombre. Le vent se lève dans l'après-midi, et des orages éclatent. Ils sont de plus en plus fréquents et violents sur l'île. Samuel a tenté de renforcer l'ossature de sa cabane. Mais cela suffira-t-il ?

Il était temps d'aller se coucher. Edith éteignit la lampe à huile et le noir s'installa dans la caverne. Voulant s'endormir vite, elle essaya d'avoir quelques pensées agréables. En vain. Son esprit s'agitait et elle se retournait tout le temps sur son couchage. L'angoisse revenait, frappait à la porte. N'arrivant pas à trouver le sommeil, elle se leva et s'approcha de l'ouverture. Dehors, l'air était lourd et humide. Quelques éclairs lointains apparurent dans le ciel. Elle but une gorgée d'eau et se recoucha. Cette fois-ci, elle s'endormit tout de suite. Puis, elle se réveilla de nouveau. Qu'est-ce que c'était ? Il s'était bien passé quelque chose. Il n'était pas nécessaire d'attendre longtemps pour le savoir. Un énorme éclair illumina le ciel et le tonnerre retentit. Le vent se leva. Il soufflait de plus en plus fort, en rafales, vite il se déchaîna, tel un diable sorti de l'enfer. Lors de l'éclair suivant, elle put voir comme il pliait les sommets des palmiers et faisait voler partout des branches sèches. Heureusement, ce vent furieux ne soufflait pas dans sa direction. Elle pouvait se sentir protégée, pour le moment tout au moins. Une pluie violente s'abattit d'un seul coup et le bruit augmenta encore. C'était une tempête tropicale, un véritable ouragan. Le premier, depuis son arrivée sur l'île. Elle se souvint de l'autre tempête, celle qui l'avait entraînée ici, mais cette fois c'était différent. Elle n'avait rien à craindre, bien cachée dans sa grotte. Et il n'y avait rien à faire non plus. Juste retourner se coucher pour de bon.

Elle fit les deux premiers pas, prudemment dans le noir, quand tout à coup il eut un autre bruit. Un bruit différent. C'était un cri, qu'elle entendit à peine, à cause du vent. Samuel ! Elle l'avait oublié sur le moment ! Il cria encore, mais ses paroles se perdaient dans la tourmente, elle ne pouvait pas les comprendre. Se penchant par l'ouverture, elle distingua sa silhouette, une ombre derrière le rideau d'eau et de vapeur : il montait l'échelle. À ce moment, une image revint à Edith, en l'espace d'un éclair, celle de l'autre échelle suspendue au-dessus des flots. C'était pareil. Comme l'autre, celle-ci, secouée par de fortes rafales de vent, se balançait et se tordait dans tous les sens, se cognant à la paroi rocheuse, mais Samuel ne s'arrêtait pas. D'un bond, il escalada l'ouverture et il se trouvait maintenant près d'elle, à l'abri de tout danger. Edith le prit par la main. À petits pas, ils s'orientèrent vers l'endroit où devait se trouver la lampe à huile. Edith la trouva sans peine et l'alluma. Ce qu'elle vit à la lueur de la lampe dépassa son imagination. Samuel se trouvait dans un état ! Il n'était pas beau à voir. Mouillé jusqu'aux os, cheveux en désordre, couverts de boue et de feuilles, chemise déchirée, il grelottait. Tremblait-il de froid ou de peur ? Ou des deux à la fois ? Il portait une seule chaussure, l'autre étant perdue dans la tourmente. Terrorisé, il n'arrivait pas à prononcer un mot.

— Dites-moi tout, demanda Edith.

— C'était affreux ! balbutia-t-il. Je n'ai jamais vu ça !

— Votre cabane ?

— Il n'y a plus de cabane, dit Samuel. Lentement, il revenait à lui. Ce maudit ouragan a tout emporté !

— Vos affaires ?

— Le coffre est resté, je crois. Il est lourd. J'ai aussi coincé le fusil entre deux pierres. Mais tout le reste… Pff !

— Ecoutez Samuel. Tout n'est peut-être pas perdu. Et de toute façon, le plus important c'est vous. Vous êtes intact, pas vrai ? Une branche aurait pu vous tomber sur la tête.

— Oui, mais regardez-moi ça ! il montra sa chemise.

— Ne vous en faites pas. Je verrai demain, c'est promis. Mais maintenant essuyez-vous : la tête, le visage. Prenez ce mouchoir.

— Je ne pourrais plus retourner là-bas, dit-il d'une voix basse.

— Il n'en est pas question. Pour l'instant vous restez ici, avec moi. Ensuite on verra.

Elle lui apporta à boire, lui demanda de s'asseoir. Samuel se calma complètement mais il tremblait toujours.

— Il va falloir tout enlever, dit-elle. Déshabillez-vous ! Sinon, vous risquez de prendre froid.

— Comment ça ?!

— Tout simplement. Je vais me retourner. Et après, allez-vous mettre sous la couverture !

— Et vous alors ?

— Ne vous en faites pas pour moi.

Elle se retourna, s'approcha de la sortie. Dehors, la tempête se déchaînait toujours, comme si la fin du monde était proche. Des trombes d'eau s'abattaient sur l'île. Le ciel s'illuminait sans cesse, et dans cette lumière éphémère on voyait la mer sauvage, crachant l'écume sur le sable. Une grosse branche vola tout près de l'ouverture. Instinctivement, Edith recula d'un pas. Elle trébucha mais ne tomba pas.

« Décidemment, il est malchanceux le garçon, pensa-t-elle. D'abord ce serpent, ensuite le requin, et maintenant cette tempête. Heureusement que je suis là ! »

— Ça y est. Je suis sous la couverture. Vous pouvez vous retourner maintenant.

Samuel, comme un petit garçon bien sage, était couché sur le dos, appuyant la tête sur ses mains. Il la regardait. Ses yeux brillaient à la faible lumière de la lampe. Elle s'approcha de lui et s'assit sur son tabouret de fortune.

— Mais vous alors ? Où allez-vous dormir ? Edith, je suis vraiment gêné, j'ai pris votre place.

— Et bien, là-bas. Elle pointa son index vers le coin le plus éloigné de la grotte. Quelques feuilles de palmier et ma couverture de survie feront l'affaire.

— Je ne peux pas le permettre, dit Samuel. Le ton était ferme.

— Que proposez-vous alors ?

Il ne répondit pas tout de suite. Il semblait hésitant, ne sachant quoi dire. Le silence se prolongeait. En évitant son regard, il répondit enfin :

— Venez-vous coucher à côté de moi. Et il ajouta : je vais me serrer. Vous verrez, il y aura suffisamment de place pour vous.

— Hm.., vous croyez ?

— Oui.

— Dans ce cas…

Elle prit la couverture de survie et s'avança vers lui.

— Vous n'éteignez pas la lampe ? demanda-t-il.

— Non ! Non ! La lumière est si faible. Elle ne nous

127

empêchera pas de dormir.

Edith était maintenant couchée, lui tournant le dos. Mais elle sentait sa toute proche présence, à travers les couvertures. Elle entendait sa respiration, qui était assez irrégulière. Elle bougea, se mit sur le dos. Quelques ombres indécises tremblotaient au-dessus de sa tête.

— Edith...

— Oui ?

— Donnez-moi votre main.

— Dormez, Samuel. Vous avez eu une journée éprouvante.

— S'il vous plaît !

— Bon. D'accord. Mais après, au dodo !

— Promis.

Elle palpa la couverture et trouva la main de Samuel, la sortit. Sa main était étonnement chaude. Samuel serra ses doigts, avec vigueur, au point qu'elle ressentit une vive douleur.

— Aïe ! Vous êtes trop fort pour moi !

— Pardonnez-moi Edith ! Il s'éloigna brusquement.

— Mais non ! Ne vous fâchez pas. Faites plutôt comme ça.

Elle prit sa main entre les siennes et la caressa délicatement. Et tout de suite elle s'arrêta. En retirant ses mains, elle fit un mouvement dans sa direction mais si minime qu'il ne s'en aperçu même pas. Samuel, hésitant, baissa la couverture d'Edith jusqu'à sa ceinture, puis, d'un geste doux et lent, dénuda son bras. Sa main se posa d'abord sur ses doigts, puis sur son poignet, où elle s'immobilisa, mais pour un instant seulement. Elle continua son beau voyage, glissant doucement le long de l'avant-bras, pour arriver assez vite au bras d'Edith qui se montra merveilleusement rond, doté d'une peau douce comme du velours de soie, du velours le plus délicat qui lui avait été donné de toucher. Hélas, le voyage s'arrêtait là. Sa main n'avançait plus : la manche de la chemise de nuit,

128

enroulée jusqu'au bout, ne le permettait pas.

— Qu'est-ce que vous faites ? demanda Edith. Mais elle ne retirait pas son bras.

Samuel ne répondit pas. Elle entendait sa respiration, de plus en plus forte. Il se souleva légèrement en s'appuyant sur le coude. Il toucha son épaule, le caressa. Quelle merveille, ce petit creux qu'elle avait là.

— Qu'est-ce que vous faites ? répéta-t-elle. Samuel, vous m'avez promis quelque chose.

— Ah..! Edith.

Et c'était tout. Incapable de prononcer un mot, oubliant sa promesse, il se pencha sur elle, posa ses lèvres, délicatement, sur son épaule et sur son cou. Edith ne disait plus rien, elle ne bougeait plus, le laissant faire. La main de Samuel effleura de nouveau son épaule, puis elle glissa doucement sur sa chemise de nuit, toucha ses seins. Il le fit de manière à peine perceptible, avec la pulpe des doigts. Ensuite, prenant du courage, il y posa franchement ses mains. Il parcourrait leurs contours, explorait chaque rondeur. Ses seins étaient petits et fermes, la peau semblait si douce, c'était comme ça qu'il se les imaginait, l'autre fois, au bord du ruisseau. Une pure merveille ! Edith étendue sur le dos, toujours immobile, voulut lui dire quelque chose mais, finalement, y renonça en attendant la suite. Les mains de Samuel ne bougeaient plus, posées sur sa poitrine.

« Il est si maladroit, pensa-t-elle. Il ne sait vraiment pas y faire. Et c'est ce qui me plait, je crois. »

Samuel recommença. Sur le moment, elle ressentit un frémissement dans tout son corps, puis un deuxième, mais elle essaya de ne rien faire paraître. Les mouvements devenaient plus pressants maintenant, plus déterminés. Brusquement, il dénoua les ficelles de sa chemise de nuit, la tira vers le haut et l'enleva. Edith se trouvait de nouveau à demi-nue, comme

129

l'autre fois mais c'était plus romantique maintenant, à la lueur de la lampe. Il l'embrassa sur la bouche, longuement, elle le sera doucement contre sa poitrine, posa les mains sur ses cheveux. Lui, l'embrassait encore et encore, sur les seins, sur la bouche et sur le cou, ses baisers étaient de plus en plus fiévreux, de plus en plus pressants. Soudain, par un mouvement rapide, il posa les mains sur son ventre.

— Samuel, non ! N'allons pas plus loin ! S'il vous plait ! Elle pensa à sa pilule.

— Ah ! Edith. Vous êtes mon ange ! Je vous adore !

C'était tout ce qu'il savait dire. Edith ne répondit pas, ne prenait aucune initiative, elle le laissait faire.

« Il est vraiment marrant, se dit-elle. Il s'enflamme d'un seul coup… Et hop ! Un vrai gamin. Mais, je suis curieuse de voir la suite. »

Assurément, elle y prenait du plaisir, elle aussi, un plaisir grandissant. Samuel posa sa main sur son ventre, puis l'autre, ses mains glissaient vers le bas. Il toucha sa culotte. Momentanément, il recula. Il descendit légèrement le long du couchage, et toucha ses cuisses.

— Non ! Samuel. Non ! Arrêtons-nous !

— Ah ! Edith. Ma très douce ! Ma bien-aimée !

Sa respiration devint encore plus forte. Il baissa complétement la couverture, l'embrassa sur le ventre, lui caressa de nouveau les cuisses.

— Cher Samuel ! Pas si vite ! Prenons notre temps.

Il semblait ne pas avoir entendu. D'un mouvement brusque, il tenta de lui enlever sa petite culotte.

— Attends ! Pas comme ça, dit-elle.

Elle recula, s'assit sur le bord du lit et lentement l'enleva elle-même. Elle se leva, alla vers l'ouverture de la grotte, et y resta un instant. Il vit sa silhouette, svelte et si belle, qui se détacha sur le fond du ciel lors d'une série d'éclairs. Puis, elle se recoucha, près de lui, encore plus près. Samuel l'a prise dans ses bras. Il était tout nu, excité à l'extrême, il se collait contre elle. Elle sentit son corps tout entier, tremblant et si chaud. Son cœur battait fort, très fort. D'un seul coup, elle abandonna ses doutes et ses craintes, sa réserve se dissipa. Edith-la raisonnable s'éclipsa derrière un nuage. Elle s'offrait à lui… Samuel d'un geste rapide écarta ses genoux. Edith le serra fort dans ses bras. Disparus l'orage, le vent et la pluie, et toute cette miséreuse vie sur l'île, disparus les murs biscornus de la caverne, les serpents venimeux, les requins féroces. Ils n'y avaient plus qu'eux, pour l'éternité.

La pluie cessa de tomber, la tempêta s'éloigna. Quelques ombres pâles dansaient de nouveau sur les murs de la caverne.

— Edith…

— Oui ?

— As-tu été heureuse ?

— Très ! Et toi, Samuel ?

— Ah ! Mon amour. Je ne peux même pas te dire ô combien !

— Et maintenant dormons, dit-elle.

Ils se réveillèrent à l'aube. Aux premières lueurs de l'aurore, Samuel la prit dans ses bras. Le jour était déjà bien là, quand ils descendirent l'échelle. Ils y avaient partout des branches cassées, des noix de cocos jonchaient le sol. Sur la plage, les algues en pagailles séchaient au soleil. Le campement de Samuel présentait un spectacle de désolation. Il ne restait plus rien de la cabane, quelques objets personnels trainaient par-ci, par-là, déchiquetés par le vent et la pluie. Ils firent un tour. Pas loin de là, ils trouvèrent sa longue veste couverte de boue et déchirée par des ronces, ainsi que son épée qui resta intacte. Au pied d'un arbuste, Samuel trouva sa Bible, ou plus exactement ce qui en restait : la couverture ramollie et quelques pages illisibles. Heureusement, son fusil, coincé entre deux pierres, semblait en état. Il devrait pouvoir servir comme avant, après un nettoyage minutieux.

— Mon cher Samuel, c'est affreux ! Mais désormais nous vivrons ensemble. Tu seras en sécurité avec moi.

— Je serai heureux ! Je veux être avec toi ! Et c'est moi qui te protégerai, dit Samuel avec force.

La malle était à sa place, à côté de la hache, sous un amas de débris de la cabane. Samuel la dégagea. Le couvercle avait souffert de la pluie, mais à l'intérieur tout était comme avant. Il poussa un grand soupir. La malle était lourde et Edith l'aida à la porter jusqu'à la grotte. Quand ils finirent ce travail, il était à peu près midi et les vapeurs d'eau ne se dégageaient plus de la couronne des arbres. Ils allaient se baigner dans la mer, et cette fois-ci Samuel se garda de ne pas trop s'éloigner du rivage.

Puis, couchés sur la plage, ils s'embrassèrent longtemps. Ils se déshabillèrent et firent l'amour. Cette fois-ci, pour Edith ce fut un moment sublime, de douceur et de passion. Pour Samuel… Eh bien.., pour lui, l'île abandonnée de Dieu et des hommes se transformait, en un clin d'œil, en jardin d'Eden. Plus tard dans l'après-midi, ils s'assirent à l'ombre face à la mer.

— Samuel, j'ai une question à te poser. Une question un peu délicate.

— Je t'écoute.

— Tu peux ne pas répondre, tu sais.

— Non, non ! Je te dirai tout ce que tu veux savoir.

— As-tu eu d'autres femmes avant moi ?

Les joues de Samuel se couvrirent d'un rouge intense. Il frotta nerveusement les mains.

— Hm… Comment te dire ? Oui.., et non.

— Comment ça, oui et non ?

— Eh bien, c'était dans une maison close. Et puis il ajouta : tu ne me blâmes pas, n'est-ce pas ?

— Non, pas spécialement. Je n'ai pas à te juger. C'est comme ça, et puis c'est tout.

Il la regarda tout confus, puis baissa les yeux. Edith caressa sa joue en lui adressant un sourire exquis, un des plus beaux de son répertoire. Son visage s'éclaira. Il retrouva à l'instant même toute son assurance.

— Moi aussi, j'ai une question à te poser, dit-il. Tu m'avais dit, l'autre fois, que sur ce bateau tu étais seule. As-tu quelque part un mari qui t'attend ?

— Je ne suis pas mariée. Et je n'ai jamais été mariée.

— Tu n'as pas voulu ? Ou bien…

— Tu vois Samuel, au XXIe il y beaucoup de femmes comme moi.

— Mais pourquoi ?

— C'est comme ça. On ne se marie pas toujours. Je t'en parlerai une autre fois.

— Et ces femmes non-mariées ?

— Que veux-tu savoir ?

— Est-ce qu'elles ont des amants ?

— Mais oui ! Souvent. Pourquoi tu me demandes tout ça ?

— Je ne sais pas, Edith. Peut-être, parce que je veux savoir tout sur toi.

— Que veux-tu savoir exactement ?

Samuel ne répondit pas tout de suite. Il se leva, s'approcha d'elle et l'embrassa timidement. Il s'assit de nouveau.

— Je voudrais savoir si toi, tu as quelqu'un ?

— Plus maintenant. Par le passé, j'en ai eu.

— As-tu.., as-tu eu beaucoup d'amants ?

— Samuel ! On ne pose pas ce genre de questions à une dame.

Prenant un air sévère, elle agita le doigt sous son nez, puis se serra contre lui et posa ses lèvres sur les siennes.

— C'est maintenant toi mon amant. Le seul qui a sa place

dans mon cœur.

— Ah ! Edith. Mon amour !

Il l'embrassait à son tour, passionnément, sur les cheveux, sur le cou, sur le visage. Il tenta de la faire allonger sur le sable mais Edith s'y opposa avec délicatesse.

— Non, Samuel. Non !

Il lui obéit. Il s'assit à deux pas d'elle, et regarda longuement la mer. Puis, il se tourna vers elle :

— Hier, au début.., tu ne voulais pas, dit-il. Plusieurs fois, tu me l'avais dit. Tu ne voulais vraiment pas ?

— Mais non ! Mon cher Samuel. Bien sûr que je le voulais. Je le désirais tout autant que toi.

— Alors pourquoi ?

— Parce que je craignais de tomber enceinte. Voilà pourquoi ! Ce n'est ni lieu ni le moment.

— Ah ! Je n'y ai pas pensé.

— Toi, tu peux te le permettre, pas moi !

— Mais Edith ! Si ça nous arrivait, je me marierais avec toi. De toute façon, j'avais pensé de te le proposer. Quoi qu'il arrive. Serais-tu d'accord ?

— C'est une demande en mariage ? Edith sourit.

— Oui !

— Hm… Je ne dis pas non, mais je ne dis pas oui, non plus. Le ton était prudent. Nous nous connaissons à peine. Et de toute façon, il n'y aurait personne sur cette île pour nous marier !

— C'est vrai. Attendons. Le jour viendra, dit-il avec force. Attendons seulement d'arriver quelque part.

— Nous allons nous aimer, dit Edith. N'est-ce pas le plus important ?

— Mais tu auras toujours peur de tomber enceinte ! Et Dieu sait combien de temps allons-nous rester encore sur l'île.

— Non. Je n'ai plus peur. Plus maintenant.

— Comment ça ?

— Bientôt, je commencerai à prendre mes pilules.

— Tu commenceras à prendre quoi ?!

— Mes pilules contraceptives. Il y en a pour trois mois. Après, on verra bien.

— Je ne comprends pas. Explique-moi ça.

— Une pilule contraceptive inhibe l'ovulation, dit Edith d'un ton savant. Ça marche à tous les coups.

— Ah ! C'est miraculeux !

— Oui. Je pense que tu serais impressionné par la médicine qu'on a, dit-elle.

— J'ai déjà remarqué, avec ce maudit serpent ! Il réfléchit un instant : mais dis-moi Edith, si les femmes ne craignent pas de tomber enceinte, ça doit changer pas mal de choses, non ? Dans leurs vies et aussi celles de leurs amants.

— Oui. Je suis d'accord. Edith semblait de plus en plus lasse du sujet.

— Il y a moins d'enfants dans les familles, n'est-ce pas ?

— Tout à fait.

— Et l'église ? Pour les pilules, elle ne dit rien, l'église ? Samuel insistait.

— Ça lui arrive de protester en effet, dit Edith. Et chez nous, aux États-Unis, il y a encore des gens très religieux qui se plient aux préceptes de l'église.

Samuel se tut. Mais il continuait à fixer les yeux sur elle, sans les détourner cette fois. Il la regardait avec admiration, et elle en fut embarrassée. Une brise légère du soir se faisait déjà sentir et elle lui proposa de faire un tour. Ils se promenèrent main dans la main le long du rivage, pieds nus dans l'eau, jouant avec les vagues. Ils s'arrêtaient parfois, se caressaient tendrement et s'embrassaient, puis reprenaient leur chemin.

Au retour, Samuel proposa de lui montrer son fusil, et expliquer son fonctionnement. Edith en fut ravie. À cette occasion, elle avait une chose à lui dire.

— Tu sais Samuel, moi aussi j'ai une arme.

— Comment ça, une arme ?!

— Je ne t'en avais pas parlé au début. Ensuite, ça m'est sorti de la tête.

— Qu'est-ce que c'est ?

— Un pistolet. J'avais un peu honte. Je craignais d'être ridicule.

— Et comment ça se fait, que je ne l'ai pas remarqué dans la grotte ?

— Il est très compact. Il rentre dans mon sac. C'est un petit calibre, mais il est à huit coups et on peut les tirer rapidement.

— À huit coups ?! Tu me le montreras n'est-ce pas ?

— Oui, naturellement.

— Alors, allons le voir le tout de suite !

Comment décrire en quelques mots la stupéfaction de Samuel à la vue d'un pistolet de votre époque, et de la mienne. Il s'exalta sur ses dimensions et ses qualités : léger, canon étonnement court, facile à charger, facile à utiliser. Ils sortirent dehors et Samuel s'essaya au tir. Il tira deux coups, un après l'autre, retira une balle du tronc du palmier, et longuement la repassa entre ses mains. Bouche bée, il tourna le pistolet dans tous les sens, examinant le mécanisme, le chargeur, et la détente. Il l'admira chaque détail sans prononcer une seule parole, avant de le rendre à sa propriétaire. C'est seulement le soir, quand ils s'installèrent au coin du feu, que la langue de Samuel se délia. Il était aux anges, ventant le génie humain pour cette réussite technologique extraordinaire. Il aurait hâte de voir d'autres armes, petites et grandes, toutes aussi belles qu'utiles, il en était sûr… toutes ces merveilles de notre époque glorieuse, et l'idée de rester au XVIIIe siècle le chagrinait.

Deux semaines passèrent. Les journées étaient trop longues et les nuits leurs semblaient trop courtes. Edith s'épanouissait.

Elle se sentait admirée comme jamais auparavant. Un jeune garçon charmant lui chantait ses louanges. Samuel, quant à lui, savourait son bonheur, jusque-là insoupçonné. Edith, sa bien-aimée, remplissait toute son existence. Elle était son idole, l'ange descendu du ciel. Ils n'avaient plus besoin des autres. De ces autres qui vivaient quelque part, certes, mais si loin de leur île. Tout compte fait, c'était comme s'ils n'existaient plus.

V

LES INTRUS

Deux énormes oiseaux planaient au-dessus de la mer. Ils étaient blancs, avaient de grandes ailes noires et des becs crochus. Peut-être des albatros... Edith n'en était pas sûre. Elle n'avait jamais vu d'albatros de sa vie, sauf à l'écran, dans un film consacré aux îles Galâpagos. Ces oiseaux y ressemblaient fortement, et elle savait que les albatros voyageaient sur de longues distances. Mais ici ? Sur cette île ? Que pouvaient-ils chercher ? Samuel n'était pas là, et de toute façon elle doutait fort qu'il soit capable de reconnaitre les albatros, qu'on rencontre surtout dans les mers du Sud.

Les oiseaux disparurent dans la brume et Edith continua à suivre son chemin. C'était son trajet habituel qu'elle prenait pour aller cueillir des fruits et aussi quand elle accompagnait Samuel à la chasse ; elle y connaissait chaque colline, chaque arbrisseau et chaque caillou, au point qu'elle pourrait y avancer les yeux fermés. Le littoral tourna, la côte devint escarpée et elle s'enfonça dans les bois. À cet endroit, son attention s'accrut ; des serpents y logeaient souvent, ils les avaient rencontrés à plusieurs reprises, et Edith ne tenait absolument pas à les revoir. Le chemin commençait à descendre dans un ravin, l'endroit où ils se fixèrent le rendez-vous à dix heures.

Ils allaient souvent ensemble dans la forêt. Mais ce jour-là, Samuel se leva de bonne heure pour aller chasser, et à l'occasion, il projetait d'installer des pièges à lapins. Edith ne l'accompagnait pas car elle avait quelques tâches ménagères à accomplir, et tenait à le faire au plus vite.

Maintenant elle descendit dans le ravin, et constata que Samuel ne s'y trouvait pas encore, mais connaissant son sérieux, elle savait qu'il ne devrait pas tarder. Elle s'assit sur une grosse racine, qui par endroit sortait adroitement de terre, et commença à écrire dans son calepin. Elle avait pris du retard dans la rédaction de son journal depuis qu'ils étaient ensemble. Pourtant, des choses intéressantes ne manquaient pas.

Elle se consacra à sa tâche avec ardeur, au point d'oublier presque la raison de sa présence dans ce lieu reculé, quand soudain un coup de feu retentit.

« C'est Samuel, se dit-elle. Il chasse encore. A-t-il oublié notre rendez-vous ? Je ne comprends pas. »

Le coup de feu partit d'un endroit qui semblait proche de la mer, à l'opposé de son terrain habituel de chasse qui se trouvait plus haut, sur les collines. C'était bizarre, mais Edith ne s'en souciait guère :

« C'est l'écho, sans doute. Est-on jamais sûr d'où provient un son ? De toute façon, Samuel sera ici dans quelques minutes. »

Mais c'est seulement un quart d'heure plus tard qu'il apparut en haut de la côte.

— Edith ! Qu'est-ce qui se passe ?! Tu as tiré ? Pourquoi ?

Il arrivait, comme elle pouvait s'attendre, du côté opposé à la mer, dévalant la pente à toute vitesse. Il chancela, mais ne tomba pas.

— Ce n'était pas moi ! Donc ce n'était pas toi, non plus ?!

— Non ! dit Samuel.

Son visage devint blême. Il scruta les alentours, rapidement, nerveusement.

— Il y quelqu'un d'autre sur l'île ! dit Edith.

— Oui ! Il y a quelqu'un ! Samuel serra fort son fusil.

— Il faut qu'on le sache, et au plus vite !

— D'accord ! Allons-y ! Il fit un mouvement brusque.

— Aller ? Mais où ? demanda-t-elle.

— Je propose d'aller au mont d'Espérance. De là, on va bien voir.

Ils décidèrent de passer par la forêt s'éloignant le plus possible de la côte, et approcher le mont au dernier moment. Samuel connaissait le passage, il était sûr de pouvoir le retrouver facilement. Ils marchaient vite, en silence, faisant attention à chaque pas. L'inconnu se cachait peut-être derrière le buisson d'en face ? Une demi-heure plus tard, ils sortirent de la forêt. Ils regardèrent à gauche, à droite : personne. Le sentier qui montait au sommet tournait, en les exposant souvent à la vue de ceux qui pourraient se trouver plus bas, près de la plage.

— Baisse-toi Edith ! Fais comme moi ! chuchota-t-il.

— Regarde ! Il y quelqu'un là-bas !

— Non, non ! Tu te trompes ! C'est juste l'ombre d'un rocher qui prend cette forme humaine, répondit-il.

Encore quelques pas et ils étaient au sommet. De là, ils pouvaient voir la mer dans toutes les directions. Edith scruta le rivage, dans un sens puis dans l'autre. Soudain, elle se raidit !

— Tu vois, ce que je vois Samuel ?

— Oui, Edith.

Là, en bas, il y avait un navire. C'était un voilier. Il était amarré à moins d'un kilomètre du rivage, dans la grande baie qui se trouvait à l'opposé de la leur.

— C'est une goélette, un bateau à deux mats, dit-il. Je n'arrive pas à voir quel pavillon il porte.

— Attend, j'ai les jumelles dans mon sac.

— Edith ! Edith ! Regarde là-bas !

— Où ça ?!

— Près du grand palmier, sur la plage !

— Oui, je vois ! C'est une barque. Et il y a trois.., non, quatre hommes près d'elle. C'est de là où le coup de feu est parti.

— Possible. Alors ce pavillon ?

Edith regarda attentivement par les jumelles, ce n'était pas facile car la poupe du bateau s'orientait vers le large.

— Je crois qu'il porte le drapeau espagnol, dit-elle.

— Espagnol ?! La belle histoire !

— Qu'est-ce que tu proposes ? demanda-t-elle.

— Je propose de retourner chez nous. Il faut qu'on enlève toutes traces de notre présence autour de la grotte.

— D'accord. Mais avant, essayons d'approcher un peu ces hommes.

— Pour quoi faire ? Samuel pinça les lèvres.

— Pour voir à qui on a affaire.

Ils prirent une piste peu frayée entre cailloux et arbustes, et qui descendait doucement dans la direction de la mer, pour arriver enfin à un escarpement rocheux. De là, en se dissimulant dans la broussaille, ils pouvaient mieux voir le bateau et le bout de la plage où se trouvait la barque. C'était une simple embarcation à rame, pour six personnes, pas plus. À côté de la barque il y restait maintenant qu'un seul homme. Il était là sans bouger, yeux fixés sur la lisière de la forêt d'en face. Edith le regarda attentivement. Dans son habit de marin – pantalon ample et court, longue chemise bouffante avec écharpe autour de la taille, chapeau à larges bords, orné d'une plume – il lui fit penser à un boucanier, tout droit sorti de l'Île au Trésor de R. S. Stevenson. Comme il se doit, il portait un coutelas à la ceinture. Son mousquet, exactement comme celui de Samuel, se trouvait devant lui, appuyé contre un arbre.

— Pas de doute, dit Edith. Pas de doute, Samuel ! Tu ne pourras pas admirer toutes ces belles armes, ces sous-marins atomiques et autres avions supersoniques. Nous sommes bien au XVIIIe siècle !

— Mais où sont-ils allés, les trois autres ? Samuel s'inquiétait.

— Ils reviendront. Il les attend, je crois.

— Qu'est-ce qu'on fait ?

— Je propose de rester encore un peu, dit Edith.

L'homme s'assit à l'ombre. Il enleva le chapeau et s'essuya le front. Ses cheveux étaient longs, d'une noirceur profonde. Il remit son chapeau puis semblait s'assoupir. Les minutes passaient. En attendant, Edith observait le bateau ; elle le scrutait à l'aide des jumelles. Voiles baissées, immobile, le bateau semblait abandonné, sans vie. Mais ce n'était qu'une première impression. En regardant encore, elle remarqua un matelot sur le pont. Un autre sortit de la cale, trainant un sac. Le matelot du pont commença à laver le plancher.

— Il est bien ce navire, dit Samuel. Belle silhouette. Par bon vent, élancé comme il est, il doit filer comme une flèche.

— Et ces canons ? C'est pour quoi faire ?

— Je ne crois pas que ce soit un navire de guerre. Comme tu vois, il a juste trois canons de chaque côté. C'est juste pour se défendre.

— Pourquoi sont-ils venus ces gens, Samuel ?

— Je ne sais pas.

— Il faut qu'on le sache ! Le ton était ferme. Samuel, regarde !

Ça bougeait sur le bateau. Un homme apparut sur le pont. Il semblait agiter les bras.

— Passe-moi les jumelles Edith. Oui, c'est un officier, il est en uniforme et porte une perruque. Ha ! Elle est énorme sa perruque. Il porte aussi une longue épée. Maintenant il s'agite ! On n'entend rien d'ici, mais il doit réprimander quelqu'un.

— Samuel, regarde ! Les autres reviennent ! chuchota-t-elle.

Trois hommes sortirent du bois. Deux d'entre eux étaient armés jusqu'aux dents, chacun portant un fusil à la main et un pistolet au long canon à la ceinture. Ils étaient habillés comme celui qui gardait la barque. C'étaient de simples matelots, visiblement. Le troisième avait une belle allure. Il était grand, avait un visage pâle, moustache retroussé, cheveux bruns, ondulés, tombants sur les épaules. Il était vêtu en gentilhomme – tunique noire, boutonnée, pantalon qui lui serrait la cuisse, souliers à boucle – et portait une longue épée. C'était leur chef, à ne pas en douter. Il s'approcha du matelot toujours assoupi, et le bouscula du pied. L'homme se redressa d'un bond. Raide comme un tronc, il enleva le chapeau. Son supérieur lui parlait, et il parlait fort.

— Qu'est-ce qui se passe ? demanda Samuel à voix basse. On n'entend pas grand-chose et de tout de façon, je ne connais pas un mot d'espagnol.

— Il n'est pas content. L'autre devait monter la garde. L'officier est furieux. «Caramba !»[1] il crie. Il me semble qu'il lui demande, si avant de s'endormir il n'avait rien vu de suspect.

— Tu connais leur langue, Edith ?

— Un peu. Je l'avais apprise dans l'ouest, à Los Angeles, où j'avais passé mon enfance.

— Los Angeles ?

— Oui. Une immense ville à mon époque, mais aujourd'hui.., à ce moment même, un tout petit village espagnol : quelques missionnaires, quelques familles, et rien de plus. Un pueblo, comme on dit. C'est marrant, non ?

— J'ai beaucoup à apprendre de toi, dit Samuel doucement.

— Oui, mais pas maintenant. Edith reprit ses esprits. Maintenant écoutons en silence et regardons.

Mais il ne se passait plus grand-chose. Les intrus tournaient ici et là, deux d'entre eux s'absentèrent pour revenir aussitôt. Ils commencèrent à remettre leurs affaires dans la barque.

— Regarde Samuel, ils partent !

En effet, les quatre hommes mirent leur embarcation à la mer et prirent la direction du navire. En ramant fort, ils

---

[1] Esp : ici, bon sang

s'éloignaient vite du rivage.

— Ouf ! bon débarras. Samuel respira.

— Ne te réjouis pas trop vite. Ils peuvent encore revenir, tu sais.

Edith et Samuel décidèrent de partir, eux aussi. L'après-midi avançait et ils avaient encore un travail important à faire avant que la nuit tombe : éliminer toute trace de leur présence dans les alentours de la caverne. C'était la moindre des précautions à prendre. Mais ils étaient résolus à revenir ici à l'aube.

— S'ils partent, eh bien, c'est tant mieux. Sinon, on verra. Samuel prenait les choses en main.

— Tu as raison, mon chéri.

Ils avançaient vite sur une piste à travers les broussailles, vite mais avec prudence, en prenant soin de se courber dans des endroits exposés. Ils traversèrent la partie dense de la forêt et sortirent sur la plage. La grotte était maintenant à portée de main.

— Je me demande si on n'a pas commis une erreur.

— De quoi s'agit-il, Edith ?

— Il aurait fallu peut-être descendre et leur dire bonjour. Ce sont des gens civilisés, après tout ?

— Civilisés ?! Moi, je ne dirais pas ça. Il faut voir comment ils se comportent partout où ils s'installent. Des brutes ! De toute façon, nous les britanniques et eux, nous vivons comme chien et chat dans ces mers. Ils me feraient prisonnier, à coup sûr. Et puis, toi…

— Quoi moi ?

— Je préfère ne pas y penser. Samuel baissa la voix.

Arrivés dans la grotte, ils se couchèrent pour se reposer un moment. Elle le caressa doucement, lui fit quelques câlins, et Samuel s'abandonna vite. Mais ce n'était pas le moment et Edith coupa court à ses avances. Ils consacrèrent le reste de la journée à enlever tout objet suspect, effacer les traces de leurs pas, camoufler le foyer du feu. Avant de se mettre à l'abri, ils dissimulèrent l'entrée de la grotte, en insérant quelques branches vertes parmi les pierres placées avec soin.

Puis la nuit arriva. Serrés l'un contre l'autre, ils repoussèrent, pour un temps imprécis, les angoisses du jour écoulé et leurs craintes du jour à venir. Les Espagnols et leur navire devinrent qu'une chimère qui finit par s'émousser dans leurs esprits.

Edith allait revoir les événements de la journée encore cette nuit, dans un rêve qui ressemblera fort à une histoire lue dans son enfance.

Pour l'instant, ils étaient là, seuls au monde. Samuel découvrait, grâce à l'assistance discrète de sa maîtresse, de nombreux arcanes de l'amour, tous ces petits gestes sensuels et charmants, ces audaces insoupçonnées, et les pimentait, à sa façon, de quelque maladresses juvéniles qu'Edith appréciait tant. Elle se laissa emporter par sa passion et sa fraîcheur. Plus tard, elle se dit qu'elle n'avait jamais été aussi comblée que cette nuit-là. Jamais aucun de ses hommes ne lui avait procuré autant de plaisir que ce jeune garçon d'un autre temps.

— Oh ! Edith. Mon adorable, ma bien-aimée ! Je ne pourrais plus vivre sans toi.

— Samuel ! Samuel ! Je m'attache à toi plus que j'en aurais voulu, et ça m'inquiète. Je ne veux pas dépendre de toi ! Que de toi ! Je laisse ça à ta future femme.

— Mais ça sera toi, ma femme ! dit Samuel avec force. Je t'en supplierais à genoux s'il le fallait.

Elle le réveilla à l'aube. Les provisions pour la journée étaient réunies la veille au soir, ils partirent donc tout de suite. La journée s'annonçait belle. Le soleil ne s'était pas encore levé et les brumes épaisses enveloppaient la couronne des arbres. Ils entendirent le cri d'un oiseau, un autre lui répondit.

Sur le sentier, un lézard somnolait. C'était un assez long chemin, mais enfin, ils s'approchèrent de l'escarpement rocheux et montèrent sur la colline.

Le bateau se trouvait exactement à la même place qu'hier. Dans la lumière oblique du soleil, on distinguait bien de nombreux détails de la coque et du pont. On pouvait voir, à travers les jumelles, des objets trainant au sol : un amas de voiles et de cordes, quelques planches et une vieille malle délaissée dans un coin. Il semblait n'y avoir personne à bord.

Ils n'attendirent pas longtemps quand quelque chose bougea : un homme monta sur le château de proue. Edith suivait chacun de ses mouvements par les jumelles.

— Edith, laisse-moi voir, s'il te plaît. Samuel s'impatientait.

— Tiens. Regarde. Mais pour l'instant il ne se passe pas grand-chose.

— Si ! Le maître d'équipage fait son appel de sifflet. Mais d'ici je n'entends pas, et je ne peux pas savoir de quoi il s'agit.

— Sinon, tu pourrais ?

— Bien évidemment, Samuel acquiesça de la tête. Il y a tout un code pour transmettre les messages et les ordres.

Quelques instants plus tard il eut de la cohue sur le pont, mais elle fut de courte durée. Les marins s'alignèrent rapidement, et attendaient en silence.

— On ne saura pas ce qu'il va leur dire mais on peut les compter, remarqua-t-il.

— C'est fait : ils sont douze.

— Plus les officiers. Admettons dix-sept ou dix-huit, précisa Samuel.

Après une courte intervention du maître d'équipage, un officier arriva. Samuel eut l'impression que c'était le même qu'hier, ou peut-être bien un autre. La distance était trop grande pour bien voir. L'officier parla, suite à quoi les membres d'équipage se dispersèrent en courant.

— Qu'est-ce qui va se passer maintenant ? demanda Edith.

— Je ne sais pas. On va voir.

Ça bougeait de nouveau sur le pont. Les marins faisaient descendre deux embarcations sur l'eau : une petite comme hier, l'autre était plus grande.

— Edith ! Il y a du nouveau. Regarde ! Samuel lui passa les jumelles.

Elle regarda attentivement. Six hommes prirent déjà place dans la petite barque, et on entrait dans la chaloupe qui pouvait loger au moins une dizaine de personnes.

— Mais il y a des Noirs dans la chaloupe ?! Edith sursauta.

— Exact. Compte-les, veux-tu ?

— C'est déjà fait. Les Noirs sont huit, et il y a seulement deux Blancs avec eux.

— Qu'est-ce qu'ils viennent faire ici tous ces gens ? s'inquiéta Samuel.

Sans tarder, les deux embarcations prirent le cap sur l'île et avançaient dans leur direction. Les Espagnols, voulaient-ils prendre pied dans le même endroit qu'hier ? La réponse à cette question ne devait pas tarder car ils s'approchaient à vue d'œil. Edith pouvait maintenant bien distinguer les hommes. Dans la chaloupe, seuls les Noirs ramaient. L'officier assis devant, braquait sa longue-vue sur le rivage.

— Attention ! Edith s'alarmait. Ils observent notre partie de la côte. Ne nous montrons pas !

— Je me demande si on ne ferait pas mieux de partir, dit-il. Quitte à revenir plus tard.

— Restons encore un peu pour voir. Ah..! Samuel !

— Qu'est-ce qu'il y a ?

— Les Noirs ont des chaînes ! Ils sont enchaînés entre eux !

— Bah ! des esclaves. Une fois à terre, ils vont les libérer. Tout au moins pour la journée.

— Des esclaves ?! Ah oui.., des esclaves. Mais pour quoi faire ?

— Je suppose, qu'on les emmène ici pour les faire travailler, dit Samuel. Mais de quel travail s'agit-il, je l'ignore.

— Parlons plus bas. Ils arrivent !

La chaloupe enfonça son nez dans le sable, suivie de près de la petite barque, et les hommes sautèrent sur le sable. Comme l'avait prévu Samuel, les Noirs furent aussitôt détachés de leurs chaînes. Ils transportèrent de nombreux sacs et coffres et les posèrent dans un endroit où la mer ne pouvait pas les atteindre. On équipa chacun d'eux d'une grande hache. Puis les Noirs partirent dans la forêt, sous l'escorte de quatre Blancs armés jusqu'aux dents.

— Ils vont couper des arbres ? Qu'en penses-tu, Edith ?

— Chut ! Elle posa le doigt sur les lèvres.

Edith et Samuel continuaient d'observer ce qui se passait devant eux. Deux hommes restèrent sur place à surveiller les barques, deux autres, un officier accompagné d'un matelot, commencèrent à suivre le rivage dans la direction opposée à la grotte. Ils marchaient d'un pas régulier, le matelot portant le mousquet sur son épaule. Ils se retournaient de temps en temps. Finalement, ils disparurent derrière le virage.

De la forêt toute proche leur arrivèrent des bruits de haches.

— Ils coupent des arbres, conclut Samuel.

— Mais pourquoi font-ils cela ? Veulent-ils défricher un coin de terre, ou construire des cabanes ? L'un et l'autre peut-être. Dans tous les cas, pour nous c'est un mauvais signe.

— Je suis d'accord. De toute évidence, ils sont en train de s'installer pour de bon. Je propose qu'on s'en aille.

— Restons encore dix minutes. Edith fit un signe imprécis de la main.

Les deux hommes réapparurent. Marchant plus vite qu'auparavant, ils atteignirent les embarcations en peu de temps. Ils échangèrent quelques mots – qu'Edith n'entendit évidemment pas – avec les hommes sur place. Et tout de suite, ils repartirent. Ils commencèrent à escalader la côte en direction de leur cachette. Ils pourraient bien les débusquer d'un moment à l'autre.

— Vite ! Il n'y a pas un instant à perdre ! Samuel fit un bond en arrière.

— Gardons notre calme, chuchota-elle. Reculons en silence.

Sans un mot de plus, ils quittèrent l'escarpement rocheux et s'éloignèrent vite. En dressant l'oreille et en jetant des coups d'œil inquiets, Samuel fermait la marche. Il tentait d'effacer les traces derrière eux, avec une branche verte. Le mousquet, qu'il tenait fort dans l'autre main, le gênait dans sa tâche.

— Allons ! Dépêche-toi ! Ils risquent d'être en haut d'un moment à l'autre, et s'ils nous voient…

— J'arrive. Samuel pressa le pas.

En descendant toujours, ils allaient bientôt atteindre la ligne de la forêt. Mais là, le danger était bien plus grand encore. Les Espagnols pouvaient se partager en petits groupes, être dans plusieurs endroits à la fois. Courbés, posant les pieds avec prudence pour éviter le craquement des branches sèches, ils avançaient plus lentement qu'avant. Un rongeur passa devant eux à toute vitesse. Les oiseaux noirs aux becs bossus chahutaient dans les arbres.

— Edith, j'ai entendu un bruit !

— Un bruit ?! Mais quel bruit ? Les oiseaux font beaucoup de bruit.

— Là-bas, de l'autre côté de la colline.

— Je n'ai rien entendu, moi.

— Mais je t'assure, dit Samuel.

Derrière un buisson touffu et épais, ils écoutaient et guettaient le moindre mouvement. Samuel avait raison.

Bientôt, ils entendirent des voix d'hommes, et ces voix s'approchaient. Edith et Samuel s'accroupirent ; ils respiraient à peine. Deux hommes, deux Blancs, se montrèrent. Ils passèrent tout près d'eux, Samuel aurait pu les toucher avec son fusil, s'il avait voulu. Ils parlaient d'une voix vive. Mousquets en l'air, ils se frayaient un chemin à travers la forêt dense à l'aide des machettes. Absorbés par leur conversation, ils passèrent sans rien voir et disparurent derrière les arbres. Samuel respira profondément. Il manquait vraiment de peu pour qu'ils ne soient découvert, et alors…

— C'était moins une ! soupira Edith.

— Mon mousquet était prêt, assura Samuel. Et ils n'étaient que deux après tout.

— Tu ne peux tirer qu'une balle, à ce que je sache.

— Et ton pistolet ?

— Il est resté dans la caverne. Je n'ai pas l'habitude de le porter sur moi.

— Edith, ils parlaient de quoi ?

— Ils se disputaient sur le chemin à prendre. Je crois qu'ils veulent explorer le littoral de l'autre côté de l'île.

Les Espagnols devaient se trouver encore dans les alentours. Une rencontre subite était à craindre, Edith et Samuel avançaient donc avec une prudence extrême. N'importe quel buisson ou amas de pierres leur paraissait suspect.

— Et une fois dans notre grotte, qu'est-ce qu'on fait ? demanda Samuel.

— Je ne sais pas. Quelle poisse ! Edith soupira.

— Ne t'en fait pas mon cœur. On s'en sortira !

Edith eut un sourire au coin des lèvres. C'était le côté juvénile de Samuel qui ressortait de nouveau ; elle aimait son optimisme un peu nunuche, mais si plein de vie. Ça, c'était pour l'anecdote. En fait, elle ne voyait pas comment

150

pourraient-ils s'en sortir si les intrus décidaient de s'installer pour de bon... sinon en essayant de pactiser avec eux. Mais pactiser comment ? Quoi dire ? Qu'est-ce qu'ils avaient à offrir aux Espagnols en échange d'une paix, même provisoire ? Le déséquilibre des forces était tel, que les autres n'avaient nullement besoin de pactiser. Ils pourraient tout se permettre. Et comme disait Samuel, entre les Espagnols et les Britanniques il n'y avait aucun consensus possible sur ces terres. Ces deux vaillantes nations européennes se trouvaient ici en conflit permanent. Non ! chercher à pactiser n'aurait servi à rien. La seule chose qu'ils pouvaient faire, c'était de rester vigilant. Faire attention à chaque pas. Regarder tout le temps autour de soi. Et appliquer la formule *wait and see*, éprouvée depuis longtemps.

Une deuxième nuit dans la grotte. Dans un noir complet l'isolant des dangers du jour, Edith vécut un apaisement dans ses bras, mais qui fut de courte durée. Puis, elle ne put s'endormir longtemps. Des pensées filaient à toute vitesse, les unes après les autres. Elle se souvint de l'arrivée de Samuel sur l'île, revit cette journée. Comme dans un kaléidoscope, les scènes se suivaient : le voilier à l'horizon, puis la barque, les hommes dans la barque et enfin Samuel, seul, longeant le rivage. Elle pensa à leur première rencontre, se souvenant de l'effet que firent sur elle sa belle prestance et sa courtoisie. Elle pensa à leurs premières semaines passées ensemble, aux nombreuses questions qu'elle se posait, et au temps qu'il lui avait fallu pour comprendre.

Elle s'assoupit pour un moment, mais reprit vite ses sens. Elle repassait dans son esprit l'événement du jour : le débarquement des intrus sur leur île. Qui étaient ces gens, ces Espagnols et ... ces Noirs ? Des Noirs enchaînés, des esclaves ! « Une abomination à mes yeux, pensa-t-elle. Mais seulement, parce qu'on m'a appris cela. L'homme en tant que propriété d'un autre homme : une infamie ! Oui, mais dans ce XVIIIe siècle, on ne le sait pas encore. C'est tellement pratique, ça les arrange bien. Ici, en plein siècle des Lumières... des Noirs enchaînés. À Königsberg, Emanuel Kant s'apprête à publier sa *Critique de la raison pure*, le *Contrat social* de Jean-Jacques Rousseau vient de paraître. Et demain matin, quelque part en Virginie, il y aura un marché aux esclaves. Le propriétaire terrien, John Smith, acquerra une belle femelle noire ainsi qu'un nègre mâle, jeune et vigoureux ; il les fera travailler dur dans ses champs de tabac, il les laissera s'accoupler pour qu'ils lui fassent des négrillons. Ces petits Noirs grandiront vite. John Smith pourra les utiliser plus tard ou bien les vendre, à sa guise. Au marché, le choix y sera considérable. Il y aura de beaux spécimens, à ne pas en douter. Une fraîche marchandise en provenance de la Côte d'Ivoire, auto-sélectionnée lors du transport dans les cales du vaisseau négrier. »

Edith s'assoupit de nouveau et vit apparaître un homme Blanc de belle posture. Elle le voyait bien à travers les arbres clairsemés de cet endroit désertique. Un marin se montra à son tour, trainant derrière lui une jeune fille Noire. L'homme Blanc – c'était Samuel en personne – la prit par la main, la fit s'assoir à côté de lui, sur un tronc d'arbre. Il l'embrassa longuement sur la bouche.

Edith se réveilla brusquement. Il y avait un grand vent dehors. Quelques éclairs parurent dans le ciel. Un peu plus tard, une pluie violente s'abattit sur l'île mais elle ne dura pas. Le calme revint vite et Edith s'endormit, pour de bon, cette fois-ci. Quand elle se réveilla il faisait déjà jour et Samuel ne dormait plus. Yeux fixés sur elle, il attendait patiemment.

— Bonjour, dit-il. Ma très douce amie. Il l'embrassa.

— Bonjour Samuel. As-tu bien dormi ?

— Oui. Et toi ?

— Aussi. Levons nous et mangeons quelque chose, veux-tu ?

Qu'allaient-ils faire maintenant ? Sortir ? C'était si dangereux. Le danger était partout. Mais ne pas sortir et rester dans l'incertitude, leur semblait pire encore. Il faisait tôt quand ils partirent, lui, mousquet sur le dos, elle, son petit pistolet dans la poche. En suivant la piste à travers les bois, ils se déplaçaient en silence. Courbés, guettant chaque mouvement et chaque bruit, ils avançaient lentement jusqu'à l'endroit où les chemins se croisaient. Cette fois-ci, ils décidèrent d'approcher le camp des Espagnols par une autre piste, à peine perceptible, qui traversait cette partie de la forêt jusqu'à une colline partiellement boisée. Ils évitaient ainsi l'escarpement rocheux, dangereusement exposé, et qui pourrait devenir un cul de sac au cas d'un retour précipité. Ce chemin était un peu plus long mais ils contournaient une vaste zone infranchissable. De ce côté-là, il n'y avait donc rien à craindre, et de plus, en suivant cette nouvelle piste, ils espéraient se retrouver encore plus près du camp. Une demi-heure plus tard, en approchant du haut de la colline, ils entendirent des bruits.

— Ils coupent toujours du bois, dit-elle.

— Regarde, Edith ! Regarde !

— Chut ! Pas si fort.

En bas de la colline, dans une assez vaste clairière fraîchement débroussaillée, il y avait quatre maisonnettes très rustiques en bois. Quelques objets – des barils et des caisses, des outils de construction et agricoles – jonchaient le sol. Un homme, mousquet sur le dos, pistolet à la ceinture, sortit et s'orienta vers l'endroit dans la forêt d'où provenaient les bruits. Il disparut vite entre les arbres. Deux autres Espagnols sortirent d'un cabanon. Ils marchaient et revenaient sur leurs pas. Ils parlaient, gesticulant vivement. Cependant, ils étaient trop loin pour qu'Edith puisse les entendre. Assez vite, ils rentrèrent. Un quart d'heure plus tard, l'homme parti dans la forêt revint, accompagné d'un autre Blanc lourdement armé. Devant eux marchaient cinq Noirs portant des haches et des machettes. Le petit groupe s'arrêta et les Noirs commencèrent à déblayer l'entrée du camp sous l'étroite surveillance d'un des deux hommes.

— Ce sentier va vers la mer, observa Samuel. Ils sont en train de l'élargir.

— Oui. Ils ont l'air de s'établir sur notre île.

— Et si on allait voir du côté de la mer ?

— Bonne idée. Allons faire un tour, dit Edith avec un simulacre de légèreté dans la voix.

En longeant la colline, ils firent quelques centaines de mètres, pas plus. De là où ils se trouvaient maintenant, ils pouvaient voir un bout assez long du rivage. Le bateau se trouvait toujours à sa place. Voiles baissées, il semblait sans vie. C'était une fausse impression pourtant, ce qu'Edith constata en l'observant attentivement à l'aide de jumelles. Elle remarqua deux marins sur le pont qui pliaient les cordes. Un officier se montra et disparut aussitôt.

Soudain, un cri retentit, puis un autre. Ils n'étaient pas très puissants, se mêlant au bruit proche de la mer, mais bien perceptibles quand même. Quelqu'un criait, à intervalle régulier. De peur ? De colère ? De douleur ? Ça provenait du camp, c'était évident, et ils décidèrent d'y retourner sur le champ. Prenant toujours le maximum de précautions, ils avançaient vite et atteignirent leur ancien point d'observation sans tarder.

Une scène effarante s'offrit à leurs yeux. Un Noir se trouvait au milieu de la clairière, mains et jambes accrochées à un arbre. À moitié nu, il exposait le dos à son tortionnaire qui le fouettait copieusement. Le Noir poussait un cri déchirant à chaque coup de fouet, et se tordait de douleur comme un ver.

— Qu'est-ce qu'ils lui font ? Pourquoi ?! chuchota-elle. Son visage était blême.

— Ce n'est qu'une punition, sans doute. Samuel haussa les épaules.

De longues traces rouges se dessinaient sur le dos de la victime. Tout le monde, les Blancs présents, et les Noirs serrés les uns contre les autres, assistaient en silence à ce spectacle qui semblait s'éterniser.

— Il va le tuer, dit Edith. Quelle brute !

En effet, le Noir réagissait de moins en moins, comme s'il allait perdre connaissance d'un moment à l'autre, quand soudain les coups de fouets cessèrent.

— On en a vu suffisamment ! dit-elle avec force. Allons-nous-en ! Tout de suite !

Le retour à la grotte se fit en silence. En allongeant légèrement leur parcours, ils s'approvisionnèrent en fruits rouges. Samuel ramassa trois noix de coco, Edith cueillit de jeunes pousses d'un arbre inconnu, une découverte récente et précieuse. Ces pousses d'un goût délicat, devraient leur servir désormais pour alimenter leur maigre menu en un substitut de salade verte. Ils n'osèrent pas s'aventurer sur la plage en plein jour, pour y ramasser quelques coquillages, mais Samuel se promit d'y faire un tour dans la soirée.

Pour l'instant, ils se cloîtrèrent dans la grotte sans savoir ce qu'ils allaient faire. Les Espagnols n'avaient aucune intention de quitter l'île, c'était certain. La situation semblait franchement mauvaise et la soirée s'annonçait morose. Mais elle s'était passée mieux que prévu. On aborda des sujets sérieux, plus légers aussi.

— Tu sais Edith, je trouve qu'il serait utile maintenant d'avoir avec nous, en ce moment-même, une de ces armes extraordinaires de ton époque.

— Tu penses à quoi précisément ? À la bombe atomique ?

— Quand même pas ! dit Samuel, l'air très sérieux. Je me souviens de ce que tu m'avais dit au sujet de la bombe atomique. Je ne voudrais pas que notre île disparaisse et nous avec.

— Je te rappelle que j'ai mon pistolet. C'est toujours mieux que rien.

— Ah oui, le pistolet ! Je suis très impressionné par ton pistolet. Vraiment !

— Essayons surtout de ne pas nous faire surprendre, dit Edith.

Il la regarda avec insistance. Il y avait beaucoup d'admiration dans ce regard, d'admiration et d'estime à la fois. Il l'embrassa délicatement sur la bouche, caressa ses cheveux et ses oreilles. Il essaya de dénuder son cou.

— Samuel, ne t'offenses pas. J'aurais aimé qu'on parle maintenant. Ça me rassure vois-tu.

— Parles-moi de toi alors ! Je sais si peu.

— Tu veux savoir quoi exactement ?

— J'aimerais que tu me dises comme c'était avant. Je pense à l'homme avec qui tu as été.

— Eh bien, il n'y a vraiment pas grand-chose à dire. Je crois que c'était une simple erreur, une erreur de ma part. De toute façon, il était bien plus âgé que moi, et on s'entendait mal dès le début. Puis, les choses ont empiré.

— Mais moi, je suis plus jeune que toi et... Oh ! Pardon. Ne te vexe pas ! S'il te-plait, ne te vexe pas, ce n'est pas ce que j'ai voulu dire ! Samuel s'embrouilla dans ses propos maladroits.

— Tu es vraiment un garçon charmant. Tu es si doux… si beau, et… j'adore faire l'amour avec toi.

— Ah ! Et moi je t'aime tant ! Je voudrais qu'on se marie. Plus vite ce sera, mieux ce sera.

— Mariage ?! Tu ne penses pas ! Il faut qu'on résolve

d'abord notre problème. Les Espagnols ne sont pas partis. On n'est pas sorti de l'auberge, à ce que je sache.

— C'est vrai. J'allais oublier. Ces maudits Espagnols et leurs Nègres ! Mais ne t'en fais pas. Je te protègerai. Tu seras en sécurité avec moi. Et je m'occuperai de toi !

Edith sourit. Elle aimait son enthousiasme, sa jeunesse pleine d'entrain la réconfortait. Demain, il y aura suffisamment de temps pour affronter la réalité, pour se mesurer à elle. Mais aujourd'hui... Elle se serra fort contre lui, il la prit dans ses bras. Ils retrouvèrent vite leur passion. Le bonheur d'être de nouveau réunis les envahi, une exaltation éphémère dans la lumière faible de la lampe à huile.

Plus tard, quand la lampe à huile s'éteignit, Edith, guidée par la respiration régulière de Samuel, retrouva le sommeil.

Quelques jours passèrent. Ils sortaient de la caverne chaque matin, sans s'éloigner toutefois. Il leur arriva même d'aller à la plage et de se baigner. Mais ils se baignèrent séparément, l'un surveillant les alentours quand l'autre se balançait sur les vagues. Ils évitaient de s'enfoncer trop dans la forêt, mais Samuel y alla deux fois pour inspecter les sentiers les plus proches. Rien ne lui sembla suspect, personne n'était venu par-là, les Espagnols s'étaient cantonnés manifestement dans un seul coin de l'île. La vie continuait donc sans que leur tranquillité ne soit remise en cause. Ils respectaient scrupuleusement les nouvelles règles de sécurité et commençaient à y prendre l'habitude. Il restait toutefois un inconvénient majeur : le manque de feu le soir. Ils n'allumaient pas de feu pour ne pas se faire repérer de loin. C'était pénible. Ils n'arrivaient pas à s'en passer.

« Combien de temps peut-on vivre comme ça ? se demandait-elle. Longtemps, sans doute. »

Et sa pensée allait vers des persécutés de toute sorte, fuyant les guerres et la famine, l'emprisonnement et la torture, vers ceux qui avaient dû se cacher dans des trous à rats pour éviter une extermination imminente. À côté de tout cela, leur situation semblait supportable.

Ce n'était qu'une pauvre consolation, rien d'autre. Elle finit aussi par se persuader qu'on ne les découvrirait plus jamais dans leur tanière, et qu'à force de pratiquer cette nouvelle vie, eh bien.., ils apprendraient comment faire du feu sans que ça se voit, et comment faire pour aller dans de différents endroits de leur île, tout en restant invisible. Aussi réaliste et lucide qu'elle fut, elle refusait d'admettre que personne ne peut être invisible, et qu'il n'y a pas un seul endroit au monde où se cacher. Elle devait se rendre à l'évidence sous peu.

Il était presque onze heures – le soleil se trouvait haut dans le ciel – quand Edith entreprit une brève sortie au bord du ruisseau. L'eau commençait à manquer dans la caverne et elle décida, à l'occasion, de faire aussi la lessive. D'humeur plutôt maussade, à cause d'une brouille qui était survenue entre eux au début de la nuit, elle avançait lentement. Mais le ruisseau était si près de la grotte qu'il lui fallut juste quelques minutes pour y arriver. Elle descendit la berge.

À chaque fois qu'Edith venait ici, elle prenait du plaisir à voir cette eau si claire, si vive, et qui brillait de mille lumières dans les rayons du soleil. De longues herbes et petites algues bougeaient doucement, de minuscules poissons se poursuivaient fébrilement, deux libellules tournaient obstinément. D'un seul coup elle se sentit mieux, son visage s'éclaira. Elle commença par remplir sa gourde et un seau en bois, que Samuel avait fabriqué récemment à partir d'un tronc d'arbre. Puis, elle prit le linge, un bout de savon, et se pencha au-dessus de l'eau.

Elle y vit un reflet d'homme, à deux pas derrière elle.

— C'est toi Samuel ? elle se retourna.

Devant elle se trouvaient deux inconnus, deux matelots du

vaisseau Espagnol ! Ils la dévisageaient en silence.

— *Quien eres tú* ?[1] demanda l'un.

C'était le plus âgé des deux. Pantalon large et sale, chemise bouffante, il portait un long pistolet à sa ceinture. Il avait une grosse barbe grise, et devait approcher la cinquantaine. Saisie de frayeur, elle nota tout de même tous ces détails en l'espace d'une seconde.

— *Buenos diás. Yo so Edith Jankovich.* Elle balbutia ces quelques mots à travers la gorge serrée.

— *Qué es, esta cosa curiosa* ?![2] intervint l'autre.

C'était le plus jeune des deux. Il ne devait pas avoir plus de trente ans.

— Edith Janko…le plus âgé essayait de prononcer son nom, mais en vain.

— Jankovitch, précisa-t-elle.

— *Te presento señorita Jankovitch, una Inglès,*[3] dit le jeune. Il y avait de l'ironie dans sa voix.

— Señorita ? O señora ? je ne crois pas ! le barbu s'opposa vivement.

Ils éclatèrent de rire. Le jeune tourna haut la main et souleva la jambe, comme s'il voulait accomplir une figure de flamenco, le plus âgé tapa bruyamment ses cuisses et son ventre. Edith ne savait pas quoi faire.

— Señorita, O señora : et si l'on vérifiait ? proposa le barbu.

— Bonne idée. Le plus jeune acquiesça d'un signe de la tête.

Edith glacée de terreur, n'arrivait pas à faire le moindre mouvement. Désespérée, elle regarda autour d'elle. Les deux hommes s'approchèrent.

---

[1] Esp : Qui es-tu ?

[2] Esp : Que-ce que c'est, cette chose curieuse ?

[3] Esp : Je te présente mademoiselle Jankovitch, une anglaise

— Non ! Non ! Au secours...! cria-elle, mais sa voix faible ne portait pas.

Le jeune se précipita. Il la serra contre lui avec une main, l'autre lui collant sur la bouche. Edith ressentit une forte odeur de tabac. Elle se débattait, essayant de se dégager. Mais en vain.

— Au secou.., elle n'arrivait plus à lancer son cri dérisoire.

Le barbu apporta son aide précieux : il l'empoigna par les cheveux, croisa ses mains derrière son dos et les ligota avec un lierre. Il sortit de sa poche un bout d'étoffe et la mit dans sa bouche. Edith agitait les jambes, se débattait mollement, mais cela ne servait à rien. Le barbu posa ses mains sur sa poitrine.

— *Un milagro ! Es realmente una señorita.*[1]

Ils éclatèrent de nouveau de rire. Le jeune essaya à son tour et confirma les dires de son compagnon. Puis ils lui soulevèrent le tee-shirt jusqu'au cou. Le barbu lui arracha brutalement son soutien-gorge. Maintenant, ils touchaient ses seins, mollement d'abord, mais ces mouvements devenaient vite plus pressants, de plus en plus hardis, violents même.

— Alors, on y va ! dit le jeune.

Il essaya de renverser Edith, qui s'opposait dans un ultime effort.

Non ! Non ! Pas ici ! Plus tard ! dit le barbu.

Il regarda autour de lui, puis baissa la voix :

— Écoute. Il peut y avoir quelqu'un avec elle. Allons-nous-en, tout de suite !

— Tu veux l'emmener au camp ? demanda le jeune. Mais alors…

— Oui, on l'emmène au camp, répondit le vieux. Mais ne t'en fait pas. On s'arrêtera quelque part. On prendra tout notre temps.

---

[1] Esp : Un miracle ! C'est vraiment une demoiselle

On lui remit le tee-shirt, on jeta le seau et le linge sale dans les broussailles. Ils partirent. Bousculée, poussée dans le dos et les épaules, elle marchait docilement entre eux, sur un sentier étroit qui montait en s'enfonçant dans la forêt. Puis, le sentier tourna. Ils traversèrent un terrain plat, partiellement boisé et couvert d'arbustes touffus, puis reprirent la piste forestière. Edith ne connaissait pas ces endroits, elle n'avait jamais pris ce chemin-là pour aller de l'autre côté du rivage. Il lui sembla plus long que celui qu'elle avait pris avec Samuel quelques jours auparavant.

Samuel ! Où était-il maintenant ? Comme elle s'en voulait pour cette querelle idiote, comme elle aurait voulu le revoir pour lui dire des mots d'apaisement, des mots chaleureux ! Oh ! Samuel ! Auras-tu le temps pour venir à mon secours ? Quelques instants plus tard, ne pouvant plus marcher, elle s'arrêta. Elle étouffait, avec ce torchon dans la bouche.

— Qu'y a-t-il ? le barbu s'arrêta.

Elle tourna la tête dans tous les sens, puis gémit, en essayant de se faire comprendre.

— D'accord, dit le vieux. Mais, pas un mot ! Sinon, rebelote. Et la punition sera très sévère !

Il lui enleva l'étoffe de sa bouche et Edith respira profondément. Ils continuaient sur la piste à travers la forêt. Devant elle, le jeune matelot se balançait sur ses courtes jambes, ses bras massifs se tortillaient au rythme de la marche. On aurait dit un gorille puissant et conscient de sa force. Le barbu marchait un pas derrière elle, respirant péniblement : son souffle, court et saccadé, lui effleurait le dos.

— On s'arrête ici pour cinq minutes, ordonna le vieux.

— Mieux vaut continuer, remarqua son compagnon.

— Je dis, on s'arrête ! On reste un moment et on repart ! Il appuya le dos contre un arbre.

Edith essayait d'évaluer le trajet parcouru et localiser

l'endroit. Se trouvaient-ils loin du campement des Espagnols ? Elle ne le savait pas. Cette partie de l'île lui était inconnue, et on ne pouvait rien voir d'ici. Le vieux s'approcha et lui délia les mains.

— Y-a-t-il quelqu'un avec toi sur cette île ? demanda-t-il.

— Non. Je suis seule.

— Hé ! hé ! maintenant tu as NOUS. Le jeune matelot s'approcha d'un pas.

Elle le regarda pétrifiée, puis baissa les yeux.

— Mais comment se fait-il que tu sois seule ici ? interrogea le barbu.

— Le bateau où j'étais, a fait naufrage. Tout le monde s'est noyé sauf moi. Je me suis accrochée à un morceau de bois et me voilà ici. J'ai eu de la chance.

— C'est ça, la chance... Et nous donc ! dit le jeune matelot, avec un large sourire.

Ils repartirent. Le sentier se rétrécit encore, au point qu'il devint nécessaire de défricher le passage. La machette du jeune gorille faisait ici des merveilles, on aurait dit une lame volante au service d'un esprit maléfique de ces contrées sauvages. Assez vite, ils arrivèrent au croisement avec un chemin plus large qu'Edith reconnut tout de suite. C'était celui qu'elle avait suivi l'autre jour avec Samuel, pour approcher les Espagnols. Le camp était assez près désormais, à une demi-heure à peine. Curieusement pour Edith, les deux matelots laissèrent de côté le chemin et reprirent la piste comme si de rien n'était. Soudain, une minuscule clairière s'ouvrit devant eux.

— Stop ! dit le barbu.

Les deux matelots échangèrent un long regard. Épouvantée, elle fit un pas en arrière comme si elle voulait fuir, mais ses jambes ne la portaient pas.

— Non, non ! N'essaie pas ! Le barbu fit un geste décourageant de la main. Ça n'aurait servi à rien. Sois sage et on sera bon avec toi.

— Moi, j'aime bien quand elles résistent, dit le jeune. Ça m'excite, et je ne demande que ça.

D'un seul bond, il se jeta sur elle. Il la saisit par la taille et par la gorge, essayant de la coucher par terre.

— Non ! Non ! Samuel, au secours !

Le jeune matelot desserra un peu son étreinte, et elle tenta d'en profiter pour se dégager complètement. Mais elle n'y arrivait pas. Elle bougeait à peine, prise comme dans un étau de fer.

— Qui est Samuel ?! demanda-t-il.

— C'est.., c'est… ah ..! C'est mon fiancé. Il est à Boston ! suffoqua-t-elle.

— Qu'il reste là où il est ! dit le jeune.

Il la saisit à la gorge, encore plus fort qu'avant, lui plia les jambes avec son genou. Edith tomba, mais une fois au sol, elle se débattait avec virulence, se tournant et retournant comme un poisson jeté hors de l'eau. Il l'étendit sur le dos, clouant ses jambes avec les siennes.

— Allons ! On arrête ! dit le barbu. C'est moi le premier. Il tenait un poignard à la main.

— Au secours ! Pitié ! cria-t-elle.

— Tu peux crier autant que tu veux, dit le barbu. Nous sommes encore loin du camp et personne ne t'entendra. Fernando, tu me tiens ses mains, comme ça, vers le haut !

Il se pencha sur elle. D'un brusque mouvement de la main, il lui arracha son tee-shirt.

— Non ! Non ! Au secou… de nouveau ce maudit torchon dans la bouche !

— Tiens, aide-moi à lui enlever ça ! Il montra le pantalon d'Edith, qui se trouvait dans un piteux état.

Clouée au sol, elle bougeait à peine. Elle était nue désormais.

163

— Oh ..! On dirait une poupée, s'extasia Fernando. Fais vite ! Je la veux, moi aussi !

— Retire-toi ! Attend ton tour ! grommela le vieux.

Couché sur elle, il l'écrasait de tout son poids. Il avait du mal à se défaire de son pantalon, mais y arriva enfin. Se servant de ses genoux, il lui écartait lentement les cuisses.

À ce moment-là, un coup de feu retentit. Le jeune matelot tomba sans voix, visage dans la poussière. Le barbu sauta sur ses jambes, et maladroitement, en s'écroulant à deux reprises, enfila son pantalon, attrapa sa chemise, puis se lança comme un fou à travers les bois. Il disparut comme un spectre ; elle n'entendait plus le bruit de ses pas. D'un seul mouvement de la main, elle retira le chiffon de sa bouche.

Un homme sortit de derrière le buisson et courait vers elle, brandissant son long fusil.

— Ah ! Mon Samuel ! Tu es là..!

Elle se leva d'un bond, en essayant de se couvrir avec ses pauvres vêtements déchirés. Il était maintenant près d'elle. Il la serrait fort, très fort.

— Ah ! Edith ! Ma bien-aimée ! Tu es là ! Je ne te quitterai plus jamais !

Elle ressentit soudain une grande faiblesse, qui l'obligea à s'asseoir. Sa tête tournait comme si elle allait s'évanouir.

Il enleva sa chemise et la lui donna, l'aida à la mettre. Puis il l'entoura de son bras.

— Je suis si heureuse que tu sois là ! dit-elle.

— Edith ! Comment te sens-tu ?

— Ça va.

Elle regarda le corps allongé par terre et frissonna.

— Quelle brute, celui-là !

— Il ne te fera plus aucun mal.

Samuel se leva et s'approcha du matelot mort.

— Une balle en plein cœur, dit-il. Mais l'autre bandit, je

164

n'ai pas pu l'avoir. Tout s'est passé si vite.

— Il faut qu'on parte tout de suite, dit Edith. Ils peuvent être de retour bientôt.

— Oui ! Oui ! On s'en va. Mais attends !

Il se baissa. Puis se redressa, un pistolet à la main.

— C'est le vieux qui a laissé son arme en partant, dit-elle.

— Oui, son départ était précipité. Samuel eut un sourire au coin des lèvres. Et il ajouta : « Je mettrai mes balles du mousquet dedans. »

— Samuel, partons ! Vite !

Il ramassa encore la machette qui trainait par terre et ils partirent. Marchant le plus vite possible, ils suivirent d'abord la piste de tout à l'heure, puis, leur chemin habituel sur cinq cent mètres environ.

— Tournons à droite ! dit Edith.

Ce sentier, à peine visible, partait dans la forêt. Il semblait prendre la bonne direction. Mais où conduisait-il vraiment ?

— Pourquoi veux-tu tourner par-là ?!

— C'est comme ça que nous allons pouvoir les semer.

Ils quittèrent le chemin et s'enfoncèrent dans une verdure dense, pleine de ronces piquantes et des lianes inextricables. On ne remarquait plus le sol ici, et Samuel ne pouvait pas s'empêcher de voir un serpent venimeux sous chaque pierre. Il s'attendait à être mordu à tout moment.

— C'est ça ou bien les Espagnols, au choix, dit-il.

Le sentier s'effaça vite. Désormais, une lutte sans répit s'engagea contre la nature exubérante. La végétation y était épaisse et opaque, remplie de troncs d'arbres morts et de fossés insoupçonnés, semés d'épines, de feuilles géantes et de branches tordues ; c'était un lieu maudit où l'homme n'était pas à sa place. Ils pensèrent pouvoir garder la direction initiale malgré tout mais ce n'était qu'un vœu pieux. En se laissant porter par les vagues et les creux de cette mer déchaînée, en

165

changeant de cap au gré des éléments, ils empruntaient des méandres imprévisibles et perdirent vite le sens de l'espace. Samuel, héroïque, marchait en premier, essayant de dégager la voie. Il se servait pour cela de la machette héritée de sa victime. Ses bras et sa poitrine, désormais dénudés, se couvrirent de nombreuses écorchures et même de quelques plaies plus profondes, mais il semblait ne pas y prêter attention. Edith, à deux pas, marchant dans son sillage, portait quelques égratignures au visage. Depuis un certain temps ils ne savaient plus vraiment où se diriger.

— Ma boussole est restée dans la grotte, dit-elle. Quel dommage !

— Je trouve aussi. Edith, arrêtons-nous un peu.

Ils se reposaient, assis sur de grosses pierres. Un rayon de soleil filtrait à travers les branches. Un calme relatif régnait ici. Le chant de quelques oiseaux dans les arbres, un léger sifflement dans les broussailles, c'était les seuls bruits qu'ils pouvaient entendre. Samuel examina son fusil. La poudre semblait humide, il en remit de la sèche.

— Dit moi, Samuel, comment m'as-tu trouvée ?

— Comme tu ne revenais pas, je me suis inquiété et je suis allé te chercher au ruisseau. D'abord, j'ai trouvé ton soutien-gorge…

— Et alors, qu'as-tu pensé ?

— Ça m'a glacé le sang ! Je ne savais plus quoi penser. Puis, j'ai remarqué des traces par terre, des traces de pas. J'ai eu une terrible boule dans la gorge. J'ai compris qu'on t'avait enlevée.

— Et puis ?

— J'ai suis parti tout de suite. J'avais déjà mon mousquet avec moi, j'ai pris le chemin de l'autre jour, tu sais…

— Tu es arrivé plus vite que moi et ces brutes.

— Enfin, oui. Mon chemin était plus court.

166

— Et puis..?

À un moment j'ai entendu ton cri. Voilà ! Et je t'ai trouvée. Oh ! Edith, ma chérie ! Ma bien-aimée ! Il se serra contre elle.

— Il était temps !

— Je t'aurais cherchée en enfer ! dit Samuel avec émoi.

Edith ne répondit rien. Elle se leva pour dégourdir les jambes et regarda autour d'elle. La forêt semblait s'assombrir, mais ce n'était peut-être qu'une impression passagère due à la grande fatigue qui s'empara d'elle, maintenant que le danger réel se trouvait écarté, du moins pour le moment.

— Quelle heure peut-il être ?

— Je ne sais pas, ma montre est restée dans la grotte. Samuel se frotta le bout du nez. Voyons, je dirais quatre heures.

— Déjà !

— Oui. Quand tu es partie au ruisseau il était onze heures environ, n'est-ce pas ? Trois heures jusqu'à la clairière, plus encore deux heures pour arriver ici.

— Quatre heures. Nous avons donc deux heures devant nous. Puis, il fera nuit.

— Bougeons, dit-il. Peux-tu marcher encore ?

— Oui.

Comme si la végétation exubérante ne suffisait pas, le terrain devint escarpé. Chaque montée, chaque descente, constituaient maintenant une nouvelle épreuve. Ils escaladaient les pentes raides en s'accrochant aux branches et arbustes, péniblement ils descendaient des ravins étroits, provoquant de petits éboulis. Ils essayaient d'avancer, mais très vite la fatigue les submergea. Edith n'en pouvait plus, elle était à bout de forces. À la fin, elle s'arrêta. Le temps passa avant qu'elle put reprendre une respiration plus régulière.

— Où sommes-nous ? demanda-t-elle.

— Je n'en ai aucune idée.

— Nous ne savons pas où aller, c'est évident !

— De tout de façon, on n'a pas le choix, dit-il. On va là où on peut.

— Oui. C'est affreux. Nous n'allons jamais sortir de là. Elle enfouit le visage dans ses mains.

— Edith, ma chérie. Nous sommes maintenant ensemble ! Et nous allons trouver le bon chemin, tu verras.

L'optimisme de Samuel semblait justifié. Il n'y avait pas à désespérer, le pire était resté derrière : Edith venait d'échapper à un viol, se trouvait saine et sauve, et ils étaient de nouveau ensemble. Ils connaissaient maintenant bien le danger qui les guettait. Plus précisément : le danger qui allait les guetter de nouveau, une fois sortis du bois.

Edith ferma les yeux, mit un peu de temps pour se calmer. Enfin elle se ressaisit.

— Il va falloir passer la nuit ici, dit-elle.

C'était évident. La lumière descendait à vue d'œil et la nuit devait tomber sous peu. Il ne pouvait plus être question de continuer la marche. L'endroit semblait propice. C'était une petite clairière au fond d'un affaissement du sol, parsemée de quelques arbustes, que Samuel défricha sans peine. Ils n'avaient rien à manger mais une source minuscule, dénichée sous une pierre, leur offrit de l'eau fraîche. De longues feuilles de palmier, encore vertes, traînaient sur le sol. Samuel les ramassa toutes, et en fit un couchage. Ce n'était certes pas un lit confortable avec matelas à mémoire de forme, mais Edith l'apprécia quand même, et le félicita pour sa débrouillardise.

La nuit arriva vite, comme toujours sur l'île. Le vert s'assombrit, quelques teintes indéfinies se dissipèrent vite, donnant lieu à un gris monotone qui à son tour laissa place à une noirceur indécise et mouvante, curieusement hétérogène. Elle eut une sensation atroce d'un piège s'enfermant sur elle, pauvre insecte tombée dans le trou béant d'une plante attrape-mouche. Samuel, couché sur le dos, lui prit la main et son geste l'apaisa. Ils n'avaient pas froid. Dans ce lieu, l'air était humide et chaud ; il leur collait à la peau.

— Il n'y a pas de fourmis ici, Samuel rompit le silence. J'ai bien regardé.

— C'est bien. Nous allons pouvoir dormir tranquille.

Elle lui caressa les cheveux, il l'embrassa sur la bouche, puis, la serra dans ses bras. Plus tard, ne pouvant pas s'endormir, ils guettaient les étranges bruits de la forêt : un oiseau nocturne poussa un cri sauvage, un rongeur grouillait près d'eux dans les broussailles. Ils parlaient de nouveau à voix basse.

— Dis-moi Edith, à ton avis, trouveront-ils notre caverne ?

— Avant nous, tu veux dire ?

— C'est ça.

— Je ne pense pas !

— Pourquoi tu ne penses pas ?

— Cette journée était trop courte. Le vieux avait besoin d'un peu de temps pour aller au camp. Puis, ils sont retournés ensemble pour récupérer le corps. Et quand ils sont revenus au camp, il était déjà trop tard pour risquer une nouvelle aventure.

— Demain, ils pourront facilement retrouver notre ruisseau. Mais après ? Ils ne savent même pas combien sommes-nous, dit Samuel avec assurance.

Des bruits se firent entendre plus loin dans la forêt, des bruits bizarres : chuchotements, rires et plaintes, rien de moins. Étaient-ce des oiseaux de nuit, des insectes, ou bien autre chose encore ?

— Méfions-nous quand même, Edith fit un mouvement brusque. Ils vont essayer de nous dénicher. Et mon pistolet et les munitions sont restés dans la grotte.

— Il faut absolument qu'on soit de retour avant qu'ils n'arrivent, dit Samuel. Sinon…

— Je suis d'accord. Il faut qu'on parte à l'aube.

Elle appuya la tête contre son épaule, il lui tenait la main. Ils ne se parlaient plus, charmés par le silence de la forêt qui s'installa, pour de bon, avec l'avancement de la nuit. Toute la nature semblait endormie, eux seuls veillaient encore. Samuel approchait lentement la porte de sortie de ce jour, bien rempli et si éprouvant, pour le laisser enfin derrière lui. Mais quand il s'apprêtait à la franchir, la porte se refermait avec fracas devant son nez, il sursautait et revenait brusquement sur ses pas pour renouer, une fois de plus, le fils du temps. Edith, quant à elle, découvrait avec plaisir une très étroite brèche dans la canopée noire et écrasante, brèche qui lui ouvrait le ciel, enfin un bout modeste du ciel, qui était sombre et ornementé de seulement trois étoiles pâles. Elle ne les quittait plus des yeux. Elle aurait persisté dans cette rêverie béate si les étoiles n'étaient pas disparues soudainement de sa vue. Elle tournait sur le côté, dans un sens puis dans l'autre, essayant de trouver une posture plus confortable.

Un très léger chuchotement du vent dans le feuillage eut finalement raison de leurs angoisses et leurs envoûtements. Il les aida à s'endormir. Mais cette nuit fut courte. Samuel se réveilla quand les premières lueurs du jour filtraient à travers les arbres.

— Edith, ma chérie, il est temps. Il toucha doucement son épaule.

Elle sursauta et s'assit sur le champ. Affolée, elle n'arrivait pas à retrouver ses esprits.

— Qu'est-ce que c'est ?! Où sommes-nous ?!

— Il faut partir Edith.

Elle se leva avec grande peine. Elle avait des courbatures partout.

— Donne-moi cinq minutes.

— Prends ton temps, ma chérie.

Elle fit quelques mouvements de gymnastique, difficilement d'abord, puis avec plus d'assurance. Elle commençait à ressentir la faim.

— Je mangerai bien quelque chose, Samuel.

— J'ai faim, moi aussi. On trouvera bien des fruits dans la forêt.

Samuel ramassa son fusil et la machette. Elle s'approcha de lui.

— Samuel ! Qu'est-ce que tu as, ici sur la poitrine ?! Et aussi sur le ventre ?!

Samuel portait de nombreuses petites marques rouges au ventre et la poitrine, et aussi sur le dos.

— Des piqûres d'insectes, je pense. J'ai ressenti quelque chose cette nuit.

— Ça te démange ? demanda-t-elle.

— Non. Mais quels insectes ça pourrait être ? Je n'ai rien vu.

— Aucune idée, dit-elle. Dès notre retour, je te soignerai.

Elle examina attentivement sa propre peau.

Moi, je ne rien, je crois.

— Ils ne t'aiment pas. Tant mieux.

Ils montèrent un léger escarpement puis ils marchèrent sur une piste à peine visible, qui suivait l'arête d'une petite colline. Il faisait jour maintenant, et ils pouvaient bien voir les alentours. Les arbres ne poussaient pas ici ; le terrain était parsemé d'arbustes de toute sorte. Une vue se dégageait de temps en temps sur les différentes parties de la forêt.

— Regarde, Edith ! Regarde !

Ils virent une mince bande bleue sur leur droite, en abord de la verdure, et qui ne se confondait pas avec le ciel.

— Mais c'est la mer ! dit Edith.

— Enfin ! s'exclama-t-il. Coupons par-là ! Juste une petite descente, et nous y sommes.

— Attention ! Evitons de nous montrer sur la plage.

Le chemin n'était pas très difficile, il suffisait de bien regarder où l'on mettait les pieds. Ils descendaient prudemment, en lacets. Une demi-heure plus tard c'était enfin la mer, et ils enlevèrent leurs chaussures. Le jeune soleil commençait seulement à réchauffer le sable ; c'était si agréable, après une longue et pénible escapade à travers la brousse, de sentir cette douceur sous les pieds.

— Méfions-nous quand même, dit-t-elle. On peut nous voir de loin. Et attention, aux traces sur le sable.

Malgré le danger, ils se résolurent à suivre le rivage, plutôt que d'affronter de nouveau les broussailles. Sagement, ils commencèrent par essuyer, avec des branches vertes, les traces de leurs pas. Ils réussirent seulement en partie : on voyait qu'il s'était passé ici quelque chose d'anormal, et seul le vent pourrait niveler ces bosses.

Ils marchaient sur le sable mouillé, brisant joyeusement de nombreuses vaguelettes. Mais en même temps, ils se tenaient sur le qui-vive. Au moindre bruit, au moindre mouvement suspect, ils étaient prêts à… mais prêts à faire quoi, au juste ? Il suffirait de deux coups de fusil en provenance de la forêt, des coups de fusil bien placés, pour que l'histoire que je conte – cette histoire des siècles bizarrement entremêlés et d'une étrange aventure sentimentale – s'interrompe au milieu d'une phrase, pour qu'elle cesse une fois pour toute ! Heureusement, il n'y avait pas d'Espagnols dans les parages à cette heure matinale. Edith et Samuel arrivèrent sains et saufs à la grotte. Avant de monter l'échelle, Edith scruta longuement le voisinage. Tout semblait comme avant.

Dans la grotte, ils se sentirent tout de suite plus à l'aise. Dire, qu'un profond sentiment de sécurité s'empara d'eux, serait mentir. Mais ici au moins, il n'y avait personne pour leur tirer dessus. En ceci, ils ressemblaient à deux lapins dans leur terrier qui pourraient être, certes, débusqués mais pas si facilement : seulement en usant de beaucoup de ruse et d'adresse. Edith retrouva son pistolet, et l'arma tout de suite. Samuel sortit une noix de coco et la brisa. Un repas à éviter quand on est à jeun. Sauf quand il n'y a rien d'autre à manger. Ils mangèrent donc et se reposèrent un peu.

— Edith, je vais descendre. Tu me prêtes ton pistolet, d'accord ?

— Tu veux descendre ?! Mais pourquoi faire ?

— Je vais voir si tout est en ordre. Il ne faut pas qu'il ait la moindre trace de notre présence aux environs. Au retour, je vais camoufler notre ouverture. Et il partit.

Le temps de son absence s'allongeait, paraissait interminable, et Edith s'inquiétait de plus en plus. À chaque bruit, aussi insignifiant fut-il, elle dressait les oreilles. Elle observa les environs à la jumelle. Elle ne vit personne et la mer était vide, jusqu'à l'horizon. Enfin, Samuel se montra en bas. Il grimpa vite, comme un singe. Il l'embrassa. Il apportait de l'eau et quelques mollusques. Il leur est déjà arrivé de manger ces bestioles toutes crues.

— Je suis allé jusqu'au ruisseau. Il fit brave mine. Rien. Tout est comme avant.

— Très bien. Samuel, montre-moi tes piqûres, veux-tu.

— Attend ! Je m'occupe d'abord de notre ouverture.

Il descendit et remonta aussitôt. Il portait un petit buisson touffu et une liane. Il les fixa adroitement sur les bords de l'ouverture, à l'aide de quelques pierres qui trainaient dans un coin de la grotte. Puis, il remonta l'échelle et la rangea soigneusement.

— Voilà ! Il va falloir recommencer, à chaque fois que nous descendrons ou monterons, dit-il.

— Maintenant, nous pouvons les attendre, dit Edith.

— Il y a encore une chose à faire.

— Quoi donc ?

— Il faut que je prépare mon arsenal.

Il vérifia d'abord son mousquet. Comme il l'avait espéré, les balles convenaient bien au pistolet de grand calibre du matelot. Il chargea le pistolet avec soin. Ensuite, il plaça l'un et l'autre près de l'ouverture.

— Je vous attends mes braves, dit-il. Vous pouvez venir. Et il ajouta : il serait bon que tu apprennes à charger le fusil et le pistolet. Ça pourrait m'aider.

— Oui, Samuel. Je le ferai, mais plus tard.

Elle examina les traces d'insectes sur sa peau. Les piqûres avaient gonflé depuis le matin, mais Samuel ne ressentait toujours rien. En attendant que ça passe, Edith lui appliqua une pommade apaisante. Puis, elle se détendit. La fatigue était bien là, elle tentait d'y résister, de la dominer, mais n'y parvenait pas. Elle se coucha et s'endormit sans savoir quand. Samuel, quant à lui, s'accroupit dos face au mur à côté de l'ouverture. C'était prévu comme ça : quand un dormait, l'autre devait faire le guet. Ils décidèrent de surveiller les alentours de la caverne, jour et nuit. Dissimulé derrière son buisson, il n'enlevait plus les jumelles des yeux. Fidèle à son poste, il observait. Sa vue se posait parfois sur une butte, un arbuste ou une roche, puis poursuivait son chemin. Il n'y avait rien ! Il ne se passait rien ! Même les feuilles sur les arbres ne bougeaient plus. La journée était très chaude, même ici dans l'ombre de la caverne la chaleur était éprouvante, et puis, Samuel avait peu dormi la nuit. Petit à petit son attention baissa. Il posa les jumelles sur ses genoux, juste pour un moment, et ferma les yeux.

Quand il les ouvrit, il ne comprenait d'abord pas ce qu'il faisait là, dans cette posture inhabituelle, puis remarqua la présence des jumelles. Ah ! Il manqua donc à son devoir ! Troublé, il reprit sa tâche. Son regard se posa sur la bordure de la forêt, puis, s'orienta vers la mer.

Le navire était là, devant lui ! Voiles baissées, il était amarré en face de la grotte, pas loin du rivage ! Des hommes étaient en train de prendre place dans la petite embarcation du bateau.

— Edith ! Réveille-toi !

— Hmm... Laisse-moi dormir.

— Réveille-toi ! Ils sont là !

Edith se frotta les yeux. Sans dire un mot de plus, elle mit les pieds au sol et s'approcha prudemment de l'ouverture. Elle regarda par les jumelles.

— Ils sont cinq dans la barque, dit-elle. Quatre rament.

— Oui, j'ai vu.

La barque se détacha du navire et elle avançait vite.

— Il n'y a que des Blancs et ils sont tous armés.

— Ils se dirigent vers l'autre baie. De là au ruisseau, il y a juste quelques pas, remarqua-t-il.

— Oui, c'est par là où ils vont commencer.

Samuel reprit les jumelles et les orienta vers le navire.

— Je vois quatre autres sur le pont, mais va savoir combien ils sont en tout.

— Qu'est-ce que tu proposes ?

— Et toi ?

— Je pense, qu'il faut attendre. Edith posa sa main sur son épaule.

— Je pense comme toi. On ne se laissera pas faire, crois-moi !

Elle sourit. L'optimisme de Samuel la réconforta. Elle adorait chez lui ce côté naïf, juvénile. Sur le moment, elle aurait voulu le prendre dans ses bras, mais y renonça. L'affaire était grave et il fallait faire face.

La barque disparut derrière la côte et Samuel contrôla encore une fois ses armes. Tout semblait en ordre ; il prit un bout de noix de coco et l'apporta à Edith.

175

— Non, merci. Pas maintenant.

— Je pense qu'ils ont déjà accosté, Samuel fronça les sourcils.

— Au ruisseau, ils ne trouveront rien. Mais ensuite ?

— De là, ils prendront notre sentier habituel qui les emmènera ici.

Le temps s'éternisait. Samuel marchait le long des murs de la caverne, s'arrêtant parfois pour y dessiner des images fictives avec son doigt. Il se tourna vers l'endroit le plus reculé et sombre de la grotte, son pied heurta un obstacle et il tomba avec fracas. Il se releva d'un coup, rouspétant entre ses dents.

Pendant ce temps, Edith continuait à scruter le navire. Trois hommes sur le pont observaient l'île à l'aide de longues-vues, chacun fixant le regard sur une partie de la côte. Deux autres portaient de grandes caisses, les unes après les autres, et les plaçaient à côté des canons du navire. Ils s'écroulaient sous leur poids. Qu'avait-il donc dans ces caisses ? Des munitions sans doute.

Samuel s'approcha de l'ouverture.

— Attention ! Ne t'approche pas trop ! On nous observe du bateau.

— Je peux voir ?

— Bien sûr. Elle lui passa les jumelles. Tu vois, ils sont trois avec leurs longues-vues, et il y en a un qui regarde par ici.

Samuel recula d'un pas, tout en continuant de suivre d'un œil attentif les mouvements sur le navire. Un homme, un officier, sortit des cabines. Il s'approcha des matelots en vigie, s'entretint avec le premier, longuement, sans se presser. L'homme pointa de sa main le rivage. Samuel recula de nouveau, instinctivement. Il eut une nette impression que le guetteur indiquait la grotte. L'officier parla avec deux autres matelots, ensuite, il descendit du pont.

— Ils sont venus en nombre, dit Samuel. Ils sont cinq au

ruisseau, et puis encore au moins cinq à bord. Peut-être davantage !

— Ceux qui ne sont pas là, restent au camp avec les Noirs, remarqua-t-elle.

— Oui. Désormais ils peuvent venir à tout moment.

Le ton était grave mais Edith sourit de nouveau. Samuel, savait détendre l'atmosphère, c'était involontaire de sa part mais ça marchait à tous les coups, si bien qu'elle eut soudain le sentiment de se retrouver au milieu d'un jeu. Oui, ce n'était rien qu'un jeu. D'un moment à l'autre, ils devraient se rencontrer tous en bas de la grotte, Américaine, Anglais et Espagnols, d'aujourd'hui et d'autrefois, de demain et d'aujourd'hui, pour déguster une bonne bière bien fraîche sur la plage.

De sa cachette, près de l'ouverture, Samuel lui faisait des signes agités de la main. Il posa son index sur les lèvres.

— Ils sont là, chuchota-il.

Elle approcha lentement et vit des hommes en bas. Ils étaient tout près, elle pouvait entendre leurs voix.

— Ça fait cent mètres, pas plus.

— Chut ! Son excitation était extrême.

— Ils ne peuvent pas nous entendre si nous parlons à voix basse, dit-elle.

Samuel toucha la crosse de son fusil. Il se sentait prêt et semblait impatient d'agir.

— Ne fais surtout rien, Samuel. Ne bouge pas ! Attendons.

— Ils ont pris notre sentier pour venir.

— Eh, oui. Je crains qu'ils aient trouvé nos traces là-bas, dit-elle.

Ils étaient cinq : quatre matelots et un officier. Ils avançaient prudemment, regardant autour d'eux. Chacun avait un pistolet à la main. Ils se trouvaient presque en face de la grotte, quand soudain, l'officier donna un signe de la main et tout le monde s'arrêta.

— Qu'est-ce qu'ils disent ?

— L'officier demande aux autres de bien ouvrir l'œil. Ils ont en effet trouvé nos traces sur le sentier, mais pour l'instant, ils ne savent pas qui nous sommes et combien nous sommes. Ils craignent une soudaine attaque.

Les Espagnols reprirent leur tâche. Ils continuaient d'inspecter les lieux, en tournant chacun de son côté, sans méthode, sans règle aucune. Parfois un d'eux disparaissait dans la forêt pour revenir aussitôt. Cela dura quelques minutes, un quart d'heure peut-être. Puis, ils se rassemblèrent de nouveau.

— De quoi s'agit-il cette fois ? demanda Samuel.

— Attends ! Laisse-moi écouter.

Un matelot parlait vivement, il pointait son index vers la grotte…

— Qu'est-ce qui se passe ?! Qu'est-ce qu'il leur dit ?

— Ah ! Il parle de notre grotte. Pour lui c'est… Je crois qu'il a remarqué l'ouverture. En garde, Samuel ! Non ! Non ! Ne tire pas encore ! Attends.

Appuyant son fusil contre le mur, doigt sur la gâchette, il attendait le signal d'Edith qui n'arrivait toujours pas. En bas, c'était maintenant l'officier qui parlait.

— Qu'est-ce qu'il leur raconte ? chuchota Samuel.

— Je ne comprends pas très bien. Il semble contester ce que l'autre vient de leur dire. C'est curieux ! Vraiment curieux.

— Et ils ne vont pas vérifier ?

— Non ! Heureusement pour nous.

— Quelle négligence ! dit Samuel.

L'officier s'arrêta de parler et le petit groupe bougea. Les Espagnols leurs tournèrent le dos et s'orientèrent vers la mer. Ils s'en allaient et Edith respira. En suivant la côte, ils s'éloignaient vite, enfin, ils disparurent derrière le virage. On ne les voyait plus maintenant. Quelques minutes passèrent.

— Oh ! regarde ! La barque s'en va ! Samuel poussa un cri.

— Chut ! Ils peuvent nous entendre encore.

La barque sortait de la baie. Les quatre matelots ramaient fort et la barque avançait vite ; en peu de temps elle s'approcha du navire.

— Ah ! Ils hissent les voiles. Ils vont partir. On est sauvé ! Samuel exprimait vivement sa joie.

— Oui, on a de la chance, dit-elle.

— Ouf, on respire ! Ils ne nous ont pas trouvé !

— Ça, ce n'est pas si sûr. Elle prit un air pensif. Méfions-nous toujours. Restons sur nos gardes.

Une heure plus tard, la mer était vide, et le silence régnait partout. Après une période d'une forte tension, le calme était revenu. Ils pouvaient se détendre maintenant. Enfin.

VI

L'ÎLE DE TOUS LES DANGERS

À la fin de la journée, de lourds nuages arrivèrent de la mer et la tempête se déchaîna. Un vent violent soulevait d'énormes vagues, pliait les arbres, propulsait haut vers le ciel des branches et des feuilles. Des trombes d'eau s'abattirent sur l'île, tel un mur mouvant, de maigres voiles de brouillard se poursuivaient, d'autres tournoyaient, s'enlaçaient parfois pour se séparer aussitôt. La tempête continua encore durant la nuit et le lendemain jusqu'à midi, puis elle se calma. Mais le vent sifflait encore quand Samuel descendit l'échelle pour faire un tour. Une brève reconnaissance s'imposait. Certes, on pouvait espérer que le mauvais temps eût découragé les Espagnols de revenir secrètement sur les lieux. Mais que savait-on au juste ? Samuel avançait pas à pas, air méfiant, courbant le dos. Il avait son long pistolet à la ceinture et portait l'épée au fourreau. Edith s'inquiétait, mais cette inquiétude ne dura pas. Samuel s'aventura jusqu'au ruisseau et revint vite. Il n'avait rien remarqué, rien de spécial en tous cas. Il apporta deux gourdes bien remplies d'eau fraîche.

— Crois-tu qu'ils nous laisseront tranquilles ? Il y avait de l'espoir dans sa voix.

— Ça m'étonnerait, dit Edith.

— Mais ils ne nous ont pas trouvé. Ils chercheront d'abord dans un autre endroit de l'île.

— Tu vois, Samuel, je n'en suis pas si sûre.

— Comment ça ?

— Tu te souviens que l'officier espagnol n'a pas voulu fouiller notre grotte ?

— Oui, eh bien…

— Et s'il faisait seulement semblant de ne pas avoir cru le

matelot.

— Semblant ? Mais pour quelle raison ? s'étonna-t-il.

— Pour nous duper et pour ensuite mieux préparer son coup. Et aussi, pour épargner la vie de ses hommes. Il ne pouvait pas savoir combien nous étions.

— Qu'est-ce qu'on doit faire à ton avis ? demanda Samuel.

— Se tenir prêt. Avant toute chose, apporter de la nourriture et de l'eau en quantité.

— Tu penses qu'ils peuvent nous assiéger ?

— Ils pourraient, répondit-elle.

Il était urgent de faire quelques provisions. Ils sortirent ensemble, armés comme pour la guerre, lui mousquet sur l'épaule, pistolet et l'épée à la ceinture, elle, son joujou de pistolet et les cartouches. Elle plaça le tout dans les poches de son nouveau " pantalon ". Cette culotte de gentilhomme-marin trop grande pour elle, lui avait été offerte par Samuel qui réduisait ainsi, encore un peu plus, sa réserve vestimentaire.

Ils se partagèrent le travail. Il surveillait les environs du haut d'une petite colline, pendant qu'elle ramassait des coquillages. Elle en cueillit quatre douzaines et les mit dans le seau contenant de l'eau de mer. Au retour, on ramassa encore trois noix de coco fraîchement tombées du cocotier. On versa de l'eau de mer dans une cavité peu profonde au fond de la grotte et on y logea les coquillages. Ainsi s'achevait la journée. Les dernières tâches avant la nuit : camouflage de l'entrée, révision des armes, un repas frugal composé d'éternelles noix de coco, de quatre mollusques crus et de deux dernières pommes vertes qu'Edith dénicha au fond de la grotte, furent accompli en un temps record. Le ciel s'assombrissait vite, la nuit allait tomber sous peu.

— Écoute, il faut qu'on veille toute la nuit, dit Edith. Sa voix était ferme.

— Surveiller, mais comment ?

— À tour de rôle.

— Je ne pourrais donc pas me serrer contre toi ? Samuel fit une de ses minauderies.

— Toi aussi, tu me manqueras toute la nuit. Mais tu viendras dans mon rêve. Tu promets ?

Samuel fit semblant de ne pas avoir entendu. Il se leva d'un bond.

— On surveille donc. Je commence, moi. Il fit une brave mine. Dors ! Je te réveillerai.

Alors qu'elle se couchait, il prit sa place habituelle près de l'ouverture. Assis convenablement, appuyant le dos contre le mur, il écoutait la respiration d'Edith qui devint vite régulière. Dehors, la nuit était belle. Une myriade d'étoiles illuminait le ciel et Samuel pensa à toute cette splendeur que Dieu offrit si généreusement aux hommes pour agrémenter leur existence. Puis, une autre idée lui vint à l'esprit : de demander à Edith dès qu'elle serait réveillée, qu'elle lui parle des étoiles. Ces gens du futur les connaissaient certainement mieux que lui. Edith, particulièrement, savait plein de choses sur n'importe quel sujet. C'était merveilleux, il adorait l'écouter même si cela le troublait parfois.

La lune se montra, timidement, puis s'installa pour de bon. Dans sa lumière blême, persistante, les environs de la caverne révélaient tous leurs détails, comme en plein jour. Pas besoin de forcer ses yeux pour bien voir. Surtout qu'il n'y avait rien à voir, c'était évident. Il ne se passait rien et il n'y avait personne. Sa vue se détourna de la terre pour aller voguer sur les flots. Longuement, il admirait les reflets lumineux de la lune sur les petites vagues bleuâtres et grises qui se perdaient au large, la mer accueillante l'invitait à un grand voyage, il lui semblait même de sentir une légère brise du vent…

— Que fais-tu, Samuel ?! Réveille-toi ! Edith le secouait comme un prunier.

Il se dressa en sursaut.

— Qu'y a-t-il !? Que ce passe-t-il ?!

— Tu t'es assoupi Samuel !

— Pardon ! Pardon ! Je ne le ferai plus. C'est calme, tu sais.

— J'espère. Vas te coucher Samuel. Je te remplace.

La nuit continua sans que le moindre événement suspect vienne perturber le calme régnant, et Edith réveilla Samuel à la levée du jour. Chacun d'eux se sentait fatigué mais soulagé aussi. Ils décidèrent d'employer leur matinée pour compléter leurs provisions. Ils descendirent en bas de la grotte, puis remontèrent l'échelle à l'aide d'un ingénieux système de ficelles dissimulées dans la roche.

Ils partirent. Le plus important était de se procurer des fruits, les fruits rouges et aussi les petites pommes vertes qui abondaient de nouveau dans la forêt. Armés jusqu'aux dents comme hier, ils marchaient en silence, évitant d'écraser des branches et des feuilles mortes. Ils s'arrêtaient souvent et dressaient les oreilles, prêt à se dissimuler dans les sous-bois à tout moment.

La cueillette fut excellente. Le soleil se trouvait presque au zénith quand, chargés de fruits, ils approchaient enfin de leur grotte.

— Arrêtons-nous ici. Edith montra le grand arbre dont les branches ramifiées et étendues touchaient le sol.

— Pourquoi ?

— Soyons prudents. D'ici nous pouvons voir sans être vus. Attendons un peu, pour être sûrs qu'ils ne se cachent pas quelque part.

Un quart d'heure environ passa sans qu'ils s'aperçoivent d'une présence quelconque.

— Ça a l'air d'être bon, dit Edith. Rentrons.

— Attend ! J'ai une idée.

— Dis-moi.

— C'est au sujet des coquillages…

— C'est donc si important. Edith sourit légèrement.

— Bien sûr que c'est important ! Je n'aime pas les manger cru. Samuel fit une grimace.

— Moi, non plus.

— Alors, je me suis dit qu'on pourrait se faire un tout petit feu dans la caverne, un petit feu de rien du tout, pas loin de l'ouverture, et chasser la fumée à l'aide d'une branche.

— Bravo Samuel ! C'est une idée géniale. Il nous faut du combustible. Quelques branches bien sèches devraient suffire. Il nous faut aussi un peu de sable pour pouvoir éteindre le feu immédiatement.

— Je m'en charge, dit-il avec enthousiasme. Je vais compléter aussi notre réserve en eau. Je fais tout ça, tout de suite ! Tu ne t'occupes de rien, tu surveilles seulement.

Il accompagna ses mots d'un geste doux et protecteur et lui adressa un sourire lumineux.

« C'est heureux qu'il soit ici avec moi, pensa Edith. Un garçon épatant. Non seulement gentil et brave, mais charmant à craquer. Tout ce qu'il me faut précisément. »

Le reste de la journée passa vite. Avant la tombée de la nuit ils grillèrent quelques coquillages et les mangèrent avec appétit. Ils se sentaient maintenant prêts à affronter leur deuxième nuit après la visite des Espagnols. Cette fois-ci, c'est Edith qui se proposa de faire le guet en premier.

— Dors. Je te réveillerai plus tard, dit-elle.

— N'hésite surtout pas, Edith ma chérie. Dès que tu te sens un peu fatiguée, réveille-moi tout de suite !

Il se coucha et s'endormit aussitôt. Assise prêt de l'ouverture Edith scrutait les alentours, en essayant de ne pas baisser son attention, de rester toujours vigilante, ce qui n'était évidemment pas facile. Car il ne se passait vraiment rien ; mais rien du tout ! Elle s'efforçait de rester en éveil mais par moment, ne pouvant plus tenir, elle détachait sa vue. Il lui arrivait même de fermer les yeux, momentanément, et de penser à quelque chose, n'importe quoi, agréable ou pas, pourvu que le temps passe.

— Edith, comment ça va ?

Affolée de peur, elle sauta sur ses jambes. Samuel se trouvait à un pas, elle n'avait pas entendu son arrivée soudaine.

— Ah ! tu veux m'achever !

— Je… Je viens te remplacer.

Edith se coucha. Son cœur battait fort, mais petit à petit elle se calma. Elle changea de positions plusieurs fois, se mettant sur le dos ou sur le ventre car la couchette lui semblait encore moins confortable que d'habitude, vraiment atrocement incommode ! Mais la fatigue et la tension de ces derniers jours eut le dessus, et elle s'endormit finalement, sans savoir quand. Elle dormit d'un sommeil profond, sans relief et sans rêve.

En se réveillant, elle eut une vague impression d'une présence. Non, ce n'était pas qu'une impression, il y avait vraiment quelqu'un. Elle ressentit une haleine sur sa nuque et ouvrit les yeux. Samuel était là, allongé tout à côté d'elle. Il la regardait. Voyant qu'elle ne dormait plus, il toucha son épaule, légèrement, se pencha sur elle et longuement l'embrassa. La lumière oblique du jour naissant pénétrait à travers le buisson qui masquait l'ouverture.

— Que fais-tu, Samuel ?! Tu ne surveilles pas ?

— Ah ! Edith ! Ma bien-aimée ! Il essayait de la serrer, de la serrer fort dans ses bras.

— Non, Samuel ! Non ! C'est la nuit encore ! Ils peuvent venir, tu sais !

— Le jour est là, ma chérie. Ils ne viendront plus. Embrasse-moi, Edith ! Embrasse-moi !

Elle était en train de se dégager patiemment de son étreinte,

185

quand soudain elle vit une ombre à l'ouverture.

— Attention Samuel !!!

D'un grand bond, l'homme sauta à l'intérieur de la caverne. Il se jeta en avant, l'épée à la main. En l'espace d'un éclair, il était sur eux. Mais à ce moment, Samuel se trouvait déjà hors du lit. Avec toute l'énergie dont il était capable, il se précipita sur son adversaire. L'homme lui porta un coup d'épée violent mais Samuel se baissa et l'évita de justesse. Puis il s'élança sur lui tel un taureau, se jeta de tout son poids et le renversa. Le choc fit voler haut l'épée de l'Espagnol, laquelle cogna contre le mur avec un bruit métallique.

Une lutte féroce s'engagea. Dans une étreinte de fer ils roulaient par terre, une fois dessus... une fois dessous, chacun se forçant de clouer l'adversaire au sol, le tordre, lui fracasser les os. Pendant un instant Samuel semblait maitriser la situation. Les membres de l'Espagnol craquaient déjà, comme s'ils devaient se briser en petits morceaux, mais ce n'était pas encore la fin du combat, loin de là. L'assaillant, grâce à une surprenante demi-rotation énergique, libéra ses mains et prit Samuel à la gorge. Il la serrait avec force. Le visage de Samuel devint rouge puis bleu, il suffoquait, il allait perdre conscience d'un moment à l'autre. Cette fois-ci, c'était la fin... Non, pas encore ! Dans un ultime effort, Samuel s'arracha des mains de son adversaire, et réussit à se mettre debout, mais il vacillait, ne tenait plus vraiment sur ses jambes. Il allait tomber, inévitablement. Il recula d'un pas et...

Un coup de feu retentit, puis un deuxième et un troisième. L'Espagnol tomba sur le dos et tout de suite s'immobilisa. Une balle le frappa au front. Samuel se détourna : Edith était là, son petit joujou de pistolet à la main.

— Attention Samuel ! Il y a un autre ! Elle pointa son index vers l'ouverture.

Une nouvelle silhouette se détachait sur le fond du ciel. Le deuxième assaillant arrivait par le haut, en se servant d'une corde. Juste au moment où il allait enjamber la paroi, Edith tira. Elle tira une série de plusieurs coups, toutefois saisie d'émotion, elle ne tirait pas juste. L'homme semblait indemne et prêt à l'attaque. Il orienta son long pistolet dans la direction d'Edith et appuya sur la gâchette, mais le coup ne partit pas. Son pistolet s'enraya ou bien la poudre était humide. Quoi qu'il en soit, Edith venait de survivre à une nouvelle épreuve : décidemment elle avait de la chance ! Pendant ce temps, Samuel réussit à retrouver ses esprits. Il s'empara de l'épée du mort et arriva comme une torpille. Emporté par son élan, il transperça l'Espagnol qui tomba comme une masse ; des convulsions parcoururent son corps. Edith s'approcha et l'examina. Une de ses balles avait effleuré le bras de l'assaillant, une égratignure, rien de plus. Mais Samuel avait touché juste : la pointe de son épée avait atteint la région du cœur.

Pendant qu'elle cherchait les cartouches dans son sac, Samuel s'empara de son pistolet et s'approcha prudemment de l'ouverture.

— Ils ont grimpé en haut du rocher par derrière et sont descendus avec une corde, dit-il.

— Tiens, on n'a pas pensé à ça. Edith hocha la tête.

— Je vais la couper, cette corde !

— Pas maintenant, Samuel ! Tu risques de prendre une balle.

— Tu as raison. Il y en a encore d'autres. C'est sûr.

Il regarda les deux corps allongés sur le sol. L'Espagnol tué avec l'épée avait une drôle d'expression au visage, comme s'il avait pris du plaisir à se faire embrocher.

— Qu'est-ce qu'on fait de ces deux-là ? demanda Samuel.

— On va tirer les corps au fond de la grotte, mais attends, d'abord voyons ce qui se trame dehors…

Elle s'approcha lentement de l'ouverture. C'était plus dangereux qu'avant, car le buisson de camouflage venait de tomber au sol. Elle fixa ses yeux sur les broussailles avoisinantes, et regarda aussi en direction de la plage. Rien ne bougeait et Edith en fut rassurée, mais pas pour longtemps. Il était clair, que l'attaque n'allait pas se terminer aussitôt, qu'ils devaient s'attendre à de nouveaux événements dramatiques très prochainement.

Samuel accrocha son deuxième pistolet à la ceinture, Edith mit le sien dans la poche. Cette journée s'annonçait périlleuse, et ils devaient y faire face.

— Je pense à une chose, dit-elle. Ils ont certainement remarqué mes tirs répétés. Ils s'imaginent peut-être qu'on est plusieurs ici.

— C'est juste. Ils nous laisseront tranquille alors ?

— Remarque, c'est faux ce que je viens de dire. Je n'ai tiré pas plus que quatre coups à la fois. Deux personnes peuvent tirer quatre coups, n'est-ce pas ?

— Évidemment. Avec deux pistolets chacun. Puis il ajouta : c'est dommage que tu n'aies pas appris à charger mes pistolets et le fusil.

Une demi-heure passa. Le silence régnait, un silence pesant ; ils auraient préféré voir la menace en face, mais rien n'arrivait.

— Qu'ils viennent, dit Samuel. On leur fera un bon accueil. Ils auront ce qu'ils méritent.

Il sortit la tête par l'ouverture pour mieux voir. À ce moment, un coup de feu retentit et un bout de roche éclata. Un débris toucha Samuel au cou. Il recula d'un bond.

— Ils m'ont manqué de peu, dit-il. Son visage était blême.

— Montre-moi ton cou. Tu n'as rien, juste une égratignure.

— Ils sont quelque part par là. Il montra les broussailles sur la gauche.

— N'approche surtout pas ! dit Edith.

Elle se mit à l'ombre, en retrait de l'ouverture, et pointa les jumelles dans la direction qu'il venait de lui indiquer. Son regard se glissait sur la façade verte, ses irrégularités, ses cavités suspectes… puis il s'immobilisa.

— J'en vois un, dit-elle.

— Où ça ?!

— Au fond de cet arbrisseau qui ressemble à un oiseau géant. Regarde toi-même.

— Oui, je le vois moi aussi. Et il me semble qu'il y a un autre, à côté.

— Qu'est-ce qu'on fait, Samuel ? Ils sont à cent dix, cent vingt mètres, pas plus.

— J'essaie. On verra bien.

Mousquet dans la main, glissant à plat-ventre comme un serpent, Samuel approcha le bord de l'ouverture. Il posa le long canon de son arme sur une pierre plate, visa avec soin et appuya sur la gâchette. Le coup partit avec fracas. Le bruit court du mousquet fut suivi d'un sourd gémissement de douleur, qui était bien audible mais qui ne dura pas.

— Je l'ai eu ! cria Samuel. Je l'ai eu !

Edith regarda par les jumelles. Un homme gisait par terre devant les broussailles, deux autres le tiraient par les pieds, tout en essayant de se tenir à l'abri. Mais, on pouvait apercevoir tantôt une tête, tantôt un coude ou une jambe.

— Samuel, regarde !

Samuel prit les jumelles : « Il n'y pas un instant à perdre », dit-t-il.

Il sortit vite les deux pistolets de sa ceinture et les déchargea l'un après l'autre.

— C'est raté pour cette fois, dit-elle.

— Oui, hélas. Samuel acquiesça. Les balles de mes pistolets portent jusqu'à eux, mais le tir n'est pas précis.

— Tu es un excellent tireur, Samuel.

— Tu crois ?

— Ton premier coup était parfait.

Samuel ne répondit pas. Il rechargea vite son mousquet mais on ne voyait plus personne. Les Espagnols se sont retirés de vue.

— Qu'est-ce qu'on fait ? demanda-t-il.

— On attend. Évite de te montrer. C'est dangereux !

Une demi-heure environ s'écoula. Le soleil était maintenant haut dans le ciel et il ne se passait toujours rien. Samuel, selon son habitude, jetait des coups d'œil prolongés sur la mer qui était calme et déserte. Pourtant, le navire espagnol pourrait revenir à tout moment, accoster à quelques centaines de mètres, et se servir de ses canons. Des tirs bien placés, et la roche de la caverne ne résisterait pas ! Ça aurait été un désastre, à coup sûr ! Il confia ses craintes à Edith qui le réconforta :

— Le moment n'est pas encore arrivé, dit-elle. Ils vont d'abord essayer de nous prendre à main nue, pour ainsi dire. C'est un commando, ils sont venus à plusieurs, six, huit peut-être, et ils ne renonceront pas. Pas dans l'immédiat, en tout cas.

— Mais, s'ils ne se décident pas ?

— Alors là… Je ne sais pas. Passe-moi les jumelles, veux-tu ?

Edith regardait longtemps, dans toutes les directions, puis rendit les jumelles à Samuel qui scruta les environs à son tour, en jetant parfois des coups d'œil en direction de la mer.

— Et alors ?

— Je dirais que quelque chose bouge dans les buissons, là-bas, sur la droite.

Edith regarda de nouveau.

— Tu as raison, dit-elle. Ils sont plusieurs là-dedans. Ils se cachent bien, on les voit à peine.

Samuel reprit les jumelles.

— Quelque chose se mijote, dit-il.

— Quelque chose, oui… Ils préparent une nouvelle attaque !

— Qu'est-ce qu'on fait alors ?

— Toujours pareil : on attend, dit Edith. À mon avis, il serait prématuré de leur tirer dessus.

— C'est un peu loin, acquiesça-t-il. Mais remarque, je pourrais, sans problème et…

Un bruit étrange l'interrompit, une sorte de frottement, dirait-on.

Elle se pencha prudemment et vit des hommes en bas. Deux grimpaient adroitement la muraille de la grotte, le troisième restait au sol, prêt à monter à son tour.

— Attention, on monte la paroi ! Edith s'alarma.

Un coup de feu retentit en provenance des broussailles, puis un deuxième, et Edith se retira brusquement.

— Les autres nous tirent dessus ! Samuel se tenait prêt, un pistolet dans chaque main.

— Surtout n'approche pas de l'ouverture ! chuchota-t-elle. Attendons qu'ils montrent le bout de leur nez.

Elle sortit le petit pistolet de sa poche et l'arma. Légèrement courbée, dos contre le mur, elle fixa les yeux sur l'ouverture. Un homme se montra, puis l'autre, et Edith tira plusieurs coups de pistolet. La distance était très faible – trois mètres à peine – ce n'était pas difficile, même un enfant réussirait. Les deux assaillants décrochèrent la paroi. On entendit leurs corps tomber au sol.

— Bravo ! cria Samuel. Quelle arme extraordinaire !

Il se lança, rapide comme l'éclair. Malgré le danger de se faire tirer comme un lapin, il se pencha par l'ouverture et déchargea ses deux pistolets. Ils entendirent un cri. Au même moment, une balle en provenance des broussailles s'écrasa contre le rocher, une autre rentra par l'ouverture et s'incrusta dans le mur.

— Ça y est ! Ça y est. On les a eus, tous les trois ! Samuel exprimait bruyamment sa joie.

— Ne nous réjouissons pas encore. Ce n'est pas fini.

— On en a éliminé pas mal pourtant, dit-il. Combien en tout ?

— Sept, répondit Edith.

— Oui, sept. Un là-bas et six ici. C'est vrai, il en reste encore, dit Samuel avec un brin d'humour. Il y aura de quoi faire.

— Ne te réjouis pas trop vite. Edith essayait de calmer son enthousiasme. Ce n'est qu'un début.

Car en effet, leurs adversaires restaient toujours nombreux. Comment pourraient-ils, à eux deux, se mesurer à tout ce monde-là ?

— Ils doivent être encore une dizaine, remarqua-t-elle. Je pense aux Espagnols, pas aux Noirs. Samuel, à ton avis : que feront les Noirs ?

— Ce sont des esclaves. Ils ne peuvent pas faire grand-chose. Ils n'ont pas d'armes. Ça c'est sûr. Et il ajouta : je suppose qu'ils n'adorent pas leurs maîtres. Les Espagnols savent être odieux avec les Noirs.

— Les Espagnols ? Et vous alors ?!

— Qui, nous ? demanda Samuel.

— Vous les Anglais. Voyons !

— Tu crois ? Eh bien... Il se tut.

L'atmosphère se détendit. Ils savaient tous les deux que leurs adversaires, affaiblis, ne viendraient pas tout de suite. Maintenant, il devrait y avoir un moment d'accalmie.

— Qu'est-ce qu'ils peuvent bien faire ? demanda Samuel.

— À mon avis, ils ne peuvent plus nous attaquer de face et ils vont changer de stratégie.

— Explique.

Edith ne répondit pas tout de suite. Prudemment, elle s'approcha de l'ouverture et orienta les jumelles vers l'endroit d'où provenaient les tirs. Puis, elle scruta longuement la ligne de la forêt.

— Je ne vois plus personne. Ça confirme ce que je viens de dire.

— Qu'est-ce qu'ils peuvent faire maintenant ? répéta-t-il.

— Si j'étais eux, je retournerais d'abord au camp. Je pense qu'ils vont le faire.

— Et après ?

— Après, ils vont s'organiser autrement. Ils ne peuvent plus nous lâcher. Plus maintenant. Trop de sang a coulé.

— Ils vont s'organiser ? Mais comment ? Samuel commençait à s'impatienter.

— Je vois deux possibilités. La première, ça serait de nous assiéger. Ils sont encore suffisamment nombreux pour cela. Ils n'auraient qu'à rester bien à l'abri, à proximité. Il suffirait de quelques jours : privés d'eau, nous serions obligés de nous rendre.

— Et la deuxième possibilité ?

— Ça serait de venir avec leur bateau et d'utiliser les canons. Tu en as déjà parlé, souviens-toi.

— Oui ! Samuel acquiesça d'un signe de tête. Ils en auraient pour un quart d'heure à bien élargir l'ouverture de la grotte, et à tout détruire, carrément. On serait alors à leur merci, sinon tués sur le champ.

— C'est ça.

Un silence s'en suivit. Edith alla chercher de l'eau et chacun but une gorgée. Samuel la regardait longuement : il y avait de l'admiration dans ses yeux.

— Ah ! Edith, ma bien-aimée. Comme je suis heureux de t'avoir trouvée !

— Moi aussi, je suis heureuse de t'avoir trouvé, dit Edith.

Mais reprenons notre conversation.

— Alors, qu'est-ce que tu proposes ?

— Je ne vois qu'une seule solution, dit-elle.

— Quoi ?

— D'abandonner la grotte. Pour quelque temps, au moins.

— Partir d'ici ?! Mais pour aller où ?

— Se planquer quelque part, dans la forêt. On connait mieux l'île qu'eux. On emmènera juste le nécessaire : nos armes, bien sûr, et aussi ma trousse médicale, un peu de nourriture et…

— Mais pour combien de temps ?

— Le temps qu'il faudra.

— Ils vont nous chercher ?

— On sera bien armé. Et puis, on restera sur nos gardes.

Il s'approcha d'elle et la serra dans ses bras.

— Je sais que tu as raison, mon amour. À nous deux, on s'en sortira. Tu me fais confiance, n'est-ce pas ?

— Oui, Samuel. Il faut qu'on s'en sorte. Je propose qu'on parte demain à l'aube.

— Je suis d'accord. Ne traînons pas. Et qu'est-ce qu'on fait des morts ?

— Bof ! Les autres s'en chargeront, dit Edith. On n'a pas de temps à perdre.

— Je vais juste ramasser leurs armes et les cacher, pour que les autres ne puissent s'en servir. Je protégerai les pistolets avec les chemises des Espagnols. Ils n'en ont plus besoin.

Ils consacrèrent le reste de la journée aux préparatifs. Ils rassemblèrent les objets nécessaires. Edith pensa à sa trousse médicale et chargea son sac à dos. Le sac en caoutchouc du radeau fur pourvu des fixations en lianes.

Samuel prit soin de couper la corde. Ils l'utilisèrent pour faire descendre les morts. À l'occasion il fit une remarque pertinente : « La corde espagnole sert de nouveau les

Espagnols, dit-il. » Puis, il descendit devant la grotte en jetant des coups d'œil méfiants. Il assembla les armes des Espagnols et les enfouit sous un amas de pierres au fond des broussailles, sauf un beau pistolet à la crosse argentée qu'il garda pour lui.

La journée fut éprouvante, cependant une surveillance de nuit était nécessaire, et Samuel se proposa de commencer la garde. Armé de son mousquet, il s'installa prêt de l'ouverture, avec la ferme volonté de ne pas s'endormir cette fois-ci. Quand il réveilla Edith, la fin de la nuit semblait proche ; une légère lueur se montrait déjà à l'horizon.

— Pourquoi tu ne m'as pas réveillée plus tôt, demanda-t-elle.

— Ne t'inquiète pas, ma chérie. Je vais dormir le reste de la nuit. Ça me suffira.

Dès l'aube, Edith réveilla Samuel. Elle le fit délicatement, en caressant ses cheveux.

— Lève-toi, Samuel. Il est temps. As-tu bien dormi au moins ?

— Je suis en pleine forme, dit-il. Quand est-ce qu'on part ?

— Un petit brin de toilette, il faut aussi qu'on mange quelque chose, puis on s'en va.

Le soleil apparut, il était temps de quitter la grotte. Le départ fut précédé par une longue observation des alentours. On fixa l'échelle et Samuel descendit. Il s'installa sur un rocher et surveilla, pendant qu'Edith descendait à son tour. Elle fut vite en bas. Ils étaient très chargés et fortement armés. Samuel avait trois pistolets et l'épée à la ceinture, il portait son mousquet sur l'épaule. Edith gardait son pistolet prêt à tirer.

Ils partirent. Allaient-ils un jour revenir ici ? Rien n'était moins sûr. Edith se retourna pour voir la grotte une dernière fois, et éprouva à cette occasion un pincement au cœur. Cette habitation dérisoire, très inconfortable, et même sinistre, était pourtant leur maison durant des mois, leur abri commun, l'endroit où elle avait connu des moments doux.

Ils s'enfoncèrent dans les bois et s'engagèrent sur une piste étroite. Le terrain était d'abord plat, mais vite la piste commença à monter une côte qui devenait de plus en plus escarpée. Ils avaient pris de nombreuses fois déjà ce sentier, à peine visible, qui tournait entre cailloux, mousses et branches sèches. Ils savaient qu'il allait les conduire vers un groupe de rochers, semé d'arbustes, d'où la vue était large sur une partie du littoral. Une rencontre avec les Espagnols paraissait peu probable ici, dans cet endroit qui semblait sans grand intérêt, mais savait-on jamais ? Ils marchaient en silence, faisant attention à chaque pas. La journée devenait de plus en plus chaude. Edith s'essouffla, se couvrit de sueur. Il était impossible de continuer à ce rythme.

— Arrêtons-nous un peu, proposa-t-elle.

— Autant que tu voudras, ma chérie.

— Non, non ! Juste cinq minutes. Il faut qu'on s'éloigne au plus vite.

Samuel posa son mousquet au sol et essuya le front avec son mouchoir brodé en batiste, qu'Edith avait déjà remarqué bien auparavant. Ce mouchoir lui rappela leur première rencontre, et l'impression que fit alors sur elle son allure élégante de gentilhomme.

« Les temps n'ont pas changé, pensa-t-elle. Nous sommes toujours au XVIIIe siècle. Mais, en ce moment, ce sont plutôt ces maudits Espagnols, avec leurs esclaves et leur navire, qui me le rappellent. »

— Tu veux t'arrêter où exactement ? demanda-t-il.

— Je ne sais trop. Edith haussa les épaules. Dans un endroit isolé où nous allons être bien à l'abri.

— Comme celui-là ?

— Non ! On est encore trop près de notre grotte.

Ils continuaient d'avancer en s'arrêtant de temps en temps.

Il y avait une profusion de fleurs ici, de toutes formes et couleurs, et Samuel en ramassa quelques-unes. Il les offrit à Edith qui lui adressa un charmant sourire.

— C'est juste comme ça, dit-il. Pour que tu saches combien je t'aime. Je sais bien que tu vas les laisser ici, tu ne peux pas faire autrement. On n'a pas de maison, avec un vase à fleurs vide qui nous attend.

— Merci ! Merci, mon chéri. Tu es adorable.

Samuel l'entoura de son bras, avec délicatesse, la fit s'asseoir, puis la coucha doucement dans l'herbe clairsemée et jaunie. D'un geste délicat, il commença à déboutonner sa chemise...

— Non ! Samuel. Non ! Pas ici. Pas maintenant.

Elle se leva, arrangea ses vêtements.

— En route !

Le périple se poursuivait. Le soleil se trouvait maintenant à son zénith et il fallait chercher de rares zones d'ombre pour continuer à avancer malgré tout. Un aigle planait au-dessus de leurs têtes traçant de larges cercles, il se déplaçait lentement vers l'intérieur des terres. Un lapin effrayé leur sauta sous les pieds. Ils décidèrent de faire encore une halte, pour boire cette fois-ci.

— Tâchons d'économiser notre réserve d'eau, dit-elle.

— Je suis d'accord. Il ne faut pas que l'eau nous manque.

— Je crois savoir où nous allons pouvoir nous approvisionner. Edith fit un signe vague de la main.

— Penses-tu à ce petit étang dans les collines, près du camp des Espagnols ?

— Oui.

— Ce n'est qu'une marre. Et là-bas, ils pourraient nous surprendre facilement.

— Si tu trouves une autre solution, je veux bien, dit-elle.

Ils continuaient la marche, péniblement. Edith se sentait

fatiguée, ils s'arrêtaient souvent pour qu'elle puisse reprendre son souffle. Il lui était de plus en plus difficile de se lever et reprendre la marche. Une heure et demie plus tard ils arrivèrent enfin à l'endroit qu'ils voulaient atteindre. C'était un groupe de rochers, en haut de la colline, une place forte, isolée et sauvage. Des arbustes touffus, couverts d'épines, les entourait de toutes parts. D'ici ils pouvaient voir la mer mais pas leur jolie baie, qu'ils fréquentaient chaque jour. La grotte, cachée derrière plusieurs strates d'une verdure épaisse, leur sembla plus éloignée que jamais.

Samuel fit le tour du domaine, examinant avec attention toute particulière les voies d'accès possibles : elles étaient au nombre de trois, dont celle qu'ils avaient prise, et deux autres, qu'ils se promirent de bien surveiller. L'endroit pour le campement fut choisi de manière à bien pouvoir les contrôler, sans y être vu. Entouré de grandes pierres, ce nid d'aigles au sommet de la colline leur parut être un refuge convenable. Ils l'aménagèrent tant bien que mal, en le protégeant avec des bouts de roche, en le tapissant avec des mousses et des feuilles apportées d'en bas. Ils décorèrent le tout avec quelques pauvres débris de la couverture de survie. Il n'y avait aucune protection contre la pluie et c'était bien dommage.

— La sécurité, c'est ça qui importe ! dit Samuel.

Il contrôla attentivement son mousquet, la poudre y semblait sèche. Il le coinça sur un support caillouteux, canon dirigé vers la piste qui lui semblait la plus suspecte des deux. Puis, il tira son épée du fourreau, l'essuya avec le bout de son pantalon et la remit sur place.

« Ah ! ces manières relâchées des tropiques, pensa-elle… ».

Assis l'un à côté de l'autre, ils regardaient longtemps la mer qui restait déserte et calme. Aucun bruit ne leur arrivait ici pour troubler cette étrange tranquillité nouvellement acquise. Même en supposant qu'elle soit précaire, ils l'appréciaient énormément. Edith, épuisée, s'accroupit dans un coin ombragé, puis se coucha et s'endormit vite. Pendant ce temps, Samuel inspecta les alentours. Il fit quelques pas sur la gauche puis sur la droite, inspecta soigneusement la côte la moins abrupte. Enfin, ne trouvant rien de suspect – aucune trace de présence humaine – il s'assit près d'elle.

Dos appuyé contre le mur, main droite posée sur la crosse argentée du magnifique pistolet espagnol, Samuel plongea dans ses souvenirs les plus récents. Les moments délicieux qu'ils avaient vécus ensemble se bousculaient dans sa tête. Ces images passaient d'une manière désordonnée, comme dans un kaléidoscope, où des formes et des couleurs attrayantes se suffisent à elles-mêmes. Le souvenir de tous ces plaisirs sensuels l'envahit, il tremblait à l'idée de les revivre très bientôt. Edith, allongée à côté de lui, semblait dormir profondément. Des légers soupirs sortaient de sa bouche, sa poitrine se soulevait rythmiquement. Samuel se retint pour ne pas la réveiller tout de suite.

« Non ! Ça serait indécent, pensa-t-il. Qu'elle se repose tant qu'elle peut. Sait-on ce qu'il nous attend encore ? »

Il se coucha à côté d'elle et s'endormit immédiatement. Quand il se réveilla, le soleil était déjà bas dans le ciel et un petit vent agréable soufflait de la mer. Il se tourna et vit qu'Edith ne dormait plus. Ses yeux étaient grands ouverts, elle le regardait et lui souriait :

— Ah ! Le valeureux gardien de notre foyer, dit-elle.

— Je viens juste de fermer l'œil, dit Samuel l'air innocent. Pour deux minutes.

— Hé bien ! Alors, qu'est-ce qu'on fait maintenant, mon chéri ?

— Je ne sais pas, dit Samuel. Il parlait à mi-voix. La nuit va tomber bientôt.

— On est bien préparé, n'est-ce pas ?

— Oui. On a tout ce qu'il faut. Et si tu as froid, tu te serreras contre moi.

— Bien sûr mon chéri, dit-elle. Mais on n'aura pas froid. Tu verras.

La brume du soir se dissipa et le soleil se coucha. Le ciel et l'eau, au teint rouge-orangé-violet-brun, se confondirent durant un instant de ce crépuscule éphémère, un instant seulement, puis la nuit tomba vite. C'était une nuit sans lune, sombre et calme. Samuel, couché sur le dos, regardait le ciel. La coupole céleste se remplit d'une myriade d'étoiles et il succomba tout de suite à la mystérieuse beauté du spectacle qui s'offrait à ses yeux. Comme nous tous à cette occasion, lui aussi éprouvait cette sensation de l'immensité du ciel qui s'étalait devant lui, et comme nous tous, il n'arrivait pas à saisir cette magie subtile. Il cherchait à expliquer la beauté du ciel le plus simplement possible. Car les explications simples le rassuraient.

« Je vois l'univers, se dit-il. Avec mes propres yeux je le vois. Mon Dieu, toutes ces étoiles ! Il y en a tant et elles semblent si loin de nous. »

— Edith, toutes ses étoiles qu'on voit, sont plus loin que le soleil, n'est-ce pas ?

— Oui. Mais ce quelques milliers d'étoiles que nous voyons maintenant dans le ciel sont relativement proches.

— Proches?? Qu'est-ce que tu entends par-là ?

— Oh ! des dizaines, des centaines d'années–lumière, rarement des milliers, dit Edith avec légèreté.

— Année-lumière ?

— Tu sais que la lumière parcourt 186 mille miles par seconde, 300 mille kilomètres autrement dit ?

— Oui. On en parle. C'est énorme, n'est-ce pas ? Alors dans un an …

— Dans un an ça fera, attends…

Elle fit un rapide calcul mental, en essayant de ne pas se

tromper de trop.

— Ça fait 10 mille milliards de kilomètres, à peu près.

— Je n'ose même pas l'imaginer, dit Samuel.

— Personne ne l'imagine, dit Edith.

— Et alors, l'étoile la plus proche ..?

— Proxima du Centaure. Elle est à seulement 4,5 années-lumière de la terre.

— C'est effectivement rien du tout, dit Samuel. Et l'étoile polaire alors ?

— Celle-ci ? Elle est un peu plus loin. À 400 années-lumière, je crois.

— Tu en sais des choses.

Il se souleva sur le coude, la regarda avec admiration.

— On m'a tout simplement appris cela, dit Edith. Le XXe et le début du XXIe siècle ont apporté des connaissances spectaculaires.

— Et elles sont juste quelques milliers, ces étoiles ?

— Non ! Celles qu'on voit à l'œil nu, seulement.

— Et les autres ?

— Samuel, tu ne voudras pas me croire. C'est effrayant le nombre qu'il y a !

Il ne regardait plus le ciel. Il était maintenant assis, ne bougeant plus, yeux fixés sur elle. Il buvait ses paroles.

« J'adore quand il me regarde comme ça, pensa Edith. »

— Alors combien il y en a ? Tu le sais ? Samuel insistait.

— Dans notre galaxie…

— C'est quoi une galaxie ?

— C'est un amas d'étoiles. Dans notre galaxie, qu'on appelle la voie lactée, il doit y avoir quelques centaines de milliards d'étoiles.

— Ah ! Dans notre galaxie… Il y a donc d'autres galaxies, c'est bien ça ?

— C'est ça. Encore un nombre Samuel, le dernier, c'est

promis. Les astronomes disent qu'il y a 200 milliards de galaxies dans l'univers observable.

Samuel ne répondit rien. Il se coucha sur le dos et regarda de nouveau le ciel. Il n'arrivait pas à rapprocher cette splendeur qui se trouvait au-dessus de sa tête, du monde terrifiant qu'Edith étalait devant lui, ce monde démesuré et froid, où l'homme n'avait pas sa place. Un tel monde, il ne voulait pas l'accepter. Il ouvrir la bouche, voulant dire quelque chose, mais elle se pencha sur lui et posa le doigt sur ses lèvres.

— Non, non Samuel. Ne dis rien.

Elle caressa ses cheveux et l'embrassa longuement sur la bouche. Il voulut l'attirer à lui mais Edith s'opposa.

— Non.., non ! Reste comme tu es. Ne bouge pas.

Accroupie sur ses talons, elle lui enleva lentement sa chemise, puis toucha sa poitrine, délicatement, avec le bout des doigts. Samuel yeux fermés, restait silencieux. Couché sur le dos, mains allongées le long du corps, il bougeait à peine. Seule sa respiration devenait de plus en plus courte et irrégulière, plus forte aussi. Edith continuait. Elle posait les lèvres sur ses oreilles, ses joues et son cou, embrassait doucement sa poitrine et la touchait de nouveau. Elle desserra doucement sa ceinture. Ses mains glissaient maintenant vers le bas, caressaient son ventre et ses hanches...

Il se souleva brusquement. D'une main forte, il essaya de l'attirer, l'étendre sur le sol, mais Edith s'opposa de nouveau. Elle le fit avec une telle vigueur que Samuel, stupéfait, se laissa faire. Ainsi, il se trouvait de nouveau allongé sur le dos, immobile comme avant. Edith prenait son temps, ses caresses de plus en plus audacieuses, supprimaient en lui toute volonté de résistance. Enfin, complètement dénudé, sentant sur lui toute la chaleur de son corps, il arrêta son souffle. Il s'abandonna, lui laissant toute initiative. Il lui semblait un instant que c'était un rêve, doux et violent à la fois, et non une réalité, qu'il n'aurait d'ailleurs jamais pu vivre dans son monde. Plus tard, dans ses pensées, il revint plusieurs fois sur cet événement extraordinaire, mais n'osa jamais lui poser la moindre question…

Il ne la sentait plus. Il ouvrit les yeux et vit qu'elle était allongée à côté de lui. Il toucha son visage qui était chaud et légèrement humide, le caressa avec délicatesse. Une brise froide arriva en provenance de la mer. Il ramassa les vêtements éparpillés, la couvrit avec, et se couvrit lui-même. Au-dessus, dans le ciel qui venait de perdre toute sa profondeur, il y avait encore des étoiles, mais elles lui semblaient moins brillantes qu'auparavant, leur lumière était carrément fade, de sorte qu'il s'étonna de l'effet que tout cela avait fait sur lui il y a une heure à peine. Cet univers immensurable, mathématique et froid, ces étoiles lointaines, il n'en avait vraiment plus rien à faire. Samuel venait de connaître le septième ciel sur terre, et celui d'au-dessus de sa tête lui devint alors parfaitement indifférent.

La nuit fut fraîche mais ils ne le sentaient pas, blottis l'un contre l'autre. Ils dormirent profondément. Les périls du jour s'éloignèrent, le calme s'imposa. Mais ce doux temps d'absence ne dura pas.

— Samuel ! As-tu entendu !? Edith ouvrit les yeux.

Le jour était déjà là, même si le soleil se cachait encore derrière l'horizon.

— On tire le canon, du côté de notre grotte, répondit-il.

Il leur fut vraiment facile de comprendre ce qui était en train de se passer. Comme ils s'y attendaient, le navire espagnol accosta dans leur baie et tirait maintenant des boulets pour détruire leur abri.

— Ils sont arrivés plus tôt que je ne le pensais, dit Samuel.

— D'ici, on ne peut pas les voir, remarqua-t-elle. Mais ils sont là-bas, il n'y a aucun doute là-dessus. Et je suppose que quelques-uns parmi eux sont postés dans les bois, près de la grotte, pour nous cueillir.

— Ou bien pour récupérer nos cadavres. Quelle mauvaise surprise ils vont avoir ! Samuel se frottait les mains.

Edith ne dit rien. Elle fit le tour de leur nid d'aigles, puis s'aventura du côté de l'escarpement rocheux et revint vers lui. Trois coups de canons retentirent de nouveau et Samuel se tourna vite dans cette direction, mais Edith garda son calme.

— Je pense à une chose, dit-elle.

— Dis-moi.

— Je suppose que le gros de la troupe se trouve maintenant là-bas.

— Oui, et alors ? demanda-t-il.

— Alors, il ne doit pas rester grand monde à leur camp.

— Ah, oui ! Je vois. Tu veux aller rendre visite à ceux-là ?

— Et pourquoi pas ? De toute façon, tôt ou tard un clash est inévitable, dit-elle.

— Un clash ? Ah, oui ! Je vois. Je suis d'accord, ça serait pas mal si l'on prenait l'initiative pour une fois. Samuel retrouvait sa fougue habituelle.

— Seulement si l'occasion se présentait. Edith restait prudente.

Il fallait donc se mettre en route au plus vite, pour arriver sur place avant que le bateau ne revienne. Ils mangèrent quelques fruits rouges et une noix de coco, puis ils partirent. Samuel conduisait la marche. Il était sûr de suivre la bonne voie, et qui devrait permettre d'éviter une mauvaise rencontre. Mais il se trompa de chemin sans qu'Edith s'en aperçoive. Vite, il devint impossible de retrouver un sentier praticable. Ils étaient désormais obligés de faire de nombreux détours à travers des ronces et des rocailles. Plusieurs égratignures couvraient le visage et les mains de Samuel, Edith se trouvait en meilleure posture mais elle aussi portait quelques traces de sang, surtout sur les jambes. Il leur fallut pas moins de trois heures pour arriver près du campement de leurs ennemis. Cet endroit, ils le connaissaient bien. Ils étaient à deux pas de la clairière où Edith a failli se faire violer. Même encore maintenant, après plusieurs jours, le souvenir de cet événement la fit frémir.

— Samuel, ici nous sommes à une demi-heure à peine de leur camp.

— Oui. Il faut qu'on parle à voix basse.

— Certainement. Arrêtons-nous un moment. J'ai besoin de me reposer un peu.

— Le temps que tu voudras, ma chérie.

— Pas très longtemps. Juste quelques minutes. Restons assis, sans faire du bruit.

Elle s'essuya le visage avec le mouchoir brodé qu'elle avait reçu de Samuel la veille, but une gorgée d'eau. Sur les cimes des arbres, quelques oiseaux se chamaillaient à n'en pas finir.

— Tu proposes quoi, Samuel ?

— Et toi ?

— Je propose qu'on aille voir. On décidera après, dit Edith. Et elle ajouta : à ton avis, que font les Noirs ?

— Ils sont surveillés, à coup sûr, dit-il. Enchaînés peut-être.

C'était le début de l'après-midi et la chaleur devenait épouvantable. Même ici, dans cette zone ombragée, il faisait si chaud qu'on avait du mal à respirer. Ils avançaient lentement et s'arrêtaient souvent. À un de ces arrêts, Samuel en profita pour vérifier l'état de ses pistolets et du mousquet. La poudre était sèche et tout semblait en ordre. Ils continuèrent leur marche et arrivèrent bientôt à la lisière du bois. En haut de la bute, ils se couchèrent dans l'herbe et se penchèrent prudemment pour observer.

Le camp était devant eux, en bas de la colline. Le terrain débroussaillé s'agrandit depuis leur premier passage, un potager apparut à son extrémité gauche. Edith reconnut les maisonnettes rustiques en bois mais elles étaient six maintenant, et non quatre comme auparavant.

— Il n'y a personne, dit Samuel.

— Attendons un peu. Edith s'installa plus confortablement.

Une demi-heure plus tard il ne se passait toujours rien. Le campement des Espagnols semblait complétement déserté par ses habitants. Seules quelques poules et un coq picoraient à l'intérieur d'une basse-cour entourée d'une clôture de perches, une chèvre attachée au piquet, broutait dans l'herbe.

— Ils ne doivent pas être très nombreux, dit Edith. Deux hommes, trois peut-être.

— Oui. Mais ils ne sont toujours pas là. Samuel s'impatientait. Si ça continue, le navire reviendra et les autres vont nous tomber dessus.

Il se leva, fit quelques pas. Puis il s'assit et se leva aussitôt.

— Je vais faire un tour, dit-il. Je reviens vite.

— Ne t'éloigne pas trop et fais attention à toi.

Il avançait lentement à la bordure du bois et Edith suivait chacun de ses pas. Elle le perdit de vue pour un moment, mais vite il apparut de nouveau entre les arbres.

Mais il n'était plus seul ! Avec effroi, elle vit qu'il y avait un autre homme ! Il coinçait Samuel par le bras et avec l'autre main il lui tenait un couteau sous la gorge. Ils marchaient à petits pas, s'approchant d'elle. Ils se trouvaient désormais à une dizaine de mètres et Edith, en un éclair, reconnut l'ennemi. Oui ! c'était bien lui, son vieil agresseur obscène.

Le vieux la regardait avec attention. Un petit sourire narquois apparut sur ses lèvres.

— Ah ! Qui vois-je, dit-il. Mais c'est notre charmante demoiselle. Comme nous nous retrouvons ! Et puis il ajouta : surtout, tiens-toi tranquille, señorita.

Edith, saisit de peur, put néanmoins remarquer qu'il y avait là un deuxième homme. Appuyé contre un arbre, il avait un pistolet braqué sur elle. Elle remarqua son allure fière de gentilhomme : habit soigné, moustache retroussé, cheveux ondulés tombants sur les épaules. Cet homme élégant la dévisageait avec curiosité. Voyant qu'elle ne portait aucune arme sur elle, il remit son pistolet à la ceinture.

— N'ayez aucune crainte señorita, on ne vous fera pas de mal, dit-il.

Il fit deux pas dans sa direction, puis s'inclina légèrement en soulevant son chapeau à plumes. Mais ce geste apprêté ne la rassura pas. Samuel avait toujours le couteau sous la gorge et le vieux marin n'avait pas l'air de plaisanter.

— Approche, dit-il. Il lui fit un signe avec son index.

Edith obéit. Elle avançait d'un pas de somnambule, on dirait un lapin paralysé par l'œil pénétrant d'un serpent à sonnettes. Soudain Samuel bougea mais l'homme appuya plus fort le couteau contre sa gorge, et tout rentra dans l'ordre. Edith s'approcha encore d'un pas, elle se trouvait tout près désormais.

— Sanchez, ne faites rien ! Attendez-moi ! J'arrive.

Le gentilhomme marchait dans leur direction. La situation semblait désespérée.

Mais elle ne l'était pas. Les marins espagnols ne pouvaient pas prévoir ce qui allait leur arriver. D'un seul coup, la brebis docile se transforma en une louve féroce. Edith recula d'un pas, sortit le pistolet de sa poche et tira. La balle atteint le vieux à la gorge, la deuxième balle se logea dans sa poitrine mais avant qu'il ne tombe, Samuel – avec un sang-froid et une détermination stupéfiants – lui arracha son pistolet. Il le déchargea, visant la tête du second adversaire, mais il ne visa pas juste. La balle toucha l'Espagnol au bras droit. Celui-ci essayait de sortir son pistolet, mais en vain. De la main gauche, il tira sa longue épée et fondit sur Samuel.

— Stop ! On ne bouge plus ! cria Edith.

Elle tira une balle en l'air, une deuxième au sol juste devant les pieds de l'Espagnol qui s'arrêta net.

— Jetez votre épée ! Tout de suite ! Sinon, je vous tue.

Il la regarda, stupéfait. Il semblait complétement désorienté mais il se ressaisit vite.

— Mais Madame ! J'ai l'honneur de provoquer ce Monsieur en duel. Retirez-vous ! Mais retirez-vous !

— Le moindre pas et je vous tue ! répéta-t-elle. Obéissez ! Je ne plaisante pas.

Le gentilhomme hésitait un instant, semblant ne pas avoir bien compris. Mais finalement il céda. Il recula de deux pas et d'un geste théâtral brisa l'épée contre son genou.

— Voilà señorita. Je me rends, je suis à vous !

— Parfait, dit-elle. Samuel, ligote lui les mains, veux-tu ? J'ai vu des lianes là-bas.

Quel soulagement c'était ! Le danger s'éloignait d'eux, provisoirement tout au moins, et Samuel reprenait ses esprits. Il ligota les mains du prisonnier derrière son dos ; il le fit avec adresse, ce qui n'empêcha pas ce dernier de pousser un gémissement de douleur. Edith s'approcha et examina la plaie : elle lui sembla superficielle, peu profonde. La balle avait transpercé le bras, mais sur la périphérie seulement, et était sortie de l'autre côté.

— Je vais m'occuper de vous, dit-elle dans un espagnol assez rudimentaire. Seulement, il va falloir attendre un peu.

— Comment ça Madame ? Vous allez vous occuper de moi ?!

— De votre blessure. Je suis médecin et je vous soignerai.

Il la regarda médusé, essaya de resserrer ses liens mais en vain.

— Je vous comprends mal Madame. Et je voudrais parler à Monsieur votre compagnon.

— Il ne parle pas espagnol.

— Ayez donc l'obligeance de traduire. S'il-vous plaît !

— Bien, répondit-elle sèchement.

Elle traduit la requête du prisonnier à Samuel qui approuva d'un signe de tête.

— Je suis à votre disposition Monsieur, dit-il.

— Qui êtes-vous d'abord et que faites-vous sur cette île ?

— Je suis le lieutenant Samuel Vanbrugh, de la frégate *Good Fortune*, dit Samuel fièrement. J'ai pris cette île en ma possession au nom de sa Majesté George III, roi du Royaume-Uni de Grande Bretagne et d'Irlande. Vous êtes donc sur une terre anglaise Monsieur.

— Ah ! dit l'étranger. Mais vous êtes seulement deux, à ce que je sache. Nous sommes plus nombreux que vous.

— Pour l'instant tout au moins, Edith s'introduisait dans la conversation.

Le ton de son propos était sarcastique, mais le gentilhomme espagnol semblait n'y porter aucune attention. Il regarda Samuel froidement dans les yeux.

— Je me présente à mon tour, dit-il. Je suis Don Carlos Esteban Ribas de Navarro, officier en second sur l'*Espagnola*.

— Ah oui, parlons-en. Parlons de votre navire Monsieur, dit Samuel. Il n'est plus là, et vous le savez. Vous êtes seul ici !

— Il reviendra, dit calmement le prisonnier. Une grimace de douleur parcourut son visage. Vous permettez que je m'assoie sur cette pierre ?

— Êtes-vous vraiment seul ici, ou bien il y a encore quelqu'un d'autre ? Samuel insistait.

— Je ne vous le dirais pas !

— Combien êtes-vous ? Je sais que vous n'êtes pas nombreux. Et les Noirs ? Où les avez-vous cachés ?

— Je ne vous dirais rien ! L'Espagnol haussa le ton. Essayer de le découvrir par vous-même.

Soudain un coup de feu retentit, puis un autre. Le bruit fit sursauter le prisonnier qui s'assit aussitôt à sa place sans rien dire. Ses yeux tournaient, et il leur jetait des regards inquiets.

— Ça vient du camp ! Edith attrapa les jumelles et se posta sur la berge.

Ils entendirent des cris. Des cris effrénés, mais qui ne durèrent pas. Un gémissement lui succéda, une plainte atroce d'un supplicié qui se prolongeait à ne pas en finir. Mais finalement le silence revint, plus profond que jamais. Edith, stupéfaite, mit du temps à se remettre de l'émotion qu'elle éprouva. Elle écarta les jumelles d'un mouvement vif.

— Samuel ! Qu'est-ce que c'était ? Dis-moi !

— Je ne sais pas ! Quelque chose de louche.

— Les Espagnols ? Encore eux ? s'étonna-t-elle. Et alors, qui conduit le bateau ?

— Oui, c'est étrange, dit Samuel.

Il s'adressa au prisonnier qui, assis sur son caillou, n'arrivait pas à dissimuler son trouble.

— C'était quoi, à votre avis ?

L'Espagnol ne répondit pas. Regard figé, il se tenait droit, dos appuyé contre une roche. La tache de sang sur sa chemise grandissait, et Edith se dit qu'il faudra qu'elle intervienne sous peu. Mais pour l'instant, elle écarta de son esprit cette pensée gênante pour retourner aux événements. Elle observa le campement mais ne vit rien d'intéressant.

— Regarde Edith ! Le cabanon du fond ! Samuel lui passa les jumelles.

Un homme se trouvait debout devant la cabane, un Noir. Il restait comme collé au sol et lançait des coups d'œil rapides dans toutes les directions. Un autre Noir sortit et ils parlèrent. Puis, l'homme retourna dans la maisonnette.

— Ah ! Edith, regarde ! Les Nègres… ils sortent !

— On les a gardés dans cette cabane et ils la quittent

maintenant, dit-elle.

En effet, ils sortaient, l'un après l'autre, et avançaient en file indienne sans se presser mais sans trainer non plus.

— Ils sont sept ! dit Samuel.

— C'est exact. Et remarque, aucun Blanc ne les accompagne !

— Ils sont sept, mais comment ça se fait ? Ils étaient huit dans la chaloupe.

— Je ne sais pas. Edith haussa les épaules.

Elle regarda encore par les jumelles.

— Tiens ! Il y en a un parmi eux qui agite un long couteau. Un deuxième tient une hache. Et attends, il y a un autre encore…

— Un autre ? demanda Samuel.

— Un Noir avec une épée ! Il porte l'épée à sa ceinture.

— Tu penses ce que je pense ? demanda-t-il.

— Oui ! Je suppose que le terrible cri qu'on vient d'entendre, c'était celui de leur gardien. Ils ont dû le massacrer !

— Allons interroger Don Ribas de Navarro, proposa-t-il. Il nous l'expliquera, lui.

Les Noirs marchaient dans la direction opposée à la leur, il n'y avait donc rien à craindre dans l'immédiat. Encore un instant et ils disparurent derrière les arbres.

— Il est temps que je m'occupe de cette blessure, dit Edith.

— Commençons par l'interroger.

— Non ! Non ! Le pansement d'abord. Comme ça, on le mettra plus en confiance.

Samuel regarda sa compagne avec un brin d'étonnement, mais son calme et sa détermination le rassura. Les compétences d'Edith en tant que médecin du futur, et son dévouement à la cause des souffrants quels qu'ils soient, le remplissaient d'admiration.

Elle sortit sa trousse médicale et s'approcha du prisonnier.

— Je viens pour vous soigner señor, dit-elle.

— Comment ça ?!

— Je suis médecin. Je vais m'occuper de votre plaie.

— Médecin ?!

— Oui, médecin ! Je ne suis pas une femme ordinaire, voyez-vous. Une femme comme tant d'autres. Vous avez vu mon pistolet, n'est-ce pas ?

— Le pistolet ? Ah, oui ! Et je voudrais que vous m'expliquiez.

— Pas le temps ! Une autre fois. Maintenant, il faut que je vous soigne ! Faites-moi confiance.

— Je vous fais confiance Madame. Il s'inclina légèrement. Seulement, mes mains sont ligotées. Comment allez-vous faire ?

— On va détacher vos liens mais on vous ficellera à un arbre. Laissez-vous faire !

Pendant que Samuel s'en chargeait, Edith tenait l'Espagnol en joue, en lui offrant ainsi l'occasion de revoir sa petite arme extraordinaire.

— Don Ribas de Navarro, à nous !

Après avoir rangé son pistolet dans la poche, elle s'approcha de lui, protégée par Samuel qui visait l'Espagnol avec son arme.

Edith mit les gants en latex, dégagea la blessure et l'observa attentivement. Elle identifia la plaie d'entrée et la plaie de sortie de la balle. Malgré un saignement assez abondant, la blessure semblait superficielle. Son patient pouvait bouger le bras, et c'était là un bon signe. De toute façon, il était hors de question de pouvoir s'occuper d'une quelconque lésion interne. Elle commença par désinfecter les alentours de la plaie. Puis elle lui appliqua une compresse et serra fort le bandage. Pendant tout ce temps, son patient suivait tous ses gestes avec grand intérêt. Un mélange d'inquiétude et d'étonnement se dessinait sur son visage.

— Bon. C'est déjà ça. On verra plus tard s'il faut, ou non, que je m'occupe plus de vous. À présent, vous allez Monsieur prendre ces deux comprimés.

— Qu'est-ce que c'est ? demanda-t-il.

— Un antibiotique et un anti-inflammatoire.

— Je ne vois pas, dit Don Ribas de Navarro, mais comme je viens de vous le dire, je vous fais confiance. Puis avec perspicacité : " De toute manière, ai-je le choix ? "

— C'est pour vous protéger de complications éventuelles. Edith ne cherchait pas à lui expliquer davantage. Buvez toute cette eau avec.

Elle remit le matériel dans sa trousse médicale, puis s'assit en face de son patient qui la regardait avec une curiosité non dissimulée.

— Monsieur, nous souhaitons connaître votre opinion au sujet de ces coups de feu et de ces cris, là-bas, au campement.

— Mon opinion ? Pourquoi pas, dit l'Espagnol. Mais, vous avez déjà deviné par vous-même.

— Les Noirs se sont échappés ?

— C'est ce qu'on a tous vu.

— Et les cris ?

— Ils ont dû se jeter sur lui. Miguel était toujours insouciant, et négligeant aussi.

— Donc, ils l'ont massacré ?

— Ça m'en a tout l'air ! Lui, il était évidemment armé, et les Nègres enchaînés. Mais je pense qu'il s'était trop approché d'eux, et qu'ils se sont jetés sur lui. Puis, ils ont enlevé leurs chaînes.

— Vous étiez combien au départ ; dix-sept ou dix-huit ?

— Dix-huit, dit le prisonnier. Comment le savez-vous ?

— Nous vous avons observés, dit Edith.

Elle relata la conversation à Samuel.

— Ils sont huit maintenant, dit-il, dont celui-là. Sept sur le navire. On les cueillera un après l'autre.

— Qu'est-ce qu'il dit ? demanda l'Espagnol.

— Rien. Rien d'important. Il voudrait tuer un lapin, pour ce soir.

— Ah...

— Y-a-t-il encore quelqu'un au camp ? demanda-t-elle.

— Non, personne. Il semblait sincère.

— Ils sont tous là-bas ?

— Oui. Et le navire va revenir bientôt. Vous vous en doutiez.

Le prisonnier ferma les yeux, semblant s'assoupir. Edith et Samuel s'éloignèrent de quelque pas et parlèrent à voix basse.

— Et maintenant ? demanda-t-il.

— Nous n'avons plus rien à faire ici, c'est sûr. Edith se frotta le nez. Je propose qu'on aille sur les hauteurs, pour pouvoir bien observer la côte.

— Dans ce cas, allons sur le mont d'Espérance. À proximité, du moins.

— Ce n'est pas tout à côté. Il va falloir marcher un peu, mais enfin...

— Et qu'est-ce qu'on fait de celui-là ? Samuel fit signe de la tête.

— On l'emmène, bien sûr.

Ils partirent. Cette fois-ci, c'était Edith qui ouvrait le cortège. Le prisonnier, complètement libre de ses mouvements, marchait quelques pas derrière elle. Puis il y avait Samuel, pistolet à la main. L'Espagnol, malgré sa blessure et la chaleur persistante de l'après-midi, ne les retardait pas. Edith se tournait de temps en temps, et le voyait impassible comme si de rien n'était, marchant d'un pas ferme. Ils firent une courte halte, puis commencèrent à grimper les pentes du mont d'Espérance. Mais ils n'allèrent pas jusqu'au sommet. Ils s'arrêtèrent à un replat d'où ils pouvaient bien voir la mer et une bonne partie du littoral.

— Regarde, ils reviennent! dit Samuel.

Le navire espagnol se trouvait à un mile et demi du rivage. En étalant fièrement toute sa voilure, il avançait vite dans la direction de la baie proche du camp, où il devait amarrer sous peu. Soudain, sans raison apparente, il vira de bord se tournant vers la haute mer.

— Qu'est-ce qui se passe ?! s'étonna-t-elle.

— Regarde Edith, regarde ! La barque, là-bas !

— Où ça ?!

— Là, sur la gauche ! On la voit à peine. Prends les jumelles et tu la verras.

— Je la vois ! Mais qui peut bien être là-dedans ?

Soudain un bruit se fit entendre, ou plutôt plusieurs bruits entremêlés. De petites fumées sortirent du flanc de navire.

— Ils ont fait feu de tribord, de leurs trois canons, dit Samuel. Ils tirent en direction de la barque.

— Ça y est, j'ai compris ! Edith sursauta. Il y a nos Noirs dans la barque. Ils essaient de fuir l'île.

— Tu dois avoir raison, dit Samuel. La barque tient le cap sur la grande terre, à l'horizon.

Le navire se retourna. Il fit feu de bâbord et ils virent trois points d'impact sur l'eau, pas loin de la barque qui avançait toujours.

— Ils l'ont manqué de peu, dit Samuel. Ça sera pour la prochaine fois.

Pendant tout ce temps-là, Don Ribas de Navarro restait immobile. Il regardait le bateau sans prononcer le moindre mot.

— Pourquoi ils ne suivent pas cette barque ? demanda Edith. Ils pourraient l'attraper, plutôt que de lui tirer dessus ?

Elle s'adressait au prisonnier en son espagnol rudimentaire, mais celui-ci la comprit parfaitement.

— Madame, c'est le vent, répondit-il. Il souffle du mauvais côté. C'est pour ça que les Nègres ont choisi cette direction-là pour s'enfuir.

Samuel, quant à lui, scrutait le navire par les jumelles. Il ne le quittait pas des yeux.

— Attention ! dit-il. Ils doivent être prêts à tirer maintenant.

Et en effet, le bruit des canons retentit de nouveau. Une nouvelle série de boulets fut envoyée dans la direction de la petite embarcation.

— Ils l'ont touchée ! cria Samuel.

Il avait raison. Un des boulets au moins a atteint son but. La barque se souleva et se disloqua. Elle disparut vite dans les flots.

— Vois-tu quelqu'un dans l'eau ? Edith retint son souffle.

— Je ne vois personne, dit Samuel qui n'arrêtait pas de régler les jumelles. De toute façon, la distance est trop grande.

Soudain il se passa une chose terrible, totalement inattendue. Il eut une violente explosion sur le bateau.

— Ah ! cria Edith.

— *Dios mio* ! s'exclama l'Espagnol. Il se signa de la croix.

— Telle était la volonté de Dieu, murmura Samuel.

Un incendie éclata ! Embrassé par les flammes et une fumée qui se dégageait de son flanc, le navire s'agitait sur l'eau comme une bête blessée. Mais ce n'était qu'un début, la situation empira vite. Il eut une deuxième explosion, presque aussi forte que la première. Samuel ne détachait plus les jumelles des yeux, suivant chaque mouvement du bateau, chaque poussée du feu.

— Quel enfer, dit-il. Je n'ai jamais vu une chose pareille !

— Mais pourquoi ?! Edith n'arrivait pas à retrouver son calme.

— Fausse manœuvre au moment du tir, sans doute. Puis, la

poudre a pris feu et tout a explosé.

Le navire ne bougeait plus. Les fumées l'enveloppaient de toute part comme un châle noir. Un de ses mats en flammes tomba, puis l'autre. Sa poupe semblait déjà s'enfoncer dans la mer. La fin était proche.

— Tu penses que les Espagnols ont une chance de s'en sortir, demanda-t-elle ?

— Qui sait. Le ton était hésitant. Il me semble en avoir vu un, sauter à l'eau. Mais ils sont plus qu'à un mile de la terre, et la mer est assez agitée. Sans parler des courants…

— Ils pourraient faire descendre une chaloupe. Pourquoi ne le font-ils pas ?

— Ils le feront, peut-être, dit Samuel. S'ils ont le temps. Puis il ajouta : remarque, pour nous il serait mieux qu'ils n'en aient pas.

Soudain, le navire chavira. Maintenant, il s'enfonçait rapidement dans les flots. Quelques minutes plus tard, il n'en restait plus rien à la surface. La mer était vide à perte de vue, comme dans le bon vieux temps, avant que les intrus n'arrivent sur l'île.

L'Espagnol se tenait raide comme un pieu, ne laissant paraître aucune émotion.

— Nous sommes vraiment désolés pour vos compagnons, señor. Edith s'inclina légèrement.

— Je vous sais bon gré Madame, répondit Don Ribas de Navarro. Vous êtes bien aimable.

Il la regarda avec un brin de sympathie non dissimulée. Mine fière, il effleura d'un coup d'œil rapide Samuel, qui de son côté semblait ne lui prêter aucune attention.

— Que-ce que vous comptez faire maintenant ? demanda-il.

Edith traduit la question de l'Espagnol et Samuel haussa les épaules.

— Vous restez notre prisonnier monsieur ! dit-il.

Pendant que se déroulaient ces événements dramatiques, le soleil continuait son inéluctable voyage à travers le ciel. Il allait toucher la ligne d'horizon sous peu, et il fallait penser à s'organiser pour la nuit.

— Qu'est-ce qu'on fait ? Samuel restait perplexe.

— Nous n'allons tout de même pas rester ici, dit Edith.

— Non.

— Allons au camp, proposa-t-elle. Il n'y a plus personne là-bas.

— Au camp ? Mais il est trop tard. La nuit va bientôt tomber.

— Pas par le même chemin. Évidemment pas ! Descendons sur la plage et suivons-la.

— Bonne idée, dit-il.

— Attends, je vais le dire à l'Espagnol.

— Il n'a qu'à obéir, dit Samuel sèchement. Il faut qu'on lui attache les mains.

— Pas besoin. Il suffit que tu le suives avec ton pistolet, comme tout à l'heure. Impossible qu'il s'échappe.

Ils descendirent la côte, en prenant maintes précautions pour ne pas glisser sur la roche dans l'obscurité croissante, puis ils suivirent le rivage. Une brise légère soufflait de la mer, des vaguelettes clapotaient paisiblement – on serait tenté de dire, amicalement – la lune montra son visage pâle. Rien, absolument rien, ni sur terre, ni sur mer, ne gardait la moindre trace de la violence dont ils venaient d'être témoins, rien ne présageait celle à venir. Edith eut une soudaine envie de parler au prisonnier et de l'écouter, une très nette envie de bavarder avec lui, à la légère, du bout de la langue, comme savent le faire si bien deux commères du voisinage, deux voyageurs dans un motel isolé au croisement des routes. Mais elle se retint, évidemment. Elle enleva ses chaussures et marcha lentement dans l'eau peu profonde, décontractée comme elle ne l'avait pas été depuis longtemps.

L'Espagnol accéléra le pas ; il se trouvait maintenant près d'elle, à sa droite.

— Madame, je voudrais vous parler ! dit-il.

— Je vous écoute, monsieur.

— Si j'ai bien compris, nous allons au camp pour passer la nuit là-bas.

— Tout à fait.

— Je vous le déconseille, dit-il.

— Et pourquoi donc ?

L'espagnol ouvrit la bouche et la referma. Il la regarda droit en face, et redressa d'un coup de main sa belle moustache.

— Parce que ça peut être dangereux pour vous. Pour nous tous.

— Expliquez-vous, señor.

— Vous voyez, les Nègres risquent de trainer encore dans la région. Ils ont des couteaux et des haches. Ils peuvent nous attaquer la nuit.

— Les Noirs ? Mais on les a tous vus se noyer !

— Pas tous, señorita ! Quatre hommes pouvaient rentrer dans cette barque, pas un de plus.

— Donc les trois autres sont restés sur l'île ?

— C'est ça. Et ils rôdent quelque part, va savoir où.

La nuit tombait. La ligne noire de la forêt se dessinait sur le fond du ciel qui s'obscurcissait à vue d'œil. Ils franchirent un bloc rocheux et se trouvèrent de nouveau sur le sable fin. Edith s'arrêta :

— Samuel, je propose qu'on passe la nuit ici, dit-elle.

— Comment ça ?

— Nous ne sommes pas prêts d'arriver au camp, et il fait déjà presque noir. Et elle ajouta : il faut absolument que je l'ausculte. Je crois qu'il a de la fièvre.

— C'est toi qui décide, ma chérie, dit Samuel. Comment

fait-on alors ?

— Arrêtons-nous à cet endroit. C'est calme par ici. Il n'y a pas de vent et j'ai vu un petit ruisseau, là-bas, dans les rochers.

— Comme tu voudras, ma mie.

Edith changea le pansement du prisonnier, Samuel lui attacha les mains et les jambes. Ils décidèrent de le surveiller à tour de rôle :

— Par précaution, dit Samuel. Il est bien ficelé, mais sait-on jamais.

La nuit était claire. Un léger bruit de vagues et l'éternel ciel brillant, d'une profondeur inouïe, incitaient à la quiétude. Edith se souleva sur le coude et regarda discrètement le prisonnier. Allongé sur le dos, mains croisées sur le ventre, il avait l'air endormi. Soudain, il se tourna vers elle. Ses yeux étaient ouverts et il la dévisageait sans gêne. Son visage lui semblait impassible, comme avant. À quoi pensait-il ?

VII

LE GENTILHOMME ET SES ESCLAVES

Edith et Samuel se trouvaient de nouveau en haut de la bute et regardaient le camp, en bas dans la clairière. Tout semblait endormi. Un quart d'heure s'écoula et il ne se passait toujours rien. Ils scrutaient l'endroit à l'aide des jumelles, et cet examen prolongé et attentif les conforta dans l'idée que l'endroit était vraiment vide de ses habitants, et qu'ils pouvaient l'approcher en toute sécurité.

— J'y vais, dit Samuel. Je vais faire un tour.

— Et tu me laisseras seule avec lui ? Edith montra l'Espagnol du bout du doigt.

Mains et pieds désormais libres, il était assis à une dizaine de mètres de distance.

— C'est vrai. Je n'y ai pas pensé.

— Y aller tout seul pourrait être dangereux pour toi, ajouta-t-elle.

— Qu'est-ce qu'on fait alors ? demanda Samuel.

— J'ai une idée. Et si on l'envoyait, lui ?

Discrètement, elle fit un geste de tête en direction de l'Espagnol qui, visage indifférent, restait à sa place.

— Comment ça ?!

— Mais tout naturellement ! On lui laisse juste un couteau, aucune autre arme, et on ne le quitte pas des yeux.

— Excellent, dit Samuel. De toute façon, il n'a pas intérêt à fuir. Et si par malheur il lui arrivait quoi que ce soit, eh bien, ça serait pour sa pomme.

— Ce n'est pas comme ça que je vois les choses, dit-elle. Il ira parce qu'il connait parfaitement le lieu. Il va inspecter toutes ces cabanes, les unes après les autres, et quand il reviendra on aura un rapport complet de la situation.

Edith expliqua au prisonnier, ce qu'on attendait de lui. Don Carlos Esteban Ribas de Navarro restait impassible. Il comprit parfaitement la tâche qu'on lui attribuait et promit de s'acquitter au mieux. Il remercia Edith de la confiance qu'elle lui accordait.

— Avant d'y aller, montrez-moi votre bras señor.

— Je n'ai plus vraiment mal, dit-il.

— Très bien. Mais je voudrais voir quand même.

Il se laissa faire avec une docilité surprenante. Edith inspecta la plaie et en fut satisfaite. Elle la désinfecta et lui appliqua une nouvelle compresse.

Puis, le prisonnier partit. Prisonnier ? L'était-il encore ? Non, car désormais il pouvait leur fausser compagnie facilement. Oui… car la crainte de se faire massacrer par ses anciens esclaves devrait l'empêcher de le faire.

Edith suivit l'Espagnol des yeux, aussi longtemps que cela fut possible. Finalement, elle le vit disparaître dans un ravin. Pendant ce temps Samuel s'assoupit. Il dormait dans une position semi-assise, main posée sur son mousquet qui dormait lui aussi, suivant l'exemple de son maître. Edith restait seule pour le moment. En attendant le retour de l'Espagnol, elle s'installa plus confortablement, dos appuyé contre un arbre. Maintenant, elle pouvait réfléchir tranquillement et elle le fit en toute liberté, laissant voguer sa pensée fertile.

« Quelle drôle d'histoire m'arrive-t-elle ! Je me sens comme si on m'avait mis un casque de " réalité virtuelle " sur la tête. Chez moi, à Boston, on voit parfois ces gens coiffés d'un casque VR, et qui s'agitent dans tous les sens. Mais ce n'est pas une réalité virtuelle dans mon cas. Ce que je vis ici, c'est de la réalité pure. Je me trouve bien au XVIIIe siècle, avec tous ces voiliers pittoresques, tous ces gentilshommes et boucaniers, et ces esclaves... Si un jour je retourne dans mon monde à moi, personne ne voudra me croire. " *The Desert*

Island Show ", avec Samuel et moi comme premiers rôles, et maintenant ce Don Carlos Esteban Ribas de Navarro ... Quel personnage ! Un bel homme, la quarantaine je dirais. Avec ses longs cheveux ondulés, cette flambante moustache et ses bas de soie, il a de la classe ! Il ferait troubler plus d'une femme de mon temps. Ou peut-être pas ! Est-on jamais sûr en matière des goûts, qui ne sont que des lieux communs après tout ? Mais pour revenir à Don Ribas de Navarro : il va falloir qu'on règle son cas. »

Elle effleura du regard Samuel, qui étendu sur le sol dormait paisiblement ; on aurait dit, un grand enfant en train de faire sa sieste.

« Don Carlos, doit-il rester prisonnier, dans cette situation si singulière ?, se demanda-t-elle. Je n'en suis pas si sûre. Un homme courtois, poli, et qui semble raisonnable. Un Espagnol ! Et alors ? Je n'ai rien contre les Espagnols, moi. J'avais même eu un petit ami d'origine espagnole dans le temps. J'aimerais bien aller passer des vacances en Espagne, voir la corrida, le flamenco et manger un *cocido madrileño* le soir. Ce don Carlos Esteban, pourquoi ne pas l'accepter parmi nous ? Ça pourrait être non seulement utile mais très enrichissant aussi. »

Samuel venait d'ouvrir les yeux. Il la regardait, et ce regard exprimait une affection sans bornes.

— Ma douce amie ! Que ce se passe-t-il ?

— Rien. Mon cher Samuel, tu peux dormir, tu sais.

— Non ! Il faut qu'on soit vigilant, qu'on le surveille.

— Il a disparu de ma vue, dit Edith.

— Passe-moi les jumelles, veux-tu.

Il scruta la clairière dans un sens, puis dans l'autre.

— Mais non ! il est là.

— Où ça ?

— Il vient de sortir d'une cabane. Celle du fond. Regarde.

— Je le vois maintenant, Edith acquiesça d'un signe de la

tête. Il marche normalement, il se tient tranquille.

— Tout est bien alors. Samuel reprit les jumelles.

— Attendons, dit-elle. On le saura bientôt.

Le temps passa, une demie heure, peut-être plus. Enfin, l'Espagnol réapparut sur le sentier à la lisière du bois. Mais il n'était plus le même homme. Il portait un chapeau à plumes roses, plus élégant encore que celui qu'il abandonna, une épée pendait de nouveau à sa ceinture, en touchant ses mollets à chaque pas. Edith remarqua aussi sa nouvelle chemise. D'une blancheur éclatante, elle était pourvue de manches en dentelle et d'un jabot qui s'étalait sur sa poitrine. Il semblait à Edith que cette chemise était en batiste, mais elle n'en était pas sûre. Elle n'avait aucune expérience des vêtements de luxe. Elle pensa qu'une telle chemise lui irait à merveille, après quelques raccommodages bien évidemment.

— Quelles sont les nouvelles ? demanda Samuel d'un ton sec.

Edith traduit la question et don Carlos répondit. En parlant, il s'adressait davantage à elle qu'à lui.

— Il n'y a plus personne, dit-il. Sauf que…

— Sauf que quoi ? demanda Edith.

— Miguel est mort, comme je l'avais supposé. Tué à la hache. Comment ont-ils pu faire entrer une hache dans leur bicoque, ces Nègres ? Je ne sais pas. Son corps est atrocement mutilé, ajouta-il.

— Et c'est tout ? Edith s'approcha d'un pas.

— Pour l'essentiel, répondit l'Espagnol. Dans la cabane il y a aussi un autre corps, celui d'un Noir, tué par balle. Miguel a dû certainement se défendre avant d'être abattu. Il a tiré deux fois, souvenez-vous.

Samuel regarda Edith. Il semblait hésiter.

— Bon ! Qu'est-ce qu'on fait maintenant ? Qu'est-ce qu'on fait de lui ? il montra l'Espagnol du doigt.

Non seulement il ne chercha pas à dissimuler son geste, mais il l'accompagna aussi d'un regard franchement inamical.

— Regardez-le, ce coquin ! ajouta-il. Il porte une épée maintenant.

— Oui. Il faut qu'on en parle de tout ça, dit Edith. Je ne sais pas si on doit continuer à le maltraiter ?

— Le maltraiter ?! On ne le maltraite pas ! Et même si… Ce n'est qu'un prisonnier, après tout. Un ennemi de la Couronne !

— Écoute, mon chéri. Je propose qu'on en reparle plus tard, tranquillement. Maintenant, il faut qu'on descende au camp. Tous les trois.

Don Carlos Esteban les observait avec attention. Il semblait écouter, fixait leurs lèvres, et on pouvait se demander s'il ne comprenait vraiment rien... Quand Edith eut fini de parler, il intervint à son tour :

— J'ai une chose à ajouter, dit-il. Le fusil et le pistolet de Miguel sont restés dans la cabane. Les Nègres les ont laissés en partant.

— C'est étonnant, ne trouvez-vous pas ? dit Edith.

— Non ! ça ne m'étonne pas du tout, répondit-il. Ils ne savent pas s'en servir. Pour eux, ce n'est que de la sorcellerie de l'homme blanc.

— Et vous monsieur ?

— Quoi, moi ?

— Vous n'avez pas récupéré ces armes…

Don Carlos Esteban ne répondit pas tout de suite. Il sourit légèrement et la regarda droit dans les yeux.

— Voyez-vous madame, je ne suis pas votre ennemi. Plus maintenant. Désormais, je ne chercherai plus à vous nuire.

— Je vous crois monsieur, dit Edith. On n'est pas nombreux sur cette île. Essayons de vivre en bonne entente.

— De quoi parlez-vous ? demanda Samuel.

— Il veut rester avec nous. Il dit que nous n'avons rien à craindre de lui.

— Quel culot ! Edith, je te mets en garde. Méfie-toi !

Le ton était sérieux. Edith avait déjà une plaisanterie au bout des lèvres mais elle arriva à se retenir.

— Ne t'inquiètes-pas Samuel. On aura tout notre temps pour réfléchir. Maintenant allons au camp. Prenons en possession. Je suis sûre qu'on y sera mieux installé que dans la caverne.

Ils descendirent dans la clairière. Elle était de forme arrondie, pas très étendue, mais les six cabanes se trouvaient bien espacées quand même. Au fond, il y avait une basse-cour entourée d'une clôture de bois grossièrement taillé. Trois poules s'y promenaient sur l'étroite surveillance d'un coq. Une chèvre, attachée au piquet, broutait dans l'herbe.

Le camp avait deux sorties : un assez large chemin conduisait à la mer en quelques minutes, et un autre, plus étroit, donnait rapidement sur un vaste potager. Le terrain y était soigneusement défriché et entièrement labouré, de premières plantes commençaient à sortir déjà de terre.

Ils retournèrent sur la clairière principale. Après cette courte inspection, Edith ne cachait pas sa satisfaction. L'endroit lui plaisait, elle le trouvait accueillant. Il semblait offrir aussi une bonne protection contre les vents.

— Allons visiter les cabanes, proposa Samuel.

— Pouvez-vous nous faire visiter les maisons monsieur ? demanda Edith.

— A votre service, madame.

— Commençons par celle où il y a les morts.

— Je vous le déconseille, madame. Don Carlos adopta un ton ferme. Ce n'est pas un spectacle pour les dames.

— Mais il va falloir enterrer les corps tout de même, dit-elle.

— Eh bien, nous allons nous en charger avec le lieutenant.

« Dis donc, il ne manque pas d'air, pensa-elle. Il dispose. Bientôt il va nous donner des ordres. Samuel a peut-être raison, il faut qu'on se méfie de lui. »

Ils décidèrent de visiter les cinq autres maisonnettes. Deux parmi elles étaient équipées d'un mobilier rustique mais convenable, du moins telle était l'impression qu'Edith éprouvait après ce temps interminable passé dans la caverne. Il y avait là, de vrais lits, des tables et des chaises. Chaque cabane contenait une armoire et un secrétaire doté de nombreux tiroirs.

— Samuel, nous allons prendre celle avec le grand lit, dit-elle. J'aime cette armoire ancienne, je trouve jolis les motifs sur la porte.

— Bien sûr ma chérie. Nous allons nous installer ici parce que tu le veux, dit-il.

— La maison appartenait à notre capitaine, informa don Carlos Esteban.

— Et l'autre ?

— Nous l'habitions à trois avec mes collègues officiers.

— Vous allez y rester monsieur, dit Edith d'un ton décidé.

— Qu'est-ce que tu lui dis ? demanda Samuel.

— Rien. Rien d'important, répondit-elle. Je lui propose de rester là où il était.

Elle capta le regard étonné de Samuel. Son visage s'assombrit. Sans dire un mot, il sortit de la maisonnette.

Ils continuèrent à prospecter les lieux, en visitant deux autres cabanes qui se trouvaient sur la périphérie du camp, près de celle des Noirs. Ces habitations, destinées aux simples matelots, étaient équipées de manière très rudimentaire, de couchages en paille et de quelques ustensiles de la vie quotidienne – outils de bricolage, objets personnels et de cuisine – pendus aux murs. Il y régnait une odeur nauséabonde au point qu'Edith dut se boucher le nez.

La cinquième cabane avait une serrure à la porte. Elle fut pour eux une agréable surprise. C'était un entrepôt, avec toutes sortes d'approvisionnements. Ils y trouvèrent des outils agricoles – pioches et pelles et une petite charrue – quelques vieux fusils, un stock de poudre et des munitions. Et surtout, il y avait là des denrées alimentaires : des sacs de pomme de terre et de haricots, du sel et du poivre rouge, du fromage sec, du poisson salé dans un grand baril et de la viande fumée dans l'autre. Dans un coin sombre, ils découvrirent un troisième baril, un peu plus petit que les précédents : il contenait du rhum. Samuel jubilait. Il se promit d'organiser un festin.

— Je préparerai tout et je t'inviterai, dit-il.

— Ce sera un repas intime à la bougie, plaisanta-elle.

— Tout à fait, Samuel restait sérieux. Bien évidemment, il n'y aura que nous deux. Tu n'en doutes pas.

Dans un sac crevé, jeté par terre, ils trouvèrent des graines de maïs et Edith proposa d'en semer une partie. Elle fit part de son idée à don Carlos Esteban, qui l'approuva d'un mot. Ses compatriotes s'en étaient déjà occupés, mais rien ne leur empêchait de semer davantage.

« On va manger des galettes de maïs, se dit-elle. On aura tout ce qu'il faut pour vivre bien : des œufs, du lait de chèvre, de la viande et même du pain. Tout ! Robinson Crusoé en personne pâlirait de jalousie. »

L'Espagnol semblait de bonne humeur, lui aussi. C'était la première fois qu'elle le voyait si décontracté et à son aise. Il lui sourit à deux reprises, ce qui déplut profondément à Samuel, et lui proposa galamment la meilleure place à l'ombre d'un acajou qui trônait à côté de sa cabane.

— Pourquoi êtes-vous venus sur cette île, demanda-t-elle.

— On nous a envoyé ici en reconnaissance, dit don Carlos.

— En reconnaissance ?

— Oui. Pour savoir si cette île était propice à être colonisée.

On devait rester ici quelque temps pour en juger.

— Colonisée, dans quel but ?

— Je viens de la grande île qu'on voit à l'horizon, dit-il. Elle s'appelle Margarita et sur ses côtes on y ramasse des perles. On voulait savoir s'il y avait des perles sur les côtes de cette île.

— Et comment fait-on pour cueillir des perles ? demanda Edith.

— On utilise des esclaves.

Cette réponse très laconique de l'Espagnol excita sa curiosité. Elle se promit de le sonder à l'occasion la plus proche.

— Une reconnaissance. Cela veut dire que les autres, vos compatriotes, vont venir pour voir ce qui se passe ? Pourquoi vous ne revenez pas ?

— Forcément, dit-il. Mais ne craignez rien madame, je vous protégerai.

« Il est gonflé, celui-là. Samuel avait raison. On dirait que c'est lui qui mène la barque. »

— Je ne crains rien, dit Edith. Nous saurions faire face, mon ami et moi.

— Je n'en doute pas, dit poliment don Carlos Esteban Ribas de Navarro. Mais ce moment n'est pas encore venu et il ne viendra peut-être pas de sitôt. En attendant, profitons pour vivre le mieux possible.

— Et les esclaves ?

— Ah ! Ça, c'est un vrai problème, dit l'Espagnol. Il va falloir qu'on les trouve. Ou bien, ce sont eux qui nous trouveront.

La journée se poursuivit. Les deux hommes enterrèrent les morts. Edith et Samuel s'installèrent dans leur nouvelle demeure. Elle proposa quelques aménagements, il prépara un ragoût. Plus tard dans l'après-midi ils se rencontrèrent tous les trois pour parler.

— Il faut qu'on retourne à la caverne pour récupérer nos affaires, dit-elle. Pourriez-vous nous aider monsieur ?

-Bien volontiers ! répondit don Carlos.

Edith traduisait. Elle était condamnée désormais à servir de traductrice, de s'activer constamment entre l'un et l'autre, suivre avec vigilance le cours de leurs conversations policées ou hautaines, ajuster les mots et les phrases.

— Oui, nos affaires, dit Samuel. On va apporter ce qui reste ! Tout ce que vos compagnons n'ont pas réussi à mettre en miettes.

— Comptez sur moi lieutenant, dit don Carlos. Une petite étincelle d'humour s'alluma dans son œil.

— Il faut qu'on s'occupe du potager, rappela Edith. Ensuite il y a la chèvre qu'il faut traire, il faut ramasser les œufs... ai-je oublié quelque chose ?

— Vous vous y connaissez en jardinage ? demanda don Carlos.

La question fut adressée à Samuel qui sursauta. Il s'apprêtait à répondre quand Edith intervint :

— Don Ribas de Navarro, je vous retourne la question.

— Non ! Personne ne m'a jamais confié un tel travail. Il y avait du dédain dans sa voix.

— Oh ! Je suis sûre que vous sauriez le faire. Faites-le, monsieur. Faites-le !

— Vous nous obligeriez monsieur l'Espagnol, dit Samuel, sourire grinçant aux lèvres.

Puis la conversation se focalisa sur les trois esclaves évadés, qui se trouvaient bien quelque part sur l'île, sans qu'on sache où. Là-dessus, les deux hommes arrivèrent vite à dégager un terrain d'entente quant à la manière de procéder. Les Noirs, il fallait les dénicher, les attraper, les bâillonner, et les enchaîner pour les empêcher de nuire. Il fallait les pacifier ensuite, pour qu'ils puissent servir de nouveau.

Quant à Edith, elle se permit d'exprimer quelques réticences. Le point de vue de ces hommes du XVIIIᵉ siècle différait du sien. Elle se promit de leur infliger, aussitôt que possible, l'esprit de la déclaration des droits de l'homme, une idée qui flottait d'ailleurs dans l'air en cette année 1767. Oui, pour les droits de l'homme, les hirondelles les chantaient déjà sur les toits. Mais pour l'abolition de l'esclavage, Edith était en avance sur l'époque. De cent ans ! Une bagatelle.

Extrait du journal de EJ :

Ça fait déjà deux semaines que nous avons pris possession du camp. Nous voilà installés maintenant et je m'habitue vite à cette nouvelle vie. Ce n'est pas vraiment difficile : notre maisonnette toute équipée est tellement plus confortable que n'était la grotte. Nous y sommes retournés récemment. L'ouverture de la grotte avait était fortement endommagée par les boulets mais nos affaires n'avaient pas souffert. Nous les avons toutes récupérées.

J'avais laissé mon ancien ruisseau avec un pincement au cœur. Ne pas pouvoir prendre soin de mon corps me contrarie plus qu'un quelconque Espagnol se dissimulant dans les broussailles (à l'exception toutefois de deux brutes que l'on sait).

Mais ça y est, le chagrin est passé : à deux pas du camp, il y a une source d'eau claire qui est devenue ma salle de bain. Je n'ai rien perdu à cet échange, au contraire. Cette source est ce que j'aime le plus par ici. Il y a une petite cascade, l'eau y tombe, elle est fraîche et d'une limpidité parfaite. J'ai enfin ma douche, une douche froide, mais a-t-on besoin d'une douche chaude sur une île des tropiques ? Chose curieuse et j'avoue embêtante, je n'ai trouvé aucun savon dans l'entrepôt. Celui que j'ai, va bientôt s'épuiser car j'en fais usage quotidiennement. Je ne vois aucune raison de m'en priver. Samuel promets de m'en fabriquer une bonne réserve.

Notre vie commune s'organise tant bien que mal, avec quelques grincements de dents parfois. Samuel surtout pose problème. Il n'arrive pas vraiment à s'accommoder de la constante présence de don Carlos, malgré que ce dernier reste plutôt courtois à son égard. Samuel prend mal ses petites taquineries et ne supporte pas ses grands airs, qui sont pourtant tout à fait occasionnels. Quant à moi, je n'ai vraiment pas à me plaindre de sa personne. Don Carlos me témoigne son respect et m'entoure d'attentions délicates.

Récemment, je lui ai raconté toute mon histoire. Je lui ai parlé de mon siècle. Sans contester ouvertement mes dires, il semblait d'abord incrédule. Mais comme Samuel, il se laissa convaincre. Il ne pouvait pas négliger les faits. J'ai une nette impression que son intérêt pour ma personne s'est accru désormais. Il me regarde parfois comme s'il voulait sonder mes pensées les plus secrètes, et à cette occasion, il lui arrive de retrousser sa belle moustache. Il est courtois et aimable. Il ne se laisse pas faire pour autant. Il ne se prive pas d'imposer ses points de vue, et y réussit assez souvent. Sa plaie cicatrise vite et je cesserai bientôt de m'en occuper.

Il est souvent question de récupérer les Noirs qui rodent quelque part dans la nature. Samuel et don Carlos envisagent d'organiser bientôt une expédition pour aller les cueillir. Ici je ne reprends pas le terme qu'ils utilisent à cette occasion : " aller à la chasse ", car il heurte profondément ma sensibilité. Un différend de vocabulaire mais à part ça.., je les laisse faire. C'est une affaire d'homme, assurément. D'ailleurs, don Carlos avait déjà entrepris quelques explorations aux alentours. Il semble avoir trouvé des traces de pas sur le sable, pas loin du camp. Affaire à suivre.

Dans l'après-midi, une pluie forte mais courte se déversa sur le camp et ses environs. Très vite, sans qu'on s'en aperçût, le soleil brillait de nouveau et de fines vapeurs d'eau enveloppaient la couronne des arbres. Don Carlos, assis sur un petit tabouret devant sa cabane, respirait l'air frais et humide, se délectant de l'atmosphère calme de cette journée qui déclinait à vue d'œil. Mais prendre son temps dans l'oisiveté n'était pas dans ses habitudes. Il retourna dans sa demeure et réapparut, mousquet à la main. C'était une arme moderne à silex – canon raccourci, crosse confortable – qu'il traitait avec tendresse. Le mousquet le lui rendait bien. Il était fiable et précis. Il envoyait les projectiles à longue distance. Don Carlos ne s'en séparerait pour rien au monde.

Maintenant il prit l'arme entre ses mains et l'examina. Elle lui sembla avoir besoin de son attention méticuleuse. Il démonta prudemment le mécanisme, puis avec un chiffon sec, il frotta délicatement la platine, la batterie, le bassinet et le chien, sans oublier la mâchoire. Il graissa les points de jonction mobiles, rassembla le tout et testa le bon fonctionnement du mécanisme. Avant de ranger son arme bien-aimée, il nettoya la queue de la détente avec un chiffon humide et astiqua longuement et affectueusement le canon, jusqu'à ce qu'il brille comme un miroir. Puis il se leva pour porter le mousquet à la cabane.

— Belle soirée, n'est-ce pas ? Une voix douce lui parvint de derrière.

Il se retourna et vit Edith, qui se tenait à trois pas. Elle portait une chemise blanche aux manches longues et un pantalon, qui était trop grand pour elle, et qui lui cachait les genoux. Il remarqua que ses cheveux étaient mouillés, ce qui l'étonna.

— Comment se fait-il señorita que vos cheveux soient mouillés, et non vos vêtements ?

233

— Ce n'est pas la pluie, répondit-elle. Je viens de prendre un bain.

— Ah, oui. À la source, n'est-ce pas ?

— Oui, bien sûr.

— C'est bien pratique, dit don Carlos. Mais faites attention, señorita, quand vous y allez toute seule. Cela peut être dangereux. La source ne se voit pas du camp.

— Tant mieux, dit Edith.

— Bien sûr, je comprends. Mais n'oubliez pas les Noirs…

— Je crierais, et vous arriveriez vite.

— Absolument, dit-il. Mais méfiez-vous quand même.

Elle regarda le fusil qu'il tenait toujours dans sa main.

— Y-a-t-il une balle là-dedans ?

— Non. Je viens juste de le nettoyer.

— Il est beau votre fusil, si brillant. Vous n'allez pas vous en servir contre nous, je l'espère ?

— Mais señorita ! Comment pouvez-vous seulement le croire ?

— Non, non. Ce n'est qu'une boutade, dit Edith. Je sais que vous voulez vivre en paix. Moi aussi, figurez-vous. Allez porter votre fusil à l'intérieur.

— Vous m'attendriez, n'est-ce pas ?

Il rentra dans sa cabane et réapparut aussitôt. Il portait un objet dans sa main qu'elle regarda avec attention. C'était un châle, un beau châle en soie.

— C'est pour vous, dit-il.

— Mais pourquoi ?!

— C'est un cadeau. Il ne vous plaît pas ?

— Il n'y a aucune raison monsieur, dit Edith. Elle semblait agacée. Aucune raison que je l'accepte !

— J'ai voulu vous faire plaisir, dit don Carlos. Tout simplement.

Il semblait contrarié, mais l'était-il vraiment ? Son visage redevint vite impassible et il adopta de nouveau sa fière posture. Puis, il lui adressa un aimable sourire qui manquait un peu de naturel.

— Ça ne fait rien, señorita. On verra une autre fois.

Il se tut. Il régnait dans la nature un silence absolu. Il n'y avait pas le moindre souffle de vent, aucun bruit ne leur parvenait de la forêt. Mais finalement, Edith trouva le silence embarrassant. Elle décida de partir et se leva.

— Restez encore un peu, s'il vous plaît, dit-il. Je voudrais vous poser une ou deux questions.

— Je répondrai ou je ne répondrai pas. Je ne peux rien vous promettre.

— Je comprends. Et je ne serai pas froissé si vous ne répondez pas. Mais dites-moi d'abord, où est le lieutenant ?

— En ce moment, voulez-vous dire ? Je ne suis pas sûre, je crois qu'il s'occupe du jardin. Il a l'air d'aimer ça.

— Et il est qui pour vous ? demanda don Carlos.

La brusquerie de cette question la heurta et elle mit du temps pour répondre.

— C'est mon ami, dit Edith.

— Ami ?

— Mais oui ! Mon compagnon, si vous préférez. Cet interrogatoire commençait à l'agacer.

— Vous n'êtes pas mariés, à ce que je sache ?

— Non ! dit Edith d'un ton énervé. Ni même pacsés, si vous voyez ce que je veux dire. Samuel est mon amant. Cela vous va-t-il ?

— Pardon ! Je suis indiscret. Don Carlos baissa les yeux. Excusez-moi señorita.

Il arrangea les manches de sa chemise, puis enleva une poussière invisible de son pantalon. Il hésitait un instant avant de continuer :

— Le lieutenant ne m'aime pas, dit-il. Et je ne vois pas

tellement pourquoi.

— Il ne vous aime pas ? Vous croyez ?

— Oui. J'en suis sûr. Il serait ravi si je disparaissais.

— Je pense que vous vous trompez, dit Edith. Je pense qu'il se méfie de vous.

— De moi ?!

— Oui, de vous. Êtes-vous franc avec nous, señor ?

— Mais naturellement ! Et vous le savez fort bien. Puis il ajouta : que dois-je faire pour vous être agréable ?

— C'est à vous de trouver, dit Edith.

— Faites-moi confiance, je trouverai, dit don Carlos.

La conversation s'arrêta là, don Carlos et Edith se séparèrent. Elle rejoignit Samuel au jardin et l'aida pendant quelques minutes à arracher les mauvaises herbes. Mais vite la lumière baissa, il fallait rentrer. Une fois dans la cabane Samuel proposa à Edith du rhum mais elle refusa. Assis sur le sofa, ils se regardèrent longtemps dans les yeux. Elle se blottit contre son épaule et ils restèrent ainsi immobiles, sans prononcer un mot. Finalement, la nuit s'imposa et ils se couchèrent. Il faisait presque noir dans la cabane, aucun bruit ne leur arrivait de l'extérieur. Il lui caressait les cheveux, doucement, mais sans s'approcher d'elle, sans la serrer dans les bras. Les mouvements de sa main devenaient de plus en plus lents et… finalement s'arrêtèrent. Soudain il se reprit.

— Ah ! Edith je t'adore. Tu es mon paradis sur cette terre.

— Pour moi, c'est la même chose, dit Edith. Et elle ajouta : Samuel, fais-moi l'amour.

Trois jours plus tard, au retour d'une escapade solitaire dans la forêt, don Carlos Esteban apporta une nouvelle inquiétante. À environ deux miles du camp, il était tombé sur un bivouac abandonné. Il y avait vu un abri de fortune fait avec des branches, trois couchages très rustiques en feuilles du cocotier, quelques débris d'une noix de coco et quelques coquillages vides. Il avait remarqué des traces de pieds nus sur un bout de terrain sablonneux. Les traces étaient toutes fraîches et don Carlos en déduisit que les Noirs devaient s'y trouver tout récemment, hier ou avant-hier peut-être.

Une réunion fut organisée sur le champ, il fallait vite décider de ce qui convenait de faire.

— Doit-on les tuer tous ? demanda Samuel.

— Ça serait facile. Don Carlos se frotta le bout du nez. Il faut qu'on réfléchisse. J'aimerais bien utiliser ces Nègres. Après tout, on les a fait venir ici pour qu'ils travaillent.

— Quant à moi, tuer ces trois hommes, comme ça, sans aucune raison valable... Je m'y oppose ! dit Edith d'un ton glacial.

— C'est une solution radicale, je l'admets. Mais ils peuvent être dangereux, vous savez. Don Carlos lissa sa moustache.

— Ils ont juste des couteaux, rétorqua-t-elle.

— Des couteaux et des haches, précisa don Carlos. Et ils peuvent nous tomber dessus à tout moment.

— Qu'est qu'on fait alors ? Samuel s'impatientait.

— Il faut qu'on les attrape, dit Don Carlos. Absolument !

Son visage exprimait un refus ferme de tergiverser et on se mit assez vite d'accord là-dessus. Mais comment attraper trois esclaves sans les abimer sérieusement ? C'était maintenant ça la question, un problème difficile à résoudre. Samuel apporta du rhum et du maïs séché pour faciliter les débats. Ils abordèrent le sujet de front et de biais, en considérant ses aspects variés, en pesant les pours et les contres, et au fur et à mesure que la discussion se poursuivait les visages de Samuel et de don Carlos rougissaient, mais pas celui d'Edith qui refusa d'avaler la moindre goutte de rhum. Elle détestait ça et ne s'en cachait guère.

On écarta de nombreuses idées douteuses, telles que les observations systématiques à partir d'un point de vue surélevé, le creusage des trous profonds, l'installation de pièges et d'autres filets gluants, le traçage de sentiers illusoires menant nul part, ainsi que l'élaboration d'autres leurres, brouillant l'esprit et faussant le sens d'orientation de tout être normalement constitué (esclaves compris). Finalement, en l'absence d'une approche universellement infaillible ils décidèrent :

1) De prospecter les alentours du bivouac, afin de trouver d'autres traces.

2) Puis, de suivre cette nouvelle piste coûte que coûte.

3) D'encercler les esclaves et de leur faire peur en leur tirant dans (devant) les jambes.

4) D'utiliser tout moyen coercitif disponible et particulièrement : leur envoyer de lourds bouts de bois dans les mollets pour les flanquer par terre, utiliser un lasso en lianes souples ou bien encore les contraindre d'avaler une bouteille entière de rhum.

À ce stade du débat, Samuel entoura le cou de don Carlos en lui jurant l'amitié éternelle. Puis, en une communion parfaite, les deux messieurs continuèrent d'envisager d'autres possibilités, mais vite les imaginations s'épuisèrent. Là-dessus Edith se releva pour objecter – dans un élan suprême de révolte – qu'une quelconque action musclée contre les Noirs serait tout simplement immorale.

— Pourquoi ne pas les laisser en paix ?! s'énervait-t-elle. Qu'ils vivent dans leur coin, et nous dans le nôtre !

— C'est un non-sens pur ! Don Carlos Esteban protesta vigoureusement. Ils ne doivent pas rester dans leur coin. Ils sont là pour ramasser des perles au fond de la mer.

— Je suis d'avis du commandant, dit Samuel en regardant Edith avec hardiesse.

Mais voyant un signe de désapprobation sur son visage, il baissa de ton.

— Je voulais juste dire… je voulais dire… réfléchissons encore, ajouta-t-il.

— Le lasso ! C'est ce qui a de mieux, précisa don Carlos. Je vais en fabriquer un. Je sais comment le faire et comment m'en servir. Tout le monde possède un lasso dans nos *haciendas*.

Ils échangèrent encore quelques propos vagues puis la réunion se termina. Edith passa les journées qui suivirent dans un calme frôlant l'ennui. Elle restait près du camp, allait jusqu'à la mer pour se baigner, mais toujours sous la surveillance attentive de Samuel, posté sur le rivage. Elle évitait d'approcher don Carlos, qui au contraire, semblait chercher sa compagnie dès qu'il la voyait. La monotonie s'installait pour de bon, jusqu'au jour où Samuel revint d'une longue promenade solitaire le long du rivage. Sans tarder il raconta ce qui venait de lui arriver. Il vit des oiseaux qui tournaient, qui s'agitaient au sol, et il décida d'aller voir. Il pensa d'abord trouver un animal mort, mais ce n'était pas un animal. C'était un homme.

— J'ai trouvé un cadavre, dit-il. À deux cents yards de la plage, au bord de la forêt. Un cadavre d'un marin du navire espagnol.

— À deux cents yards ? s'étonna don Carlos. J'y vais tout de suite.

Ils y allèrent tous les trois. Le corps se trouvait à trois quart d'heure à peine du camp. Oui, c'était bien un des matelots de l'*Espagnola*. Torse et pieds nus, il était dans un piteux état mais don Carlos a pu reconnaitre son visage.

— C'est Pedro Rodriguez, dit-il. Mais pourquoi se trouve-t-il là, et pas au bord de l'eau ?

— Il avait dû marcher avant de s'écrouler, dit Samuel.

Sur la tête du mort il y avait une plaie profonde. Edith s'approcha et l'examina.

— C'est très curieux, dit-elle.

— Quoi donc ? demanda don Carlos.

— La blessure, répondit-elle.

— Il s'est cogné contre un rocher, suggéra Samuel. Puis, il a marché un certain temps avant de s'écrouler ici.

— Non, je ne pense pas, dit Edith. Il n'y a pas de rochers par ici. Et cette blessure fait penser plutôt à un objet tranchant.

— Une hache par exemple, proposa don Carlos avec perspicacité.

— Ça se pourrait. C'est même très probable.

— Dans ce cas, les Nègres sont passés par là.

— Regardons autour, dit Samuel. Il doit y avoir des traces de pas.

Les deux hommes ensevelirent le matelot espagnol dans le sable. Une croix très grossière en branches fut posée sur sa tombe et don Carlos prononça une prière. Ils ne trouvaient aucune trace de pas dans un périmètre assez large, juste quelques irrégularités comme si quelqu'un avait remué la terre. Il n'y avait plus rien à faire ici et ils retournèrent au camp. C'est seulement trois jours plus tard qu'il eut une nouvelle discussion au sujet des esclaves.

— Nous ne pouvons plus attendre, dit don Carlos. Il faut agir !

— D'accord. Mais pour faire quoi, exactement ? demanda Samuel.

— Nous devons aller voir partout.

— C'est impossible. Samuel fit un bref mouvement de tête. L'île est vaste et il y des tas de trous où se cacher. Vous le savez bien.

Edith, qui avait l'air de ne pas s'intéresser à la discussion, intervint quand même.

— Ecoutez, dit-elle. Le corps du matelot et le bivouac, étaient proches l'un de l'autre. Il faut fouiller toute cette zone-là.

— Juste, dit don Carlos. Vous venez avec nous, señorita ?

— Non. Je vais rester au camp.

— Mais Edith, c'est dangereux de rester comme ça, toute seule ! dit Samuel.

— Ne t'inquiète pas. Je serai prudente.

Samuel et don Carlos partirent le lendemain à l'aube, quand Edith dormait encore. Elle se réveilla que bien plus tard et s'étonna du silence qui régnait. Elle sortit de la maisonnette sur la grande place du campement. Le soleil se trouvait déjà haut dans le ciel, il n'y avait pas le moindre souffle du vent. Elle ressentit une douce quiétude. Un moment de solitude comme celui-ci devrait lui faire du bien. Elle va respirer enfin, sans les deux hommes dans ses pattes.

Edith commença la journée par traire la chèvre, puis ramassa deux œufs que les poules avaient pondus la veille. L'idée lui vint de prendre un bon bain. Munie d'une vraie serviette de toilette et d'un bout de savon parfumé (cadeau de don Carlos qu'elle finit par accepter), elle se dirigea vers la source. En un clin d'œil elle se débarrassa de ses vêtements et sauta, toute nue, sous l'eau fraîche de la fontaine.

« Ah ! C'est divin, pensa Edith. Je suppose qu'Ève prenait son bain tous les jours et qu'elle adorait ça. Faire trempette à la fontaine du Paradis sans que son Adam ne la voie. »

Comme pour Ève, il n'y avait personne. Elle pouvait se baigner sans se sentir épiée, en toute liberté. Mais soudain elle se souvint que les Noirs se promenaient quelque part sur cette île. Pas loin d'ici, peut-être ? D'un seul coup, elle s'imagina qu'ils se trouvaient juste là, derrière les buissons, et allaient bondir sur l'heure, en poussant des cris sauvages.

Elle sauta sur la berge et d'un mouvement rapide s'enveloppa dans sa serviette de bain. Ne prenant pas le temps de bien se sécher, elle la rejeta aussitôt, ramassa ses vêtements et partit en courant. Affolée, elle fonça sur la porte de leur

241

maisonnette, l'ouvrit avec fracas et la referma en poussant le loquet. N'ayant aucune confiance dans cette fermeture dérisoire, elle barricada la porte avec une chaise et un banc, puis se jeta sur le lit. Quelques minutes passèrent et Edith commençait à reprendre ses esprits. Enfin, elle se calma complètement et regarda autour d'elle.

« Qu'est-ce qui m'arrive ?! Je me comporte comme une sotte ! Les Noirs n'oseront pas se montrer en plein jour dans le camp. Sauf… sauf s'ils savent que don Carlos et Samuel les cherchent ailleurs. S'ils savent… Mais comment pourraient-ils savoir ? »

Au fond, elle n'était pas rassurée du tout. Elle s'approcha lentement de la fenêtre qui était petite et grillagée, mais Edith la scruta avec méfiance : les barreaux, ça s'enlève, et puis on passe comme on veut. Elle y fixa un morceau d'étoffe qui trainait dans un recoin de la cabane, c'était ridicule, et elle le savait bien.

Elle passa le reste de la journée dans la maisonnette, sans mettre le nez dehors. La nuit s'approchait, les hommes ne revenaient pas et elle s'inquiétait de plus en plus.

« Il est arrivé quelque chose, quelque chose de grave, se dit-elle. Et moi je ne peux rien faire. Je dois attendre. »

Une demi-heure plus tard il faisait nuit. Elle alluma une lampe à huile – une belle lampe en laiton, ornée de petites figurines d'animaux exotiques – puis s'approcha de la porte. Elle vérifia le loquet, replaça la chaise et le banc. Elle décida d'aller se coucher comme si de rien n'était. Elle se glissa sous la couverture, nerfs tendus, pistolet sous la main.

« Du calme, du calme ! se dit-elle. Ce sont des foutaises ! Personne ne viendra et rien ne se passera. »

Pourtant, elle se leva et éteignit la lampe. Pour ne pas se faire remarquer de loin. Couchée sur le dos elle essayait de dormir, mais en vain. Il y avait des bruits dehors qui n'étaient pas forts mais qui étaient nombreux ; elle n'arrivait pas à les distinguer. Toutes sortes de bruits nocturnes – sifflements, craquements, jacassements, miaulements – qui l'agaçaient et l'empêchaient de fermer l'œil. Des oiseaux de nuits et autres insectes, à n'en pas douter ; pénible quand même. Les minutes passaient et rien ne changeait. Mais finalement, elle s'endormit.

Un réveil brutal ! Edith assise sur le lit tendit l'oreille. Mais oui, on grattait les barreaux de la fenêtre, on les limait sûrement. Elle attrapa son pistolet et sauta à terre. Pieds nus, silencieuse comme un chat, elle courut à la fenêtre et y arracha l'étoffe.

Son regard fouilla les ténèbres de la nuit. Il n'y avait rien. Rien de rien, pas de tête noire menaçante, pas de tête blanche malintentionnée, juste quelques ombres incertaines s'enchevêtraient, leurs chevelures se chevauchaient.

« Qu'ils partent ! se dit-elle. Ça ne peut pas continuer comme ça ! À bas les fantômes ! Mes craintes stupides, je les mets dans la poche. »

Elle sortit de la cabane et avança vers la fenêtre. Une branche cassée frottait les barreaux métalliques et Edith l'arracha avec fureur. Elle regarda aux alentours, puis s'assit sur le petit perron en bois. Vite, elle trouva la place particulièrement inconfortable et se leva. Elle aurait tant aimé faire le tour du camp, ne serait-ce que pour défier ses peurs, mais l'obscurité opaque lui fit abandonner cette idée sur le champ. Elle s'allongea par terre, tête posée sur un galet, jambes légèrement pliées, appuyées contre un tronc d'arbre.

Quelques minutes passèrent. Ça allait mieux, depuis qu'elle osa affronter la nuit, et puis les bruits de la forêt étaient plus faibles maintenant. Rien ne dérangera désormais le cours de ses réflexions nocturnes.

Elle pensa d'abord à Samuel, son absence l'inquiétait.

« Il est si jeune, si naïf. Et l'autre, cet Espagnol, c'est un homme d'expérience et un homme rusé, il en donne des preuves tous les jours. Avec ce conflit qui couve entre ces deux, tout peut arriver. Il suffit qu'ils se disputent au sujet des Noirs et… paf, c'est reparti ! Mais enfin, il faut que Samuel arrive à se débrouiller tout seul, il est adulte après tout. Et puis, je ne suis pas sa mère, se dit-elle. C'est lui qui devrait me protéger, s'occuper de moi. Non, je ne suis pas juste ! Il s'occupe de moi et il me protège comme il peut. »

Edith pensa ensuite à don Carlos, aux relations qu'elle avait avec lui. Elles étaient bien confuses. Il y avait là-dedans pas mal de futilité et un brin d'ambivalence. Elle résuma sa pensée en des conclusions suivantes :

D'un côté, elle éprouvait de la méfiance à son égard, mais de l'autre … il l'attirait. Non ! Il l'intriguait plutôt.

Elle n'approuvait pas ses grands airs mais son élégance et son savoir vivre la charmaient.

Elle n'appréciait pas ses (rares) remarques grinçantes, mais était toujours à l'écoute de ses aimables compliments, bien troussés de gentilhomme.

Elle n'aimait pas son côté autoritaire qui l'agaçait souvent, mais elle avait de l'estime pour sa maturité d'esprit, sa force et sa décision rapide.

« Curieux personnage, se dit-elle. Un personnage intéressant. Et ce qui est le plus intéressant chez lui c'est qu'il a l'air de s'intéresser à moi. »

Ses réflexions nocturnes épuisées, elle ressentit un soudain étourdissement, puis un impératif besoin d'aller au lit. Elle rentra dans sa maisonnette et se coucha. Avant de s'endormir, elle pensa encore avec satisfaction à la bonne décision qu'elle avait prise d'aller dehors, de s'exposer aux dangers illusoires, et que finalement, c'était ça, la meilleure façon de calmer ses nerfs. Conclusion faite, son sommeil fut quand même perturbé.

Elle se réveilla à plusieurs reprises sans se souvenir bien des rêves qu'elle avait eus. Ils lui semblaient tous chaotiques et déchiquetés. Une chose était sûre : don Carlos et les esclaves noirs y jouaient un certain rôle.

Au matin, elle se leva de bon pied. Une visite rendue à la chèvre lui apporta un bol de lait. Elle inspecta les haricots qui poussaient vite, et chassa quelques " becs-volants " du champ de maïs fraîchement semé. Décidemment, la fabrication d'un épouvantail devenait urgente. Mais dans l'immédiat, elle alla à l'entrepôt pour chercher les haricots et les pommes de terre, de la viande fumée et du piment rouge.

« Je vais leur concocter un bon petit repas, se dit-elle. Ils en auront besoin à leur retour. »

Elle passa une partie de la matinée à s'afférer autour du petit fourneau à bois qui se trouvait près de l'entrepôt. Elle prépara un ragoût à la manière bostonienne, avec une sauce pas très relevée, en se demandant si un tel plat serait à leur goût. Elle confectionna aussi des galettes de maïs et en mangea une. Le fourneau chauffait, il s'y dégageait une fumée noirâtre et Edith se dit résolue de demander à don Carlos s'il voulait bien le nettoyer, et d'avance elle se réjouissait de la tête qu'il lui ferait. Son travail terminé, elle décida d'aller au bord de la mer, comme ça, sans but réel, juste pour voir l'horizon et pour patauger un peu dans l'eau. Elle marchait lentement le long du rivage quand soudain…

Un coup de feu ! Puis un autre ! Ces tirs étaient faibles, elle les entendit à peine. Ils semblaient provenir de la forêt, d'un endroit éloigné d'au moins deux miles, peut-être plus. Un troisième coup de feu retentit, et Edith inquiète ne savait plus quoi penser.

« Ce n'était pas la chasse, se dit-elle. Pas à ce moment. Ces tirs sont-ils dirigés contre les esclaves noirs ? Certainement ! Ils les ont trouvés alors ! Ça m'en a tout l'air. »

Elle fit demi-tour. Il fallait rejoindre le camp au plus vite, car on pourrait avoir besoin d'elle. Samuel et don Carlos, tiraient-ils pour tuer ? Elle ne le savait pas. Il avait été question d'emmener les Noirs vivants si possible, c'est ce qu'ils avaient convenu ensemble en tout cas. Une brève idée lui passa par la tête. Et si les deux hommes s'étaient fait attaquer par les esclaves, s'ils étaient en train de défendre leurs vies ? Pour se préparer à toute éventualité, elle retrouva sa trousse médicale, l'ouvrit et contrôla le contenu. Tout y était : les pansements, bandages et antiseptiques se trouvaient à leur place. Il ne lui restait plus qu'à attendre.

Une heure passa avant qu'elle vit Samuel à l'entrée du camp. Il courait. Il était seul. Peu de temps après il arriva et la prit dans ses bras.

— Ah ! Samuel. Tu es là, soupira Edith. Comme je suis heureuse de te voir. En un seul morceau, je veux dire.

— Il en a fallu de peu, répondit-il. Il respirait fort.

— Comment ça ?

— Que je me présente devant toi en plusieurs morceaux.

— Et où est don Carlos ?

— Il est resté là-bas, dit Samuel. Avec les Nègres.

— Dis-moi tout.

— Attends ! Laisse-moi boire d'abord et manger un petit quelque chose.

Il vida une cruche pleine d'eau et avala deux galettes de maïs qu'elle avait préparées à son intention. Sa respiration devenait normale.

— Tu sais, nous sommes partis à l'aube dit-il. Nous avons décidé de retourner au bivouac abandonné par les Noirs. Notre Espagnol espérait y trouver quelques nouvelles traces ou d'autres indices utiles. En arrivant sur place, il s'est rendu compte que quelque chose avait changé.

— Notre Espagnol ? Tu peux l'appeler par son prénom ou

par son nom si tu préfères.

— J'y tâcherai, dit Samuel. Il continua.

« Et donc, au bivouac il y avait de nouveaux restes de nourriture – des os d'un lapin et des coquilles vides – mais aussi de nouvelles traces de pas. Tout ceci voulait bien dire que les Nègres y étaient passés depuis sa première visite. Puis, nous avons remarqué une piste très étroite. Elle était à peine visible mais nous l'avons suivie. C'était difficile. De plus en plus difficile. Nous pensions déjà faire demi-tour quand… »

Un nouveau coup de feu ! Il était faible, aussi faible que les précédents, il venait du même endroit. Samuel fit un mouvement brusque.

— Qu'est-ce qui se passe ? s'exclama-t-il.

— Dis-moi, Samuel. Vous les avez eus, ces Noirs ?

— Mais oui ! Tous le trois !

— Et alors ?! Ce tir ? Edith s'étonna.

— Aucune idée. Il faut que j'y retourne, tout de suite !

— Ah ! C'est ennuyeux.

— Je suis revenu juste pour te voir, dit Samuel. Pour que tu ne t'inquiètes pas.

— Tu repars ? Tu veux l'aider ?

— Si l'on veut. Il faut que je voie ce qui se passe. De toute façon, c'était prévu comme ça ; que je revienne vite.

— Ils sont vivants, n'est-ce pas ?

— Oui. Deux sont blessés. Un légèrement, à l'oreille. Et l'autre… L'Espagnol, pardon, don Carlos lui a plongé son épée dans la poitrine.

— C'est grave ?

— Je ne sais pas. Le Noir a du mal à se relever.

— Il faut que je l'examine ! dit Edith. Le plus vite sera le mieux. Je viens avec toi.

— Tu veux le soigner ?

— C'est évident, dit-elle.

— Tu as raison. Samuel approuva d'un signe de tête. Si tu peux le rafistoler et qu'il guérisse, ça sera avec profit pour tout le monde.

— Nous partons, dit Edith sèchement.

Le temps d'assembler quelques provisions et la trousse médicale, et ils partirent. Le chemin fut facile au début, et en marchant Samuel raconta à Edith comment tout c'était passé. Lui et don Carlos continuaient donc de suivre la piste. Ils s'arrêtaient sans cesse pour déblayer le passage et enlever les épines qui s'enfonçaient dans leurs bras et leurs poitrines. Ainsi, ils avançaient lentement et pas mal de temps passa. Soudain, ils aboutirent dans une petite clairière. Elle n'était pas plus grande qu'un salon, le salon de sa maison du Kent. Comme au bivouac abandonné, ici aussi, des emplacements très rustiques pour dormir et des restes de nourriture jonchaient le sol. Mais ce n'était pas tout. Quelques objets épars dans un coin attirèrent immédiatement leur attention. Ils y avaient là deux lances au bout pointu, un aviron cassé, un petit baril avec couvercle et une hache. Cette hache rappela à Samuel les Noirs qui s'évadaient de la cabane. Il se souvint qu'en quittant le camp, ils agitaient les armes blanches. Il devenait tout à fait clair que cet endroit servait maintenant d'abri aux esclaves, et qu'ils pouvaient se montrer à tout moment.

« Nous avons décidé d'attendre, coûte que coûte, dit Samuel. Il nous fallait nous blottir dans un coin et nous armer de patience. Passer une nuit ou même deux, en cas de besoin. »

— Une seconde ! Edith l'interrompit. Ça m'intéresse de savoir comment communiquiez-vous.

— Par des gestes, répondit-il. C'est très facile. Et les quelques mots d'espagnol que tu m'avais appris, eh bien, je les ai tous utilisés.

— Don Carlos connait quelques mots d'anglais, il me semble.

— Possible. Mais il n'en a pas soufflé un seul.

Un nouveau coup de feu retentit, bien plus près cette fois-ci. Samuel sortit son pistolet et tira en l'air.

— C'était pour répondre, dit-il. Comme ça il sait que j'arrive.

— J'ai bien compris. Alors Samuel, qu'est-ce qui s'est passé ensuite ?

« Après, nous avons fouillé autour. Il y avait une cavité assez profonde à une cinquantaine de yards de la clairière et nous nous sommes cachés dans ce trou. Puis nous avons attendu. Les heures passaient et personne n'arrivait. Don Carlos roupillait. J'ai dû le secouer tout le temps pour qu'il arrête de ronfler. »

— Et toi, tu ne dormais pas ? demanda Edith avec un sourire narquois au bout des lèvres.

— Penses-tu. Il fallait bien qu'un de nous deux surveille. Puis il ajouta : encore cinq minutes et nous y sommes.

Peu de temps après, le chemin se rétrécit. Ils suivirent cette piste très étroite sur deux cents mètres environ, et comme par magie, la petite clairière s'ouvrit soudain devant eux.

Ils virent don Carlos debout – il était appuyé contre son mousquet et avait une brave mine – et ils virent trois esclaves noirs étendus au sol.

— *Hola* !,[1] dit don Carlos.

Il ne s'attendait pas à voir Edith et n'arrivait pas à cacher sa surprise.

— *Hola señorita, qué tal ?*[2]

— Moi, ça va ! dit Edith. Et vous ? Je vous retrouve en pleine forme.

Elle fit un pas en direction des hommes couchés à terre.

— Attention ! Don Carlos leva la voix.

---

[1] Esp : Bonjour, salut
[2] Esp : Comment ça va ?

— Mais pourquoi ? s'étonna-t-elle.

— Ils sont dangereux ! Mains ligotées, ils peuvent encore vous sauter à la gorge et vous mordre !

— Mais voyons… dit-elle.

Edith s'approcha et les regarda de près. Ils étaient trois, tous jeunes, leur peau était très noire, leurs yeux brillants suivaient chacun de ses pas. Edith repéra tout de suite celui qui avait la poitrine ensanglantée. Le sang ne coulait plus, il collait à sa peau.

— Qu'est-ce qu'il lui est arrivé ? demanda-t-elle.

— Un coup d'épée, dit don Carlos.

— Mais il faut lui nettoyer cette plaie !

Don Carlos Esteban ne répondit pas. Depuis leur arrivée il ne bougea pas d'un iota. Il la regardait ; il y avait de la fascination dans son regard.

— Quand-est ce que ça s'est passé ?

— Oh, vers onze heures, je dirais.

— Quatre heures qu'il est dans cet état ! Edith fronça les sourcils. Samuel passe-moi ma trousse, veux-tu !

Elle sortit un petit flacon en plastique et versa du désinfectant sur ses mains, qu'elle frotta, puis elle mit des gants en latex.

— Parle-t-il espagnol ? demanda-t-elle.

— Lui comme les autres, répondit don Carlos. Ils comprennent des phrases simples, mais il faut bien articuler les mots.

— Dites-lui que je suis là pour le soigner, ordonna Edith. Il ne faut pas qu'il ait peur de moi.

Pendant que Don Carlos parlait, le blessé essayait de s'asseoir, en vain. Mains ligotées derrière son dos, il n'arrivait pas garder l'équilibre.

— Señor! Dégagez-le de ces liens.

— Surtout pas ! dit don Carlos. Je vous mets en garde !

— Je dois l'examiner. En tant que médecin, je l'exige !

— Bon, dit-il. C'est vous qui prenez toute la responsabilité. Et s'il vous arrive quelque chose, eh bien, je ne bougerai même pas mon petit doigt.

— Je ne vous crois pas, dit Edith en lui adressant un charmant sourire.

Don Carlos coupa les lianes et le Noir bougea. Péniblement, en se servant d'une main, il réussit à se soulever et à s'asseoir. À cette occasion, il dut éprouver une forte douleur dans la poitrine car il gémit. Edith sortit un petit rouleau de gaze et une fiole en verre contenant du liquide rouge. Elle coupa la fiole et imbiba la gaze qui prit la couleur du sang, puis s'approcha de l'homme blessé qui ne la quittait pas des yeux.

À cet instant, il eut un mouvement brusque. Un autre esclave sauta sur ses jambes, ses liens secrètement défaits tombèrent… et il se précipita sur elle.

— Attention ! cria don Carlos.

Vif comme la poudre, il tira son épée et fondit sur le Noir qui recula d'un pas.

— Non ! Non ! ne lui faites pas de mal ! supplia Edith.

Elle tenta de s'interposer entre l'Espagnol et l'esclave. Samuel intervint à son tour, menaçant l'homme avec son pistolet. Il accompagna ses gestes de quelques paroles vives en anglais que le Noir ne put évidemment pas comprendre. Mais tout compte fait, c'en était trop pour lui et il abandonna. Il s'assit à sa place et enfonça la tête dans les épaules.

— Ces deux-là sont frères, remarqua don Carlos. On les nomme Jacob et Jesús.

— Oui. Mais maintenant il faut que je m'y mette, dit Edith. Samuel, aide-moi, s'il te plait !

Encore une fois, elle imbiba la gaze du liquide rouge et s'approcha du blessé, lequel crispé, ferma les yeux. Quant à Samuel il restait là, tendu, prêt à bondir, mais rien de mauvais ne se passa. L'esclave demeura docile. Edith nettoya la peau autour de la plaie, palpa les alentours, provoquant quelques cris de douleur. La blessure n'était pas très méchante, des organes vitaux, poumons en premier, semblaient épargnés. La pointe de l'épée avait dû glisser sur le sternum en touchant éventuellement une côte. Elle appliqua une compresse et enroula le bandage. C'était tout ce qu'elle pouvait faire, de toute façon. Fixant bien le tout, elle saisit au passage l'étrange regard de son patient : regard de crainte ? de gratitude ? les deux à la fois ?

— Au suivant ! dit Edith.

Elle examina l'oreille du plus jeune esclave qui se laissa faire, comme si de rien n'était. Il voulait, qui sait, impressionner ses compagnons d'infortune par son courage, mais il impressionna certainement la femme médecin, en lui adressant un radieux sourire. Son oreille était juste égratignée par une balle qui l'avait frôlée en passant. Une petite compresse, puis un sparadrap et le Noir s'inclina.

— *Daktari-Seyyida*, dit-il.

— C'est du Swahili je crois, informa don Carlos. Leur langue natale.

— Qu'est-ce que cela veut dire ? Edith exprima son vif intérêt.

Don Carlos se renseigna. Un échange chaotique de paroles fut perturbé par des palpations que le patient exerçait sur son pansement.

— Cela veut dire docteur et maître.., mais en féminin plutôt, dit don Carlos. *Seyid* c'est le maître homme.., mon maître. Je connais ce mot. *Seyyida*, veut donc dire maîtresse. Et il précisa vite : pas dans le sens habituel, ça va de soi.

— Si, Si. Docteure, dama, ma Maîtresse, insista le Noir en son espagnol très approximatif. Et il s'inclina de nouveau. *Gracias, dama médico. Muchos gracias, Señora.*

— Bon. Qu'est-ce qu'on fait maintenant ? demanda Samuel.

— Il ne pourra pas marcher, Jesús, dit-elle. Chaque pas lui fera très mal à la poitrine.

— Fabriquons un brancard, proposa Samuel. Avec deux branches et des lianes. Les Noirs le porteront.

Aussitôt dit, aussitôt fait. La nuit devait tomber bientôt, et ils décidèrent de partir tout de suite. On pensa rejoindre le bord de la mer pour pouvoir ensuite marcher le long de la plage, au clair de lune. Le trajet se trouvait ainsi allongé, mais don Carlos et Samuel préféraient cette solution-là, plutôt que de passer encore une nuit dans cet endroit sinistre.

— Cette balle en pleine oreille, c'était toi ou don Carlos ? demanda-t-elle.

— C'était bien moi, répondit Samuel en baissant les yeux.

Cette nuit de pleine lune était très claire et leur retour au camp se déroula sans encombre. On " installa " les Noirs dans leur ancienne cabane. On les enchaîna les uns aux autres et on cadenassa la porte. C'était don Carlos qui garda la clef.

VIII

« BONSOIR SEÑORITA »

Samuel n'était pas aux anges : Edith se leva à l'aube et le tira du lit.

— Il faut que j'aille voir Jesús, dit-elle.

— Comment ? Maintenant ?

— Oui, maintenant. Je dois lui changer son pansement. Il faut que j'examine de nouveau sa plaie.

— C'est toi qui vois, dit Samuel. Il s'étirait en bâillant.

— Tu viens avec moi ?

— Mais évidemment, quelle question !

La cabane des esclaves sortait à peine de la brume matinale, à l'intérieur le silence régnait.

— Ah ! J'ai complétement oublié la clef ! dit Edith. C'est don Carlos qui l'a. Samuel, va le voir s'il te plaît.

— Il doit encore dormir.

— Tu crois ? Alors réveille-le.

En attendant, Edith s'assit devant la cabane. Elle étendit les jambes et appuya la tête contre un tronc d'arbre.

Tellement de choses se sont passées depuis son arrivée sur cette île. Elle était restée seule pendant longtemps, puis Samuel arriva et cet événement changea complétement sa vie. Le jeune garçon devint son fidèle compagnon le jour et son amant ardent la nuit. Mais cette idylle – de jour et de nuit – s'assombrit brusquement. Un navire espagnol accosta sur leur rivage et la violence s'empara de l'île. Heureusement, elle ne dura pas, elle s'estompa comme par magie. À eux deux, ils réussirent à la repousser, à l'éliminer. Une chance inouïe ! Une histoire à dormir debout ! Et ce qui arriva par la suite, comment on aurait pu le prévoir ? Un nouveau personnage surgit : Don Carlos Esteban Ribas de Navarro, un homme énigmatique. Don Carlos l'agace parfois, mais un instant plus tard elle le trouve intéressant, à sa façon bien sûr ; son côté macho d'un autre temps l'intrigue. Ensuite il y a ces Noirs, ces esclaves ! Des vrais esclaves ! À quoi ressemble un esclave ? Celui à l'oreille blessée, elle le trouve plutôt sympathique, sa façon de lui faire des courbettes est amusante. Comment s'appelle-t-il déjà ? Ah ! oui, il s'appelle Jonás, encore un nom biblique. Mais laissons Jonás en paix, c'est Jesús qui nous intéresse.

— Voici la clef, Samuel surgit comme une ombre.

— Allons-y, dit-elle.

Edith et Samuel entrèrent dans la cabane et le bruit de la clef dans la serrure réveilla les Noirs. Ils étaient allongés par terre les uns à côté des autres, comme des sardines dans une boîte, et Edith comprit tout de suite la raison. Reliés par une courte chaîne, à travers un anneau que chacun portait à la cheville, ils pouvaient à peine bouger. Maintenant leurs yeux étaient grands ouverts et fixés sur elle. Samuel debout dans un coin, main posée sur son beau pistolet à crosse argentée, observait attentivement la scène.

— *Buenos dias Daktari-Seyyida*, dit enfin Jonás.

Il montra son oreille et fit une pitoyable grimace. En essayant de se soulever sur le coude, il prononça quelques mots rapides qu'Edith ne comprit pas.

— Je m'occuperai de toi, mais plus tard, dit-elle en son espagnol approximatif.

Sans se soucier de savoir si elle se fit bien comprendre, elle s'orienta vers Jesús et s'agenouilla devant lui. Le pauvre homme ne savait pas où mettre les yeux. Edith sortit son stéthoscope et s'apprêtait déjà à poser le pavillon sur la poitrine lisse de son patient.

— Attention Edith ! cria Samuel.

Il fit un pas rapide dans sa direction, tira le pistolet de sa ceinture.

— Quoi ?! Qu'y a-t-il ?

— Rien. Rien. J'avais l'impression qu'il voulait se jeter sur toi.

— Calmes-toi Samuel ! dit-elle. Ce ne sont pas des bêtes sauvages !

— Tu crois ? Tu n'as pas vu ce qu'ils avaient fait à l'Espagnol de la cabane.

— Je ne suis pas l'Espagnol de la cabane, dit Edith. Je suis leur médecin et aussi une femme.

— Mais justement, dit Samuel.

— Quoi justement ?! Samuel, assieds-toi et laisses-moi faire mon travail.

D'un mouvement doux et lent, elle toucha les cheveux crépus de Jesús, puis, elle tenta de lui expliquer, en quelques mots simples et gestes apaisants, ce qu'elle avait l'intention de lui faire. L'esclave ne bougeait plus. Il manifestait une docilité stupéfiante, son corps se trouvait comme paralysé. Edith enleva le pansement et examina la plaie. Elle était gonflée et légèrement enflammée mais elle décida de ne rien faire, pour l'instant tout au moins. Elle la nettoya seulement et lui appliqua un pansement frais.

— *Ven,*[1] *dama médico ! Ven* ! Jonás montra une nouvelle fois son oreille.

— Je suis à toi, amigo, dit Edith. J'arrive.

Edith accompagna ses mots d'un large sourire. Elle fut frappée par l'insistance avec laquelle Jonás l'observait. Il la dévisageait sans se gêner, et ce comportement – si différent de celui de son compagnon – la déconcertait. Elle l'attribua d'abord à sa jeunesse. En effet, Jonás était de loin le plus jeune des trois Noirs, plus jeune que Samuel, sans doute. Il lui semblait d'une innocence et naïveté sans bornes. Et puis, elle

---

[1] Esp : Viens

devait être bien étrange à ses yeux, une sorte de sorcière dans le meilleur des cas.

Jonás pencha sa tête encore un peu plus et se laissa faire. Il n'était pas difficile de se rendre compte que les soins d'Edith lui procuraient du plaisir. Il en jubilait. Il oublia même de réagir au désinfectant qui lui piquait la peau.

— *Muchos gracias Daktari-Seyyida*, s'enthousiasma le jeune homme.

Et sans qu'elle ait pu s'y attendre, il lui baisa la main.

Edith recula d'un pas, un rouge vif colora ses joues. Mais son embarras fut de courte durée. Elle éclata de rire, sur quoi Jonás, surpris, la dévisagea de nouveau. N'ayant remarqué aucun mouvement suspect chez elle, il éclata de rire à son tour. Ils auraient pu poursuivre un bon moment encore, mais Samuel commençait à s'impatienter. Il jeta un regard sombre sur le garçon noir. Décidemment, le lieutenant Vanbrugh n'arrivait pas à comprendre : pourquoi sa bien-aimée s'amusait tant ? Qu'est-ce qui y avait de si drôle dans cette scène : un esclave noir baisant la main d'une femme blanche ? Finalement, il s'interposa.

— Edith, viens ! Tu as fait ce qu'il fallait, n'est-ce pas ? Et je voudrais te parler de quelque chose d'important.

— Mais oui, mon Samuel. On s'en va.

— *Muchos gracias Seyyida*, dit le jeune esclave. Son visage redevint sérieux. *Volver rápidamente, por favor.*[1]

Ils sortirent. Le jour était maintenant bien installé, le soleil brillait fort. Et pourtant, elle avait l'impression d'être restée qu'un instant dans cette cabane. Soudain elle se sentit fatiguée. Ils rentrèrent dans leur maisonnette et Samuel prépara une tisane, qu'ils buvaient désormais chaque matin. C'était don Carlos qui leur avait indiqué cette plante dont le nom échappait

---

[1] Esp : Revenir vite, s'il vous plait

à tout le monde.

— Qu'est-ce que tu voulais me dire ? demanda-t-elle.

— C'est l'Espagnol. Samuel fit une mine austère.

— Je t'avais déjà prié de l'appeler par son prénom, dit Edith avec un sourire grinçant. Qu'est-ce qu'il lui arrive à ce cher commandant ?

— Eh bien, il est fâché.

— Fâché ? Mais pourquoi ?

— D'abord… parce que je l'ai réveillé, répondit Samuel.

— Belle affaire ! Edith poussa un long soupir. Il devient de plus en plus capricieux.

— Mais ce n'est pas tout. Il m'a dit qu'il n'aimait pas qu'on touche à ses Nègres. Sans sa permission, entend-t-il.

— Mais alors là ..! Edith rougit de colère. Pour qui se prend-t-il ?! Ces gens ne sont pas à lui ! Ils ne sont à personne. Et quand quelqu'un est malade, eh bien, je m'en occupe. Je me fiche de savoir s'il m'autorise ou pas !

— Mais ma chérie…voyons. Ces Noirs, ce sont des esclaves. Il n'y a pas encore longtemps, ils appartenaient aux Espagnols. Mais, tu as un peu raison, peut-être…

— Comment ça : « tu as un peu raison peut-être » ? J'ai raison tout court ! Edith était prête à exploser.

— Bien sûr, ma chérie. Bien sûr. Je voudrais juste dire qu'ils ne sont plus aux Espagnols, ces Nègres. Ils appartiennent maintenant à la Couronne Britannique, comme tout ce qui se trouve sur cette île. Si tu veux, je vais tout de suite aller le lui rappeler.

— Samuel, tu n'as vraiment rien compris, dit Edith. Ce sont des hommes comme toi et moi. Sache-le, tous les hommes sont libres !

Elle réussit à se calmer un peu. Un pâle sourire apparut sur ses lèvres. Et elle continua.

— Bon ! Je sais Samuel que tu ne peux pas me suivre. Pas

dans l'immédiat en tout cas. Et de l'autre côté, je ne voudrais pas que tu sois d'accord avec moi juste pour me plaire.

En effet, il n'y avait plus rien à dire. Samuel ne pouvait certes pas comprendre en cinq minutes ce que les hommes ont mis si longtemps à digérer.

« L'abolition de l'esclavage n'est pas pour tout de suite, se dit-elle. Un siècle devra passer encore avant que " l'homme civilisé " proclame sa loi. »

Samuel, pensif, fixait les yeux sur elle, comme s'il voulait saisir à tout prix le sens de ses propos.

— Moi, je suis prêt à penser comme toi, Edith. Vraiment.

— Laisse tomber, dit-elle.

— Et qui parlera à l'Espa... à don Carlos, je veux dire ?

— Je lui en parlerai. D'une manière ou d'une autre, il faut qu'on mette les choses au point.

La journée se poursuivit. Les travaux du potager et de la basse-cour occupèrent toute la matinée. Don Carlos y participait. Il faisait grise mine, mais il ne disait rien. L'incident du matin semblait être mis aux oubliettes. Vers midi, il alla nourrir les prisonniers dans leur cabane après quoi, il disparut soudainement. Il se montra seulement plus tard dans l'après-midi. Marchant dignement, l'épée brandouillant à sa ceinture et son chapeau à plumes sur la tête, il s'approcha d'Edith et la salua cérémonieusement.

— Madame, j'aimerais vous parler, dit-il.

— J'ai aussi quelques mots à vous dire, Monsieur, répondit Edith.

— Allons-nous nous asseoir devant ma maison, proposa don Carlos, en joignant un geste courtois à sa parole.

Elle s'assit sur un petit tabouret que son hôte lui indiqua, et qu'elle trouva fort inconfortable. Voulant garder l'équilibre elle écarta légèrement les jambes et posa les mains sur les genoux. Un léger étonnement se peint sur le visage de don Carlos. Non, ce n'était qu'une fausse impression et rien d'autre. D'un geste nonchalant, il retroussa sa belle moustache, enleva son chapeau et s'assit sur un tabouret-jumeau face à elle. Il se tenait tout droit, lui, et semblait parfaitement à son aise.

— Alors, señorita. C'est vous qui commencez où c'est moi ?

Edith ne s'attendait pas à ça. Elle pensait qu'il allait prendre des gants avec elle, qu'il allait tourner autour du pot. Cette intervention directe la surprit et elle mit un instant avant de répondre.

— D'accord. Je vais vous dire ce qui me tient à cœur. Il s'agit de ces trois garçons noirs que vous séquestrez dans cette minable cabane.

— Des esclaves, dit don Carlos d'un ton indifférent. Je fais juste ce que je dois faire.

— Pas d'accord ! dit Edith. Ces gens ne vous appartiennent pas !

— Tiens, tiens. Expliquez-moi ça. Un sourire ironique traversa son visage.

— Il y a deux raisons à cela, choisissez celle qui vous va le mieux. D'après le lieutenant Vanbrugh, tout sur cette île, les Noirs comme le reste, appartient à sa Majesté George III, roi du Royaume-Uni de Grande Bretagne et d'Irlande.

— Sa majesté le roi George III est-il au courant de ses nouvelles possessions coloniales ? demanda don Carlos. Quant à moi, j'attends qu'un navire espagnol accoste ici et alors là, on verra.

— Il y a une deuxième raison, la mienne.

— Je suis tout ouïe.

— Eh bien, Ces gens ne vous appartiennent pas.., parce que personne n'appartient à personne.

— Vous êtes bien mystérieuse señorita et je ne vous comprends pas.

— Ça, oui ! s'exclama-t-elle. Il vous faut encore au moins cent ans pour comprendre.

— Pas la peine de vous vexer et de m'offenser, dit-il.

— D'accord ! Soyons raisonnables, dit Edith. Que proposez-vous ?

Don Carlos Esteban se leva, fit quelque pas. Puis, il s'assit de nouveau. Il la regarda avec un sourire au coin des lèvres.

— Moi, tout ce que je veux, c'est qu'ils ramassent des huîtres.

— Des huîtres ?!

— Mais oui. Des huîtres remplies de perles, précisa don Carlos. Avec ces perles, je vous en ferais un beau collier. Et il sourit de nouveau.

— Je ne veux pas de votre collier ! Le visage d'Edith était en flammes.

Il eut un moment de silence. Edith retenait difficilement sa colère qui montait en elle. Elle ne supportait plus la légèreté avec laquelle il traitait ce sujet si sérieux. Et elle ne supportait pas qu'on la traite de la sorte, non plus.

— Ne vous fâchez pas, dit don Carlos. S'il vous plaît. Restons calmes.

— Je suis calme ! cria Edith à bout de nerfs.

Voulant lui être agréable, il lui proposa du rhum mais Edith refusa énergiquement. Il lui apporta une cruche d'eau auquel elle ne toucha pas.

— Alors, je vous propose que les Nègres soient à nous tous, dit don Carlos. Cela vous va-t-il ?

— Mon pauvre monsieur, décidemment vous êtes à côté de la plaque ! son accent populaire bostonien était maintenant plus marqué que jamais.

— Je ne sais vraiment plus quoi dire. Don Carlos Esteban haussa les épaules. Si vous voulez les soigner, vous avez carte blanche, señorita. Soignez-les ! Soignez-les ! Il faut qu'ils nous restent en forme.

Edith se leva et lui tourna le dos. Elle s'éloignait vite tandis qu'il parlait encore, ses paroles raisonnaient fort, la poursuivaient :

— Sans esclaves ? Impossible ! Comment faites-vous dans votre joli monde ?! Et n'ayant obtenu aucune réponse de sa part, il ajouta : personnellement je n'aimerais pas y vivre.

« Pauvre idiot ! Tu n'y seras jamais, pensa-t-elle. »

Dans la soirée, elle raconta toute cette conversation à Samuel, en apportant chaque détail.

— Il faut qu'on réfléchisse sur les mesures à prendre, dit Samuel.

— Plus tard, répondit-elle. Maintenant allons-nous coucher mon chéri. Veux-tu ?

Le jour suivant – c'était le dimanche – Samuel se leva très tôt, la laissant dormir. Il décida de commencer sa journée par une prière. Habituellement il priait le soir, avant de se coucher. Elle le voyait s'agenouiller au bord du lit, il restait silencieux et se relevait vite. Il priait même avant de lui faire l'amour, ce qui amusait beaucoup Edith qui essayait de ne pas le faire paraître. Elle avait envie de rire, mais cela l'attendrissait aussi. Samuel n'avait plus de bible depuis la mémorable tempête, mais cette absence ne l'empêchait nullement de faire ses dévotions, bien au contraire. Ses prières devinrent plus fréquentes, et tous les dimanches il allait accomplir son devoir de bon chrétien. Ce matin aussi, il s'isola quelque part dans la forêt, dans un lieu retiré, dans le silence de la nature. Un tel recueillement lui semblait nécessaire, non seulement pour assurer son salut, mais aussi pour la paix de son âme sur cette terre.

Les prières terminées, il s'orienta sur le chemin du retour, pensant à Edith, qu'il devait bientôt réveiller en l'embrassant tendrement. Vite il s'approcha du campement. En sortant des bois il vit sa bien-aimée, debout devant leur maisonnette, et face à elle il y avait " l'Espagnol ". Dans son pantalon d'une blancheur éclatante, sa chemise en batiste, muni de son épée qui brillait au soleil, il était plus élégant que jamais. Il tenait son chapeau à la main et parlait vivement, en souriant. Samuel s'approcha.

— Ah ! te voilà, dit Edith. Nous bavardions.

Don Carlos salua Samuel avec une courtoisie ostentatoire. C'était un de ses airs qu'il prenait souvent, et qui maintenant semblait frôler la moquerie, mais Samuel ne le remarqua pas. Il regardait Edith avec insistance, guettant toute expression de son visage, la plus faible qui soit.

— Nous parlions de nos Noirs, dit don Carlos Esteban. Je racontais justement leur histoire à señorita Jankovich.

Edith traduisit ses propos à Samuel qui ne réagit pas. Don Carlos continuait :

— Oui, comme je le disais, ils viennent tous les trois du golfe de Guinée, de la côte nigérienne, je crois. Ils avaient été emmenés au Venezuela il y quatre ans de cela. Là, ils avaient été achetés par un planteur de cacao de la province de Caracas, qui les avait mis tout de suite au travail. Jonás, adolescent à l'époque, a vite appris à travailler comme les deux autres et le planteur était très content d'eux, jusqu'au jour où ces Noirs ont décidé de fuir. L'impulsion a été donnée par un des deux frères, le Nègre nommé Jacob, le plus âgé des trois, celui qui a voulu vous assassiner. Vous vous souvenez, n'est-ce pas ?

— Mais non ! Il cherchait juste à défendre son frère qui était menacé à ses yeux, dit Edith avec un sourire sarcastique aux lèvres.

— Bref, ils ont fui tous les trois mais on les a vite rattrapés. Voyez-vous, les gens qu'on utilise pour attraper les nègres ont l'habitude. Ils possèdent de grands chiens qui savent pister les traces. Les Noirs ont été vite repris et ils ont eu de la chance, ils ont pu s'en sortir presque indemne. Sauf Jacob. On lui avait administré trente coups de fouet, et le Noir a failli en trépasser. Mais c'est une nature robuste. Deux mois après, il fut guéri.

— En effet, il semble rudement costaud, dit Samuel, auquel Edith traduisait, tant bien que mal, la conversation.

— Donc, après cette histoire de fuite, le planteur a perdu toute sa clémence envers eux, et a décidé de les vendre.

— Ils ont donc été vendus, conclut Edith.

— Parfaitement ! Le planteur de cacao en a eu un bon prix, et il s'en débarrassa d'un cœur léger.

— C'était donc vous qui les avaient achetés ? devina-t-elle.

— Pas moi, personnellement.

— Qui alors ?

— Ces gaillards ont été achetés pour faire un travail très utile. Don Carlos donna cette réponse énigmatique.

— Mais quoi au juste ? demanda Samuel avec intérêt.

— Aller chercher des perles dans la mer, sur les côtes de notre bonne île de Margarita, dit don Carlos. Il y avait de l'assurance dans sa voix.

— Et comment ils font ? demanda Samuel avec grand intérêt.

— Ils plongent. Avec un couteau entre les dents. Les huîtres sont accrochées aux rochers du fond.

— À quelle profondeur ? demanda Edith.

— De vingt à trente pieds en moyenne, répondit don Carlos.

— Et ils font ça combien de temps ?

— Oh.., cela dépend. Toute la journée si possible.

— À ce rythme, ils ne doivent pas vivre très longtemps, remarqua-t-elle.

— Bof ! Je ne sais pas. Quand ils s'usent, on en prend d'autres.

Edith était écœurée. Quant à Samuel, il trouvait la chose particulièrement intéressante ; il voulait tout savoir.

— Alors, vous les avez emmenés sur notre île pour qu'ils y ramassent des perles ? interrogea-t-il.

— Nous sommes venus ici pour prospecter. Des perles, il n'y en a presque plus sur nos côtes.

Edith n'avait vraiment plus envie de poursuivre cette conversation. Elle salua froidement don Carlos et partit, le laissant stupéfait d'une telle arrogance. Il resta figé sur place. Samuel la suivit, bon gré mal gré. Mais il se promit de sonder l'Espagnol à la première occasion venue. Il trouvait l'entreprise extrêmement intéressante. Les perles au cou d'une belle femme le fascinaient toujours. À ces rares occasions, il aurait aimé les toucher, les caresser.

En début d'après-midi, Edith décida d'aller rendre visite à Jesús, dont la plaie l'inquiétait. Accompagnée de Samuel, qui ne la lâchait pas d'une semelle, elle entra dans la cabane. Les Noirs étaient assis dos contre le mur et enchaînés comme avant. Elle trouva cela insupportable.

— Il faut que cela cesse, enfin ! dit-elle. Ils ne peuvent pas rester enchaînés tout le temps dans ce trou ! J'en parlerai aujourd'hui même à leur " propriétaire ".

— J'ai vu don Carlos les faire sortir ce matin, dit Samuel.

— Les faire sortir ? Comme des chiens ?

— Il les enchaîne pour qu'ils ne s'évadent pas. Samuel prenait la défense de " l'Espagnol ", inconsciemment peut-être. Ils peuvent marcher quand même, dit-il. Lentement, ça va de soi.

À la vue d'Edith, Jonás exprima assez bruyamment son contentement mais elle ne fit pas attention à lui. Elle se dirigea tout droit vers Jesús qui n'arrêtait pas de se courber lamentablement dans son coin sombre, comme s'il voulait se cacher sous terre. Elle l'encouragea de la voix et du geste d'aller dans un endroit mieux éclairé. Jesús se leva, et avec lui les deux autres, mais ne sachant dans quelle direction s'orienter, ils s'arrêtèrent aussitôt.

— Sortons, dit-elle. Et elle ouvrit la porte.

La lumière du jour éblouit tout le monde. Les trois Noirs s'assirent en rang dans un coin ombragé. Ils respiraient l'air frais, ils s'en enivraient de toute évidence. Leurs visages rayonnaient, Jonás lui souriait en montrant ses dents blanches.

Edith s'approcha de Jesús, dont le visage exprima tout à coup une peur intense. Elle s'assit en face de lui et enleva délicatement le pansement. La plaie était enflammée, bien plus qu'avant, et gonflée aussi. Elle était infectée, assurément, et il fallait agir au plus vite. Edith hésita un instant – car un traitement opératoire s'y imposait – puis ouvrit sa trousse pour vérifier que tout son matériel s'y trouvait. Elle devait nettoyer d'abord cette plaie avant de poursuivre.

Edith n'avait pas de grande expérience dans le domaine chirurgical, l'occasion ne s'était pas présentée sur le CAPTAIN GRANT. Mais elle avait pratiqué de petites interventions, bien évidemment, pendant ses études et aussi durant sa courte pratique. Elle rassembla maintenant toutes ses connaissances. Avant de s'y mettre, elle commença par préparer le terrain.

— Samuel, j'ai besoin de ton aide, dit-elle. Détache-moi Jesús, s'il te plait. Enlève-lui la chaîne.

— Tu n'y penses même pas !

— Il le faut pourtant.

Il la regarda, effrayé et réfléchit un instant.

— Non ! dit-il. Ça serait une pure folie. Je refuse !

— Alors, je le ferai moi-même. Donne-moi les clefs !

— Bon, d'accord ! dit Samuel. Mais je vais lui ligoter les jambes.

— Personnellement, je ne pense pas que ce soit vraiment nécessaire. Edith haussa les épaules. Mais vas-y, si cela te rassure.

— Marché conclut, dit Samuel avec un pâle sourire.

Jesús se laissa faire, avec toujours la même docilité, et qui ne cessait d'étonner Edith. Il baissait la tête et son regard la fuyait au plus loin. On lui expliqua qu'il devait s'allonger par terre sur un tapis de feuilles de palmier, ce qu'il fit. À l'aide d'un bout de plastique bleu, stérile, Edith délimita un petit champ opératoire et sous l'étroite surveillance de Samuel, elle injecta au Noir un anesthésique local. Elle répéta cette action deux fois de suite autour de la plaie et attendit quelques minutes. Puis avec son bistouri, elle incisa la chair de son patient, doublement, sous forme d'une croix, et procéda au nettoyage de la plaie. Elle réalisa quelques points de suture en utilisant des fils résorbables, lui appliqua une compresse et fit un beau pansement.

Pendant toute cette intervention, Jesús avait les yeux fermés. Visage crispé, il ne bougeait pas d'un iota. C'est seulement quand Edith commença à ranger ses affaires qu'il donna un premier signe de vie. Quant aux Jacob et Jonás, ils n'avaient pu rien voir de ce qui venait de se passer. Maintenus à distance, ils attendaient. Jacob serrait les poings et Samuel l'avait à l'œil. Voyant leur malheureux compagnon enfin debout, sain et sauf, Jonás poussa un cri de joie. Tout se terminait bien grâce à la puissante bienveillance de la bonne sorcière blanche. Tout se terminait bien ? Pas si sûr ! Le patient, n'arrivant pas à garder l'équilibre, tomba à genoux. Jonás fronça les sourcils, mais son visage s'éclaira de nouveau dès lors que Jesús se releva.

Edith finit son travail en administrant au malade un antibiotique. Jesús avala le comprimé et se rinça la bouche : « comme l'aurait fait tout Américain " civilisé ", pensa-t-elle. »

Tout le monde retourna dans la cabane et les Noirs s'assirent comme avant. Jesús était étourdi, ses yeux se fermaient. Jonás attira l'attention de *Daktari-Seyyida* par des miaulements, sourires et grimaces à sa façon, et se fit soigner symboliquement. Il se prosterna devant son idole et lui baisa la main.

— On devrait les libérer de leurs chaînes. Edith insistait. C'est vraiment inhumain de les laisser comme ça !

— Attendons un peu! répondit-il. Parlons-en à don Carlos d'abord.

— Ah ! Tu le tiens en estime maintenant ? C'est nouveau.

— Il ne s'agit pas de ça, dit Samuel. Accordons simplement nos violons.

Edith rangea ses affaires, puis proposa à Samuel de faire une promenade le long de la plage. Elle avait besoin de se dégourdir les jambes. Et puis, la journée qui était en train de s'achever fut très chaude. Pendant quelques minutes ils marchaient en silence en regardant la mer.

— Samuel, tu n'avais pas fini de me raconter, comment ça c'était passé, dit-elle. Comment vous les avez eus, finalement.

— Tu veux dire nos Noirs ?

— C'est ça. Vos Noirs.

— Ah oui, c'est vrai. Je ne t'avais pas dit. Il s'était passé tellement de choses depuis, et ça m'est complétement sorti de la tête.

— Raconte alors.

— Eh bien, comme tu le sais déjà, nous nous sommes blottis dans le trou tout près de leur cachette, et nous avons attendu. Quelques heures ont passé et il n'y avait toujours personne. La nuit allait tomber, pendant un instant nous voulions abandonner notre poste et retourner à la maison. Mais finalement nous avons décidé de rester jusqu'au jour suivant.

— J'imagine comment cela a dû être pénible de passer la nuit sur place, dit-elle.

— C'est vrai. Cette nuit-là a été interminable. Nous ne dormions pas. Il fallait surveiller et de toute façon ce n'était vraiment pas un bon endroit pour dormir. De plus, je me suis fait piquer par des insectes.

— Et ensuite ?

— Ensuite, le jour s'est levé. Je me sentais mal. J'avais faim, j'avais soif. Nous étions furieux contre ces esclaves qui nous obligeaient de subir toutes ces souffrances. Mais nous nous obstinions d'autant plus, et décidions de rester jusqu'au bout.

— Et finalement ils sont arrivés ?

— Oui, vers midi. Nous devions somnoler à ce moment-là, lui et moi, car nous ne les avons pas entendus venir.

— Comment ça ?

— En fait.., comment te dire, ce sont eux qui nous ont découvert et pas nous. Je ne sais pas comment, mais en arrivant ils nous ont repérés dans notre trou. Ils se sont rués sur nous, et un d'entre eux, c'était Jacob je crois, nous a envoyé sa hache. Mais il a raté son coup, la hache s'est enfoncée dans un tronc d'arbre, juste à côté de ma tête.

— Et après ???

— J'ai sorti mon pistolet et j'ai fait feu, mais j'ai raté mon coup. J'ai sorti l'autre pistolet et j'ai tiré. La deuxième balle a frôlé l'oreille du jeune Noir.

— Cette fois-ci tu n'as pas tiré juste, remarqua Edith d'un ton innocent.

— C'est vrai, répondit Samuel. Mais les Nègres ont stoppé net. Cela a donné le temps nécessaire à don Carlos, pour qu'il sorte de sa torpeur.

— Dis donc ! Il a mis du temps à se réveiller. Edith s'étonna.

— Il sortit de sa torpeur, tira son épée et embrocha l'autre Noir. Tu vois de qui je parle ? Un faible sourire glissa sur ses lèvres.

— Mais pourquoi don Carlos n'a-t-il pas tiré, lui ?

— Il a mis son revolver et son mousquet de côté avant de

piquer un somme, expliqua Samuel.

— Je vois. Et donc finalement vous les avez eus, tous les trois.

— C'est exact. Don Carlos a réussi à ramasser enfin son pistolet. Il fit feu dans la direction du jeune Noir, qui essayait de s'enfuir. Il le rata bien sûr, mais le Noir s'arrêta. D'un seul coup, tout ce petit monde s'est rendu sans la moindre résistance.

Edith et Samuel rentrèrent dans leur cabane. La nuit tomba et ils se couchèrent. La lampe à huile projetait une lumière tremblante, quelques ombres indécises se penchèrent sur eux, pour se relever aussitôt dans les airs. Samuel posa la main sur le sein d'Edith, l'autre sur son ventre.

— Non ! Samuel.

— Mais pourquoi - non ?!

— Pas maintenant. Je ne veux pas.

Edith se tourna, face au mur, et il eut un moment de silence. Brusquement, Samuel la tira par le bras et la retourna sur le dos. En la clouant fortement au lit avec la main droite, il tirait de l'autre main sa chemise de nuit, essayant de l'enlever, mais il n'arrivait pas. Edith le repoussait énergiquement, lui griffa même le visage, et réussit à se dégager complétement. Mais une telle résistance décupla les forces de Samuel. Fou de rage, il lui déchira la chemise. Il lui coinça les mains derrière le dos et plaqua son corps contre le sien.

— Non ! Non ! Arrête-toi ! Edith suffoquait.

La retenant encore plus fort, il tentait de lui écarter les genoux mais en vain. Rassemblant toute sa vigueur, mue comme par un ressort, Edith releva d'un bond les épaules et la tête. Elle lui mordit l'oreille, et Samuel cria de douleur. Il relâcha la prise. Edith se dégagea complétement et sauta du lit.

— Enfin ! Qu'est-ce qu'il t'arrive ?! hurla-t-elle.

Il s'assit. Du sang coulait sur son oreille.

— Te voilà maintenant jeune mâle brutal, dit Edith d'un ton dédaigneux.

Il ne répondit pas. Toujours assis sur le bord du lit, il souleva la tête. Du sang couvrait son oreille.

— Tu ne pourras plus jamais me pardonner, dit-il avec tristesse. Qu'est-ce qui m'a pris ?!

— Ne recommence plus, veux-tu.

Samuel se leva. Il enfila son pantalon et sa chemise, se chaussa lentement. Il sortit en fermant doucement la porte. De nombreuses minutes passèrent et Edith eut le temps de se calmer totalement. Elle se recoucha, puis tourna dans son lit longtemps, avant de trouver le sommeil. Quand elle se réveilla, il faisait déjà jour. Samuel se trouvait de nouveau à côté d'elle. Sa respiration régulière indiquait qu'il dormait encore.

Extrait du journal de EJ :

J'ai eu, il y a quelques jours, une longue discussion avec don Carlos au sujet de nos jeunes Noirs. Elle était assez animée, mais finalement j'ai réussi à faire prévaloir mon point de vue. En homme courtois et conciliant, don Carlos céda en bonne partie à mes exigences. Sous mon inspiration, on accorda aux Noirs une promenade quotidienne à l'intérieur du camp, ainsi que des rations de nourriture accrues, riches en vitamines (fruits rouges) et en protéines (mollusques, viande séchée, poissons... etc.). Les esclaves devaient restés enchaînés la nuit, mais pas dans la journée, en tout cas pas à l'intérieur de la cabane. Et enfin, la durée de plongée à la recherche des huîtres perlières fut réduite à six heures journalières. C'était un rude compromis que je lui avais arraché de justesse, après des fastidieuses palabres. Et encore... mes arguments ne pouvant pas suffire, il fallait que je les agrémente de quelques-uns de mes radieux sourires.

Une première sortie sur la côte et une séance de plongée, sous l'étroite surveillance de don Carlos et Samuel, armés jusqu'aux dents, se passa sans encombre. Mais encore une fois, ils ne trouvèrent aucune perle. Assistée de Samuel, j'ai rendu visite aux deux Noirs qui venaient d'accomplir ces exploits surhumains. Ils étaient vraiment épuisés, je dirais même exténués, et je leurs ai administrés des vitamines. J'ai profité de ma présence pour examiner Jesús, qui du fait de sa blessure n'avait pas participé à cette plongée. J'ai constaté avec soulagement que sa plaie allait mieux, l'inflammation ayant presque disparu. Je lui ai donné sa dose journalière d'antibiotique.

Ce matin au retour de ma " très chère source " j'ai rencontré don Carlos sur le chemin. Il était posté là, sans bouger, et semblait réfléchir profondément. À ma vue, il exprima bruyamment sa surprise : « que-ce que je faisais à cet endroit-là, si tôt le matin ? ». Je lui ai répondu que je revenais de mon bain, comme chaque jour à cette heure. Il me regarda attentivement, puis, d'un geste nonchalant, retroussa sa fière moustache. Il est bizarre cet homme-là. Je ne sais jamais à quoi il pense réellement. En tout cas, je vois bien que son intérêt pour ma personne va croissant. Il essaie de me rencontrer dès qu'il le peut, et où il peut, sa courtoisie envers moi et ses efforts pour me plaire ont grandi encore. En même temps, son arrogance envers Samuel est toujours là, à peine voilée, et parfois même pas voilée du tout. Le contraste entre ces deux attitudes est flagrant.

Mais qu'est-ce qu'il me veut, enfin ? Il m'est difficile de croire que je lui plais dans mes pauvres habits délabrés. Don Carlos a la quarantaine, bel homme, il a dû connaître une pléiade de femmes, toutes aussi séduisantes les unes que les autres, dans leurs robes en soie et en dentelle, dans leurs corsets exigeants et leurs maquillages soignés. Ne serait-ce pas mon étrangeté – celle d'un monde qui lui reste inconnu – qui excite sa curiosité et qui l'attire ?

Le potager est devenu florissant grâce aux soins que nous en prenons, et quand je dis " nous " il s'agît bien de nous tous : j'y vais le matin, Samuel le soir et don Carlos selon sa bonne humeur du moment. Les pluies, de nouveau plus abondantes, font grandir vite nos plantations. Nous ramassons des haricots et des courges, des patates douces aussi. Tous ces légumes et les fruits de la forêt, les galettes de maïs que je prépare, un lapin parfois, du poisson souvent, tous ces aliments variés et sains nous maintiennent en excellente forme. Je surveille de près l'alimentation de nos jeunes Noirs, et constate avec satisfaction que don Carlos respecte pour l'instant sa promesse. Il les nourrit de manière satisfaisante.

Deux semaines sont passées si vite qu'Edith ne se rendit même pas compte. La plaie de Jesús cicatrisait avec une facilité étonnante. Il devrait être bientôt totalement guéri, même si une certaine faiblesse pourrait encore se manifester quelque temps. De ce fait, les visites médicales d'Edith chez les Noirs devinrent plus espacées, elle y allait tous les deux ou trois jours seulement. Samuel, qui l'accompagnait assidûment, s'étonnait.

— Pourquoi tu y retournes encore ? demandait-il. Ils vont tous très bien, n'est-ce pas ?

— Oui et non, répondait-elle. Je dois surveiller encore un peu cette blessure. Et à l'occasion, eh bien, je jette un coup d'œil sur l'oreille de mon jeune protégé. Elle sourit.

— Décidément, avec toi ils ont des soins de première classe, dit Samuel.

Elle y retournait toujours car, en réalité, les esclaves l'intriguaient. Ce jeune Jonás, avec ses " *Muchos gracias Daktari-Seyyida* ", ses sourires dociles et ses courbettes… Edith n'avait jamais rencontré quelqu'un comme lui. La dernière fois par exemple, il se mit à genoux devant elle, lui prit la main et la posa sur sa tête crépue. À quoi pensait-il à de tels moments ? C'était pour elle un vrai mystère. Les deux autres Noirs, les deux frères, Jacob et Jesús, l'intéressaient aussi, ils étaient si différents : l'un ombrageux avec son air toujours menaçant, comme s'il était prêt à se jeter sur elle, l'autre timide avec ses regards apeurés. Il lui donnait l'impression de vouloir se cacher dans un trou pour ne plus jamais en sortir.

Un jour, elle se réveilla plus tard que d'habitude. Samuel n'était pas là, il partit à la chasse à l'aube. Edith sortit de la cabane et tomba tout de suite sur don Carlos qui faisait des allers-retours interminables. Il la salua avec grâce, en brassant l'air avec son chapeau à plumes, et l'accosta aussitôt. Il lui parlait d'abord de son navire et de ses responsabilités du Second, puis il lui posa des questions sur elle et sur le monde étrange dans lequel elle avait vécu. Elle lui répondait vaguement, en pensant aux nombreuses tâches qu'il lui fallait accomplir, ce matin même et plus tard jusqu'à midi. Don Carlos lui proposa poliment de s'assoir avec lui sur le petit perron de la cabane et elle accepta. Il la mitrailla tout de suite de compliments qui sortaient de sa bouche dans un désordre total. Il s'extasia sur son intelligence si originale et sur son courage, il s'attarda sur son charme si particulier en évoquant entre autres le sourire d'Edith, le plus beau de tous les sourires, et qui le faisait frémir. En parlant, il glissait doucement le long du perron, petit à petit s'approchant d'elle. Edith se leva et s'excusa ; elle avait vraiment quelque chose d'urgent et d'important à faire.

Ce n'était pas qu'un prétexte pour quitter le lieu. Sur le moment, elle pensa à aller rendre visite à ses patients noirs. Étrange idée. Une idée folle : entrer toute seule dans la cabane des esclaves. Entrer dans la gueule du loup. Elle aurait pourtant pu demander à don Carlos de l'accompagner mais elle ne le fit pas. Elle retourna d'abord dans sa maisonnette pour prendre sa trousse médicale. Elle logea son pistolet-joujou dans la poche, avec la ferme intention de ne pas s'en servir.

Edith décadenassa la porte de la cabane des Noirs, l'ouvrit avec grand fracas, puis la ferma derrière elle. Les trois hommes posèrent sur elle leurs grands yeux blancs, arrondis par la surprise. Le silence était tel qu'elle entendit voler un insecte. On se regardait sans rien dire, Edith, comme les trois hommes complétement abasourdis.

Jacob agît en premier. Il se leva, entraînant avec lui les autres, et tous les trois s'orientèrent vers elle. Dans un léger grincement de chaînes, ils avançaient lentement, tels des somnambules poussés par une force irrésistible. Edith se raidit de terreur. Mon Dieu, qu'est-ce qu'elle avait fait ? Quelle idée stupide était-ce de venir ici, se jeter comme un pauvre lapin entre les griffes d'un fauve ! Mais les Noirs s'arrêtèrent. C'était Jacob, encore lui, qui imposa aux autres cette halte brusque. Edith n'en croyait pas ses yeux : le Noir souleva les mains, droit vers le ciel, et s'inclina profondément devant elle. Ses compagnons répétèrent son geste. Ils le firent plusieurs fois, de sorte qu'elle eut l'impression d'assister à une cérémonie religieuse.

Puis Jacob parla. Dans une langue inconnue et étrange, fournie en consonnes chuintantes, remplie de voyelles arrondies, il s'exprimait avec fougue, débitant les mots à toute vitesse, s'aidant librement de nombreux mouvements de ses mains, il parlait, il parlait... Edith ne comprenait rien de ce qu'il lui disait. On pourrait penser qu'il la remerciait pour les soins qu'elle avait prodigués à son frère, avec un succès si éclatant. Mais a-t-on besoin de parler aussi longtemps pour dire merci ? Elle ne comprenait pas non plus, pourquoi les Noirs ne se jetaient pas sur elle. Quelle force les retenait, les empêchait d'abuser d'elle, une femme blanche vouée à leur merci ? À l'occasion, elle pourrait s'interroger sérieusement sur les raisons qui l'avaient amenée ici, consciente du danger évident. Mais elle ne le fit pas.

Enfin Jacob se tut. Lui et ses compagnons restaient debout, sans bouger. Les regards se fixaient sur elle.

— Je n'ai pas vraiment compris, dit Edith en son Espagnol boiteux. Mais je vous remercie quand même pour l'attention que vous semblez me porter.

— *Usted es bienvenida,*[1] *dama médico* ! s'écria le jeune Jonás. *Muchos gracias, Seyyida.*

Il tenta de s'approcher d'Edith mais fut retenu par son bout de chaîne accroché à la cheville.

— Comment va cette oreille ? demanda-t-elle.

Quelle question saugrenue ! L'oreille de Jonás se portait à merveille. Noire et lisse, elle se dressait avec fierté. La balle de Samuel ne laissa qu'une mince trace qu'on devinait à peine. Le jeune homme comprit la question qu'Edith lui posait. Il tira sur sa chaîne avec force pour venir à elle, obligeant tout le monde à le suivre. Les trois Noirs se trouvaient maintenant tout près, l'entourant en demi-cercle, et de nouveau elle eut terriblement peur, peur de ce qu'il pourrait arriver à tout moment. Elle sentit ses jambes mollir. Mais rien ne se passait, personne ne la touchait. Jonás lui tendit l'oreille, et elle l'examina avec le sérieux qui s'imposait.

— Très bien, dit Edith. L'oreille est guérie. Complétement ! Définitivement !

Et elle effleura de la main la chevelure crépue du jeune homme. Elle le regretta aussitôt.

— *Muchos gracias Daktari-Seyyida* ! s'écria joyeusement Jonás. *Yo amigo tono ! Para siempre !*[2]

— Mais moi aussi je suis votre amie, dit-elle en se gardant

---

[1] Esp : Vous êtes la bienvenue
[2] Esp : Je suis ton ami ! Pour toujours !

bien de ne pas sourire.

Jonás posa la main sur ses cheveux – exactement comme elle venait de le faire – et les caressa, délicatement d'abord mais ses mouvements se faisaient plus hardis. Tout le monde s'approcha, les mains s'avançaient vers elle. Une amitié comme celle que le jeune Noir lui déclara avec flamme, semblait animer aussi Jacob et Jesús, les deux frères… Il n'y avait pas un moment à perdre. Edith recula de deux pas. Elle le fit doucement, sans se presser.

— Je suis venue pour examiner sa blessure, dit-elle.

Elle pointa Jesús de l'index en lui demandant de s'approcher. L'attitude du Noir changea en un instant. Il obéit docilement, tête enfoncée dans les épaules, et lui présenta sa poitrine. Il suffit à Edith d'un coup d'œil rapide pour voir que tout allait à merveille, que la plaie était bien cicatrisée. Il n'y avait plus rien à craindre.

— Très bien, dit-elle. Vous allez pouvoir bientôt sortir avec les autres.

Là-dessus, elle les salua et ouvrit la porte. En sortant elle aperçut encore cette scène étrange : les Noirs, mains tirées vers le haut, se prosternaient en son honneur.

En quittant la cabane des esclaves, elle tomba sur Samuel qui rentrait de la chasse plus tôt que prévu. Il portait son mousquet sur l'épaule et un gros lapin sous le bras. À sa vue il stoppa net.

— Que fais-tu là ?! Il la fixait, mine ahurie.

— Je suis allée voir mes patients, dit Edith. Je viens juste de terminer ma visite.

— Mais comment as-tu pu y aller toute seule ?!

— Je ne sais pas. Ça m'a pris comme ça, d'un coup. Comme tu le vois, je reste en vie et je me porte bien. Elle eut un sourire aux lèvres.

— C'est insensé ! Mais quelle folie ! Samuel agitait les

277

mains.

— D'accord. La prochaine fois on ira ensemble, si tu y tiens tellement.

— Bien sûr qu'on ira ensemble. Je ne te lâcherai pas d'une semelle ! Il commençait à se calmer.

— Ils sont restés très sages et polis avec moi, tu sais.

— Aujourd'hui - oui, demain - non, dit-il. Avec les Nègres il faut tout le temps se méfier.

Ils arrivèrent devant leur cabane quand Samuel s'arrêta.

— Tiens, Qu'est-ce que ça fait là ?

Il se baissa et se redressa tout de suite, une longue plume rose dans la main.

— Quel drôle d'oiseau c'était, s'étonna-t-il. Un grand oiseau rose ? Il n'y en a pas des comme ça sur l'île.

— En fait, il me semble que cette plume appartient à don Carlos, dit Edith. Il est passé récemment par là.

— Comment ? Samuel fronça les sourcils.

— Il était assis devant la cabane, ce matin. Nous bavardions. Il a posé son chapeau en face et la plume a dû se détacher à ce moment-là.

— Vous parliez de quoi ?

— Eh bien, de ceci et de cela… Ce n'était qu'un simple bavardage pour faire passer le temps. Je ne me souviens même pas, dit Edith.

— Un homme insignifiant ! dit Samuel. Je ne vois pas comment il peut te faire passer le temps.

— Question de goût.

Edith commençait à se lasser de cette conversation inutile. Elle avait à faire, et voulait en finir au plus tôt.

— Rentrons Samuel. Tu dois être fatigué. Repose-toi. Je te préparerai une bonne tisane.

— Je ne veux pas de tisane !

— Que veux-tu alors ?

— Du rhum ! répondit-il. Un marin ça boit du rhum, dit Samuel. Il accompagna ses mots d'un pâle sourire.

Elle lui apporta une coupe de rhum et le visage de Samuel s'éclaircit. Il vida la coupe en quelques gorgées, puis s'étendit sur son lit. Il ronflait aussitôt. Edith sortit, la plume rose dans la main. Elle pensa la rendre sans tarder à son propriétaire. Mais don Carlos ne se montrait pas dans les alentours et elle décida d'aller frapper à sa porte.

— Oui... Qu'y a-t-il ? Sa voix raisonna fort à travers le bois.

— C'est juste moi. Je viens pour vous rendre votre bien, dit-elle.

La porte s'ouvrit. Don Carlos, sourire radieux aux lèvres, l'invitait à entrer d'un large geste de la main. Il lui tendit l'autre main pour l'introduire dans la pénombre de sa demeure. Chacun de ses mouvements exprimait une grande politesse.

— Je ne resterai pas, dit-elle avec empressement. Je suis très occupée ce matin, voyez-vous. Je viens juste pour vous rendre votre plume.

— Ma plume ?? Ah oui ! ma plume. J'avais dû la perdre devant votre maison.

— Oui, c'est bien ça.

— Je vous en remercie, dit don Carlos avec le sérieux digne d'un amiral. Asseyez-vous donc, señorita. Je vous en prie !

— Je dois partir, don Carlos.

— Faites-moi plaisir et restez un peu avec moi, dit-il.

— Juste deux minutes, répondit Edith. J'ai à faire.

Soudain, elle eut peur. Mais peur de quoi au juste ?

« Pas de lui, quand même, pensa-t-elle. Un noble espagnol et un officier de surcroît. Un homme subtil et courtois. Et puis, il n'y a aucun mal à ce que je me fasse courtiser un peu. »

— Chère señorita, dit don Carlos. J'adore votre compagnie. J'aime tellement vous regarder, vous avoir près de moi.

— Auriez-vous quelque chose à boire ? demanda-t-elle.

Elle commençait à s'inquiéter un peu. Il ne fallait pas qu'il devienne trop pressant, trop entreprenant.

— Bien sûr que j'ai quelque chose à boire, dit-il. J'ai du vin andalou, il est vraiment excellent. En voulez-vous ?

— Bien volontiers, dit Edith.

Et en effet, elle eut vraiment envie de goûter à ce vin espagnol.

« Qui parmi mes connaissances, de Boston ou d'ailleurs, a jamais eu l'occasion de déguster un vin du XVIIIe siècle ? se demanda-t-elle. »

Don Carlos se leva. Il apporta une bouteille sombre, au ventre rond, et versa du vin dans les verres. Le vin avait une couleur rouge rubis. Edith le goûta et le trouva excellent : il était puissant et riche à la fois. Elle but encore une gorgée, puis une deuxième.

— Comme je le disais, j'aime vous avoir près de moi. Don Carlos s'assit encore plus près d'elle. J'aime vos yeux et votre bouche. La façon dont vous vous coiffez est si originale. Votre coiffure vous va à merveille.

— D'où vient ce vin ? Edith détournait la conversation. Il est vraiment délicieux.

— Ah ! Vous l'aimez ? Vous m'en voyez ravi ! dit-il.

Il se leva, prit le verre d'Edith et le remplit de nouveau. Il profita de l'occasion pour s'asseoir encore plus prêt d'elle, ses jambes touchant presque les siennes. Edith ne parlait plus, elle ne savait plus quoi dire.

— Edith… puis-je vous appeler par votre prénom ?

— Pourquoi pas, dit-elle lentement. Si vous voulez.

— Alors Edith, je vais faire quelque chose.

— Oui..?

— Une chose tout à fait innocente. Alors ne fuyez pas, ne me repoussez pas. *Por favor* !

Il toucha ses cheveux blonds et courts. Puis, il recommença. Sa main glissait doucement vers le bas.

— Mais pourquoi faites-vous ça ?

— J'avais tellement envie. J'en ai toujours. Vos cheveux sont merveilleux. On dirait de la soie.

— De la soie ? Je ne vous crois pas !

— Laissez-moi vérifier encore.

Maintenant il caressait ses cheveux de deux mains, il le faisait avec grande délicatesse, s'arrêtant et reprenant, à plusieurs reprises. Il toucha ses oreilles essayant d'attirer sa tête vers la sienne, mais Edith recula.

— Arrêtez señor !

— Mais pourquoi ? Nous ne faisons aucun mal ! Nous ne faisons de mal à personne !

— C'est vous qui ne faites aucun mal, dit-elle avec ironie. Moi, je ne fais rien du tout.

Elle se leva et s'orienta vers la porte mais don Carlos lui barra le passage. D'un geste aimable et ferme à la fois, il l'attira et lui donna un baiser sur la bouche. Il l'embrassait longuement la serrant fort, et Edith n'arrivait pas vraiment à se dégager de son étreinte. Elle insista mollement, sans effet. La moustache de don Carlos la chatouillait légèrement. Edith s'essoufflait mais tout compte fait, ce baiser prolongé, tendre et brûlant à la fois, ne lui déplaisait pas.

« Mais quelle passion chez cet homme ! pensa-t-elle vaguement. »

Jusqu'à présent, don Carlos Esteban lui faisait plutôt l'impression de quelqu'un de froid et de calculateur mais là… Là, il révélait sa deuxième nature, celle d'un homme charnel et voluptueux.

Finalement, don Carlos s'arrêta de l'embrasser. D'un mouvement doux mais convaincant, il tenta de la conduire vers son lit, mais Edith s'y opposa. Elle se tourna vers la sortie.

Avant de partir, elle mit le doigt sur les lèvres de son hôte et lui adressa un sourire mélancolique. Puis, elle ouvrit la porte et la referma derrière elle. Au retour dans la cabane, elle constata que Samuel dormait encore.

Plusieurs jours passèrent depuis que don Carlos avait tenté d'exercer sur Edith son pouvoir de séducteur. Mais rien n'arrivait. En vrai gentilhomme, il ne faisait aucune allusion à ce qui venait de se passer entre eux. Il ne lui donnait aucun signe de vouloir l'approcher de nouveau.

« Un caprice passager, pensa-t-elle. Une vraie bagatelle, à mettre dans les archives profonds de ma mémoire. Ça lui a pris comme ça, d'un coup de tête, et ça lui est vite passé. »

Les affaires quotidiennes reprirent pour de bon. Entre les activités du jardinage et de la basse-cour, entre la chasse, la pêche et la cueillette, il y avait de quoi remplir les journées entières, qui passaient ainsi à toute vitesse. La quête des perles revint à l'ordre du jour. Don Carlos et Samuel y allèrent à deux reprises, en emmenant Jacob et Jonás avec eux. Ils changèrent d'endroit la seconde fois, mais chacune de ces explorations fut veine. Ils revinrent bredouilles, aucune perle n'étant extraite de nombreuses huîtres arrachées vaillamment à la mer. Il fut aussi question d'utiliser Jesús comme troisième plongeur mais Edith s'y opposa avec fermeté. Il était trop tôt, Jesús n'était pas encore complétement rétabli, il fallait attendre. Don Carlos accepta ce diagnostic sans protester.

Un jour, ils se promenèrent tous les trois le long de la plage. De nombreux nuages traversaient le ciel, une brise énergique soufflait de la mer, les chapeaux des deux hommes ondulaient au vent.

— Je peux vous poser une question, señorita ? demanda don Carlos.

— Ça dépend laquelle. Edith sourit du coin des lèvres.

Elle s'appliquait à traduire leur conversation à Samuel, qui regardait la mer. Il semblait ne faire aucune attention à ce qui se disait. Quant à don Carlos, il ignorait, comme souvent, la personne du jeune lieutenant. À présent, il le faisait même de manière ostentatoire.

— Une question tout à fait anodine, continuait don Carlos. J'aimerais bien savoir qu'elle est l'attitude des femmes envers les hommes dans votre XXIe siècle.

— Elle n'est pas du tout anodine votre question, monsieur l'officier. Pas du tout ! Et le sujet est très vaste. Veuillez être plus précis, s'il vous plaît.

— Eh bien, je pense aux affaires de cœur, dit-il.

— Mais pourquoi voulez-vous que j'en parle ?

Edith exprimait son étonnement avec un simulacre de naturel.

— Oh ! C'est tout simple. J'ai devant moi une personne du beau sexe, intelligente et cultivée, et qui possède certainement une bonne connaissance livresque de nos mœurs du siècle des Lumières (il accentua les cinq derniers mots). Je voudrais en profiter.

— Si j'ai bien compris, vous voulez que je compare nos femmes modernes avec les vôtres ?

— C'est exact.

— Tout en me servant de mon expérience éventuelle dans le domaine ?

— Voilà !

— Rude tâche. Edith sourit de nouveau.

— Je suis sûr que vous y arriverez ! dit-il avec malice.

— Bien. Je vous dirais ce que je sais de la femme de mon temps. Mais pas de comparaison avec les vôtres. Je n'y suis pas bien placée pour cela.

— Je suis tout ouïe, dit don Carlos.

Avant de répondre, elle jeta un bref coup d'œil sur Samuel qui marchait à côté d'elle. Tête tournée vers la mer, il ne s'intéressait toujours pas à leur babillage. Elle décida de ne plus lui traduire la conversation, dont il n'avait visiblement rien à faire.

— La femme dont je vous parle est plutôt de type européen, de race blanche, si vous préférez. Elle vit quelque part aux Etats Unis, au Canada, en Australie ou en Europe, en l'année 2015 de notre calendrier grégorien.

— Mais pourquoi de telles restrictions géographiques ? s'étonna-t-il.

— Parce que il n'y a plus de colonies au XXIe siècle. Des anciens opprimés sont maintenant maîtres chez eux et l'influence de l'Occident n'est plus la même. Elle a changé de nature.

— Expliquez le moi, s'il-vous plaît.

— Non seulement ils nous imitent en mal, mais ils en ajoutent. Ce qu'ils font, n'est souvent pas joli à voir.

— Je ne vous comprends toujours pas señorita, dit-il.

— Eh bien.., pour en revenir aux femmes, il y a des endroits au monde où on les lapide, parce qu'elles ont souri à un inconnu, dit Edith. Et personne ne peut y remédier. Je ne vous parlerai pas de ces malheureuses-là. Il s'agit de mon monde à moi et de la femme qui y vit, celle que je croise tous les jours : la femme moderne de l'occident.

— Continuez. Je vous en prie.

— Cette femme-là est émancipée. Elle vit parfois seule, elle travaille. Il arrive qu'elle élève seule ses enfants. Elle est brave, elle se débrouille.

— Et en ce qui concerne ses amours ?

— Oh ! elle est très autonome, là aussi. Elle ne se laisse pas faire. Elle sait mener son jeu.

— Alors, je peux vous assurer que rien n'a changé de ce côté-là, dit-il. La femme de mon époque sait très bien mener l'homme par le bout du nez. Et il ajouta : en fait, elles font avec nous tout ce qu'elles veulent.

Edith s'arrêta de parler. Elle vit que Samuel ne regardait plus la mer ; il la regardait, elle. Il y avait de la méfiance et de la tristesse dans ce regard. Elle décida sur le champ de traduire de nouveau la conversation : une tâche ardue.

— Vous disiez ? reprit-elle.

— Elles font avec nous tout ce qu'elles veulent, répéta don Carlos. Cela peut être charmant, remarquez, mais parfois ce ne l'est pas.

— Ah ! oui. Le ton était ironique. Vous semblez bien connaitre notre sexe, señor.

Il ne répondit pas. Avec une légère hésitation dans la voix, il insistait, la questionnait encore.

— Et qu'en est-il des coutumes amoureuses de vos semblables ? ses yeux brillaient d'une lueur nouvelle.

— Qu'est-ce que vous entendez par " coutumes amoureuses ", dites-moi.

— Comment expliquer... les coutumes, les pratiques... permises, et celles qui ne le sont pas ?

Depuis un moment, elle ne savait vraiment plus comment traduire à Samuel les questions de don Carlos et ses réponses. Samuel avait l'air écœuré mais il ne disait toujours rien. Edith voulant le ménager, menait sa traduction avec circonspection : elle adoucissait les phrases, voilait le sens. Mais elle n'avait pas la moindre intention d'épargner son interlocuteur espagnol trop fouineur à son goût. Après l'avoir chauffé au vif, il fallait maintenant lui clouer le bec.

— Tout est permis, si vous tenez tant à le savoir.

— Tout ?!

— Oui. Tout ! Vous voyez bien, il ne me reste plus rien à vous dire.

Samuel ralentit ses pas, puis s'arrêta. Il regarda don Carlos Esteban d'un œil maussade.

— À quoi ça sert, toutes ses questions ? grogna-t-il. À quoi ça sert ?! Ce sont des problèmes intimes ! On ne parle pas de ça ! Il devenait écarlate.

Don Carlos ne fit aucune attention aux propos du jeune lieutenant. Il souleva légèrement son chapeau et s'inclina gracieusement devant elle.

— Chère señorita. Veuillez me pardonner mon manque de délicatesse. Je vous causais d'un ton trop léger sans doute, mais sans vouloir vous froisser.

— Il n'y a aucun mal monsieur, dit Edith. C'est sans importance. Nous bavardions juste, et rien d'autre.

Le ciel s'éclaircit et le vent tomba. Sur le chemin du retour, Samuel lançait des petites pierres plates sur la crête des vagues. Pieds nus, Edith pataugeait dans des flaques d'eau, don Carlos Esteban l'observait discrètement. Soudain, elle se tourna vers lui.

— Tant que j'y pense. Pour vos expéditions de plongée, vous pouvez désormais emmener Jesús avec vous. Il est complétement guéri.

— Bonne nouvelle, répondit don Carlos. Merci docteur. Justement, je pense y aller demain.

Mais le jour d'après il eut de l'orage et de la pluie, l'exploration d'une nouvelle partie du littoral fut repoussée au lendemain. Les deux hommes, l'Espagnol et le Britannique, se souriaient de nouveau. Partisans d'une entente renouvelée, il leur arrivait même de se taper sur l'épaule. Ayant tout préparé la veille, ils partirent au petit matin, accompagnés des trois Noirs qui traînaient les pieds. Afin de les obliger à un peu plus d'enthousiasme, don Carlos agitait parfois son mousquet, Samuel l'assistait en poussant des cris de temps à autre. Edith suivit de loin tout ce petit monde jusqu'à la plage. Elle les vit marcher le long de la mer, puis ils disparurent derrière le virage. Elle retourna au camp.

Restant seule, Edith respira. Elle appréciait de nouveau cette solitude : le calme et le sentiment de liberté qu'elle lui apportait. En l'absence de Samuel elle se sentait toute légère, en l'absence de don Carlos elle se sentait plus à l'aise. De ces deux-là, elle saura s'en passer. Elle pourra profiter de cette belle journée qui venait de lui être offerte par les cieux.

Tout d'abord, penser à son bain matinal à la source ! Elle s'y attarda, s'aspergeant longuement d'eau scintillante, se pliant, se tournant et s'étirant sous le jet de sa douche. Elle sortit du bain, s'essuya avec soin et revint au camp. Le temps qui suivit fut consacré à la basse-cour et au jardin, puis, dans l'après-midi, aux rangements de toutes sortes. Plus tard, elle prit quelques notes dans son calepin. Il lui restait deux pages vierges, pas une ligne de plus.

Le moment est venu pour se détendre. Elle prit la couverture de lit et s'assit sous le palmier, à la sortie du camp. Dos appuyé contre le tronc du grand arbre, elle pouvait bien voir la mer qui était calme et déserte. Une mer abandonnée des hommes... Avec nostalgie, elle songea à sa vie d'autrefois, disparue à jamais. Elle revit sa ville agitée et bruyante, ses levées précipitées du matin et son hôpital où elle passait ses jours. Vaguement elle pensa à sa famille, à son père et sa sœur, qui n'existaient plus pour elle. En fait, ils n'existaient pas du tout. Pas encore. Son père naîtra un jour, puis sa sœur et enfin elle. Elle aura de nouveau une famille, mais pas maintenant. Dans une autre vie.

Cette pensée extravagante l'amusa. Elle se leva pour se dégourdir les jambes, puis s'assit de nouveau. Sa vie à elle, toute sa vie, c'était cette île maudite : un piège qui s'est refermé sur elle. Dans une nature inextricable, emmêlant des racines et des lianes fortement ficelées, remplie de buissons touffus et épineux, elle n'était pas à sa place. Certes, il y avait cette plage, les vagues et les crustacés...

« Un décor de vacances, pensa-t-elle. Quel ennui ! des vacances de rêve, et en plus interminables. Un Club Med en quelque sorte, avec deux beaux mecs en prime... Mais heureusement que je les ai avec moi. J'aime la solitude mais sans excès, il ne faut pas qu'elle dure trop longtemps. Et avec eux, elle ne dure jamais. Ils partent et ils reviennent, ils me dorlotent. Le plus important est qu'ils soient si différents. J'aime ça ! »

Une pensée ironique mais fondée certainement. C'était bien de les avoir près d'elle, Samuel, le jeune homme passionné, et don Carlos, l'homme mûr mais chatoyant, élégant et courtois, et qui n'arrêtait pas de rôder autour d'elle.

Et puis, il y avait ces Noirs, pauvres bougres asservis et sans défense. Ils l'attendrissaient. Se faire dominer comme ça, par ces deux brutes coloniales... Quelle honte ! Elle n'arrivait pas à s'y opposer avec force. Pourtant, si elle avait seulement voulu, elle aurait pu enrouler chacun de ces deux-là autour de son petit doigt. Si elle avait vraiment voulu, elle aurait pu les entraîner n'importe où derrière elle. Avec Samuel au moins ça serait simple, quant à don Carlos... Là-dessus, sa pensée s'embrouilla. Elle s'allongea sur la couverture et fit un petit somme.

Comme de loin, elle entendit un bruit. Étaient-ce des pas sur le sable ? des bribes de phrases jetées en l'air ?

De retour, la petite équipe avançait lentement le long du rivage, les Noirs en tête. Edith se leva et les regarda. Les trois esclaves tenaient à peine debout. Ils chancelaient, comme ivres à rouler par terre. Mais ils n'étaient pas ivres et ils ne tombaient pas. Edith s'approcha.

— Qu'est-ce qu'ils ont ? Qu'est-ce qu'il leur arrive ?

— Oh ! Ce n'est rien, dit don Carlos. Ils sont un peu fatigués, voilà tout. Ils vont bien dormir cette nuit.

— C'est ça, ajouta Samuel. Et demain, ils seront de

nouveau d'attaque. Comme neufs.

« Ils sont devenus vraiment complices, pensa-t-elle. Quelle solidarité implacable ! La solidarité de race, et d'intérêts surtout. Il n'y a rien à dire. »

— Je souhaite les examiner, tous les trois. Le ton était sec. Pas la peine de m'accompagner, Samuel. Je me débrouillerai toute seule.

— Mais ma mie... Pourquoi ?

— Je me débrouillerai, te dis-je ! Je suis médecin et je sais ce que je dis.

Samuel enfonça la tête dans ses épaules, détourna le regard. Jusqu'au campement, personne ne prononça un seul mot.

Edith alla chercher sa trousse médicale, puis s'approcha de la cabane des Noirs, suivit de près par les deux marins, embarrassés et soucieux.

— Nous allons vous attendre ici, dit don Carlos.

— C'est comme vous voulez, répondit-elle.

Edith entra. La pénombre régnait dans la cabane, et elle mit un peu de temps à apercevoir Jacob, Jesús et Jonás qui étaient allongés par terre. Ils ne portaient pas de chaînes, pour une fois. À sa vue ils ne bougèrent pas. Sans lui manifester un vif intérêt, comme l'autre fois, ils la suivaient néanmoins du regard, épiant chacun de ses mouvements. Elle s'orienta vers Jesús et se plaça face à lui.

— Asseyez-vous, Jesús. Je voudrais vous examiner, dit-elle avec douceur.

Il se releva difficilement, s'appuyant sur le bras. Les traits de son visage étaient crispés, ses yeux grands-ouverts, rougis, les blancs s'agitant d'un mouvement rapide. Il avait un souffle lourd, irrégulier, le rythme saccadé de son cœur l'inquiéta. Elle lui mesura la tension qui était très basse, demanda d'ouvrir la bouche.

— Mettez-vous sur le dos, ordonna-t-elle.

Il obéit. Edith palpa son ventre, longuement, avec soin. Les yeux de Jesús étaient fermés maintenant et il respirait profondément.

— Merci. Vous pouvez vous coucher comme avant. Jacob va prendre votre place.

Visage sombre, Jacob se présenta à son tour. Elle vécut un moment de peur à la vue de sa poitrine massive, dénudée, et de ses bras musclés, mais cette peur passa vite. Elle refit le même examen et constata que le frère de Jesús se trouvait, lui aussi, dans un état d'épuisement extrême. En se retirant, pratiquement à quatre pattes, le grand ours noir murmura quelques mots, qu'Edith ne comprit pas. Elle les prit pour un remerciement maladroit.

Jonás devait venir à son tour. D'habitude aimant tant se faire " soigner " par la *Daktari-Seyyida*, cette fois-ci le jeune garçon n'arrivait pas à se lever et ce fut Edith qui l'approcha. Elle s'agenouilla devant lui et posa sa main sur ses cheveux. Jonás, qui se trouvait allongé sur le côté, se tourna vers elle. Des larmes coulaient sur son visage et il commençait à sangloter.

— Du calme mon petit, dit-elle toute émue. Je suis là pour t'aider.

Le jeune Noir prit les mains d'Edith et les posa sur son visage, les glissa sur son front, ses paupières, ses joues et ses lèvres. Il les embrassa doucement, puis encore et encore, il voulut continuer mais Edith s'y opposa avec délicatesse et l'aida à s'asseoir. Elle passa le stéthoscope sur sa poitrine – son cœur battait fort – ausculta ses poumons, puis elle lui prit le pouls. En plus d'un grand épuisement, il y avait chez Jonás une tension nerveuse forte qu'il n'arrivait pas à maîtriser. Au moment où elle voulut se lever, il l'attrapa des deux mains, avec crispation, essayant de la retenir. Elle se dégagea progressivement et s'orienta vers la porte.

— Je reviendrai, dit-elle. Attendez-moi.

Dehors, devant la cabane, don Carlos et Samuel se trouvaient en pleine conversation qui avait l'air boiteuse. Elle était soutenue par une multitude de gestes de part et d'autre, ainsi que par une aide linguistique de l'Espagnol, corrigeant la prononciation bancale de l'Anglais. La conversation s'arrêta au moment où Edith franchit la porte. Son visage ombrageux n'annonçait rien de bon.

— Nous sommes soulagés de vous voir parmi nous, señorita. Toujours en bonne santé, je veux dire. Don Carlos se frotta les mains.

— Je ne vous comprends pas.

— Mais voyons, vous sortez de la cage aux fauves !

— Vous vous trompez, monsieur. Complétement ! Ce sont des êtres humains, comme vous et moi.

— Des êtres humains ?? Vous plaisantez ! Vous semblez oublier que ces êtres humains ont sauvagement assassiné mes deux compatriotes…

— Ils se défendent comme ils peuvent, dit-elle sèchement. Et justement, señor. J'ai à vous parler. Ça vous concerne tous les deux, d'ailleurs.

Elle regarda Samuel d'un œil détaché et froid au point que le pauvre garçon se courba. Il donnait l'impression de vouloir s'enfoncer sous terre.

— De quoi s'agit-il, señorita. ?

Don Carlos s'inclina légèrement. Un aimable sourire collait à ses lèvres.

— De quoi s'agit-il ?! Mais vous le savez très bien. Qu'est-ce que vous leur avez fait ?! C'est odieux..! Le ton montait.

— Vous faites allusion à notre travail de chercheurs des perles, à ce que j'entends. Don Carlos gardait son calme. Ça doit les fatiguer un peu ces Noirs, je l'admets. Mais ils sont costaux, vous savez, de vrais gaillards ! Dans deux jours, ils seront comme neufs.

— C'est ce-que je te disais. La voix timide de Samuel se mêla à ses paroles. N'aie aucune crainte, ma mie.

— Non ! Non ! Ils sont complétement extenués, totalement épuisés ! cria Edith. Elle ne se retenait plus. Ce n'est plus possible ! Vous êtes des tortionnaires !

— J'aimerais bien vous être agréable, dit don Carlos d'une voix douce. Mais vous comprenez, señorita, que nous ne pouvons pas laisser tomber. C'est hors de question !

— Vous allez raccourcir la durée des plongées ! Je l'exige ! Et les espacer dans le temps. Elle commençait à se calmer.

— On y avisera. Je ferai tout mon possible pour vous plaire.

— Et maintenant, vous venez avec moi ! dit Edith.

— Où ça ? demanda don Carlos avec un brin d'intérêt non-dissimulé.

— À l'entrepôt. Vous allez m'aider à leur apporter de la nourriture. Du maïs, de la viande et du fromage, et de l'eau aussi. Beaucoup d'eau.

Sans dire un mot, don Carlos fit un pas derrière elle.

— Attendez-moi, dit Samuel. Je viens avec vous. Et il ajouta : je propose qu'on leur apporte aussi des couchages en paille. Il y a tout ce qu'il faut dans les cabanes des matelots.

Dire que la situation des Noirs s'arrangea complétement à partir de ce jour-là, ce serait exagéré, mais elle s'améliora quand même un peu. Sous l'étroite surveillance d'Edith, don Carlos baissa d'un ton. Les deux marins s'accommodèrent de quelques restrictions qu'elle leur avait imposées. Ils prirent aussi soin de mieux ménager les apparences. La situation avait donc l'air de s'améliorer et Edith pouvait espérer que tout irait mieux bientôt. Mais les prochains événements allaient contredire cette vision trop optimiste de la réalité insulaire.

Un rêve partagé uni les hommes. Don Carlos et Samuel se laissaient bercer du même rêve merveilleux : ils allaient bientôt s'enrichir fabuleusement. Les plus belles perles du monde, d'un éclat et de taille exceptionnelles, les attendaient au fond de ces eaux. Il était vrai que, pour l'instant, les perles n'étaient pas au rendez-vous, pas une seule n'étant encore retirée d'une huître. La conclusion sautait aux yeux : il fallait insister ! Surtout ne pas se décourager. Explorer d'autres parties du rivage.

— Tout un coffre de perles, Edith ! Tout un coffre de perles ! s'extasiait Samuel. T'imagines-tu seulement ?

Ses yeux brillaient. Mais Edith ne répondait rien.

Ainsi, les deux hommes s'entendaient de mieux en mieux. Le conflit qui opposait en permanence leurs pays n'avait plus aucune mise sur eux, dans cet isolement splendide. Ils mirent de côté la guerre. Ils tombaient d'accord facilement, sans tergiverser, sans chercher la petite bête. Ils travaillaient ensemble, ils allaient ensemble à la chasse.

Samuel s'adressa à sa compagne :

— Demain matin je pars avec don Carlos à la chasse. Nous projetons d'aller de l'autre côté de l'île. A l'occasion, on va explorer le rivage. Il doit y avoir encore des criques intéressantes pour la plongée. Il faut qu'on les repère.

— Et vous allez revenir quand ?

— Avant la tombée de la nuit, en tout cas.

— Alors bonne chasse, dit Edith d'un ton indifférent.

Quand elle se réveilla, Samuel n'était plus là. Il dut partir très tôt, sans faire de bruit. Il emmena avec lui ses armes et les jumelles, qu'elle lui avait confiées la veille. Edith mangea s'attardant à table, pris son bain matinal sans se presser, puis alla traire la chèvre. Fidèle à sa promesse de ne pas s'aventurer chez les esclaves en l'absence de deux marins, elle décida de passer sa journée à la mer. Elle trouva un coin ombragé et s'allongea. Ensuite, elle se promena le long du rivage. Elle se baigna, chercha des crabes dans les rochers. Au retour dans son coin, elle joua aux échecs avec elle-même, gagnant et perdant la partie.

« Jouer comme ça, m'amuse. Plus qu'avec Samuel, en tout cas. »

Le soleil s'apprêtait à toucher la ligne d'horizon, les deux hommes devraient être de retour très bientôt. Edith regagna le camp et se mit à préparer des galettes de maïs. Samuel rentrait toujours affamé de ses escapades.

— Bonsoir señorita. La voix de don Carlos lui vint de derrière.

Elle se retourna et le vit sur le seuil de la porte. Il portait encore son fusil et avait un grand lapin sous le bras.

— Samuel n'est-il pas encore arrivé ? s'étonna don Carlos.

— Non. Vous n'étiez donc pas ensemble ? Edith s'étonna à son tour.

— Si, nous étions ensemble mais pas tout le temps. Nous nous sommes séparés à un moment.

— Vous vous êtes séparés..?

— En fait, je lui avais proposé de faire chacun un bout de la boucle autour du grand ravin. Pour mieux prospecter. On devait se retrouver forcément.

— Je suis inquiète, dit Edith.

— Ne le soyez pas, répondit-il. En principe, il connait bien la voie de retour. Il sera ici d'un moment à l'autre.

Il s'apprêtait à partir quand Edith le retint.

— Vous comptez faire quoi avec ce lapin ? demanda-t-elle.

— Je vais lui enlever d'abord la peau et ensuite… je vous propose de faire un bon petit gueuleton à trois. Dès que Samuel revient dîtes le lui.

— J'accepte en mon nom et le sien, dit Edith avec sourire.

Don Carlos prit la direction de sa cabane. Edith sortit et regarda le ciel qui était en train de s'assombrir.

« La nuit va tomber bientôt, se dit-t-elle. Samuel ne pourra plus traverser la forêt dans le noir. »

Cette pensée l'inquiéta au plus vif. Et s'il était souffrant ? S'il s'était cassé la jambe ou le bras ? Un brusque élan du cœur lui ordonna d'aller à sa rencontre et elle le fit immédiatement. Elle retourna à la plage. Où pourrait-elle aller sinon là, dans cette nuit envahissante ?

Une heure plus tard, il faisait noir dehors. Edith tournait dans sa maisonnette, d'un coin à l'autre, n'arrivant pas à s'occuper pour calmer ses nerfs. Elle se força enfin à ouvrir son calepin et relit les dernières pages. Insatisfaite, elle le jeta par terre. Soudain, on frappa à la porte et Edith alla ouvrir. Don Carlos, lapin dépouillé à la main, se tenait droit sur le seuil. Éclairé à peine par la faible lumière de la pièce, il lui semblait irréel. Son visage projetait des ombres inquiétantes, ses yeux, fixés sur elle, brillaient d'une lueur blafarde.

— Samuel, est-il là ?

— Non ! Il n'est pas revenu, et j'avoue, je suis terriblement inquiète, dit Edith.

— C'est en effet bizarre. Il connait bien le terrain où nous étions. Il devrait en tout cas. S'était-il engouffré dans des broussailles ? Mais ne vous inquiétez pas, señorita. Dans le pire des cas, s'il s'était fait surprendre par la tombée de la nuit, il reviendra demain matin. Je suis prêt à parier n'importe quoi !

— Vous me rassurez un peu monsieur. J'aimerais tant vous croire.

— Écoutez ! Il se peut qu'il soit là dans quelques minutes… Je vous propose de faire cuire ce lapin en attendant, et après on verra.

Une heure et demie plus tard, le lapin exhalait une odeur agréable de la viande bien cuite, et cette odeur dut allécher don Carlos, car il se présenta de nouveau.

— Toujours rien, señorita ?

— Toujours rien, répondit-elle. Il n'est pas revenu.

Il tira de sa poche une belle montre en or incrustée de pierres précieuses (la fine châtelaine se déploya avec élégance) et il l'ouvrit.

— Il est déjà huit heures passée, annonça-t-il. Ce n'est plus la peine d'attendre. Vous savez, je vous propose de déguster ce lapin à deux.

— Comment ça ?

— Tout simplement. J'apporterai une bouteille de vin, de ce vin andalou que vous avez déjà bu. Et que vous avez aimé il me semble.

— Hmm ! Je n'en suis pas très sûre. Edith pinça les lèvres.

— Comment ?! Vous n'êtes pas sûre d'avoir aimé ce vin ?

— Non ! Non ! Je ne suis pas sûre de vouloir passer la soirée en votre compagnie.

Don Carlos éclata de rire. Mais son rire s'arrêta aussitôt.

— J'aime votre franchise, dit-il. Et votre impertinence aussi. Elle vous va bien.

— Parfait ! Mais moi je ne vous fait pas confiance, dit-elle.

— Mais voyons, Edith ! Je peux vous appeler par votre prénom, n'est-ce pas ? Voyons Edith, je ne vous ferai aucun mal ! Je suis un gentilhomme, et j'ai un énorme respect pour vous. Vous n'avez vraiment rien à craindre de moi.

— D'accord. J'accepte. Apportez votre vin. Le lapin est prêt. Nous allons le manger et boire un verre de vin. Ensuite, nous allons nous dire bonsoir.

— Je reviens tout de suite, dit don Carlos.

Il se retourna sur la pointe des pieds et marcha vite en direction de sa cabane. Quelques minutes plus tard, il revenait, bouteille de vin et deux verres dans les mains. Il posa son épée dans un coin. Il versa du vin dans les verres, porta un toast.

— À vous, dit-il. À votre jeunesse et à votre charme si singulier, qui me touchent profondément.

« Quelle éloquence, pensa-t-elle. Ce n'est qu'une pauvre

pièce de théâtre, d'un goût douteux. Il y joue le rôle du soupirant, et moi dans tout ça..? »

Le vin était aussi bon que l'autre fois. Elle but deux verres, un après l'autre, et ressentit l'effet aussitôt. L'alcool réchauffait ses joues, commençait à lui faire tourner la tête. Mais aussi, il libéra sa parole.

— Dites-moi, mon ami, que s'est-il passé réellement avec Samuel ?

— Comme je viens de vous le dire. Il a dû se tromper de chemin et on le verra demain matin sain et sauf.

— Je vous crois sur parole, dit Edith. Que pourrais-je faire, sinon ?

— Vous pourriez être gentille avec moi, dit don Carlos.

Il se tut un instant, se délectant de sa cuisse de lapin, en gourmet qu'il était. Il accompagnait la viande des minuscules gorgées de vin, son verre était à peine entamé, ce qu'Edith n'omit pas de remarquer. Il s'essuya la bouche délicatement, en se servant de son mouchoir en batiste.

— Êtes-vous marié, monsieur l'officier ? demanda Edith.

— J'ai été marié. Je suis veuf. Ma femme est morte l'année dernière, précisa-t-il.

— Oh ! je suis désolée, dit Edith.

— Vous n'avez pas à être désolée. Un méchant sourire parut sur son visage. Je respire. C'était une vraie mégère. Elle m'empoisonnait la vie.

— Et maintenant vous êtes complétement libre. Toutes les femmes sont à vous !

Edith prenait de l'audace. Elle venait de terminer son troisième verre de vin et se sentait de plus en plus à l'aise. Le regard insistant de don Carlos ne la gênait plus, comme ne la gênaient pas ses paroles prononcées avec feu :

— Mais ma chère Edith. Les autres femmes ne m'intéressent pas du tout ! La seule qui m'importe c'est vous.

C'est à vous que je pense sans cesse... et dont je rêve !

— Mais je vous crois, señor. Et j'avoue, je trouve vos paroles agréables... assez, mais remarquez elles ne m'étonnent pas.

— Et pourquoi donc ?! Sa surprise était grande.

— Pourquoi ? Je suis la seule femme sur cette île, dit-elle avec un sourire. Vous n'avez pas de choix.

— Ce n'est pas ça, croyez-moi ! dit-il. Je vous dis : vous êtes la seule au monde ! Ici, comme ailleurs !

Don Carlos se leva. Il approcha sa chaise de celle d'Edith – les deux chaises se touchaient presque – et s'assit à nouveau. Il posa la main sur son bras. Ne trouvant aucune résistance il le caressa avec délicatesse. Mais Edith le taquinait encore :

— Don señor Ribas de Navarro, vous vous éprenez d'une femme bien étrange. Une femme du futur. Vous n'en avez jamais connue une comme moi ! C'est ça qui vous excite, j'en suis sûre. Mais sachez qu'il y a devant vous un gouffre, le gouffre des siècles. Vous voulez vraiment tomber là-dedans ?

— Oh ! oui. Avec joie, dit don Carlos.

Il prenait prudemment le pouls de la plaisanterie, s'imprégnait de l'esprit farceur qu'Edith semblait vouloir instaurer. Il réfléchit un instant avant de parler :

— Et vous señorita, ne seriez-vous pas tentée par vivre une passion amoureuse avec un gentilhomme du XVIIIe siècle.

— Un gentilhomme ? j'en connais déjà un, dit Edith.

— Complétement différent, remarqua-t-il. Très gauche. Très jeune encore.

— Et après ?

— Après ? Je pense à notre bavardage de l'autre fois, sur la plage. Vous m'avez dit alors que tout était permis de votre temps...

— Oui ..?

— Vous m'intriguez et j'ai du mal à vous croire, dit-t-il

avec malice.

— Vous cherchez des preuves ? Vous voulez que je cède à votre caprice ?

Sa voix était rauque, comme si elle avait la gorge sèche. Elle prit son verre et le vida lentement.

IX

LES CHAUVES-SOURIS NE SONT PLUS LÀ

Samuel revint vers dix heures du matin. Il se trouvait dans un état épouvantable. Il avait des égratignures partout – sur les mains, les jambes et sur le visage – son pantalon et sa chemise étaient déchirés. Il mourrait de soif et de faim.

— Que s'est-il passé ? demanda Edith. Mon pauvre ami !

— C'est cette saloperie d'Espagnol !

Tout à coup il explosa :

— Je vais l'étrangler ! Non, je vais le provoquer en duel ! Il sortit son épée.

— Bois et mange et d'abord. On verra plus tard.

Elle lui apporta une cruche pleine d'eau, trois galettes de maïs et un morceau de viande séchée. Samuel, vida la cruche et en demanda encore. Il avala les galettes et la viande, rinça sa bouche.

— Que s'est-il passé alors ? Elle s'assit face à lui.

— C'est ce maudit traître ! Sa colère eut le temps de s'apaiser mais elle était toujours là, prête à jaillir de nouveau.

— Raconte-moi.

— Nous sommes allés dans un coin très sauvage. Je ne le connaissais pas, je n'y ai jamais mis les pieds. Alors, il m'a demandé de l'attendre :

« Pas plus qu'un quart d'heure, m'a-t-il dit. Histoire d'explorer un peu l'autre côté du ravin. » Il m'a promis de revenir vite, mais il ne revenait pas. Avant de partir, il m'avait indiqué le sentier à prendre au cas où il tarderait à me rejoindre… Mais ce sentier m'a conduit au fond du ravin ! La nuit est tombée et je ne savais plus où aller. C'est seulement à l'arrivée du jour que j'ai réussi, avec beaucoup de peine, à retrouver le chemin.

— Drôle d'histoire, dit Edith. Mais je suis sûre qu'il ne l'a pas fait exprès…

— Tu l'as vu hier soir ? demanda Samuel.

— Oh… juste en passant, répondit Edith négligemment.

— Je vais l'embrocher cet animal ! dit-il.

La colère lui montait de nouveau au visage. Il s'apprêtait à sortir mais Edith s'opposa.

— Non, Samuel ! Non ! Repose-toi un peu. Tu es exténué, tu dois dormir.

— Dormir en plein jour, impossible !

— Alors, fais un brin de toilette ! Je m'occupe de toi dès que tu as fini. Je vais t'essuyer les plaies, les désinfecter.

Il faisait déjà chaud dans la cabane. Samuel, s'allongea sur le lit. N'arrivant pas à trouver le sommeil, il tournait sur un côté et sur l'autre. Finalement, il se calma mais sa respiration demeurait saccadée et peu profonde. Edith assise à table, le regardait de temps en temps. Elle pensait à la nuit qu'il avait dû passer là-bas dans cette forêt inhospitalière. Une nuit pénible. Et elle pendant ce temps là… Soudain, elle eut pitié de lui. Il se trouvait devant elle, endormi et sans défense. Il semblait si fragile, complétement à sa merci. Un sentiment de tendresse l'effleura. Elle aurait voulu l'embrasser, le serrer fort. Mais elle ne le fit pas.

« Pauvre garçon, pensa-t-elle. Il est si attaché à moi, il me fait confiance. Je ne le mérite vraiment pas. »

N'étant pas disposée à culpabiliser longtemps, Edith sortit de la cabane. Elle regarda autour d'elle : le soleil brillait fort, quelques oiseaux noirs aux becs bossus, silencieux, se dandinaient sur leur branche. Tout était repos et quiétude. Marchant lentement, elle s'approcha de la cabane des Noirs. Elle regarda autour et ne voyant personne, ouvrit la porte et entra.

— Buenos dias *Daktari-Seyyida* ! cria Jonás. *Bienvenida*

Daktari !

Il était aux anges. Il s'approcha d'elle et lui baisa les mains. Voyant qu'il s'apprêtait à continuer, elle recula d'un pas, en se tournant vers les deux autres.

— Hum ! Je viens juste pour voir si rien ne vous manque.

Les deux frères, Jacob et Jesús, se prosternèrent. Ils venaient juste de se lever d'un coin de la cabane, où, profitant d'un maigre rayon du soleil, ils jouaient aux dés avec de petites pierres plates. Ils répondirent à sa question par gestes et en quelques mots hésitants : « Oui, tout allait bien. On s'occupait d'eux mais une cruche d'eau fraîche serait quand même la bienvenue. »

La porte s'ouvrit et don Carlos entra.

— Bonjour, dit-il.

— Bonjour, répondit Edith. Quoi de neuf ?

— J'ai pensé à vous toute la nuit.

— On se vouvoie maintenant… Remarquez, c'est peut-être mieux comme ça. Vous avez pensez à moi ? Vous n'avez donc pas dormi ?

— Non ! Pas que je m'en souvienne.

— Oh ! Quand même. Un peu… Edith sourit.

Décidemment, c'était un charmant sourire.

— Vous êtes la plus merveilleuse des femmes, dit don Carlos.

Il s'inclina en enlevant d'un geste large son chapeau, la plume rose frôla le sol.

« Décidemment, ce gentilhomme espagnol a de la classe, pensa Edith. Il est comme j'aurai pu l'imaginer dans un beau rêve. Parfait ! Sorti tout droit d'un film historique et romantique. »

Autour d'eux, les Noirs dressaient l'oreille. Pourtant, Edith avait l'impression qu'ils n'arrivaient pas à suivre une seule phrase de leur conversation, mais don Carlos n'était pas de cet avis-là. Il la toucha légèrement, l'entrainant avec lui.

— Sortons, dit-il.

Une fois dehors ils continuaient à bavarder.

— Samuel, est-il revenu ? demanda-t-il.

— Oui. Et justement… Qu'avez-vous mijoté, monsieur le traître ? Pour le laisser seul dans la forêt, je veux dire ?

— Mijoter ?! Moi ?

— Oui. Vous !

— Je ne vous comprends pas Edith, dit-il. Nous avons décidé de suivre chacun sa piste, et ces pistes devaient se rejoindre sous peu.

— Samuel ne l'avait pas compris comme ça, dit Edith. Il a mal compris, alors ?

— Ça m'en a tout l'air.

— Je vous signale qu'il est furieux contre vous. Il veut vous provoquer en duel.

— Bof ! Ça s'arrangera, dit-il avec flegme. *It doesn't matter. That will go.*[1]

— Quoi ?! Vous parlez anglais maintenant ?

— *A little bit,*[2] répondit don Carlos. Remarquez, je ne suis pas très fort en langues étrangères.

— Et vous comprenez ?

— Eh bien, quand l'occasion s'y prête.

— Vous compreniez tout ce qui se disait ?! Vous nous espionniez !

— Non, Edith ! Non ! Il m'arrivait de temps en temps de prêter l'oreille. Mais espionner, c'est un bien grand mot.

Don Carlos se tut. Edith commençait à réaliser à quel point ils étaient naïfs, Samuel et elle. Elle se rappela ces moments où ils avaient parlé librement entre eux en sa présence, sans aucune méfiance, abordant de nombreux sujets, certains

---

[1] Ang : Ça ne fait rien, cela n'a pas d'importance. Ça va aller
[2] Ang : Un peu

intimes, d'autres concernant leur vie commune à trois, les projets et les mesures à prendre. Ils s'étaient disputés au sujet de don Carlos quelquefois.

« Mais bon, c'est comme ça. On ne revient pas en arrière. Cette histoire montre bien comme il est utile de connaître les langues étrangères, se dit-elle avec humour. »

— Ma très chère Edith, ne m'en voulez pas, dit don Carlos en joignant les mains. Je suis tout à vous ! Faites de moi ce que vous voulez ! Croyez-moi, si je pouvais tirer le ciel vers vous, je le ferai !

Elle sourit. Tout compte fait, Carlos était un homme charmant. Elle le comprenait maintenant et était prête à lui pardonner sa récente fourberie. Elle ouvrit la bouche s'apprêtant à le lui dire, à lui dire quelques mots gentils, du fond du cœur, quand…

— Attention ! dit don Carlos. Samuel ! Il arrive !

Samuel, en effet, s'approchait. Maintenant, il se tenait devant eux, l'air morose. Il ouvrit la bouche…

— Ah ! vous voilà ! Don Carlos se réjouit bruyamment. On est si content de vous revoir !

— Vous..! Vous..! le jeune homme avait du mal à articuler les mots.

— Mais que est-ce qu'il vous arrive ?! l'étonnement de l'Espagnol semblait sincère.

— Vous vous êtes moqué de moi ! s'écria Samuel.

— Lieutenant, vous vous êtes tout simplement trompé du chemin. Don Carlos, gardait tout son calme. J'avais regretté après coup de vous avoir proposé de nous séparer. Et ensuite, la nuit est tombée si vite et…

— Vous ! cria Samuel. Je vous étranglerai ! Non ! Je vous embrocherai ! Dégainez ! Immédiatement !

D'un mouvement rapide Samuel tira son épée du fourreau. Il fit un pas en avant et se mit en position, pliant sa jambe droite et tirant en arrière sa jambe gauche.

— Mais mon cher lieutenant, vous voyez bien que je n'ai pas d'épée sur moi, dit don Carlos jovialement. Et de toute façon…

— De toute façon, ça n'a aucun sens, dit Edith. Le ton était posé. Range ton épée, Samuel.

— D'abord je le tue et on discute après ! dit Samuel.

Il était toujours très énervé, mais commençait à se calmer un peu. Edith lui expliqua longuement que sa façon d'agir était inconsidérée, totalement déplacée, que sa grande colère était injustifiée, que tout cela n'avait aucun sens. Selon elle, don Carlos n'avait vraiment rien à se reprocher, il n'y avait la moindre trace de fourberie ni dans ses pensées ni dans ses actes. Ses intentions étaient sincères.

— Mais alors, pourquoi m'a-t-il laissé seul dans cette forêt ? Samuel fit mine d'un enfant incrédule.

— Il a seulement proposé que vous vous sépariez momentanément. Pour prospecter sur un plus vaste territoire. Toi et lui, vous avez dû mal vous comprendre.

Le gentilhomme espagnol la remercia d'un regard furtif. Ainsi tout rentrait dans l'ordre.

Edith et don Carlos continuait à parler. Une assez longue discussion s'engagea entre eux au sujet du maïs récemment récolté. De nouvelles pousses se montraient déjà, timidement, par-ci, par-là. Mais Samuel ne participait pas à cette conversation. Yeux détournés, il boudait obstinément. Sa réserve dura quelque temps, elle s'accrut même suite à un événement imprévu. Un matin, Edith se montra parée d'une magnifique chemise. Toute en batiste, elle était pourvue de manches en dentelle et d'un jabot qui s'étalait sous sa gorge.

— Mais, cette chemise appartient à don Carlos ! Samuel sauta sur ses jambes.

— Eh oui, dit-elle. Plus exactement, elle lui appartenait.

Mais elle ne lui appartient plus. Il s'en était séparé, il me l'avait offerte, voyant comme j'étais dépourvue d'habits convenables.

Samuel la regarda un moment. Il voulait dire quelque chose mais finalement ne dit rien. Il semblait totalement accablé par cette nouvelle qui lui tombait brusquement sur la tête. Il s'éloigna d'un pas lent.

Il lui fallut toute une semaine pour que ses relations avec don Carlos enfin se normalisent, et qu'ils envisagent même une nouvelle prospection des eaux côtières. Il y avait des tas d'endroits sur île, y compris tout près du camp, où les perles attendaient qu'ont les cueille, don Carlos et Samuel en étaient persuadés. Ils se voyaient déjà heureux propriétaires d'un sac, non.., de deux sacs bien remplis de perles d'une taille et de qualité exceptionnelles. Le puissant rêve d'une fabuleuse richesse les réunit encore une fois, jetant aux oubliettes les récentes brouilles ridicules. Les suspicions et grincements de dents n'étaient plus de mise. Les antagonismes nationaux et rivalités masculines s'évaporèrent sans laisser de trace. Seul l'espoir demeurait.

Les deux hommes se mirent d'accord, que la nouvelle plongée ait lieu le jour suivant, et don Carlos proposa à Edith de venir avec eux. Elle accepta.

« Je vais pouvoir contrôler le travail des esclaves, se dit-elle, restreindre son rythme. De toute façon, encore une fois ils ne trouveront rien. Il n'y a pas de perles dans ces eaux, j'en suis sûre. Et Messieurs les Gentilshommes le comprendront un jour. Ils ficheront alors la paix à ces trois pauvres garçons noirs. »

Abandonner les recherches ? Il ne pouvait pas en être question ! Bien au contraire. Don Carlos pensait sérieusement à les intensifier ; prospecter systématiquement tout au long de la côte, vérifier chaque crique et chaque trou. Il avait repéré tout récemment un endroit particulièrement prometteur. C'était un groupe de rochers, pas loin du camp. L'eau y était profonde, des coins et des recoins ne manquaient pas. Il décida de se lancer dans des explorations minutieuses à cet endroit-là.

« Les Nègres moisissent dans leur cabane, disait-il. Ils s'ennuient à mourir. À force de ne rien faire ils se démoralisent à tout va ! Décidemment, il est temps de remédier à tout cela. Ils vont fouiller le fond de cette crique partout, en soulevant chaque pierre. »

La matinée était très belle et fraîche, un petit vent arrivait du large mais l'eau était assez calme dans la petite baie, où Jacob, Jonás et Jesús plongeaient vaillamment. Couteau à la main pour décrocher les mollusques de la roche, et un petit filet dans l'autre, ils plongeaient à tour de rôle. Ils le faisaient non pas pour économiser leurs forces, mais pour qu'on puisse les surveiller de près. La surveillance était en effet efficace. Don Carlos et Samuel s'y appliquaient sérieusement. Assis sur de grandes pierres, se levant de temps en temps, ils suivaient les mouvements des esclaves dans l'eau et sur terre. Ils donnaient des ordres et contrôlaient leur bonne exécution, et en même temps, ils ouvraient les huîtres qu'on leur apportait. Ils les ouvraient, une après l'autre, d'un mouvement sec et habile. La montagne des coquilles grandissait devant eux, pointant vers le ciel. La détermination se dessinait sur leurs visages. Chacun s'attendait à découvrir, d'un moment à l'autre, la plus belle perle rose jamais dénichée dans la mer des Caraïbes.

Pendant ce temps, Edith restait près du rocher d'où les Noirs sautaient à l'eau, trousse médicale sous la main. Elle observait avec attention les traits de leurs visages, surveillait leur respiration, prête à intervenir en cas de besoin. Mais pour l'instant, il ne se passait rien de spécial, rien qui aurait pu l'inquiéter vraiment. Les Noirs semblaient en excellente forme, et volontaristes de surcroît. Ils n'arrêtaient pas de sauter de la berge, projetant des jets d'eau qui l'aspergeaient copieusement.

— Dites ! Comment font-ils dans l'eau salée sans masque ? demanda-t-elle.

— Je ne comprends pas votre question. Don Carlos s'étonna.

— Comment font-ils pour regarder ?

— Ils ont les yeux ouverts, bien évidemment.

— Ils vont s'abîmer le globe oculaire, dit-elle.

— Ne t'inquiète pas ma mie. Samuel la rassura. Ils ont l'habitude.

Elle observa encore et remarqua que les temps de plongée variait d'un esclave à l'autre : il était long – de deux minutes, pas moins – pour Jacob herculéen, et d'une minute à peine pour le jeune Jonás. Elle partagea son observation avec les deux hommes.

— C'est juste, dit don Carlos. Il va falloir que je le dresse. C'est un simulateur, ce jeune homme. Je vais l'éduquer pour qu'il s'applique mieux.

— Mais c'est absurde, voyons ! Edith s'énerva. Il ne peut pas donner plus. Il est très jeune et mince, il a besoin de prendre encore des forces.

— N'aurais-tu pas un petit faible pour ce jeune Noir ? Samuel sourit légèrement.

Edith ne répondit pas. Jonás venait justement de plonger. Il disparut dans les flots.

Sur la montre de Samuel, une minute est déjà passée et la grande aiguille entama la deuxième.

— C'est bizarre, dit Samuel. Il reste plus longtemps, cette fois-ci.

— Pourquoi ne sort-il pas ?! Edith commençait à s'alarmer.

— En effet ! Qu'est-ce qui se passe ? s'étonna don Carlos.

Deux minutes. La surface restait toujours intacte. Edith se pencha pour mieux voir : à part quelques algues rien ne bougeait dans l'eau. La paroi rocheuse descendait à pic pour se dissiper dans les ténèbres.

— Vite ! Allez le chercher ! cria Edith. Vite !

Les deux Noirs plongèrent. Une minute après, on vit leurs têtes au-dessus des flots. Ils plongèrent encore.

— Il doit être coincé quelque part ! Retenu par une algue ou un bout de roche. Don Carlos s'irritait.

Il avait les nerfs à vif. Non seulement le contrôle de la situation lui échappait, mais aussi il était en train de perdre un tiers de ses effectifs.

Les deux Noirs se montrèrent à nouveau. Ils respiraient fort. Jesús agitait les mains, essayant de dire quelque chose. Une voix rauque sortit de sa gorge.

— Grouillez-vous ! criait don Carlos. Grouillez-vous !

Jacob et Jesús disparurent dans l'eau. Edith s'assit et se leva aussitôt.

— Combien de temps ? demanda-t-elle à Samuel.

— Trois minutes. Non, quatre !

— C'est fini !

— Ils faut qu'ils continuent à chercher, dit-il. Attendons encore !

Edith se détourna du rivage. Sans dire un mot, elle s'orienta vers l'orée du bois.

— Que faites-vous ? cria Don Carlos. Où allez-vous comme ça ?

— Je ne pars pas. Je vais juste m'asseoir là-bas. Elle montra la ligne des arbres.

— Je t'accompagne, dit Samuel. Je peux ?

Edith ne lui répondit pas, elle commença à marcher. Samuel la suivit, un pas derrière elle. Soudain elle s'arrêta et le regarda droit dans les yeux.

— Pour toi et pour lui, la vie d'un homme ne vaut rien ! En tout cas, pas grand-chose à côté de vos perles ! Vos perles, qui n'existent pas !

— Mais Edith, ma très chère… Samuel s'interrompit.

Il ne savait plus quoi dire. Il aurait tant voulu s'expliquer, se justifier, pour être digne d'elle, pour qu'elle lui sourit de nouveau. Mais il n'osait plus ouvrir la bouche.

Ils se trouvaient déjà à l'ombre des arbres et Edith cherchait une place pour s'assoir, quand soudain ils attendirent un cri ! Ils se retournèrent. Un spectacle ahurissant s'offrit à leurs yeux.

C'était don Carlos ! Il se protégeait la tête de ses deux mains, son épée gisant à terre. Un Noir se trouvait face à lui, il le menaçait d'un couteau, dans l'autre main il tenait une pierre. Don Carlos cria de nouveau ! Edith ne voulait pas en croire ses yeux : le Noir, c'était le jeune Jonás, miraculeusement ressuscité de la noyade ! Jonás, qu'elle avait soigné pour son bobo dérisoire ! Hier encore docile et drôle, aujourd'hui guerrier sanguinaire ! D'un geste sauvage, il souleva le couteau et frappa. Mais en frappant, il trébucha. Il rata son coup et le couteau roula par terre. Avec la pierre, il frappa don Carlos à la tête. L'Espagnol tomba.

Toute cette action se passa en l'espace de quelques secondes. Pendant ce temps, Jacob et Jesús hors de l'eau, ne bougeaient pas. Stupéfaits, ils observaient la scène.

Un coup de feu retentit. C'était Samuel qui tira. Il déchargea son pistolet, et sortit l'autre. Avec sa deuxième arme, il visa Jonás qui commença à courir. Visiblement intact, il courait de toutes ses jambes. Ses deux compagnons, soudainement ravivés, fuyaient juste derrière lui.

— Non, Samuel ! Non !

Elle l'attrapa par la main, très fort. Ils se bousculèrent un instant, puis, le coup partit. Mais le canon du pistolet se trouvait orienté vers le ciel et la balle n'atteignit personne. Les trois Noirs disparurent dans les broussailles.

— Allons le voir. Vite ! ordonna Edith.

Don Carlos gisait par terre, visage contre le sol, et elle le retourna prudemment. Ses yeux étaient fermés, un mince ruisseau de sang coulait sur son front. Il avait une plaie sur la tête, le sang collait sur ses cheveux. Mais son cœur battait régulièrement, son pouls était normal.

— Ça ne m'a pas l'air très grave, dit-elle. Il devrait s'en sortir avec un gros mal de tête.

Comme pour confirmer ses dires, don Carlos ouvrit les yeux.

— Qu'est-ce qui... qu'est-ce qui m'arrive, balbutia-t-il.

— On vous a frappé sur la tête.

— On m'a... Ah oui ! ce sale nègre. Où est-il ?!

— Parti, dit Edith. Lui et ses compagnons.

— Il faut qu'on les rattrape ! Don Carlos essaya de se soulever, mais ne réussit pas. Il retomba sur le dos, poussant un cri de douleur.

— Ne bougez pas ! Attendez.

Tranquillement, elle lui essuya le sang du visage, lui appliqua une compresse hémostatique sur la plaie.

— On devrait le transporter au camp, proposa Samuel.

— Je ne vois pas comment. Moi, je ne le porterai pas. Edith haussa les épaules. Attendons qu'il se remette un peu de son choc.

Ils attendirent. Durant tout ce temps, Samuel tournait en rond, don Carlos, rouspétait, s'arrêtant de parler de temps en temps pour récupérer ses maigres forces :

« Je le disais, je n'arrêtais pas à le dire ! Trop d'indulgence, trop de générosité ! Les nègres, ça se tient sous la botte. »

Et puis : « Et certains étaient au petit soin avec eux, les dorlotaient. Ne voulaient rien savoir ... »

Et puis, après une courte pause : « Fini tout ça ! Fini les douceurs ! Que je me repose seulement et ils verront ! »

— Justement. Edith reprit ses propos. Il faut que vous vous reposiez. Pour cela, il serait bien de rentrer, mais on ne peut pas vous porter. Pourriez-vous marcher, seul ?

— J'essaierai, dit don Carlos.

Et il essaya. Au début, ça n'allait pas fort. Il vacillait sur ses jambes, prêt à tomber à tout instant, s'arrêtant sans cesse. Mais avec l'aide de Samuel qui le soutenait sous le bras, il retourna enfin au camp. On l'installa dans sa cabane. Edith, désinfecta sa plaie, lui refit le pansement. Elle lui administra un somnifère et sortit à la lumière du jour, où Samuel l'attendait.

— Quelle histoire ! dit Samuel.

Il aurait tant voulu continuer à lui parler, mais Edith le regarda avec froideur et sans répondre s'orienta vers leur cabane.

Don Carlos se rétablissait vite. Il était définitivement sur pied deux jours seulement après avoir été agressé par le jeune Noir. Il retrouvait vite sa vigueur habituelle. À croire, qu'il ne lui était rien arrivé. Même son pansement, ne se voyait pas. Il le cachait sous son chapeau porté légèrement en biais : une sorte de fantaisie passagère. De sa plaie, Edith s'en occupait avec soin. Elle n'aurait jamais pu dérober à ses obligations médicales, mais elle ne lui adressait plus ses beaux sourires, ne lui parlait plus comme avant. Don Carlos ne comprenait pas. L'esclave l'avait attaqué, était-ce une raison ? Ce n'était pas de sa faute ! Il espérait qu'avec le temps Edith retrouverait en lui l'homme aimable qu'il n'avait jamais cessé d'être. Il décida de s'armer de toute sa patience, aussi longtemps qu'il le faudrait.

La question de la reprise des esclaves rebelles se posait en toute clarté. Les Noirs se baladaient quelque part sur l'île, couteaux à la main, ils étaient dangereux, même Edith ne pouvait pas le nier désormais. Sans tarder, une réunion fut organisée pour aborder le problème. Don Carlos s'y présenta comme à son habitude, dans ses habits de gentilhomme élégant, épée au fourreau, chapeau sur la tête. Il prit la parole. En quelques mots, il rappela les événements récents, résuma la situation actuelle.

— Nous ne pouvons plus attendre, conclut-il. Il faut agir au plus vite.

— Que proposez-vous ? demanda Edith.

— On va les trouver et en finir, une fois pour toute !

— Comment ça ? En finir une fois pour toute ?

— Eh… oui, je le sais et je le déplore, dit don Carlos. Plus de Noirs, plus de perles. Mais tant pis pour les perles. On n'en a pas vu jusque-là, on n'en verra pas demain.

— Vous voulez les tuer ?! Edith se leva.

— C'est ça. Nous n'avons plus le choix.

— Je ne suis pas d'accord !

— De quoi parlez-vous ? demanda Samuel.

Il ne suivait plus la conversation car Edith, énervée, cessa de la lui traduire. Elle expliqua en quelques mots.

— Remarque, je le comprends, dit Samuel. Ça ne peut pas continuer comme ça. Un jour, on se fera tuer et manger tout cru.

— Comment peux-tu dire une chose pareille ?

Elle le regarda l'air sombre et Samuel se troubla. Il hésita un instant. Puis, il continua :

— De l'autre côté… Ma chère Edith, je sais bien ce que tu ressens. Tu ne veux pas leur faire de mal. Tu les as soignés, tu t'es habituée à eux…

— Ce n'est pas du tout ça, s'offusqua-t-elle. J'essaie de les comprendre. Vous pas !

— Mais ma mie, je te comprends, crois-moi ! Et je suis avec toi de tout mon cœur !

Don Carlos suivait attentivement le cours de leur conversation. Enfin, il intervint.

— Revenons à notre discussion, dit-il. Je dis qu'il faut

313

qu'on les tue, parce que…

— Je ne vous laisserai pas faire ça ! cria Edith.

— Mais ma chère Edith…Samuel s'interrompit. Moi, je te demande…

— Tu es avec lui où tu es avec moi ?! Décide-toi !

Elle se retourna sur la pointe des pieds et partit sans dire un mot.

Edith et Samuel en parlèrent encore une fois, plus tard, dans la soirée. Elle essaya de lui expliquer calmement pourquoi elle défendait, avec tant d'acharnement, la vie des trois Noirs. Elle parlait longuement, Samuel l'écoutait, et parfois elle avait l'impression qu'il l'approuvait. Le fait était qu'il hochait la tête souvent, d'un signe d'approbation, semblait-il. Mais à un moment, il tenta à nouveau de lui exposer, timidement, les raisons qui poussaient don Carlos à prendre ces mesures radicales. Enfin, il lui promit de ne pas agir à la hâte, de venir lui en parler d'abord.

La journée se termina et ils décidèrent de se mettre au lit. Samuel, couché sur le dos, restait immobile. Dans la pénombre de la pièce elle distinguait à peine son front, son nez et sa bouche. Sa respiration faible et régulière indiquait qu'il allait s'endormir d'un instant à l'autre. De nouveau, elle éprouva de la tendresse à son égard. Elle se pencha sur lui et toucha ses lèvres, puis l'embrassa. Samuel la serra fort dans ses bras.

Plus tard, en le regardant dormir, elle se rappela le jour où elle l'avait vu pour la première fois : prisonnier douteux quittant la barque, protagoniste d'un film historique. Elle pensa à leur première rencontre. Mais ces images se dissipèrent vite et elle s'endormit paisiblement à son tour.

Le lendemain, Edith se leva tôt. Elle fit un tour à la basse-cour pour traire la chèvre et ramasser les œufs. Après le petit déjeuner, elle tourna en rond ne sachant quoi faire. Elle ne se sentait pas prête à affronter une nouvelle journée de lutte. Sur le coup, elle décida de faire une longue et solitaire promenade sur la plage. Dans cette perspective, et en prévision d'une journée toute entière, elle prit son sac à dos et le chargea. Elle y installa quelques provisions – trois galettes de maïs, du fromage, des fruits rouges et une gourde pleine d'eau fraîche – le désinfectant, le sparadrap et une portion du sérum antivenimeux (sait-on jamais), son pistolet et trois cartouches, sans oublier les jumelles. Elle prit aussi son calepin et le crayon, car elle avait l'intention de remplir les deux dernières pages de son journal intime.

À la sortie du camp, elle se retourna. Les rayons du soleil éclairaient d'une lumière douce les maisonnettes, qui semblaient endormies : une bien paisible matinée.

Lentement, elle suivait le rivage. Ses pieds nus brisaient des insignifiantes vaguelettes, une fraîcheur agréable lui montait jusqu'aux genoux. Elle s'arrêta, se baigna, et reprit sa route. Le soleil disparut derrière un nuage, des grands oiseaux de mer tournoyaient au-dessus de sa tête, poussant des cris aigus, puis s'éloignèrent.

La brise de la mer cessa, la chaleur devenait accablante. Edith décida de s'abriter sous un cocotier, à l'orée du bois. Elle mangea deux galettes de maïs, quelques fruits rouges et but de l'eau, puis fit un petit somme.

Quand elle se réveilla, la mer était vide comme avant, les mêmes oiseaux planaient tout bas, touchant la surface de l'eau. Il y avait le silence, un silence oppressant. Edith retira de son sac une petite boîte en bois exotique, joliment sculptée, que Samuel lui avait offert l'autrefois. Dans cette boîte se trouvait une magnifique montre en or incrustée de pierres précieuses. C'était le tout récent cadeau de don Carlos, qu'elle n'avait pas eu la force de refuser. Maintenant elle pesa la montre dans la main, l'admira longtemps. La grande aiguille avait fait un quart de cercle, avant qu'elle ait décidé de remettre la montre à sa place.

N'ayant plus envie de continuer sa marche ni de retourner au camp, elle se résolut à compléter les deux dernières pages de son journal. Elle avait l'intention de le faire depuis un certain temps déjà, mais l'occasion lui manquait jusque-là. Maintenant, elle appuya le bouton de son stylo-bille et réfléchit un instant.

Extrait du journal de EJ :

La fuite de Jacob, Jesús et Jonás ne m'étonne pas. Elle était à prévoir. C'est un acte désespéré, et comme avant, ils n'ont aucune chance pour se tirer d'affaire. L'île est trop petite pour qu'ils puissent se cacher et qu'on ne les retrouve pas. Mais cette fois-ci, ils se feront tuer à coup sûr, je n'ai aucun moyen de m'en opposer. Je ne peux quand même pas supprimer Samuel et don Carlos pour sauver ces garçons. Et si je le faisais, de sang-froid, sournoisement... Eh bien, je serais alors amenée à rester seule sur cette île, seule avec les trois esclaves... qui cesseraient d'être esclaves. Ils m'adopteraient, me feraient chef de la tribu, j'en suis sûre.

Mais, restons sérieux. Me voilà dans une sacrée impasse ! Je me trouve désemparée, entre ces deux gentilshommes charmants, dont chacun attend son navire. Lequel des deux viendra en premier ? En voici une question importante ! Importante pour eux. Car, en ce qui me concerne, aucune de ces issues ne peut me convenir. Devenir l'épouse de Samuel ? M'enterrer dans son Kent natal à l'attendre, de retour d'une de ses équipées... Non ! Trois fois non ! Je ne veux pas me lier à lui ! Je ne veux pas finir ma vie dans un bled pommé de la campagne anglaise ! Quoi qu'il en soit, Samuel ne ferait jamais carrière dans la marine de guerre, tout comme il est, hésitant et si gentil. L'autre option : devenir la maitresse attitrée de ce moustachu virile et prétentieux ? Non ! Dix fois, non ! M'échapper alors, fuir l'un comme l'autre ? Oui, c'est ça ! Mais pour aller où, et faire quoi ensuite ? Sans fortune, sans amis ! Devenir une femme de joie qui traine dans les auberges ? Par simple nécessité ! Je pourrais m'offrir alors un corset à ma taille et une belle robe en dentelle, trouver un bourgeois pour mari, un apothicaire ou un drapier... Non ! Cent fois non ! Je ne veux ni l'un ni l'autre ! Aller en France peut-être ? Je pourrais attendre là-bas la Révolution, et devenir la compagne d'un tribun du peuple. Mais c'est impossible, voyons ! Il me faudrait attendre une vingtaine d'années encore, j'y serais une dame vieillissante, désabusée et mélancolique.

Oui, je suis dans une véritable impasse, coincée entre les deux amis-ennemis dont chacun scrute l'arrivée de son bateau. Lequel d'eux viendra, personne ne le sait. Ils doivent donc faire très attention l'un à l'autre, entretenir des relations convenables pour pallier à toute éventualité. Et moi dans tout ça ? Je ressemble fort à un cerf-volant qui flotte entre les deux, au gré du vent. Et maintenant en plus, j'arrive au bout de mon journal.

Edith s'arrêta d'écrire. Elle rangea le calepin et le crayon dans son sac, puis regarda autour. Quelques nuages se montrèrent à l'horizon, un petit vent soufflait de la mer. Elle décida de continuer la marche, histoire de se dégourdir les jambes. Avançant sur le sable mou, elle laissait des traces profondes. Des traces... Peu importe. De toute façon, elle était bien visible de loin. Qui sait, les trois jeunes Noirs la suivaient peut-être, se faufilant entre les arbres ? Cela se pourrait après-tout. Mais elle ne les craignait pas le moins du monde. Au contraire, elle aimerait les croiser, les voir encore une fois. Edith continuait à marcher mais elle savait qu'elle n'irait plus très loin. Il y avait de plus en plus de nuages. Poussés par un vent qui soufflait en rafales, ils remplissaient le ciel. Ces nuages étaient noirs et bas, annonçant un orage. La lumière baissait vite.

Dans la pénombre envahissante elle aperçut un amas de roches. Elle accéléra le pas et vit cette cavité qu'elle avait déjà remarquée autrefois. C'était une sorte de petite grotte qui montait au-dessus du niveau de la mer, suffisamment profonde pour qu'elle puisse s'y abriter contre la pluie et le vent. Elle y pénétra avec prudence et inspecta le lieu. À part quelques chauves-souris accrochées au plafond, la grotte était vide. Edith s'assit sur une pierre plate près de l'ouverture. Elle se pencha légèrement : des lourds nuages bas filaient à toute vitesse, la mer s'agitait comme une bête déchaînée. Edith se félicita d'avoir eu le temps d'arriver jusque-là. L'endroit semblait sûr, et en plus, elle se trouvait aux premières loges pour regarder le spectacle. Ce n'était pas comme autrefois, quand, accrochée au radeau de survie, elle passait des moments d'une terrible angoisse. Maintenant, elle pouvait en toute quiétude apaiser sa soif de sensations fortes, tout en admirant la beauté de la tempête.

En effet, il y avait de quoi s'émerveiller. Des montagnes d'eau se soulevaient et s'abattaient avec force, creusant des vallées profondes. Des masses d'écume blanche virevoltaient dans les airs. Avec un cri atroce, la mer arrivait, elle allait déborder, engloutir la terre entière... C'était très impressionnant mais Edith n'éprouvait aucune peur. À l'évidence, il n'y avait rien à craindre là où elle se trouvait.

Une heure passa mais la tempête ne faiblissait toujours pas. De nombreux éclairs déchiraient le ciel, traversaient les nuages, mais sans qu'on entende les tonnerres, étouffés par les hurlements de la mer. Une pluie diluvienne se déchaîna mais se calma vite. Une étrange lueur blafarde apparut à l'horizon, en forme d'arc-en-ciel, mais ce n'en était pas un, des couleurs froides y dominaient. Les alentours s'illuminèrent d'une manière macabre. Edith se souvint d'une lueur semblable, autrefois, quand elle se trouvait dans le radeau de survie, s'attendant à la fin du monde. Elle se dit que ce genre de phénomène devait être fréquent sur ces latitudes.

La tempête persista encore un peu, puis commença par s'en aller. Petit à petit, l'obscurité laissait place à la lumière du jour. Il faisait aussi moins sombre dans la grotte et elle remarqua que les chauves-souris ne s'y trouvaient plus. Bizarre, elle ne les avait pas vues partir.

La mer cessa son cri sauvage. Certes, il y avait encore de fortes bourrasques de vent et il y avait encore de grandes vagues, mais le vent baissait et les vagues diminuaient d'ampleur. N'osant pas encore quitter la grotte, Edith fit quelques mouvements de gymnastique, se baissa et s'étira. Quelle heure pouvait-il bien être ? Elle sortit sa magnifique montre en or et constata que les aiguilles ne bougeaient plus. La montre était silencieuse. Elle la remonta mais sans résultat. Elle se promit d'en parler à don Carlos dès son retour au camp. Il lui avait dit un jour qu'il s'y connaissait en horlogerie.

Un premier rayon de soleil se montra. Elle vit apparaitre un arc-en-ciel, un vrai cette fois, il était magnifique, brillant de toutes les couleurs. Il coupait la mer en deux. Edith sortit la tête et prit une bouffée d'air. Elle respira fort encore une fois, s'en délecta, puis enjamba l'ouverture. Elle se glissa le long de la paroi, sauta sur le sable et regarda autour d'elle.

La ligne du littoral n'était plus comme avant la tempête, la mer a dû grignoter la terre par endroits. Des criques se sont formées de part et d'autre, partout de petits ruisseaux coulaient sur la roche. Des oiseaux blancs, des mouettes sans doute, se balançaient au gré du vent qui dispersait vite les nuages.

Edith avait hâte de regagner le camp désormais. Après cette longue absence, elle découvrait soudain une multitude de

319

choses à faire. Et plus important encore : Samuel est resté là-bas et il s'inquiétait sans doute pour elle. Il attendait son retour avec impatience. Elle aussi désirait le revoir. Samuel lui manquait maintenant, elle retrouvait son affection pour lui. Comme il serait bon de rentrer enfin.

La marche sur le sable mouillé était pénible, elle s'arrêta un instant et scruta les environs. Il n'y avait rien, ni personne. Même les oiseaux partirent au loin. Une brume passagère enveloppa les contours des rochers voisins et se dissipa aussitôt. Le regard d'Edith glissa ensuite sur la mer, s'attarda sur la ligne d'horizon, puis suivit la route.

Soudain, elle s'immobilisa, stupéfaite. Devant elle, à trois cent mètres à peine, se trouvait quelque chose... Une chose qui n'était pas là auparavant ! Une forme allongée et étroite suivait la mer à l'orée de la forêt, tel un serpent gris et immobile. Edith sortit les jumelles de son sac. Elle ne voulait pas en croire ses yeux. C'était un trottoir, ni plus ni moins, un chemin recouvert d'un revêtement en bitume. Il était pourvu d'une barrière... En un éclair, un souvenir d'enfance lui revint, celui d'une station balnéaire en Floride, où elle passait parfois ses vacances. Il y avait là-bas une longue promenade goudronnée au bord de la mer ; la même se déployait maintenant devant ses yeux.

Elle pressa le pas et arriva rapidement à l'endroit. Oui ! Elle ne se trompait pas, c'était bien une promenade, un large trottoir, et Edith le suivit. Elle courait maintenant. Vite ! Vite rentrer au camp !

Mais le camp n'y était plus. Elle vit un portique en fer forgé :

Sandpiper Bay
Sunset Village Resort

Elle passa sous le portique et regarda autour. Du campement, il ne restait plus rien. Pas de cabanes ni de potager, l'arbre qui leur servait d'abri contre le soleil n'y était plus. À la place où se trouvait leur maisonnette il y avait maintenant une piscine : un homme se lançait du plongeoir, une jeune femme en bikini le regardait, des enfants jouaient dans l'eau. Ils se chamaillaient et poussaient des cris de joie. Une musique rythmée arrivait de quelque part.

Edith avançait à petit pas, timidement, en cette terre étrangère. On aurait dit un fantôme, revenant des temps révolus. Un couple âgé se tenant par la main s'arrêta net et la regarda avec stupéfaction. Edith se raidit. Que cela voulait-il bien dire ? Mais oui ! ils regardaient tout simplement ses habits. Depuis longtemps, Edith ne s'en souciait guère, elle les trouvait convenables. Mais en ce moment, elle eut honte de son accoutrement de carnaval.

Elle entendit un bruit et leva la tête : c'était un hélicoptère qui s'apprêtait à atterrir.

Un hélicoptère ! Il lui rappela avec force ce qui venait de se passer. La voilà revenue dans son siècle ! Mais au lieu de se réjouir, elle ressentit un pincement au cœur. L'île d'autrefois n'existait plus, comme n'existaient plus ses habitants engloutis par le temps. Il n'en restait plus la moindre trace. Engloutis ainsi les gentilshommes et les esclaves, comme les chauves-souris de la grotte ; tous ceux qui sont nés à l'époque pré-einsteinienne. Le voyage à travers les siècles est proscrit aux êtres du passé.

« Tu ne pourras plus me rejoindre, mon cher Samuel, pensa-elle. Quel dommage ! Tu ne pourras pas, comme tu l'avais voulu, t'émerveiller devant tous ces magnifiques sous-marins atomiques et avions à réaction. Et nous n'allons plus jamais nous serrer l'un contre l'autre. »

Edith marchait comme une somnambule, le long d'une allée circulaire bordée de petits chênes rouges d'Amérique. Ces arbres étaient atrophiés, mais elle ne le remarquait pas, absorbée dans ses pensées chaotiques.

« Je devrais les appeler tout de suite, passer un coup de fil à mes proches… mais rien ne presse. Ça fait si longtemps. Bientôt je serai de retour chez moi, à Boston, je retrouverai ma famille, je les embrasserai tous, ils seront heureux et moi aussi.

Puis, je flânerai dans les rues, me mêlerai à la foule dans la lumière des spots publicitaires. Une parmi des milliers, j'y éprouverai la quiétude des anonymes. J'irai chez Macy's m'acheter du savon parfumé au santal. J'y prendrai ensuite un café crème à la vanille.

Je passerai un weekend dans une pension élégante du Vermont, entourée des collines verdoyantes. Je passerai un autre à New York, j'irai au musée Metropolitan et à l'Opéra, j'écouterai un concert de jazz. Oh ! je profiterai de tous les bienfaits de mon siècle. »

Machinalement, comme en hypnose, elle palpa l'écorce d'un arbre, arracha une feuille jaunie.

« Mon histoire insulaire est terminée, se dit-elle. En fait, ce n'est plus qu'un passé lointain maintenant. Une distance de plusieurs vies m'en sépare. Plus tard, je prendrai mon temps, tout mon temps, pour réfléchir à ce qui m'est arrivé sur cette île. Dans mon pays des songes, j'organiserai des rencontres éphémères. On se croisera avec don Carlos sur le chemin de la source : il me fera ses compliments flatteurs, et je le gratifierai d'un beau sourire. Encore une fois, je rentrerai seule dans la cabane des esclaves. Jacob, Jesús et Jonás m'entoureront en cercle et je m'éclipserai en toute hâte. Et puis, il y aura Samuel bien sûr. Je lui dirai des mots doux, nous parlerons de la magie des étoiles. Au moment de le quitter, je lui promettrai de revenir. »

Edith s'arrêta. Elle jeta encore un coup d'œil sur la piscine, l'homme et les enfants, puis, d'un pas décidé, s'approcha du petit pavillon qui portait une grande enseigne "ACCUEIL". Elle poussa la porte et la referma derrière elle.

À la mémoire de Daniel Defoe, Jonathan Swift, Jules Verne, Robert Louis Stevenson, Jean Giraudoux, Michel Tournier, Arcady Fiedler...

Edition : Books on Demand,
12/14 rond-Point des Champs-Elysées, 75008 Paris
Impression : BoD - Books on Demand, Norderstedt, Allemagne
ISBN : 9782322163410
Dépôt légal : novembre 2018